连尔居

LIANERJU

熊育群

— 著 —

山西出版传媒集团　北岳文艺出版社
BEIYUE LITERATURE & ART PUBLISHING HOUSE

·太原·

图书在版编目（CIP）数据

连尔居 / 熊育群著. — 太原：北岳文艺出版社，
2019. 7
ISBN 978-7-5378-5810-6

Ⅰ.①连… Ⅱ.①熊… Ⅲ.①长篇小说 – 中国 – 当代
Ⅳ.①I247.5

中国版本图书馆CIP数据核字（2018）第297755号

连尔居

熊育群 / 著

出品人
续小强

选题策划
刘文飞　　赵雪

责任编辑
赵雪

封面绘图
孟露

书籍设计
张永文

印装监制
巩璠

出版发行：山西出版传媒集团·北岳文艺出版社
地址：山西省太原市并州南路57号　邮编：030012
电话：0351-5628696（发行部）　0351-5628688（总编室）
传真：0351-5628680
网址：http://www.bywy.com　E-mail：bywycbs@163.com
经销商：新华书店
印刷装订：山西臣功印业有限公司

开本：787mm×1092mm 1/32
字数：335千字
印张：13
版次：2019年7月第1版
印次：2025年1月山西第2次印刷
书号：ISBN 978-7-5378-5810-6
定价：52.00元

序

连尔居是我故乡的名字。

《连尔居》早就在那里了，仿佛召之即来。写作的时候有一种力量拽着我走，特别顺畅。

小说写的是过去，却有着深刻的现实原因。

对出生于二十世纪六十年代的人来说，我们其实经历了两个完全不同的世界。这种经历自然让我进行比较，然后思考。思考什么是合乎人性的、什么是人真正想要的生活；思考文明，思考人类要往何处去；现实世界到底是文明还是野蛮，我们是不是走上了歧途……

世界在盲目前行，大多数人被裹挟着往前走。很多事情还没有经过人类理智的思考与判断就发生了，甚至转眼成为了历史。而历史进程则有了多种力量的参与，人类的主导与主体地位不再天经地义。裹挟的力量是多种多样的。特别是在高科技全方位介入后，它正以迅雷不及掩耳之势改变我们的世界，仿佛是人类的一场遭遇，以至十年二十年以后人类生存的景象我们都不敢想象了。生死造成生命的梦幻。曾经坚硬的现实也不再是现实了，也造成了真切的梦幻。裹挟的力量也来自市场经济、政治、全球化，甚至是被调动起来的人性贪婪。人类走向何方已是一个现实的问题。没有哪个时代像现在这样充满着迷惘和压力，焦虑代替了爱，"幸福"也被商业力量塑造着。人的主体性、私密性、尊严被侵蚀。我们为什么如此行色匆匆？谁控制了我们的生活？

当然，这不是小说思考的命题，而是它的背景，让我不断回到那个童年和青少年时代的村庄——连尔居。它是从洞庭湖围湖造田围出来的原始村庄，居住在茅棚的人们几乎一无所有，在芦苇荡、河汊、沼泽、黑土地的辽阔荒野里，人们直接面对着大自然生存，每个人都有自己丰富生动的表情，有自由意志，有最自然的个性、独特的才能，特别是平等、宽容、尊严、善意和爱，像空气一样无处不在。在意识形态、科技和外来文明侵入前，它几乎是一个理想的模型——人类在大地上最原始最本真的生存状态。它能让人回到人类童年的状态，至少让想象抵达那里。是现实让我看清了从前的生活。我意识到，什么才是人类生存所必需的，什么是人的本性，而那些最基本的不能被改变被压制的人性，是一个文明社会所应该尊重并誓死捍卫的。一旦偏离，就离开了人本，走向了异化，甚至精神分裂。

连尔居鲜活的人物出现在我的眼前，他们曾真实地生活在这个世界上。我与他们共同经历了遭遇现代文明的历程，现代器物、发明、观念、意识形态……于是，荒诞离奇的一幕幕上演了，这是最现实又最魔幻的故事，我只需记录下来，就足以构成对这个世界的一种象征。悲剧人生的发生与深刻揭示，伴随了时代的变化。我写一个村庄、一群人、一个时代，它是一座村庄的历史，也是一个国家的历史，是我们每一个人的历史，是人类的"现代"魅影与大地寓言。

我采用了散点透视的办法，人物如不同的色点，在时空中各自挥洒，小说像现代派点彩画，过程中看不到整体，看完了，一座村庄和它的历史也就浮现出来了。每个人物个性鲜明，充满生命的元气，充满自由意志，甚至连大樟树、鱼、鸟、牛都成了小说的主角。视角的叠加、情节的回环，彼此形成镜像。重合之处，主次轮换与视角变化，相互印证，互相指认，互为支点，把对方托起。有的是人物被事件裹挟，有的是人物主导情节，他们在一个"场"中相互作用。群像的塑造便是村庄的塑造。"连尔居"甚至出现人格特征。如果说传统的写法是从现实中把一部分人和事剥离出来，当作"典型"，而我是要回到整体，与真实的生活靠拢。

小说写了乡土而非乡土，写了现实也非现实，写了成长也非成长……因为在这之上，更大的存在超越了日常与时空，生命的阔大之境照耀着一切。

小说中的人物大都是有原型的。他们典型的性格其实代表了人类某一种基本的特性或天性：好奇心、好胜心、权力崇拜、盲目性、同情心、自由天性、贪心……但是，他们的天性在社会发生剧变时，有的因此成了悲剧人物，有的则大富大贵，人群迅速分化，这印证了一句名言：性格即命运。你可以从人性的内部观照社会的病灶，也可以看到社会对人性的戕害，看到不同的价值观、人生观所展现出来的丰富性。

有一件事令我惊奇——当我写好初稿回到连尔居了解情况，书中人物炳篁等现实中发生的事竟然与我虚构的一模一样，现实符合了想象！这是性格的力量，是人性使然。小说后面，几乎是人物自己在行动，他们的意愿引导着我往前走。我只要用心去聆听就行。小说结束也就是我与他们的告别，我竟然深怀伤感，不忍离去。小说中的人物在我心里已经活了。脱稿的那段时间，我对现实世界反倒感觉陌生和隔膜了。

湘北汨罗江流域是一块神奇的土地。楚文化迥异于中原文化，它的气质绚烂、繁丽，巫气氤氲，富于梦幻，人们生性敏感，生命意识强烈。谭盾在他的音乐作品里已有出色表现，沈从文的文字、黄永玉的画都能看到这样的气象，诡异、空灵，这就是湖湘文化的神韵，天然地靠近艺术。我如果写不出这片土地的神韵，写不出它的民风士习，小说就谈不上成功。

方言是地域生活的积淀，有人群生存的历史记忆，是地域文化符码，地理山川、人文历史、民风士习无不蕴含其中，它是文明差异化重要的载体。方言便是我刻意追求的。我庆幸自己还有这样的能力，故乡的语言还没有从我身上消失。事实上，我从它身上发现了远比标准语言更丰富更具历史意味和人文含量的词语和表达方式，它的艺术性、精妙处常常令我惊喜。我感恩于它。

《连尔居》是带有我胎记和气息的作品。它充满了时间的声音、自然的声音、神灵的声音，它是对一个不可言说世界的言说，是一部生命小说，是一场灵魂叙事。正如马尔克斯《百年孤独》中写了一个马孔多镇，但马尔克斯的目的绝不是去写一个小镇，他是借马孔多镇来表达。更不是所谓的农村题材。我们记住了现代人眼里"落后的农村"，忘记的却是人类大地。就像梭罗去瓦尔登湖独居，他不是一次旅行。在这里，连尔居是一个模型，是一个瓦尔登湖一样澄澈的境界，充满象征与隐喻。

人与自然、历史、社会、科技发明的纠结、交融，天性的扭曲，人的迷失在现代大大加剧。这是小说表现的一个方面：思考和表现人的生存。而生命、灵魂、精神、时空、地域文化与传统……它们构成一个艺术空间，那种意蕴、意涵、意味在象征与隐喻里散发，也在奇异的面画中表现。诗无达诂，一千个读者就有一千个哈姆雷特，这是我追求的艺术效果。事实上，艺术正如有机植物，你分析它的成分，但穷尽所有元素也不等同于植物。《连尔居》既可以被当作一部纪实文学作品来读，也可以被当作天马行空的魔幻作品来读……

　　写下这些文字本属多余，小说只需要阅读。说得愈多，会变得愈少。一言不出才是佳境。《连尔居》出版六年后再版，编辑嘱咐我写个序言，其实我想说的只有两句，一是感谢北岳文艺出版社，他们一直等着再版的机会，十分认真对待这部作品，每个环节都力求做得精益求精。这令我感动并由衷地感谢！二是在新的环境中，对小说做了一些修订。如果再加一个感想，就是小说自身也有一个命运。《连尔居》的命运与我另一部长篇小说《己卯年雨雪》相比，有些"小巫见大巫"。同是写家乡的题材，在我家乡屈原管理区，很多读者对我说，你怎么冷落《连尔居》呢？我们更喜欢她！这两部书都有我的探索，各有得失，在我是同等对待的。但命运似乎更青睐《己卯年雨雪》，她已经走到世界很多地方去了。所以，对《连尔居》我才喋喋不休说了这么多话。两部书的得失，相信有心的读者读了自会得出各自的结论。

熊育群

2019 年 6 月 23 日

你，记得那个浩荡的季节湖，我，记得故乡的平原，这是同一个地方——连尔居。你在老去。

他，谈论历史，只是你的经历。你、我、他，分隔成了三代。

恍然之间，你我先后领悟了生命若蜉蝣寄于朝夕。
我在一场虚构中寻找消失的你——我们进入《连尔居》。

他，轻轻捧起来——洪水在演绎先知的预言，灵魂寻找着恒长的居所，存在在文字中产生了信赖——虚幻世界中的这座村庄，走入了阅读者的记忆……

一

　　我们的记忆会被篡改。在连尔居的土地上，因为忘魂草的出现，这成了一条咒语。大地上的草生长得这么旺盛，密密麻麻的草丛里，忘魂草无从辨认，你踩到了它，记忆便从此改变了。很长时间里你都不晓得这样的变化。

　　四十三年了，想起一次死亡事件，我惊觉记忆原来那么不可靠——六个细伢子挖地洞，他们躲藏进地洞时被坍塌的泥土活埋了。这件事竟然最先出现在我的梦中。那一年我七岁，还分不清现实与梦的区别。大人们传说这件不幸事件时，他们脸上愕然与唏嘘的表情我记得十分清楚，但我怎么也想不起自己那时的反应——我的反应在梦里已经出现过了。记忆在这个细微的地方遭到篡改。

　　忘魂草有紫背天葵一样厚重的暗紫，与汨罗江两岸淤积的土地一样深沉，有鱼腥草一样浓烈的腥味，这气味在没弄破它的枝叶之前是没有的。它像荠菜那么低矮，像半边莲那么小，一旦踩上它，你的记忆将错乱，旧梦、想象、传说、心思等等将和现实混同起来，让人无从分辨。

忘魂草闻不得农药，它在闻到农药时发出一声叹息，立即化作尘土，眼尖的只能看到它的影子一晃而逝。

那是一段伤痛的日子。我们看过无数遍的《地道战》还不停歇地在各个村庄循环放映着。六个细伢子被埋的那个晚上，我们也钻进了自己挖好的地洞。带我们挖地洞的是廖荻秋，他是我们的司令。打仗的年代离我们还不太遥远，我们都愿意在军队里当个官，那很威风。荻秋懂得我们的心事，他给我们每个人都封了官，从军长开始，按照陆战棋的大小顺序一路任命下来，军长是耀华，师长是大放，旅长是童霖，接下来青华、云祺、建元和我，都得靠摔跤来排位子。我一个也打不过，总是下不了手，结果云祺封为团长，建元当了营长，青华做了连长，我只能算个排长，排在最后。我们都姓祝，连尔居有祝与孙两大姓氏，那时孙姓人还没有跟我们玩，他们住在另一栋长排房屋里。

当排长我当然不情愿。排长说话他们爱理不理。我们在看过七遍《地道战》后无法克制挖地洞的欲望，像小偷一样每个人从家里扛出锹和锄头。荻秋说："别被鬼子发现了。"鬼子是谁？当然是爷娘。我们悄悄沿着汨罗江的滩涂奔跑，高高的江岸遮挡了村庄望出来的视线。

我们一直跑到一口子。

一口子是个卵石与砂子堆积的地方，江水浅，江面很宽阔。荻秋用锹画出一个地方，我们就挖起了地洞。

我们的洞口很小，对着江水，刚够一个人爬进去。里面越掏越大，七八个人都能容下。挖了一整天，腰酸背痛，手掌都磨得红肿了。

呷晚饭的时辰，洞挖好了，我们带着工具从江滩又悄悄地潜回去。青华、云祺、建元和我一起跑，被荻秋喝住了："要分散行动，目标太大。"

我们不明白，他就拉住我和建元，要云祺先跑。

云祺慢慢跑起来，青华撒腿就追了上去，两个人跑在了一起。

我和建元也跑。荻秋喊："卧倒!"

我扑倒在地上，锄头摔出去老远。他们三个不听命令，一会儿就随江岸转弯跑得不见踪影了。

"起立!"我又爬了起来，扛起锄头，去追他们。

天很快就黑了，我们躲进地洞的时间到了。荻秋说要一个个去，从家里出来，我很害怕，去找云祺做伴。白天我们在挖地洞的时候，挖到了一具细伢子的尸体，小小的棺材已经朽烂，一角露在外面了。又挖出了一堆白森森的骨头，还有子弹壳。荻秋说："这是'日本梁子'杀的人。""这是八路军的子弹。"

漆黑的夜，风声更大了，呜呜地响，还有细细的雨。天地之间，只有风在吹。我不敢走滩涂，云祺不依。他说："你会被'日本梁子'发现的。"

我说："'日本梁子'在哪儿呢?"

他不理我，就下到了河滩上。我害怕，只好跟着他。一不小心，一脚踏空，重重地摔了一跤。

我们手拉着手，看着江水的反光慢慢走。"到了吗?"我问。

云祺低声喊："八格牙路，八格牙路。"这是我们的暗号。

"八格牙路。"黑暗中从另一个方向传来瓮声瓮气的一声。对上了，那是青华的声音。我们向声音摸去。

"别出声。"荻秋说。

云祺不再叫"八格牙路"了。

我们摸到了洞口，爬了进去。里面已经挤了五个人。地洞就像一个子宫，里面暖乎乎的。我们挤成一团，身体挨着身体，谁也看不清楚谁，只听到粗笨的呼吸。呼出的气有各种各样的气味。靠熟悉的味道能分出是谁。荻秋不说话，我们谁都不说话，有一种集体的温暖。听着外面的寒风呼呼叫，感觉谁也找不到我们了，心里甜滋滋的。

一会儿就闷得出汗了。"日本梁子"突然出现了，一声大喝："娘卖×咯！""活埋了你咯杂种！"我听出其中有云祺的爷尚健师，建元的爷炳篁，青华的爷炳滔爸，我的爷炳羿，还有缘山老倌、惜天二爹……

一阵杂乱的脚步声。荻秋大喊一声："不好，快跑！"他用力钻出洞口，我们也赶紧往外钻。

连尔居的男人们来了，他们带着锄头、锨，打着手电筒，在找我们的地洞。手电筒照到了我们的屁股，我们赶紧往地里跑。只听到四处是脚步声，"咚、咚、咚"，土地像一面鼓，被这些连尔居男人粗大的脚板踩痛了。

他们发现了洞，不再追人了，挥动锄头就猛挖起来，挖得"嘣嘣"作响，挖得大地震荡，边挖边骂："蠢猪！不要命的猪。""杂种！"一会儿就把地洞给捣毁了。

回到家，见爷不在，赶紧上床。不一会儿爷就回来了，他在门角放下锄头，好像乐呵呵，只说了一句："那么蠢，土塌了活埋你！"他晓得我还没睡着，哼着花鼓戏《思夫调》，到后面厨房倒热水洗脚去了。

晚上我做了那个梦，梦见六个细伢子藏在地洞里，他们挖地洞的地方是一道废弃的大堤，它是过去宗族围垸子筑的堤坝，围了大农场，这些大垸内的堤没用了，被挖得七零八落。他们像我们一样躲"日本梁子"，挤在黑乎乎的洞里。突然闷闷的几声，世界进入了深深的黑暗……

事情过去了，像从没发生过一样，没有谁去提它，我只当是一场梦。

三天后，从江上游马头曹传来消息，六个细伢子堤上挖地洞被活埋了。有一家三个儿子全埋在里面。

我在想我们的地洞何解没垮掉。梦里的地洞怎么会垮的呢？

许多年过去后，我才怀疑自己的记忆有误。我去过牛皮湖吗？我去过，那似乎是后来的事。牛皮湖是六个细伢子被埋的地方。我是先做了梦还是听到消息后做的梦?我的记忆清楚地告诉我,先有梦,我为此费解了很长时间。事情怎么可能先在梦里发生呢?这六个细伢子是怎么走进我梦里的?我有某种特异的禀赋,能够未卜先知?还是我踩到了忘魂草?

　　第一次远行也是发生在挖地洞的那一年。那年春天,我突然明白连尔居之外还有更大的世界!

　　我不明白,那一天远行的记忆何解这么清楚,鸽子记路也是这样的吧。快半个世纪了,只要它在我眼前重现,我就一次又一次回到当初,回到那个上午——

　　薄薄的阳光,有着米浆一样芬芳的气息,冷冷的光芒,寒风一吹,雾一样飘荡起来,暖意如时间一样消失……太阳天亮很久才出来。一想起太阳出来的那个时辰,我的颈根后就有一股阴风吹过,上半身冷不丁一颤。阳光照到墙壁上了,心中的暖意一片明黄,熠熠生辉——这光辉照耀了我大半生的回忆。那时,太阳像一个没有温度的柿子,出现在窗外。

　　冰雪早已消融,阳光使得回春的土地雾气蒸腾。而时间深处的暖意并没有到来。人们窝在房里,围着煤炉烤火。有的人在打牌,有的人在闲聊,一个冬天大家都是这样猫过来的。细伢子不惧寒冷,他们一会儿在房子里,一会儿在地坪上,玩着各种游戏,大呼小叫,鸡呀狗呀的叫声很乐意与他们的声音缠绕在一起。

　　雾气迅疾地弥漫着,像被一个急不可耐的人驱赶。一个人影与一片阳光同时涌入了大门,光芒一射,又陡然黯淡,紧跟着一群人涌了进来。我先看到青华的脸,接着视线跳到建元、云祺的脸上,他们在逆光里的脸都埋在阴暗之中,身体的轮廓生出一圈毛茸茸的白光。青华前脚刚进门,就冲我喊:"去场部耍不?"他笑得嘻嘻有声。

又一个高大的身影跨进了门，不用看我就晓得是荻秋。"邦伢子去吗？"他说话的声音也是大的，细伢子都回头看他。我明白是他带我们去。口里还没来得及应，我的脚已经从火架子上抽开，急急插进胶鞋，说："去，去，去！"

从走廊一脚踩进烂泥的地坪，我们兴奋得眼里看不见四周的东西。那时，有几个细妹子在走廊上跳绳，她们看了看我们，继续唱她们的歌。有个细妹子瞟过我一眼，她做了娱驰也还记得我踩进稀泥的那一脚，没有半点犹疑。

> 牵羊卖羊，卖到河夹大塘。
>
> 张叔伯，李叔伯，
>
> 恭喜老板买羊嗬。
>
> 羊嗬咩咩，豆腐余余，
>
> 打锣打鼓唱灯灯。

她们的歌声远远地跟着我们，越唱越响了，挂在我的耳朵上，夹带的喘息声那么清晰可闻。我奇怪在房子里烤火时怎么就听不到呢？

风声渐大。空中有云雀锐利的鸣叫。

走出了熟悉的田野，我感觉陌生，有些害怕。雾气里都是稻田，稻田中有泥土色的水塘、沟渠。出现了一条又宽又笔直的公路。荻秋说："到社教公路了。"

一个樟树、苦楝树围绕的村庄，树上黑乎乎的鸟巢，鸟的叫声凄厉地划过天空。我很惊讶还会有村庄。

黄色胶鞋上沾着的新泥越来越重，这些融雪泡软的泥土，它们在春阳下裸露，那些缭绕的雾气就是从这些稀泥中蒸发出来的。草色遥看近却无，其实春天土地上的雾气，也是远看成雾近却无。我们尽量踩有草的地方，个个走得热气腾腾，大口呼气，白色的气飘不到半米就无影无踪了。

小伙伴脸蛋酡红，厚厚的棉衣都解开了。建元爱流鼻涕却懒得擤，鼻涕的长龙爬出来，他用棉衣袖子一抹，那上面已经积了一层壳。青华的衣服补了补丁，棉袄也是烂的，看得到旧棉絮。他总是不好意思用手去理，想要遮住它。我不敢解开扣子，我里面的绒衣也是烂的。

从沙石的社教公路右拐，我们走上了一条南北向的堤。第一次爬上堤坝，田野变得异样壮阔。平原上的村庄，相距那么遥远，一个一个延伸到了天边。鸟在低低地飞，有我们村里的麻雀，也有我们村里的大鸟乌鸦、喜鹊、野鸭子，我认识它们，但我叫不上来名字。

樟树、苦楝树、柳树也是我们村里的。苦楝树、柳树光秃秃站立在陌生的村庄里。有一种直直的椿树，我从来没有见过。一栋房屋后面，有一片芦苇一样绿着的植物，获秋告诉我们，这是竹子。大家走过去了，我还回头去看它。

稻谷收割后的田地全都平平整整，四四方方的田埂纵横交织，一小块一小块的光反射着，那是积水。田里紫云英的绿叶在春风里挥动着小手。

我想，它们怎么在这里呢？奇怪呵，没人告诉我。这里多大呀？它们跟连尔居是一样的吗？……

大堤是人工开挖河流堆起来的。河就在两岸的堤下，深深楔入土地，直直地往前后伸展，汪着一河初春泥色的水。河床很宽，小沟渠里的水流到这条河里面，最后由排灌站把积水抽到堤外的洞庭湖。

这条人工河比我们村的河要窄得多。从连尔居流过的汨罗江，那是一条宽阔的大河。

雾越来越薄了，它只是笼盖在远方，让远处的房屋、树木、道路、枯草变得朦胧。青华说："冇人出来耍哦？"

云祺说："是姆妈不准呀。"

大家望着近处的一个村庄，看不到细伢子，都默不作声。听到远远的狗叫，那狗叫声也是陌生的。连尔居的狗叫声我们都能听出是谁家的。

荻秋说："快走快走。"

一路上看到的村庄与连尔居几乎一样，房屋整齐地排列，像火车厢，稻草的坡屋顶，门前的长廊，泥坯砌的墙。有一种陌生又古怪的亲切。它是异乡，多少年后，它也是故乡。

我们从没站得这么高。在连尔居，大人铲草皮堆成四四方方的草堆，高的一米多，我们爬上去，那已经很高了，我体会到了俯瞰的魅力。视线的抬高，眼里的世界改变了模样。我兴奋得跳起来。半天里，爬上又爬下。轮盘一样的平原，你可以朝任何方向走。你不晓得么里叫山，连丘陵也没听说过。天气晴朗的时候，汨罗江的南岸，地平线上远远的有一抹淡蓝色山影，那是玉池山。

在堤上走了很久，看见了一堆垃圾，建元在垃圾堆里找到了一个奇大无比的针筒。这垃圾与连尔居的垃圾完全不同，有各种玻璃器皿，有塑料、纱布、铁皮、骨头，这些全是我们难得见到的东西。我们的垃圾池只有菜叶、稻草灰、鸡鸭粪、煤灰。我们走到了职工医院的后面。

针筒交给了荻秋。他用针筒吸了水喷我们，大家奔跑，喊叫。然后，轮流玩。青华跑着跑着，"哎哟"一声，他撞到了一个人。我们四下里看，连个人影子也有。建元说他哄人。青华喘着气，说："你才哄人呢！他穿件青衣，在往东边望呢……何解就没了？"我们吓得赶紧离开了医院。

青华的眼睛与我们的不同，许多年后他的瞎子姐姐玉华死了，来了一个远乡的道士，他发现了青华的阴阳眼。

没多久，针筒就被推断了，前面的一节"哗"的一声断裂了。回去后，我们用竹筒模仿针筒，做出了吸筒，打了许多年的水仗。

经过一处工地，开阔的地坪后面，堆满了红砖红瓦，还有石灰池。

已有坡屋顶的平房盖起来了。荻秋说："看，新砌的中学，建好了我就来这里读书。"看着他，我眼里都是崇拜，他挥手指一指的动作都很了不起。世界上没有他不晓得的东西，他打架更警。

　　么里时候我快点长大就好了。

　　场部到了。场部所在地是营田古镇。它红砖红瓦的房子，就是与我们稻草、泥坯的房不一样。水泥的街道，也不是一踩就带起一脚黄泥的土路。泥土也不同了，场部在小边山上，泥巴又红又黄，特别黏。黏到胶鞋上像糯米糍粑甩不掉。我看到装了玻璃的门窗，我们连尔居是木板门，窗是一根根木条竖起来的长楞窗，糊了纸。

　　第一次看到挑檐下涂成暗红的檐板。商店里的柜台，靠墙是高高竖立的木柜，外面是横卧一圈的低矮的玻璃柜，里面摆满了各种各样形状与颜色的日用品，许多是我从没见过用过的东西，香皂、象棋、陆战棋、手帕、饼干、炒米糕、蛋卷、灯泡、图书、手电筒……

　　我的嗓子痒痒的，腿也不觉得累了，眼睛看啦看啦，不晓得买么里好。三毛钱捏得手心都冒出了汗。这是我第一次自己花钱。荻秋说："你们喜欢么里就买么里。"他买了雪糕，褐色的纸包了一大包。那是类似油条形状的东西，没油条长，上面洒了一层白霜一样，他呷得"嚓嚓"作响，眼睛不再看别处，就盯着手里的雪糕。

　　建元、云祺跟着去买。荻秋说："不要买一样的，你们来尝一下。"

　　我发现了一角的图书柜台，一排排摆放着小人书。我去问荻秋，我想买一本小人书。他跟我一起到了柜台前。有本《智取威虎山》的小人书，一个身系披风、头戴棕色长毛帽的男人，右手握枪，左手撩衣，威风凛凛，身后是茫茫林海雪原。我迷上了它。它最贵最厚，要二毛四分。翻开里面，图画不是钢笔画的，是电影里的一幅幅截图。

　　我们到了小边山的西北。这里是湘江洞庭湖的入口。像被谁猛然扯了一下，天幕刹那间打开。我发现自己原来站得这么高，比大堤还要高出很多。这高度让人畏惧。我看到了异样的天地，脑子里出现的念头蜂窝似的，"嗡、嗡、嗡"，不晓得是么里念头，或者不是念头，只是让人困惑。我晓得了小边山称作山，不是那条水泥街边红黄色的黏土，它们虽然很鲜艳，但山是很高的东西。就像现在，脚下突然低下去了，低低的，让人晕眩。那里出现了一个大湖，烟波浩渺，无边无际，风是长风，浩然吹来，有一种空虚的气势把我镇住了。

我有哭的冲动。

向西望，横岭湖的芦苇，一片接着一片，向天际涌去。那没有芦苇、水更加浩大的地方就是洞庭湖。西南隐隐的一条岸，是湘阴的青山。

世界上有这么多的水！！我的想象无法打开，我只感觉到地不够用了，不够用了。想着是水多还是地多，水的外面还是水吗？水没有边的吗？水，水，水，脑子里在响着这个声音。

回到连尔居，一连数天，晚上都梦到了水，令人向往又害怕的水，有好多的奥秘。梦中洞庭湖的水汽把我熏醒，我才晓得汨罗江也有同样的水汽，半夜里飘上岸来，钻到房子里，钻到鼻子里，钻到人的梦里。所有黑暗中正在生长的紫云英、油菜花、狗尾巴草、忘魂草都被它浸润着、蔓延着……

二

有一段时间，我想着那个挖地洞的梦，我想重新看见那六个细伢子。大白天撞到了一棵树上，头上"嘎嘎嘎"几声惊叫，吓得我忘了额头上的痛。原来是一只鸡，它被人蒙了一块红布，立在我撞到的苦楝树上，一动也不动。我觉得好笑，它的脑壳伸到布里面也是黑黑的吧？这也是地洞？躲得了谁？我去吓它，它身子抖动一下又不动了。

母鸡们太爱自己生的蛋了，生下一个蛋就拼命叫，"咯咯答，咯咯答"，要让天下的人都晓得它生了蛋。下了二三十个蛋就要赖孵，要把它们孵在肚皮下，孵出鸡崽。它生的蛋早被主人卖掉了，买了盐，打了酱油。它只好罚站，站两天它就醒悟了，不再赖在窝里不起来。

我寻思，它蒙着头，何解不掉下来呢？

这时出现了一阵骚乱，悠悠闲闲觅食的鸡，突然飞的飞，叫的叫，像大祸临头。蒙头的鸡欲挣扎，也只是摔头，叫出的声音难听死了。

原来一只黑色的大鸟飞过天空，它在那里盘旋。我家的老母鸡张开翅膀，脖子硬得绷起一张弓，鸡毛倒竖，"咯咯答"叫着，一群小鸡迅速向它的翅膀下冲来。这只大鸟是老鹰，它越飞越低，一个俯冲，母鸡叫得声嘶力竭，做好了格斗的准备。

姆妈冲了出来，拿了一根竹竿摇晃着，口里骂骂咧咧。鹰在苦楝树上又冲上了天空。风扑下来，摇动着树枝。

老鹰一下就飞得没影了。光秃秃的树枝还在摇晃，它的尖上爆出了米粒一样的新芽。我感到惊奇，冬天它都是黑铁铸的，现在它醒了？

春天已经来了。

岸边的柳树，变成了一团烟，一团绿色的云雾。

我在柳树上折了一根枝条，插进了土里。

几天后，它就抽出了蜂翅一样的叶子，像一道绿光。

蛇出洞的季节到了。我们走在田野新修的渠道上，一个大土坑，上千条水蛇纠缠在一起，它们有各种颜色，如同一团乱麻，交媾着、扭动着。蛇看到人，几条飞一样溜出来，跑得不见踪影。我们恐惧得尖叫，搬起泥块就往坑里砸。它们流水一样分开，瀑布一样往坑口外直泻。那些交媾在一起的蛇一时分不开，被我们砸死了几十条。天空中一直悬着我们凄厉的叫声。

我在家也发现了一条两米长的大蛇，它红绿交织的皮，迅速卷成一堆，向我吐着红红的信子。黑眼睛贼亮贼亮，紧紧盯着我。我们紧张地对视，互相威胁，又害怕激怒对方。我晓得进了家门的蛇不能打，蛇会报复的。我拿着锄头只是赶。蛇确定我只是赶它走，不是要伤害它，犹豫了一阵，它慢慢向门口爬去，爬得不慌不忙，一直爬到江里。我也跟到了江边。

江边已经热闹一段时间了。连尔居的男人都聚在一起。江面有几条船，船上装满了一块块烟砖。青色的烟砖有小板凳那么大，这是明朝烧出来的砖，像岩石一样坚硬，压得船快沉到水里去了。他们开着玩笑，互相打趣着，比我们挖地洞还快乐。一块木挑板，一头搭在船头，一头搭在滩涂上，男人一趟趟用挑绳、箢箕把烟砖挑到空地上。

这些砖来自上游的小洲祝、大洲孙。他们把自己祖屋的祠堂拆了！这是明朝洪武年间从江西迁来的老祖宗盖的房屋。难怪春节后他们聚在一起，卷着个纸烟，个个吞云吐雾，无休无止说话、争执。有的骂："不孝子孙！""败家子！"有的辩解："都是封建时期的旧东西，留着冇个卵用。"

我记得爷那时眼睛是红红的。

他们开始爱上荒洲上的连尔居了？要这个新家不要老家了？大人们说，房屋太小，要多建几排房。但我不觉得小。

不晓得几百年的祠堂他们何解说拆就拆掉了。一代代祖宗的牌位不晓得去了哪里。在搬来连尔居之前，他们取名都按祖宗定下的辈分，用在名字的第一个字上，孙姓人轮到了"叶、茂、根、深"的"茂"字，祝姓人轮到"炳、德、懿、行"的"炳"字了。碰到同姓人，他们乐意先论个辈分，好称呼对方。搬到连尔居后，孙家的"茂"字辈与祝家的"炳"字辈生儿育女，取名就不再续用"根"字和"德"字了。祖宗的规矩没了，辈分没了，家族的概念就淡薄了。

连尔居人忙碌起来，个个走起路来都是一阵风。女人们也加入了忙碌的队伍。他们在村后的地里把土挖松，浇上水，赶着水牛在�里打着转，踩成泥浆，又撒上铡刀切的一节一节稻草继续踩。用箢箕挑到坪地，双手搂起一捧捧泥往木框子里掼，再狠狠踩一脚，又掼泥，双手拍紧，用木片一刮，把框子抖一抖，轻轻拉起，一口泥砖就做成了。

老屋的木材也运来了。这些粗大的梁、柱和门框窗框，木质仍然那么新，村里的木匠、界匠刨的刨、锯的锯，强烈的木香雾一样浮在周围。它们打成了一扇扇新的门窗。篾匠、铁匠也派上了用场。我看到我的满爷炳篁在削竹子，他站着，手握一根竹子，竹尾搭在地上，篾刀舞得飞起，一条条竹篾互相追赶着往地面扑去，转眼竹子的一层青皮就不见了。一根竹子再削第二轮，篾条变成黄色的，一条接一条飞到地面……我看得有点眼花缭乱。

牛车把一捆捆稻草运来，把白花花的石灰也运来了。

砌匠放脚，一根根细麻绳拉得直直的，撒上石灰。那些明朝的大烟砖就按着石灰线砌出半米高的墙脚。

有一个外乡人在打听这里是不是三洲。他说话打乡气，脸上的肉烧成了一团糨糊。他走到砌匠面前停住了脚，说："叔嘿呵，要小工吗?"

砌匠停下手里的活，周围的人围拢过来了。村里很少有陌生人来，谁家有么里亲戚村里人也都认得。对一个来历不明的外人，大家充满了好奇。

来人自我介绍，他叫刘三洲，曾遇到一个算命先生，要他找到与自己名字相同的地方，他的命才保得住。

炳滔爸问："你何事晓得这里有个三洲?"

陌生人说，三天前碰到湘阴六塘一个要饭的，经他指点找过来的。

惜天二爹说："听口音你是湘潭人?"

刘三洲说："是，是，湘潭人。"

刘三洲说，他与家里人命相克，先是五岁克死了父亲，九岁克死了娘，十五岁一场大火，他跑了出来，弟弟烧死了。他脸烧伤了，头发都烧光了。他现在是孤身一人。

尚健师说："很可怜啰。作孽啊。"

炳滔爸说："是个劳动力。"

尚健师说："你收下啰。"

惜天二爹、缘山老倌附和："是呀，一个好劳动力。"

炳滔爸不作声了。他的堂客腊梅边擦眼睛边接了腔："伊个伢子可怜。伢子，你愿意，就做我屋里干崽。"

刘三洲满脸堆笑："干爷干娘，从今往后我就是您老人家的崽！"

众人都说，好事，好事，炳滔爸今天捡了一个崽！

刘三洲把身上的包袱一放，来给腊梅下跪，腊梅扯起他的手："好伢子，起来！"

刘三洲起身就去搬砖了。

我在工地边上玩，盯着这个远乡人看了一会儿，心里想起了么里，一时又忘了。

三

我们搬家了。我们家分到了两个开间共四间房。以前我家只有一间泥瓦房一间茅棚，泥瓦房里还住进了单身的缘山老倌。我就是在茅棚出生的。

村里的简易小学校也砌好了。泥砖砌的桌和凳，粉了厚厚的石灰。有一股浓浓的气味，石灰里面掺了太多的牛粪。

新学校里，肖老师教我们跳《下定决心》和《毛主席的光辉》两个舞蹈。她从早到晚笑呵呵，说话温和，像是我们的舅妈。我手脚冻了，她喊我进她家里烤煤火。她抓着我冰冷的手，"哦，好冷哦，快来抓火。"把我的手送进火架上的火被里。

舞蹈是边唱边跳的，一个唱："下定决心，不怕牺牲，排除万难，去争取胜利。"另一个唱："毛主席的光辉，嘎啦呀西诺诺，照到了金山上，依啦强巴诺诺，哎嗨哎——哎嗨哎——，照到了金山上，依啦强巴诺诺……"

跳《下定决心》就跟种地挖土一样，用力挖。谁卖力老师就表扬谁。跳《毛主席的光辉》手掌在肩头上舞，膝盖有节奏地一弯一弯。唱"哎嗨哎——哎嗨哎——"时还要转圈，有人手不打弯，转圈时打了同学的耳光，被打的同学哭起来。肖老师安慰说："不哭了，不哭了，不小心的，下次不打了。"

又跳。又打了耳光，挨打的同学又哭了。肖老师叹气。

冬梅是村里理发师茂崧的女儿，她左右人的耳光都打。肖老师重点教她转圈时手不要直直的，她就是纠正不过来。我看了一眼她，觉得她身体里面有一个男孩，她驯服不了他。每次转圈她的手就是不听她的话，伸得像根扁担一样直。她委屈地哭起来。

舞蹈一直纠缠在打耳光上教不下去。新学校元旦要向村里的家长们汇报演出，肖老师急了。用木板扎的台地方更小，那耳光会打成一片。跳毛主席的舞，动作是不能乱改的，谁也不敢负这个责任。最后，校长拍板，做了小小改动，转圈时举着手转。校长也就是肖老师的老倌。

那天晚上，我们化妆，每个人脸腮上抹了两块红粉，涂了口红。妹子用花手绢扎了两个小尾巴。肖老师要给我扎，我不肯。她笑呵呵，说我是好孩子，要听老师话。我说云祺、青华、建元都没有扎，我不扎。她说我跟他们不一样。我还是不听。

漆黑的夜，村里扎的舞台上点起了汽灯，下面坐了好多人。快要上台了，我仍然不肯扎花手绢的羊尾巴。肖老师没办法，临时叫了比我高三年级的顾春芳来顶我。

几天后，她来家访，说到我就是不肯扎花手绢羊尾巴。说了半天，我姆驰、姆妈明白过来，原来她把我当成女孩了，一场误会。她们笑得腰都弯到火塘里了。肖老师说，别给他留这么长的头发呀。

我觉得自己身体里面有一个女孩。我可以选择做男孩也可以选择做女孩。女孩子在一起亲亲热热玩的时候，我身体里面的女孩老要我过去。我跟女孩说话，她们么里都明白。她们想么里，我也明白。碰到不认识的女孩我一点也不害怕。我看肖老师的时候，我的眼睛里其实是一个女孩子在看她。唉，我也说不明白，要我做女孩，我有点心慌，有点兴奋。不做男孩了，有些不太情愿。还是做男孩吧。

我同意去剃头了。

女孩子喜欢跳绳、跳毽子、跳房、打子、过家家，她们要么细腿闪来闪去，要么蹲在地上半天也不起来。唱的歌今天唱了明天照样唱。这些游戏我都不太喜欢，我向往的是村子外面的世界。我庆幸自己是个男孩。渐渐地，女孩就成了我之外的一个世界。

这一天晚上，姆妈告诉我她要去看个稀奇。她匆忙洗过碗后喊上了我，我不晓得么里是"稀奇"，对她说的"稀奇"好奇了。我们一起往二姆驰家走。

老远就看到一个茄子形的东西神奇地发着光。二姆驰家里没有夜晚了。白茄子刺得我眯起了眼睛。我看到四处的黑暗像雾一样被驱赶，又像被光化掉了，像冰被水化掉了。晕人的灯光下，我脑子也是亮晃晃、空洞洞的，有只蜜蜂在里面嗡嗡，不适应。

小小的柴叽子也看得到了，它喜欢夜晚出来，"叽——叽——"叫个不停。它正在拼命往地下浮土里钻。地坪里的飞虫、蛾子比人还兴奋，它们飞进房子，成群地往光亮的茄子上发起冲锋，疯了一般，碰得它咣当咣当响。

我们个个咧开嘴笑，啧啧称奇，有人用手去摸，烫得赶紧缩手。有人卷了烟去点。有人用嘴去吹，想把它吹灭了。男男女女相互看，不习惯晚上把人看得这么清楚。

炳滔爸说："茂文，抱着你堂客睡觉可看仔细啦。"众人笑。

孙茂文说："你堂客是黄花闺女啊，要看你看啰。"

尚健师笑着说："管他黄花闺女还是家属妇女，吹灯睡觉还不是一样咯。"

茂文看到孙茂根眼睛眯成了一条缝，他又忍不住笑着说："茂根咯眼睛白天眯了一天，好不容易晚上抻妥一下，以后晚上也有得抻妥啦。"

茂根是眯眯眼，喜欢眯起眼睛看女人。他"嘿嘿"两声，不紧不慢地说："哪有你眼睛睁得直啊，女人里衣有几块渍你都心里有数咯。"

众人笑过后，便感叹起人的聪明，"这是么里人造出来的?""世界奇迹!"

惜天二爹说："这是外国人的发明。"

尚健师说："外国人比中国人还聪明?"

惜天二爹说："这个世界会变天，总有一天我们都会变成神仙!"

缘山老倌说："能把死人变成活人就好了。"

惜天二爹说："那是医学。死人变活人，要找阎王爷去求情。活的人现在可以飞上天了，已经快变神仙了。"

惜天二爹叹了一口气，说："连尔居太落后了，外面的世界都不晓得变成么里样了!"他就在自己叹气的时候想到要出一趟远门。

谁也没想到，两天后，他夹着一把洋纸伞，穿着一双草鞋，捐了一个包袱，就出门了。连尔居人问他去哪里，他说："我也不晓得，沿着江边走呗。"

第二天，两个外村人东家进西家出，背着两捆红色和蓝色的塑料线，扛着一架木楼梯，往一家一家屋里牵线。

全村在第六天的晚上突然变得通亮了。连尔居似乎把黑夜赶走了。全村人一到晚上，就在家里大呼小叫，在马路上走来走去，一家一家屋里聚集了好多人，谈笑风生。

女人们更是疯了，说要晚上去地里干活，白天落雨就可以不出工了。她们把棉花拿出来，家家户户择棉籽，把择掉棉籽的棉花堆在一张摊开的竹席上，把弹匠叫来弹被子。弹匠是茂仁，他用一把圆柱形状的木槌，双膝跪地，拨动着一根长长的独弦琴，一会儿把弦埋进棉花，发出低沉喑哑的声音，一会儿弦丝在棉花上飘，轻轻地把玩着蓬松如雾、越升越高的雪堆，声音高昂激越，声音与棉絮都在房里飘飞、颤抖，在寂静的夜晚，声音飞出茅草的屋檐，飞过树梢，飞过夜鸟的翅膀，飞过江面，飞过了田野深处的梦境。

茂仁在雯霞家里弹得最起劲，一连三晚弹到了下弦月西沉，一堆棉花弹得像早晨的一团雾气，占满了半个房间。

雯霞闭上双眼，像陶醉在童年的梦中，在声音的上面睡着了。雾气飘到了她的身上，在她高耸的双乳与低落的腰身间缭绕。弹匠痴痴地看着女人，收拾自己的激情，轻轻地放下了木槌。

她们把裁缝请来了。矮个子的裁缝炳烨，拿来了大大的剪刀，这连尔居独一无二的大剪，在一块块用布票和钱买来的棉布、卡其布上剪得嚓嚓作响。女人心疼布，但更对新衣服充满梦想、期待，她们的眼里已经看到了新的衣服，想象着已经在身上不知穿过多少回了。更大的喜悦托着这痛，这痛也变成很美好的痛了，都化作了银铃般的笑与热切的话语，全围绕在矮个子裁缝的周围。炳烨因此熟悉每一个女人的脾性、气味和腰身，他这里摸摸那里碰一碰，浪一些的女人就与他打情骂俏起来。

她们把木匠、界匠也请来了。银木匠看着她们描述自己想象的东西，梳妆台、衣柜、靠把椅，还有凌波床，一种有踏板、四面镂空成花格、有顶架的床，能把人的梦带到天堂的床。界匠孙叶欢个子又高又壮，一双巨掌，么里木头到了他手里都像玩具。他先把一根根木头架到大木凳上，用马钉固定好，两边墨线一拉，与他的崽，两人一来一回拉起又宽又亮的铁锯。锯末一层层洒下，大树变成了一块块木板、一根根木条。

银木匠用斧头砍出各种形状，用刨把木板、木条刨得镜面一样平，用凿雕出凹凸和花，变戏法一样，几天就把一堆木头变成了各种各样造型的家具，梦一样立在你的面前。

堂客们看他健壮的身体，发达的肌肉，有节奏的动作，爽朗的笑声，觉得自己回到了青春年少的时候了。

她们把银匠炳初请来了。打手镯、项圈、戒指、耳环各种首饰。叮叮的声音，像叮咛，像时间，像古老岁月的延续。

她们自己手痒痒了，就推磨打米豆腐。

男人们则喜欢往毋家棚的铁匠铺跑，只有铁匠要到外村去找。他们把用钝的锄头、锨、镰刀、砍刀拿去回炉。托铁匠是他们平时最爱说起的人，说他的技术，那火候、小锤的精准、大锤的力度、淬火的水平……世上最硬的东西被他玩成了泥；说他的女人和崽女，说他的徒弟，说他传奇的经历，也不晓得有几分真几分假，说得眉飞色舞，听得津津有味。他们打着纸牌，抽着烟，㸚着卵谈。

细伢子喜欢围着男人唱：

> 大月亮，小月亮，
>
> 哥哥起来学篾匠。
>
> 嫂嫂起来蒸秫饭。
>
> 蒸起秫饭喷喷香，
>
> 打起锣鼓接姑娘。
>
> 姑娘落了红漆带，
>
> 哥哥捡起做腰带。
>
> 腰带长，好牵羊，

羊又高，打把刀，

刀又快，好切菜，

菜又甜，好过年，

年又过得久，三升糯米酿甜酒。

四

雨季来了。淅沥的雨下个不停。江水一天天看涨，离地坪越来越近。江岸开始浮了起来。夜里，鲤鱼搅得江水哗啦啦响，一条江都不得安宁。它们正在产子。有时雨整夜整夜地下，鱼的拍击声到了窗底下。第二天早晨起来，果然地坪里有几条鲤鱼，还在泥里翘动着红色的尾巴。我捡过两条大鲤鱼。它们逆着雨水往上冲，一直冲到屋檐的落水沟。我听见鲤鱼在说，雨水那么高，爬不上去了。它们咕噜着，不明白今年的雨水怎么这么高这么陡。

惜天二爹出了一趟远门。他在鲤鱼游到连尔居人家门口一个月后回来了，脸上带着神秘的笑，衣服脏得油光水亮。他两眼放光，让人第一次发现，他的眼睛原来这么大！像在脸上开了两扇天窗。

他没有进自己的家门，就直接到了二娞驰家。他的女儿慧兰闻讯跑到二娞驰家来了。他看了自己的女儿一眼，问她没饿着肚子吧？惜天二爹是个鲹夫，只有这么一个女，他把她托给自己的兄长惜地照顾。慧兰点点头，他拍拍她的头，说："爷这次没有白出去一趟。"

尚健师、缘山老倌、炳滔爸，还有孙茂根、积大爹，听说惜天二爹回来了，都直奔二娞驰家里去。他们晓得他不会回自己家里去的。

人越来越多，惜天二爹就是不打开他那个脏兮兮的包袱，宝贝一样放在身边。二娞驰笑："捡了么里宝，莫哄我们老人家。"缘山老倌激将他："有么里宝哟，一包烂衣！"

惜天二爹马上回击："你说烂衣就烂衣？怕是你见了魂魄都要有得！"

缘山老倌："嗬！只有你见过世面？怕不是到了哪个山沟沟里跟哪个相好的做了一场露水夫妻吧？她送你的？"

惜天二爹："好！我就拿给你看，睁开你的狗眼，莫不晓得自己生在哪朝哪世了！"

他一把抱过包袱，抖动着手，解开了绳扣，把包袱放在四方桌上，小心翼翼地捧出一个匣子。

这匣子的确非同一般，有木有铁，还有玻璃。玻璃上刻了竖线、数字，竖线颜色有红有黑，做得几多精致！惜天二爹用手轻轻扭了一个圆坨，里面"嚓嚓嚓嚓"地传出响声，众人吓得仰起了弯着的腰。突然一个女人在说话，打乡气，讲的不是农场的话，听不太懂。

二姝驰洒满的一碗芝麻豆子茶歪了出来，淋到了地上。缘山老倌笑着的脸僵在那里了，厚嘴巴唇忘记合拢了。炳滔爸挤到桌子边，用手去摸。惜天二爹把他的手打开，"莫乱碰！"

积大爹高声骂了一句："嬲你姆妈咯！伊是么里？！二爹还带个妹子回来哒！"

二姝驰说："她是何解进去咯？"

炳滔爸："喊她出来！喊她出来！"

茂根："二爹学魔术哒？"

尚健师："二爹以后就好啰，抱个女人走。还打乡气，莫不理玉娥哦！"玉娥是个寡妇，惜天二爹喜欢去她家里坐。

惜天二爹把他那双大眼笑得都没了。"见识了吧？！你们见识了吧？这叫收音机。那是播音员。"

大家都想来摸，惜天二爹抱了起来，"莫碰，碰烂了你们赔不起！"

众人议论得热热闹闹的时候，里面开始唱歌。于是，房子里又安静下来了。"东方红，太阳升，中国出了个毛泽东。"是一个男人在唱。

唱完歌又是播音。尚健师说："那个男的跟她在里面，二爹还不喊出来，她会跟人家跑了的！"

大家听得伸长了颈根，惜天二爹一扭圆坨，它就哑巴了。"不听了，没电了。"他抱着它，扬长而去。

慧兰骄傲地提着那个脏布袋跟着她爷出门了。几个人还跟在他们身后，一边走一边感叹。一群细伢子跟了过来。有人说，又是世界奇迹！人总有一天会把自己变没了！

惜天二爹离开连尔居后，一路往东，沿着汨罗江走。第一天，经过毋家棚、青洲湾、喜桠里、赵家州，到了河夹塘。晚上他投宿在一个远房亲戚家里。小洲祝、大洲孙隔江相望，可惜那里的老屋都拆掉了。他本可以到大洲孙自己的祠堂去睡的。

第二天，经过翁家港、马头曹、李家段，到了汨罗，县城让他着迷。晚上，他住到了归义街的表弟家。住了几天，他天天到县城老街上闲逛，东瞧瞧，西看看，每天都去看一次火车。在天桥上往南望一会儿直直伸向远方的铁轨，往北也望一会儿直直伸向远方的铁轨。表弟告诉他，往北是去北京，他表哥就在北京工作，往南可以到广州。火车来了，呼哧呼哧吐出的烟雾把他吞没。汽笛一声长鸣，吓得他捂着两个耳朵，蹲在颤抖的桥面上。钢铁巨大的撞击声像从他的身上碾过一样。晚上他做起了噩梦。

花光了身上的钱，他继续往东，经过新市，到了长乐街。这里是汨罗江上游的汨水，江面变窄了，江滩上都是石头。他找了江边一家木材铺打短工。这里的甜酒有名，他每天都要喝一大碗。

后来，他跟木材铺一个伙计去了平江。这里与江西交界，幕阜山高得鸟都难以飞过。在平江有人去岳阳，他愿意帮人挑东西，于是，又跟别人到了岳阳。

岳阳西面有座岳阳楼，这里西望洞庭湖，杜甫当年写的"吴楚东南坼，乾坤日夜浮"，孟浩然赠张丞相的诗"气蒸云梦泽，波撼岳阳城"，写的都是这里的景象。湖面上帆船在波光里轻轻晃动，浑黄的水晴天波澜不惊，由南往北奔流。湘、资、沅、澧之水汇聚到了这里，汨罗江的水流到了这里，长江上游由松滋河、虎渡河、藕池河、调弦河流入洞庭湖的水，也汇聚到了这里。浩渺如烟的湖水，都往城陵矶流，再流进长江。楚地江河是大地上最宽广的河流。

惜天二爹沿着湖岸走。他想到了年少时读过的范仲淹的《岳阳楼记》，背了一段。看到一座被捣毁的墓，残碑上看得出鲁肃的字样。

从岳阳楼城门码头的石级上走过，他抬头望了望四角飞檐的木楼。这里是当年鲁肃的阅军楼，他在洞庭湖上训练水军。如今两边停靠着渔船和南来北往的货轮。惜天二爹远眺了一会儿君山，水蒙蒙看不真切。

再往前，又是一座古墓，细看，是周瑜妻子小乔之墓。鲁肃、周瑜、小乔都是《三国演义》里的著名人物。惜天二爹从小听瞎子唱道情，熟知《三国》。岳阳是东吴储粮的后援地。那时东吴与蜀以湘江为界，岳阳是周瑜的水军都督府。他想不到周瑜也死在这里。

湖边码头，几个细伢子在空荡的码头上玩斗鸡的游戏。一个细伢子单腿倒退着跳，躲避朝他冲过来的男孩，身子一歪，他掉进了水里。惜天二爹在一片呼救声中冲了过去，草鞋也没脱，就跳到了湖中，把小孩救了上来。

孩子的家人感谢他的救命之恩，把家里的宝贝收音机送给了他。有了这个宝贝，惜天二爹觉得自己可以荣归故里了……

惜天二爹一个月里天天抱着收音机往二娭驰家里跑，在全村一家一家转，放给别人听，讲自己出外的风光史，听村里人的恭维。

有一天，二娭驰看播音员讲了很长的话冇歇气，就喊她出来喝茶。她还在讲。"你口里不干的呀，来，来，喝碗茶。"说着，她走到收音机前，把一碗热茶倒了下去。收音机哑了。

惜天二爹"哎呀"一声，赶紧抱起收音机，在手上甩了甩，又用衣袖去抹。收音机再也没有声音了。

半年时间，惜天二爹再没有踏进二娌驰家的门了。他三天两头去了玉娥家。

五

春雷在洞庭湖平原低低地炸响，闪电撕裂天空，高空放出了万米烟花。这烟花比闪电还快，精灵一样闪过，短得像个错觉。人们不用出工了。平原上易遭雷击，积大爹被雷打过一次，他说雷神不晓得何解就上身了，全身像火烧，耳朵震聋了。一摸头发，抓了一把灰。他的耳朵从此不大声说话就听不清。

我们无事可做，坐在家门口，痴痴地看雨与雷电交织出场。我们的新房由一条走廊把各家连成了一排，十几户人家住在同一栋房里。下雨天大家可以相互串门、玩耍。

男伢子在走廊上打褙。褙用纸折叠成四方形，正面折出对角线，背面是平的。我们用它在地上轮流击打对方的褙，地上的褙被击翻了，褙就归击褙的人所有。

细妹子玩挑绳的游戏，一根线两头接起来，在双手五指间拉出一个图案，对方用双手替换过去，要求变成另一个图案。她们互相换，彼此的图案不重复。

她们还打子，子是碎瓷磨的。先把右手里的子抛到空中，用右手背接住，再把手背接到的子第二次抛出，当这些子在空子翻落时，右手迅速抓起地上散落的子，然后，接住落下来的子。接不住落下来的子，一个子也得不到。接住了，手上抓到的子全归自己。

她们挑绳、打子玩腻了，就去跳绳。只有捉迷藏、老鹰抓小鸡是伢子妹子混在一起玩的。跳绳时，她们唱起了童谣：

我跳一，毛呖呖；

你跳二，毛咯咯；

我跳三，跳龙关；

你跳四，四口花针挑鱼刺；

我跳五，天上打雷又下雨；

你跳六，一行一行薅禾草；

我跳七，打把锅铲铲几铲；

你跳八，癞子脑壳长头发；

我跳九，九片瓜子九片肉；

把你春足。

雨下了三七二十一天后，江里的水眼看就要漫上地坪来了，地势低的田全被水淹了。雷声越来越大，天要炸裂了。大人停下了手里玩的牌。我们也不再玩游戏了。天色越来越暗，觉得空气很闷，不时有一股股湿冷的风吹过，像悄悄溜走的鱼群，吹得人心里发毛。这时，我们看到江对岸出现了一把红伞。滚地雷在地平线上翻腾起一串串蓝色火弧，炸得江面高高跳起来。

茂根说："伊是么里人哦，咯号天气还出门！"

低低的一道闪电在江对岸一扯，滚地雷轰隆隆压了过来。我不由自主地说："那个女人会被炸死的。"

尚健师说："细伢子莫乱讲。"

又一道闪电，那把红雨伞在慢慢倾斜，掉到了地上，女人小小的身影也在倾斜，慢腾腾地倒了下去，不见了。

她被雷击中了。

"打死了。"大放轻轻地说。

"打死人了。"茂根更轻地附和。

闪电到了江心。

我说："老樟树归元了。"

在我们房子的西面，有一棵大樟树，树干要两三人合抱。大洲孙与小洲祝人从大火中的毋家棚搬出来，就是奔这棵奇怪的樟树来的。这棵树不晓得是谁种的，也许是水种的，也许是鸟种的，也许是神灵种的，它不会是由人种的。樟树独自在三洲的洲头上生长，洪水季节，一片汪洋之中，只有一棵樟树浮在波涛之上。这是围垸前驾船的人每年春夏都可看到的情景。

樟树能迷神，从树下走过的人被它迷住，七天之内不晓得自己是谁。迷神人说出的人和事，连尔居人闻所未闻。裁缝炳烨、积大爹、界匠孙叶欢的堂客被它迷过神。积大爹迷神的时候，说是有个异乡人正在向连尔居走来。又说坟地要埋在东边。以前连尔居人死了都是往西边的一口子埋的，积大爹说过后，大家都往东边埋人。界匠的堂客迷神后说惠英家要小心火烛，果然七天后惠英家厨房起火，好在早已准备了四大桶水，火蹿上茅屋前，水全部浇下去了，屋里冒起一股青烟。只差一点就酿成火灾了，长排屋都得烧掉。这一事件之后，大樟树就成了保佑村人避开灾祸的神树了。

灰蒙蒙的雨幕里，老樟树发出了暗绿色的湿漉漉的光，好像老祖宗就藏在里面。

轰隆隆一阵巨响，天地撕裂，耳朵震得要出血了，我们赶紧捂住。

抬头再看，老樟树不见一边了，高高的一堆树枝树叶倒在地坪中。一股苦涩的木香在雨幕里像鱼群穿行，冲到了走廊上，浓烈得像一道砸人的瀑布。

尚健师说："老树招鬼了？"他突然惊叫一声："不得了啊！那年有个人说樟树会被雷劈掉半边，这么灵验啦！"

茂根也很惊讶，他记起了十年前的一幕："太神了！莫非世间的事真有定数的？"

　　十年前的那个端午，来了一个疯疯癫癫的异乡人。他坐在大樟树下，唱起了歌。这个人就是积大爹迷神时说的那个寻找连尔居的异乡人。他唱道——

　　　　九曲清流湾复湾，

　　　　滔滔西去接螺环。

　　　　一树横斜疏影截，

　　　　江上仙翁去又还。

　　他爬到樟树上，从口袋里抽出一条手帕，对着手帕吹了一口气，手帕变成了一只鸽子，扑棱棱飞走了。一会儿又飞到他的手上，他把衣服一遮，鸽子变成了一块石头，石头抛一抛，换一个手接住，变成了一个鸡蛋……他就这样让互不相关的事物彼此相互转换，世界在他身边没有了界线。

　　异乡人说，他做了一个梦，梦见一棵大樟树，枝丫横到江中。他躺在横丫上睡觉。睡着了，又有了一个梦，是个梦中梦，他梦见白鹤来栖，有一个放鹤人在江上飞来飞去。放鹤人向他招手，说："我的前世变过鱼、变过鸟。我是鱼的时候，洞庭湖没个边。我像鸟一样在水中飞，像闪电一样穿过粼粼湖水。现在，我飞到了你的梦里，你今天梦到了我。你要是醒了找到这个梦，我就可以飞出你的梦，寻到自己的来生了。做梦人，别让我再在江上飞来飞去了，我飞了两千多年啦！"

　　连尔居的大樟树就是他找到的梦中之树。为了超生梦中人，他沿着河流走了一年，走完了新墙河、浏阳河，又走汩罗江，总算走到了第一个梦里。他在樟树上睡觉，进入他的第二层梦，他真的梦到那群白鹤飞来了。梦到了那个放鹤人，也梦到了雷劈樟树的一幕。放鹤人在雷击的瞬间消失了。他转世了。

我们吓得从门口躲进了屋内，大人们纷纷议论起那个疯疯癫癫的人来。

　　这一晚，连尔居人都很亢奋，二娭毑家里又聚集了好多人，谈论当年那个异乡人是不是神仙。他的预言灵验了，那么，异乡人说连尔居出文曲星、发大财都是真的啰？四十年后，连尔居将是一片汪洋，只有大樟树还在，这难道也会是真的？难道还有三十年大堤会垮塌，洪水肆虐，世纪末一场百日不停息的黑雨，洪水滔天，淹没大小堤垸。想到这样的情景，连尔居人如醒又如窨梦。缘山老倌说，这湖沼之地本是水下寄生一场，连尔居人正在做南柯梦呢。世间几多繁花似锦的地方，沧海桑田，都躲不过轮回的宿命！

　　我闻到了汨罗江的水汽，它在湿漉漉的雨幕里游荡，像来自另一个星球的魂灵，暴雨愈下得凶狠，它愈加强壮，腥土气愈浓厚。江湖水都有它自己特殊的气味。横岭湖浩荡的水面浮现在我眼前，水在微微荡着，它猛地一颤，手臂一样伸了过来，我们就在它的波涛下面了。除了湖风与涌起的波浪，什么也不曾有……

　　我眼里又出现了一个走路往空中一跳一跳的人，他脸上泛着油光，牙齿雪白。让人觉得如果不是路，他才不愿在地上走呢。他走得喜气洋洋，脸上绽开孩童一样无邪的笑。奇怪！像做梦一样，我怎么感觉他像个熟人呢？他来连尔居的那一天正是我出生的那个端午节。我难道真的踩过迷魂草？

　　稻草盖的屋顶经不住这么凶狠的雨，有的地方漏水了。我忙拿了脸盆、水桶来接。床上也漏雨了，拆了蚊帐，脸盆又放到了凌波床上。漏下来的水都变成了酱油色。半夜里漏雨，有用塑料布搭在凌波床架子上面的，但漏雨大了，塑料上的积水压垮了塑料布，哗啦一声，雨水全倒在床上，淋醒了梦中人。有的把床移到漏雨少的地方，又倒头睡觉了。

稻草在漫长雨季的浸泡中，慢慢变黑，彼此粘连，有的结成了块。结块的稻草催生出了另一种生命，到了夏天，经太阳一晒，稻草里面爬出了像蜈蚣的草鞋虫。它从屋顶上掉下来，满地乱爬。

　　雨把大地冲得泥泞不堪，雨水渗透的土地里面也生长出了生命——蚯蚓，它们在泥地下行走，雨水早把泥土泡得松胀，长长的蚯蚓在泥土底下拱，眨眼间就走出很远。地表像水一样掀起了浪。只是这浪无法一波一波传递，也无法消失。满地的泥浪密密麻麻地画出了莫名的图案，费人猜想。这是天地之书，人无法读懂。

　　地上一洼一洼的水也有生命在游动，蝌蚪、小鱼、螺、水螅、水蛭……它们欢快地运动着，一点儿也不担忧这一捧水干后的性命之忧。不晓得它们是怎么来到潢污行潦中的，仿佛是随雨一起落下来的，也不晓得它们如何去往更大的池塘和水沟。

　　我们打着赤脚在泥里踩，脚趾间开始红痒、溃烂。

　　雨一停，猫和狗开始不消停了。半夜里，猫爬到屋顶上叫，叫着叫着，又到了阁楼上。有时好像到了你的床头。黑暗里，它的声音飘过来飘过去，很是灵异。狗在村里的马路上叫，逼着嗓音，低低地呜咽。它们叫得都不正常。有时，猫和狗拼命地叫，像受到了威胁，威胁越来越近，它们叫得更加凄厉。有人起床，却没有发现么里。猫、狗的眼睛是不是与人不一样？是不是它们看得到的东西人看不到？那东西到了面前，它们吓得躲起来。人却仍然么里都看不到。阴间的鬼魂只有火焰低的人和长了阴阳眼的人才能够看到。

　　高天之上，大雁的叫声，"呱——呱——呱——"。天空从来就不曾寂寞，云与鸟，彩虹与霞光，雷、电、雨、雪、霜、雾、风、冰雹……它们都以天空为家。鸟群白天像云一群一群飞过，噼啪的鸟屎落到人的头上。头上落屎的人抬头望天，狠狠地骂一句："孵你娘咯！"他们相信鸟屎砸头会变癞子。

我常被喧哗的春天的声音吵醒。油菜花一眨眼间像潮水一样升起来，淹没了大地，让你看不到田埂，看不到土地，只有一片黄色的花海飘荡。黄色下面的绿成了杜鹃、斑鸠、锦鸡的新家。风全被花香染过了，清新香甜之气，醒人头脑，让人难以入眠。各种植物以它们特有的香气在空中飘移，像伸长舌头的狗，走一走，停一停，风是它们的脚。它们把风熏染得五颜六色，你嗅得到大地上的姹紫嫣红，嗅得到生命的原乡。

一天夜里，我说起了胡话，身子发烧，不时惊厥而醒。春天是一个多病的季节。

娭毑说我"受吓"了。她一人寡居，不到两岁我就跟她睡，那时我妹妹刚出生。我白天在家吃饭，晚上到她屋里来睡。

第二天，她找到玉清娭毑来给我"收吓"。玉清娭毑又瘦又高，一头长白发用四方围巾围住，她眼睛睁得很大，却不看人的。有人说她眼力不好，当面走过她也看不见。但她该看的都看见了，地上有几只蚂蚁走过她都清清楚楚，她踮起脚走路，怕的是踩死蚂蚁。她从不杀生，也不吃肉，只吃点蛋。也不爱多话。

娭毑也不爱多说话。娭毑与她坐了半天，呷了几轮姜盐芝麻豆子茶，她们没说几句话。"兰芝近来看您来了吗？"玉清娭毑问。

"她事多呢。"娭毑答。

兰芝是娭毑的养女，嫁到汨罗刘家坪去了。我后来跟着娭毑躲大水在刘家坪住过一个月。那里又叫汨罗公社红卫大队。夏天的晚上，表弟带着我用棉坨去钓青蛙，那里的水沟好深。我们从竹叶上采集苍蝇屎，把它蒸成一团，冬天皮肤冻得开裂了，涂上几次就好了。他们住青砖青瓦的祖屋，堂屋与祠堂一样宽大。堂屋摆着一台织布机，兰芝姆妈自己织布做衣服，布都染成湖蓝。我不明白他们身上的衣服何解补丁叠补丁。又有饭呷，要呷茴。没柴烧，姽爷走了远路来我们家挑甘蔗叶。村里人看见了说："公社二佬来了"。

"上回手拗伤好利索了？"玉清娭馳又问。

娭馳去甘蔗地里捆蔗叶摔了一跤，她记得。我帮娭馳去地里捆过甘蔗叶，大都是她捆好了，我去挑。

"劳烦您啦，好了。"娭馳再答。

话有时是多余的，两个人坐在一起没有话也极亲密的。娭馳一碗又一碗地给她洒芝麻豆子茶。去坛子里捞泡菜。还用红糖、红枣、姜汁冲鸡蛋。

玉清娭馳给我看病，说了一句："邦伢子是你老人家脔心肉呀。"

娭馳说："让你老人家操心呢。玩性大。"

玉清娭馳掏出一块方巾，用饭碗装满米，把方巾紧紧蒙上，对着嘴哈了三口气，把蒙着的碗口对着我的额头，在空中划圈，口里念念有词。她眼睛紧闭。她的脚下燃起了香。

我感觉有一股奇异的力量，红光闪闪，幻影幢幢。念经人像从很远的地方向我走来，我看到玉清娭馳离了座，漂浮着，突然旋转起来，她的脸肤色鲜嫩，那张布满皱纹的脸不过是假象。一团蓝灰色的衣服在天空飞，万花筒一样转。很远的地方，像有么里喊声、哭声、唢呐声……慢慢地，一切归于平静，让人心神安宁。

归元。玉清娭馳睁开眼睛，把手里的碗放在木桌上，轻轻揭开方巾。看着米的凸凹，转到不同的方位细看，幽幽地说："受了惊吓，明天去了长潭的坟山，要去那里拜个水忏。回来喊喊魂，过两天就好了。"

我说："你刚才飞了。"

玉清娭馳说："错了，那是东方的神灵。"

我说："你出汗了。"

玉清娭馳说："那是水汽。你要做水忏。"

娭驰说："你在发高烧，玉清娭驰坐在这里明明有动。"

娭驰用自己的手帕包了六个鸡蛋送给她。玉清娭驰收下了。她看病只收六个鸡蛋，多的不要。

下昼，娭驰、姆妈、满妈和堂姐，一起到了东边的坟山，下到水边，娭驰点上三炷香，姆妈把煮好的肉和那碗米放在香后，倒上芝麻豆子茶，向江面拜了几拜，念了几句经。满妈用一根竹竿在水面扑打了三下，姆妈说："邦伢子小，不懂事，得罪了啊。我们接他回去。"

娭驰喊："邦伢子回去呵，邦伢子回去呵。"姆妈把芝麻豆子茶倒入江水中。

江面起了一层雾，雾脚像涌上滩涂的浪花沿着水面走，走得无声无息。两只凫雁突然从雾里钻出来，向着对岸飞，叫声空旷、凄然。

暮色苍茫，大地幽暗，一切归入了大荒。

她们往回走，一起走一边喊："邦伢子一起回屋呵，一起回去呵。"一路喊到了家门口。爷早早打开了门迎接。见到她们快到家门口了，他说："邦伢子回来了。"

我一直在家里，看着她们一路喊着我回来。另一个我真的就像回来了，有一刻，我似是而非，不晓得哪一个能当作自己，我对自己原来是这么陌生。我看到门外渐起的暮色悄悄藏在光亮中，像一群人的背影。陡然间，我神清气爽起来了。

姆妈把那碗米装进一个布口袋，交代我晚上睡觉时用它枕在脑壳下，当枕头。

第二天，我的高烧退了，晚上也睡安稳了。到了黄昏，一群细伢子玩起了老鹰捉小鸡的游戏。扮老鹰的大放双手伸开，像鹰张开了翅膀，左闪右扑。云祺做老母鸡，他也张开翅膀，死死挡住大放。我扯着青华的衣角，建元扯着我的衣边，后面一个牵住一个的衣服，排成长队，紧跟着母鸡跑，像一条扭动的蛇。孙姓的细伢子茂益、茂生也加入进来了，他们排在后面，发出了我们都觉得陌生的笑声。

<h1 style="text-align:center">六</h1>

那年夏天，连尔居人说看见两只狼在村口出现了。人们交头接耳，回到家关好自己养的家禽，交代细伢子不要离开村子。果然，晚上听到了野地上的狼嗥，它对着一轮月亮嗥叫，声音凄厉："喔——喔——"像鬼叫。

我们还看到了狐狸和穿山甲。狐狸眼睛幽怨地盯我一眼，就跑开了。穿山甲是在坟山看到的，它的小眼睛像要睡着了，蓝幽幽的鳞甲看了让人害怕，我们吓得跑了。

夏天的江水由春天的一片浑黄慢慢变得清亮了。鱼不再闹腾了。鱼产子没有人去抓它们，产完子了，人们用篾罩去江里抓鱼。篾罩往水里一罩，像个杯子反扣下去，从罩顶上的圆口探手进去，罩住的鱼是跑不脱的，大人们一只手就能抓住它。一条条活蹦乱跳的鱼，鳞光闪闪，被丢到背上的竹篓里。

篾罩不抓鱼时用来关鸡。

白昼越来越长，黄昏也越来越长。夏天的月亮升起来又大又亮，它向着深蓝色的夜空爬升，明晃晃地照在地坪上。萤火虫喜欢在幽暗的地方飞来飞去。有时我们捉两只，放进瓶子里，带着它一路走一路发光。有萤火虫的人，鬼就分不清你是人还是鬼了。

我们坐在地坪里乘凉，娭毑轻轻哼起一首儿歌，随着她的歌声，汨罗江上游的水出现在我面前了——

月亮光光，走上平江

平江水大，淹死姊妹

姊妹捞起上来

埋在哪里，埋在大路口

伢子走头擎根香

妹子走后哭一场

听着听着，这月光也是浩大的水了，它凉爽中有无边的忧伤。从此，我把忧伤与月色联系起来了。

这个夏天，云祺、建元、青华和我突然对狗产生了兴趣。我们走远路去了牛皮湖，从我亲戚家每人抱来了一只小黑狗。

小黑狗离开狗妈妈没有奶呷，就往我身上钻，样子很可怜。我脑子闪过一个念头，就叉开腿，我让它的嘴来含我的卵子。小狗嘴巴一碰到卵子就含到了口里，吧嗒吧嗒吸吮起来，真当是奶头。我被吮吸得又痒又酥，全身有一种奇妙的感受。从我家门口走过的顺澍看见了，骂了一句"傻卵"。后来，他当着很多人的面，说："你是一队的总傻子。"连尔居也叫一队。周围的人跟着起哄。

尽管我觉得自己不傻，但没有谁听我的解释。一旦被人宣布你是个傻瓜，你说话就不管用了。我越解释，他们笑得越欢。我开始体会到自尊受到伤害的感受了。我眼睁睁地看着这个绰号一个晚上就在连尔居流传开了。

我既是一个排长，又被人称作傻瓜，在同龄人中我一点儿地位也没有了。比我小两三岁的细伢子春景、茂成、海军、飞跃、茂阳，他们倒愿意听我的话。跟他们在一起，我感觉惬意，从此，一有时间我就跟他们一起玩了。

他们愿意跟我玩的原因是我会讲故事。我有那么多的小人书，每本书上的故事我都记得。自从有了场部那次买小人书的经历，我就买上了瘾。爷不再给我钱，我去田里找塑料卖。稻田里做了诱蛾灯，夏天的夜晚一盏一盏蓝莹莹地亮在田野，吸引来了纷乱飞舞的蛾，它们密密地扑向灯光，不是电死，就是在灯下的水里淹死。底座水盆是泥巴砌的，上面盖了一层塑料。灯不用了，我就去捡塑料，洗掉泥土，晾干。

有时去垃圾堆找塑料和墨水瓶。一个墨水瓶可以卖两分钱。这些只有学校老师与分场干部的住房后面才有，连尔居是找不到的，连煤灰也不多。从垃圾堆里，我渐渐认识到他们的生活与我们的不一样。我还去采路边的蓖麻籽。拾荒很像寻宝，是一件不时有惊喜出现的事情，我很喜欢。我的小人书渐渐积累下了一箱。

半年后，小人书上的故事他们听腻了，我只得自己编。他们经常找我，我就得经常编，逼得我张口就来。连尔居人因此又送了我一个绰号"嬲白佬"。

我喜欢带着他们去田野上长征。路上，我要他们抬我，四五个人上来，抬脚的抬脚，抬手的抬手。我说"好了"，他们放下我，一起瘫倒在草地上，我就开始给他们讲故事。我要人挠痒痒，他们抢着来挠。有一次，燕姝给我捶背、捶腿，被她姆妈看见了，"你是黄世仁呀！她是你的丫鬟？就你命好呀?!"对我说完，又对她的女儿燕姝说，"就你骨头贱!"

去西边的旧屋玩是云祺提议的。我们有一段时间没在一起玩了，他碰到我就大声喊，生怕我溜掉。自从搬新屋后，我们差不多忘记了西边的老房子。

旧屋的模样让我们吓了一跳，想不到厨房烟熏火燎的墙黑得像口锅底。它那么破旧，门框都没了，好像荒凉了几百年，变成了一座废墟。我们害怕房子里面有鬼，流逝里从房里穿过。一只黑鸹鸟突然从房顶下扑棱棱飞出来，翅膀扑打的声音吓了我们一跳，我们赶紧跑出了房门。

一直跑到江岸边，回头再望，老房子歪歪斜斜的，有的墙倒塌了，有的屋顶斜了，有的露出豁口，明黄色的泥砖被风雨吹打得成了一堆泥巴，从前熟悉的房子不再亲切了。大人们也不来看它了。

青华最后才出来，他走路慢腾腾的，说老房子住的人比新房还多，房里还有新娘子，他们不是一家人，但从不吵架。他说刚才有个人还摸了我的脑壳。难怪我觉得头皮一阵发凉。

青华自己来过老屋，他跟着一个挑货担的货郎，他嘴馋货担子上的糖粒子。货郎走进了老屋，他跟了进去。里面到处是人，老屋原来变成了一个客栈。

我们都笑他孵卵谈，也送了他外号"孵白佬"。

嬉笑了一阵，我们好久又没有吭声了。看着远处淡蓝的玉池山，突然觉得它向我们走近了许多。

"它没有我们的房子高。"

"不对，它很高。"

"它是蓝色的。"

"不对，大人说山是绿的，有好多树，树是绿色的！"

"它明明是蓝色的嘛！"

"我们打赌！明天就去看玉池山。"

我们突然争论起来，最后决定明天去玉池山。

建元、青华、云祺、茂益和我吃过早饭，来到了一口子。夏天的水是浩大的，一口子水浅，蹚水也可以过去，心里不怎么害怕。它离连尔居远，又不容易被大人发现。我们脱光衣服，用左手把衣服高高举起，不让水打湿它。

游过了汨罗江，在对岸穿好衣服，有一种新奇的刺激，天天望见的地方，我们对它却是陌生的。以前偶尔游过来，发现岸上种的不是花生就是西瓜，都是好东西，我们全都变成了贼，冲上岸摘一个西瓜，或者扯起一根花生藤，慌忙在根须和土里捡一把花生，就扑通跳进江中。远处的人影让我们的心狂跳不已。但今天踏上岸，我们不是小偷，地里的西瓜我们看都不看一眼，沿着一条大渠往南走。

回头望，江不见了，连尔居的房子越来越小。穿过大湾杨村，地面有了起伏，隆起的黄泥，高的地方有两层楼高。我们又争论起来了，它这么近这么高，做么里我们看不到呢？

丘陵地貌慢慢成形，一条河拦在了面前。

这是农场的界河撇洪沟，一条人工开挖的河流。那些从南面丘陵高地流向汨罗江旧河道的水，都被这条深深的撇洪沟拦住了，它们在这条深河汇合后向西流去，直接流到湘江。

这么陡这么深的河我们不敢靠近，害怕掉下去。两岸颜色不同的泥土也让人害怕。站在岸边头有些晕眩。

"回去吧。""回去吧。"建元、云祺都打退堂鼓了。

远处的山影仍然淡蓝淡蓝，像一股烟，跟我们在连尔居看到的一样。它是不是会变魔术呢？走了这么远，它也往前面移动了？跟月亮一样，人走它也走，人停它也停。大家极不情愿地往回走。

又经过大湾杨，汨罗江转了一个大湾也到了这里。我们走出大湾杨，发现茂益走丢了。大家四处张望，旷野里不见一个人影。等了一会儿，我们犹像着要不要回去找他。

青华有点不耐烦，说："我们回去吧，他又不是不晓得回来。"

建元说："是不是走错路了？"

云祺说："丢了人，茂益的爷会打人的，回去找他吧。"

我说："好。"

我们又往回走。在村口碰到一个一头白发的老娭毑，我们问她有没有看到茂益，她说："你们是连尔居的吧？细伢子跑这么远，小心鬼讨替。"她顿了顿，说："他被人送回去了，你们流逝里回去吧。"

第二天找到茂益，他说昨天撞见鬼了。我们笑，他也学青华用鬼来吓唬我们。他说："是真的！我走到大湾杨，去岸边屙尿。屙了尿想从江边抄近路。滩上有个男人，手里提了一盘麻绳，挡住我的路。我往岸边走，他也往岸边走，我往水边走，他也往水边走，就是不肯让我过去。我好怕，急得喊人。"

我们赶紧问："冇人吗?"

"一个大妈看我急得要哭，下来拉我。说：'哪里咯伢子，莫到江边耍，来，跟我上去。'我跟她说：'那个人不让我过去。'她回头看，说：'冇人呀。'我明明看到那个人，她说冇人。"

我们问："后来呢?"

"她晓得我是连尔居的，担心我游水淹死，就送我坐渡船回来了。"他顿了顿，又说，"她有个亲戚在连尔居。"

晓得了我们去玉池山的事，做爷的都出来管教了。炳滔爸右手食指一弯，一丁弓打在青华的脑壳上，"娘卖×咯，你去找死啊！"腊梅护着他，"教就教，打么里人噻！"她眼泪出来了。

建元的爷炳箎对建元横眼相向，厉声问："你下次还去不去? 老子打断你的腿！"他晃了晃手里的篾条。建元赶紧抹眼泪，点着头，"不去了，不去了……"眼睛睁开，从手指缝里看着炳箎，看他还打不打。

尚健师审问云祺："是不是你带的头? 说！"云祺摇着头，"是邦伢子说要去的。""娘卖×咯，看你下次再敢！"他举着扫把棍子晃了几下。云祺吓得喊："姆妈呀——姆妈呀——"

几天后，从大湾杨传来一个消息，有个女人淹死了。她的老妹嫁在连尔居，得了死讯，一路哭着去了大湾杨。茂益全家也去了。

消息传得越来越吓人，说那个女人是被鬼讨替了。她去江边洗衣服，一头栽进水里就再也没起来。两年前，大湾杨淹死了一个后生崽，他是去江里抓牛淹死的。牛绹缠住了他的脚。

我们吓得再也不敢去江边了，天一黑就回家。茂益回来了，他告诉我们淹死的女人就是送他上渡船的大妈。

白天荻秋把我们聚拢在一起，他不知从哪里带回来一个万花筒。它形状像个竹筒，一端有个小圆孔，眯着一只眼往里面看，不停地转动万花筒，里面五彩的碎片，变化出无数的彩色图案，很好看。我们无比惊奇，一个还没有看过瘾，另一个就抢着要看，抢到的舍不得把它从眼睛上挪开。鬼讨替的事我们慢慢就不再关心了。

七

我走路或者玩耍时会突然走神，出现一个梦境般的场景，在这场景里面，我感觉既熟悉又陌生。它一闪而过，显得极清晰又模糊，像电击了一下，我好似记得但又说不清。一瞬间我就清醒了，我的脚还一样在走着路，或者游戏一样在玩，没有中止过。我怀疑刚才是不是走过神了，因为没有耽搁一点时间。

这样的场景何解出现的？它像是我以后要去的地方，它提前出现了，告诉我，以后会有那样的生活？但又像这些是我经历过的事情，突然间涌现出来了。这是不是我的命运呢？

有时，一模一样的场景重复出现——当我经历一件事情，脑子里"咣当"一声，我突然感觉眼前的情景以前出现过了，我正在经历我早已知晓的事情，或者是同样的事情又在重复。这个时候似梦非梦。我怔住，像触了电。

时间是在倒退的，我回到了曾经走神的那个时刻。曾经的恍惚不是预感，而是我早就来过了！我进入了从前那个神秘的瞬间。这既是过去，又是现在，我似乎明白了将要发生的事情。生活似在重复，让人看到命运偶尔露出的一鳞半爪。我开始相信自己能够看到未来了。

奇怪的是，我从小就能预测一些事情，大都是不好的事情。譬如，我突然来了灵感，感到这个人将不久于人世，或是疾病，或是灾难；有的人，我能感到他一辈子的苦难，就像藤缠树一样，从头到尾全被苦难缠满了，好像这早已经是上天注定的。有时，我控制不住冲动，对这个人说出了实情。他会把它当作我恶毒的咒骂。一次次的验证，都当成是我诅咒的结果。

马癫子三十几岁，气壮如牛，我说他活不过冬天。他气得要打我。想不到秋天他就真的病倒了，得了癌症。那个冬天，他在屋场地坪上，从东走到西，又从西走到东。那时，每天都有夕阳，夕阳照着每一个坐在地坪上的人，他就在这样的夕阳里与村里人互相看着，大家朝他笑一笑，不敢笑过那个度，浅浅的一丝微笑，或是点点头，问他坐不坐，喝不喝碗芝麻豆子茶。他也是这样的浅笑，却别有含义。所有人的脸上都是同样的夕阳，同样的古铜色。他像是一个演员在表演死亡来临。这成了那个冬季的一个景象。

我觉得自己是个罪人，心里十分难过，但这样的事实谁也无法阻挡。于是，我又得了一个"乌鸦嘴"的骂名。

有人说我迷神了，但我觉得不是，因为我晓得自己是谁。

我在走路或是看小人书的时候，偶尔听到了一个人跟我说话，但我无法确定是真是假。当我意识到他在说话，他就消失得像个幻觉。一个人无法看到自己的后脑壳，我也无法看到他。我心里常自言自语："他向我走来了。"是的，"他向我们走来了。"我会说出这句话。已经很久了，我觉得有一个人会来连尔居。但我不晓得他是谁。他对连尔居尤其对我非常重要。这也是我的一个预感。

黄昏来临时，我总是有一种不适。莫名的情绪，像夜气一样渗透，带着天地间苍茫的气息，让人惴惴不安。这时候大人孩子的喊叫声飘浮到了半空，他们渐渐变得朦胧的面容引起了我心里的不安，一种来自于自然的愁绪笼罩了天地，我觉得自己是一根草、一颗石子，散发着一种荒凉之气。

获秋、大放、耀华比我大的人，喜欢在半明半暗的光线里捉蝙蝠。

他们取下晾衣的竹竿，在渐次昏暗的地坪上，把竹竿竖立在地坪中央，让空中的一端快速摇动，发出"呼呼呼"的风声。飞来飞去的蝙蝠被引过来，被摇动的竹竿击中，掉落到地上。我仰着头看到黑暗烟一样浓烈起来，有一种被呛的感觉，觉得窒息。

夜色湖水一样沉静下来，贮满了天地，黑暗的世界来临了。我的心慢慢变得安宁。静谧而又深沉的夜晚，世界充满着神秘。一丝夜风吹来，灵动的气息弥漫在四野。月亮升起，人感觉沉入了海底。如霜的月光洒下来，美好的情愫开始在心里萌生。人轻飘飘的，云轻飘飘的，一切东西不拴牢靠都可以浮起来，像月光一样荡漾。

我与人群愈来愈疏远。我不知从么里时候开始就生活在自己的内心世界里了，敏感、自卑、脆弱、独立、多愁善感，却又倔强、自我、顽固、孤独、自尊。其实，这些性情就是我们家族血脉的传承。我的爷我的兄弟姐妹都是这样。他们从来没有真正融入过人群，跟人打交道，一不小心就沦为自说自话，被人视为另类。

好在我又有了新的朋友，是真正趣味相投的人，我们不靠多说话就能走到一起。

我跟银木匠在一起是因为刻字。他喜欢在泥砖上刻"忠"字，中午别人午睡的时候，他不睡，把一块泥砖削平，打磨光滑，在上面认真地刻仿宋体的美术字。他用他木工的凿刀来刻，刻的阴字，里面填上白的棉花，"忠"字美得就像一件工艺品。

他把它送给村里人。越来越多的人家有了"忠"字。他们把"忠"字摆放在宝书台。宝书台由两个三脚架和一块木板组成，三脚架钉在墙上，上面放木板，它们都漆成了红色。木板上放了四卷本的《毛泽东选集》。很多年后才有第五卷。宝书台也是银木匠做的。四卷本的《毛泽东选集》放得都发黄了。

他天天刻，我天天看他刻，有一种奇妙的美吸引了我。他很高兴我这么认真看他刻字，他就教我怎么刻，给我一把刀，要我跟他一起刻。我刻得跟他一模一样了，他就让我来刻，自己开点小差，抽烟，睡觉，去找晓晓妹子聊天。

"湘江风雷"的人到了连尔居，看到几乎家家摆放了"忠"字，大为欢喜，想不到连尔居的人觉悟这么高，这么忠诚于伟大领袖、伟大舵手、伟大导师。他们打听刻字的人，晓得是银木匠，就敲锣打鼓给他送大红花。银木匠在"湘江风雷"的人进村时，跑到我家躲了起来，要我不要作声。

"湘江风雷"的人四处打听，问看到银木匠没有。找不到银木匠，他们锣也不敲了，鼓也不打了。最后，悄悄把红花放到银木匠家里。走的时候没有来时那么威风了，旗帜也不打了，斜斜地扛在肩上，悻悻然走了。

我崇拜银木匠，不完全是他刻"忠"字，原因很多。譬如，他力气大，肌肉发达，村里所有人掰手腕都不是他的对手。他长得浓眉大眼，说话声如洪钟，整天笑呵呵的，又健谈，有一股很强的感染力。他做木工活像是在玩耍，锯子锯，斧头劈，刨子刨，凿子凿，跟变戏法似的，木条、木板、木榫就出来了。别人打家具想做成么里样子，他都能做出么里样子，又快又好。我喜欢看他一下一下充满节奏感的动作，喜欢刨子刨出的刨花，木皮薄得纸一样卷起来，木香让人闻着心情舒畅。

连尔居的能工巧匠特别多，篾匠、界匠、裁缝、补锅匠、砌匠、弹匠、劁猪佬、厨师、画匠、理发师，他们做起手艺来都变成了另一个人，都是很骄傲的样子，围观的人越多他们越是神气。

银木匠重要的不是他木工做得好，是他的篮球打得漂亮。他打前锋，弹跳力好，投篮命中率高，跳起转身的动作潇洒，运球也机智灵活，常常几个假动作就把对方甩开了。

村里第一个篮球架是他自己用木头打出来的。他带着一帮人打篮球，打着打着，就比赛比到了农场职工医院，比到了场部，还比到了场部的汨罗纺织厂。汨罗纺织厂是个几千人的大厂。连尔居后生崽最想去的地方就是纺织厂。那里的女职工一个比一个漂亮，他们跑到纺织厂去看电影，经常不记得电影放了么里，回来讨论的是哪个姑娘最漂亮。

与纺织厂的篮球赛我也去看了，村里去了很多人。围观的妹子真多，里三层外三层，她们皮肤那么白嫩，有很好闻的香味，说话又娇又柔，眼睛看人有种眩人的光。相比之下，我们的皮肤那么黑，眼睛不像她们转得那样灵泛，不用比，一眼就能分出谁是连尔居的人，谁是纺织厂的人。在这群妹子嗲声嗲气的喝彩声中，连尔居球队个个身手不凡，弹跳起来，也跟篮球一样一蹦老高。我这时似乎明白何事他们那么用心练球了。

我眼睛老忍不住看连尔居人身上的阿拉伯数字，这些白色油漆印在红色背心上的数字都是银木匠的杰作。他把数字刻在一张张硬板纸上，再用漆印在背心上。每个数字怎么刻法，他都认真琢磨过的。这些背心印上了它就不同凡响了。我一个数字一个数字琢磨起来，觉得个个很有味道。

球赛结束，连尔居的人输了。输在他们个个充好汉，没有打配合。他们不把球给银木匠投，结果个个投到篮板上。村里人觉得没面子，但打球的人却觉得很过瘾，都感觉自己狠狠地秀了一把。回来后，银木匠告诉我，他们是故意输的，可以再有机会去找纺织厂挑战。

八

媛媛留了两年级留到了我们班，她大我三岁。她是炳丰的满女。炳丰负责看队里的牛。涨大水的时候，媛媛不想上学了，要跟她爷看牛。她语文课造句让人笑痛肚子。肖老师让大家用"革命"造句，肖老师先造样句："革命不是请客吃饭。"媛媛造句："革命不来请吃饭，我妈请我吃饭。"肖老师又用"坚定"造句，肖老师造的样句："无产阶级要有坚定的革命立场！"媛媛造句："我要坚定地看一天牛。"肖老师再用"斗私批修"造句。媛媛不懂，问："'斗私'是不是斗自己？'批修'是不是批判修大堤？我何解要斗自己？我喜欢批修，再不用修大堤了。"

肖老师气得眼睛睁开就闭不拢了，问她怎么听的课。

肖老师走到她的课桌边，看到地上的纸屑，问她在做么里。

媛媛说："我在剪纸娃娃。"

肖老师说："你上课剪纸娃娃做么里？"

媛媛答："给妈妈的布娃娃剪样，妈妈说，用布娃娃做我衣服的补丁。"同学看到媛媛的膝盖、屁股、手肘处的衣服上都有布娃娃，原来都是衣服破了打的补丁。

"对牛弹琴！"肖老师转身上了讲台。

"老师，对牛唱歌，我放学看牛都是唱歌的。"

肖老师气得站在讲台上不作声了，吁了一口粗气，说："下课！"

媛媛的爷看牛，独自住在一口子。媛媛上学的时候，一放假就跟着爷看牛。她一走进田野，就高兴得要唱。平原无边的天与地，让她放开手脚跳呀、跑呀，没有谁能束缚她。

她与姆妈都很特别，她的姆妈福云身骨奇大，一米九几的个子，比界匠孙叶欢还要高，进门都得低着头。她的脸长，手大，脚大。她打赤脚踩的脚印，没见过的准被吓死，以为窑神出来了。窑神是地方上长得最高的鬼，有说有屋栋那么高。她喜欢穿宽大的衣服，这样能遮盖住手脚。头上再系一方头巾。她从不与老倌一起出门，她的老倌炳丰么里都是她的一半，脑袋到她的腰上，拳头她的手掌正好能包住。她喜欢他的小，可能是她太害怕自己的大。她几乎不出门，从不出工，怕被人嘲笑。连尔居人看到她的大脚印就晓得她出过门了，到过哪里了。

炳丰看了全村的牛，一个人干两个人的活。媛媛一放学就来帮忙。

媛媛也长得高，长到十三岁就像个大人了。手脚也是大的。她有一种本领，鳝鱼、泥鳅最难捉，常人用食指与中指去夹，使最大的力气也常常白费，鳝鱼、泥鳅很容易就滑溜走了。媛媛捉时，到她的手里，鳝鱼、泥鳅甚至连挣扎一下都不，服服帖帖。所以，媛媛到了田野，野得不行，鳝鱼、泥鳅、鱼总是提了半桶。她家里呷饭从不缺鱼。

媛媛家里因为她姆妈的衣服开支大，吃得也多，她又不做农活，生活有些困难。但媛媛的这门本领给家里不小的帮补。

媛媛的哥哥谷清更是奇人，他从水沟、池塘走过，就清楚水里有多少鱼，大鱼几条，小鱼几斤，几乎用秤量过。他对自己这种本领很是畏惧，不敢轻易抓鱼，怕得罪神灵。他也喜欢呷鱼，喜欢到只呷鱼不呷肉，猪肉、鸡肉、鸭肉统统不呷。他有一张网，夜里他一个人悄悄出去，不消一刻，就有一桶白花花的好鱼提回来。他自己下厨煎、煮，鲜美的鱼香立刻弥漫全屋。猫也"咪咪咪"地跑来了。他爱邀上几个要好的来喝几杯谷酒。

涨大水了，连尔居几乎被水围困。大人在村庄后面围了一道堤。半个月后水开始退。谷清说，今年早稻没了，可以用鱼来补，要多少就有多少。

村里人于是在两条水渠设簖，用竹席斜放在水里，坡度很缓，席子底下用竹子搭了支架。退水了，水经渠道往席上流，水从席缝里流走，鱼往前冲，三四个人在篾席上捡都捡不赢。

连尔居人家家户户用箩筐来挑，挑多少算多少，挑了两天，没人来挑了，实在没地方放了。

盐是用牛车去拖的，家家户户开始腌制鱼肉。太阳底下，村庄里白花花一片，像被雪埋了。猫呷鱼呷腻了，见了鱼眼睛瞟也不瞟一下。鱼腥味熏得那些不呷鱼的人骂起了娘，夜里他们甚至无法入眠。

水退去后，为抢插中稻，七分场机务队派了个机器来犁田。

庞然大物在中午轰隆隆开到了连尔居，经过村边时，震得房屋都在发抖。有个老人吓得从屋里冲了出来，手里拿把锄头，口里喊着："怪物啊！来怪物啦！"就像打老虎，吆喝大家去与它拼命。看到地坪站了许多人，个个张口结舌在观望，她不再喊"怪物"了，羞得不好意思，就站在后面不敢往前站了，表情变得比猴子快，仿佛忘记了刚才是自己在喊。她一样地怔住，加入了张口结舌的行列。

他们发现那红色的铁家伙里面有两个人。

庞然大物往田里走，连尔居人跟着，细伢子跑着追。它走到地里，从里面下来一个男人，他穿蓝色衣服，服装样子是村里人没见过的式样，口袋多，袖子与裤腿小。这是机务工人的工作服。他朝人群努努嘴，算是他的笑，也算是打了个招呼。他告诉大家这是东方红拖拉机。然后，像表演一样，他爬上后面的铁铧犁。一个三角形的铁架，挨近拖拉机的一头有两个轮子，后面是一个小的轮子。下面一排斜着的犁头，像人字形雁阵少了一捺。他旋转一个操纵杆，犁头慢慢放了下来。

拖拉机吼了两声，车顶冒出几股黑烟，吓得人群往后一退。脚下的地颤抖了一下，"哗啦哗啦，咔哒咔哒"，拖拉机往前走了。犁头插进黑色的泥土，翻转过来的泥像是一排排波浪涌起。

尚健师说："气力好大哇！十头牛都拉它不赢！"

炳滔爸说："那么听话！娘卖×咯。"

顺澍说："以后不用牛犁地了。"

媛媛问："他呷么里呢?"

惜天二爹好久都没有说话，等大家感叹得差不多了，他说："人会越来越有得用了。有用的是少数人，他们会越来越高级，好多人都冇得卵用了！"

夜里，拖拉机还在犁田，轰隆隆的响声像火一样，要把浓郁的夜色驱逐，赶来赶去，黑暗潮水一样围过来，淹进来，赶得拖拉机自己成了一头困兽。

我感觉夜色在东方红拖拉机声音的驱赶下翻滚起来，有烟的感觉，气管和胸腔内有一些窒息。闻不到味道，一种隐蔽得很深的东西，让人意识到了自己的呼吸。不宁的心理这样微弱，让你不是总能感觉得到，只是感到了情绪的由明转暗。

其实声音很远，远在夜的深处，平原的深处，因为无遮无拦，才跑到村庄来了，跑到每家每户人的耳朵边，跑到人的睡梦里。声音响在村子里，"啪"地打在墙上，耳光一样响亮。更多的时候，声音像是炉膛里的火，翻腾、回旋，腾地一下又小了下去。连尔居南北两排房就是一个炉筒子，空旷的平原让声音找不到自己的响声，声音喜欢走到炉筒子间来周旋。它不像人，它一点儿也不晓得疲倦。

声音远远传来的时候，它在寂静的夜晚也一直在往前跑着，跑得不晓得有多远了，我们借着声音的脚步，听出了夜的辽远和大地的深广。那是更加遥远的回声。

小暑了，天气变得炎热。媛媛在屋后叫我，她给了我一条酸黄瓜，呷得我口水直流。她去田里捉鱼，问我去不去。我好久没呷鱼了，学校放假，我就跟她赶着一群牛去了。

走了很远，村子的狗叫都听不见了。她说，让牛呷饱了再捉鱼好不好？我说好。牛在渠沟上呷草，我们在一边闲聊。我们扯了狗尾巴草打一个结，两根狗尾巴草梗彼此插进草尾巴打的结里，扯着草梗的两头，拉二胡一样，推拉起来。

狗尾巴草的游戏玩一会儿就玩腻了。我们又找到一种韭菜一样的杂草来玩，生男生女，拿草梗一撕就能断定出来。它的纤维多，撕裂时中间出现一个菱形，代表你想的那个人会生女孩，直直地被撕开，代表生男孩。我们说撕一撕顺澍的堂客生男还是生女，他堂客肚子大了。媛媛一撕是女孩。再撕肖老师，她挺着肚子还在上课，我撕出的是男孩。媛媛也为她撕，撕出的却是女孩。

我在渠边扯出一把丝茅根草，它的根一节一节白生生的，像莲藕，一扯一大把，洗了呷，味道甜丝丝的。

高高的茼蒿上停了几只红蜻蜓，它看到我走近，透明的翅膀抖了抖，倒伏下来。我伸出手，它凸眼转了转就飞了。它飞得不远，又停在茼蒿上。我轻手轻脚从它长尾巴后面靠近，它也许在想心事，松懈了。我突然一伸手抓住了它。我享受的是抓获的成功。抓到了并不好玩，蜻蜓会咬人。赏玩了一会儿，我跟蜻蜓说："你傲呗，你飞呀！傲个卵。"说完便把它放了。红蜻蜓慌忙飞远了。

以前我们用铁丝弯个圆圈缠了蜘蛛网粘蜻蜓，那容易多了。菜园里蜻蜓多，到处开满了黄花，我们喜欢去花丛里捕大头蜻蜓。

田野里的白鹭一群群飞，它们在碧绿的稻田里起起落落。也有成双成对的，上下翻飞，相互嬉戏。云雀像支箭迎风冲上高空，锐声叫着，翅膀拍打得飞快。我想不明白它们做么里要冲到高空去叫，那里空空荡荡的。白鹭就安安静静的，翅膀轻轻一扇，飞得一点声息都没有。样子像八哥的牛鸟，黑得发亮，落在牛背上。它们啄食牛身上的寄生虫。

媛媛叫我过来，指着母牛×说："你看过人的×吗？"我说："没有。"心里慌了一下，呼吸紧了。她说："你想不想看？"

我不好意思，没有说话。"来看吧，我给你看。"她见我站着不动，又说："来呀，又冇人，怕么里丑啰。"

我还是不动，怕丑，不情愿。她推了我一把，自己先到了沟底，招呼我下来。

沟是干的。我下来后，她说："要看我的，你的裤子也要脱了。"

话没说完，她就来解我的皮带。我下面猛然直了起来，硬硬的，像根钉子，她抓在手里，慢悠悠地把玩着。我胀得发痛了。

她一把脱了自己的裤子，又把褂子脱下来垫在草上，自己躺在上面，招手要我过来。我走到她的身边，看到她的乳房突起来，像个小桃子，她的大腿白嫩。我跪下来，看到了她的阴部，一股清清的水像泉一样往外冒，那里好多皮肉聚集在一起，混乱一堆，样子长得很难看。我在想：何解要长成这个样子呢？女人长得都是一样的吗？

媛媛一把抱住我，我压到了她的身上。我动了几下，感觉凉凉的、滑溜溜的，落到了一个水井里又很快滑溜出来了。下面胀得好痛。我挣开她站起身来，赶紧穿好衣服，爬上了渠道。

媛媛还躺在那里，裤子没拉上来，她不想起来，向我招手，喊我下去。我的脸像火在烧。我感觉到厌恶。

正午时分，猛烈的太阳照得大地刺眼的白，连绿色的草也发出了白光。田地里空荡无人。牛还在呷着草。一头水牛下到水沟里，"扑通"一声把身子浸到了水中。

我跟她说："我回去啦。"她赶紧穿衣。我一个人先走了。猛烈的太阳很讨厌，已经晒得我一头大汗。

九

大人每天去田里劳动，一大早就有人吹哨子，喊："出工了，出工了。"出完早工才回家呷早餐。女人只有春天插秧、夏天"双抢"才出早工。"双抢"时她们午饭也不煮了，午餐米饭是食堂集体蒸的。每家打发自家的细伢子抱个脸盆回家。瓷脸盆蒸了满满一盆米饭，又热又香。我爱拿着一条毛巾去食堂，看木蒸笼掀开后白茫茫的蒸汽。几个阿姨烫得边甩着手，边一盆盆把热饭从蒸笼里拿出来，我用毛巾包着盆边抱着，一路小跑回家。姆妈在家已经炒好了菜。

"双抢"时食堂下昼还会煮个腰餐送到田里。

"双抢"在季夏开始，要赶在立秋前把早稻收上来，把晚稻秧栽下去。因此，大人们天不亮就得起床，天黑了才能回家。这是一年中最累最苦的时候，割禾、插秧、抱禾把，累的是腰，痛得人快要断成两截了。

"双抢"时学校放暑假，细伢子都躲不过。我参加割禾，弓着背、撅起屁股的都是女人，她们腰身一闪一闪，只听嚓嚓嚓嚓一片响。直立的稻谷一片片倒下，让人有一种莫名的兴奋。男人踩打稻机，噪声四起，一把把禾压在打稻机长齿的滚筒上，稻谷一粒粒打得脱离了稻秆，溅落到木桶里。有一次我割破了手，休息两天就去抱禾把，我来回奔跑，把割倒的禾一把把抱给打稻机上的男人，直跑得腿脚快迈不开步了。

上昼、下昼歇气两次。歇气时我跑到田埂上，把大瓦罐里的燃茶滗到大碗里，咕咚咕咚灌进冒烟的喉咙。歇气时间短，男人抽完一根烟，组长便吆喝干活了。

我累得死去活来的时候，想不到跟银木匠学写仿宋体字派上了用场。生产队派我去堤坝、渠道上写标语。我轻轻松松地扛着锄头，提着白石灰，去干文化工作。没有谁管我，收工早晚我自己说了算。

我在渠道上写下仿宋体的"无产阶级文化大革命万岁"！觉得不过瘾，又添上"万万岁"！再写"伟大的马克思列宁主义毛泽东思想万岁！万万岁！""千万不要忘记阶级斗争！"想到媛媛解释的"斗私批修"，我想起了"狠斗私字一闪念"，也把它写上去了。老房子有一条标语"毫不利己，专门利人"，我天天熟视无睹，现在它突然跳到了我的脑海里来了，我把它又写上去了。

接着写队党支部书记潘德和交代的："坚持无产阶级专政下的继续

革命""宁要社会主义的草，不要资本主义的苗""工业学大庆""农业学大寨"。

潘德和，我们叫他德和长子，他人长得高，长手长腿的，他交代我任务从来不笑，我听他讲话时脑子里总是跳动着"严肃"两个字。

我慢慢写，不能几天就写完了，那样我还得参加"双抢"。我在潘支书交代我去的地方，找到平整的斜坡，先用石灰撒出一个字，再用锄头照着石灰线铲出横撇竖捺。宋体字的横太窄，不适合广阔天地，我就创造性地加粗，有点魏书的味道。我把笔画铲成深沟，然后把白石灰撒进里面，像银木匠嵌棉花一样。

写完一条标语，我就跑到远处坐下来，慢慢欣赏。它们有一种说不出的美，让人陶醉，我产生了成就感，产生了骄傲的情绪，觉得自己了不起。我看得犯困了，就在草地上睡觉。有一次睡觉起来，觉得胸前肿痛，两个乳头充血，火辣辣的，手碰一下都不行。我想我被太阳晒得生疮了，同时生了两个疮。

潘支书看到标语找不到人，就喊。我从睡梦里惊醒，慌忙爬起来答应他。他招手要我过来。等我走近，就问我："你想磨洋工啊?!"我说："我在琢磨呢，闭着眼睛琢磨，哪里写得好，哪里不足，我得一笔一画去琢磨，记在心里。"他像很谦虚地低着头，说："那你跑到那边去做么里?"我一直抬着头跟他说话，长子太高，挨我太近了。他低着头也不是谦虚谨慎，而是嫌我太矮了。

他这么一问，我就松了颈根，要他跟我过来。这是个专业问题，我要当一回他的老师。他看着我走，很不情愿地跟了过来。走到我躺着的地方，我指着标语要他看："是不是可以看得更清了?"他笑了。是革命同志的笑容，电影里经常能看到的那种。于是，他表扬我做事认真。他说："我看过毋家棚、大湾杨写的标语，都没有我们连尔居的好。还是我们有文化。"呵呵，我也是文化人了。我附和："广阔天地，大有作为嘛。"这时我脑子里想起了抱禾把拼命奔跑的一幕，想起了雨中披着胶布雨衣插田的一幕。

我写的标语大大超额完成任务了，我几乎把白色石灰的标语写遍了连尔居的田野，写得村里的石灰不够用了。潘支书说，不要再写了。我想到自己不写标语就要参加劳动，再说我写标语写得手痒痒了，就大声说："革命标语怎么能说写得多了呢？还很不够，所有地方都要写上去，要使红色江山不变颜色，祖国山河就要先写满红色标语。"

潘支书勉强地挤出一丝笑，转身走时，丢下一句话："那你就写吧!"

好多天我的胸前都是火辣辣的。我担心草地上晒太阳晒出了火毒，晚上跟娥驰说："我胸口生疮了。"娥驰撩起我的上衣，看了看，说："不要碰它，会好的。"她吐了点唾沫，在上面揉了揉。

过了一些日子，乳头不痛了，却突然长大了很多，摸捏起来，肉里面有一粒扣子，我捏来捏去，害怕出了么里毛病。

青华、云祺、建元、茂益，我们的嗓子一个接着一个变粗哑了，讲话像鸭子一样难听，唱歌唱多了嗓子就痛，很不习惯。

我发现云祺的喉咙长出了结，他讲话、呷东西，喉结一上一下滑动，很好笑。我去抓他的喉结，问他喉咙里是不是卡了么里东西。他去问他的爷尚健师，他爷骂他："卡么里呀？卡了你娘的金元宝。"

没多久，他看到我的喉结，惊讶地喊："邦伢子，你也有一个啊!"他来摸，捏住不让它动，我一讲话一吞咽，它就滑走了，做不到不让它动。他一用劲，我哑着嗓子喊："轻一点!"看来，没办法使这个东西消失了，它也不听我们指挥。我们只能让它长在那里了。大家都有了，就不再觉得惊慌了。

青华人中上长出了细细的胡子，看着像个小流氓。我刚刚嘲讽他像个小流氓，想不到，我的胡子也冒了出来。特别是我发现卵泡上也长出来几根，长得飞快，没用多久，它就变得又粗又长又黑，我每天躲到角落里偷偷看一回，心里生出厌恶的感情，又不无担忧，却不敢告诉别人。

为了掩饰心里的不安，我去滚铁环。这时候风行滚铁环，一个钢筋做的圆环，推动它的是一根铁棍，铁棍一头弯成直角，再弯出一个凹槽，铁环就套在凹槽里被推着往前滚。铁环在前面滚，我们拿着铁棍在后面跑，要想铁环不倒又按自己希望的路走，要靠技术。就是这推环的技术让人着迷。我们先在村中的马路上跑，后来跑到了江边的马路上，接着田中的渠道上都跑去了，跑得满头大汗。跑动中，我感觉到下面的东西晃来晃去，痒得不行，轻轻一碰像电击一样倏地硬起来。

夏天开始穿短裤，不小心下身与裤子一摩擦，它像条看门狗一样，不听主人招呼就自己突然从地上爬了起来，往外冲。要让它软下来还不容易。它硬挺着，把裤子撑得打起了帐篷。我脸羞得通红，它仍然高举着帐篷毫不松软。

做课间操的时候，它常常毫无预兆就打起了帐篷，在人群密集的操坪上，我恨不能有条地缝钻下去。

"六一"儿童节全校体操表演，我非常紧张。我去请假，老师不准。我想着那天逃跑，躲起来。老师说，全班排好队去，要点名。

"六一"我硬着头皮站到了队伍中，心里求它不要硬起来。

我们的队伍从学校去分场，大家排着队走。路上它还老实，我心里放松了一些。开始做操了，音乐响起来了。左边是一个女同学，前面也是一个女同学，左边的女同学蹦蹦跳跳，挺起的乳房把衬衫纽扣都顶歪了。一道白光漏了出来，晃得刺眼。前面的女同学是翁华，她是机务队的，是班上长得最漂亮的女孩。她的屁股圆溜溜，被裤子绷紧，那线条像有一股魔力。

"哧"的一声，我的下面失去控制，着了火，它像疯狗一样恨不得扑过去，硬得都成了一根炮管了，短裤高高撑起，仿佛要撑破裤子了。我心里念叨着快快结束快快下去，眼睛左右看着，看有没有人看见。

体操一结束，我右手隔着衣服迅速把它仰起来，仰躺在小肚子上，用右手按着，让它卧倒。我装作肚子痛。它长得真快，竟然比我的手指还要长还要粗！根部的毛孔变得粗大，根上也长出了黑毛！穿长裤有口袋，我每天手插进口袋里偷偷按住它，别人一时难以发现。好多年，我总是一只手插进裤袋按着它。

分场领导开始讲话了，我们都挨近了，很难看到下身。我心里慢慢平静。刚才的一幕像噩梦一样过去了。

翁华那个圆溜溜的屁股晃动着，我翻身扑上去，突然我顶在翁华的屁股上，像顶到了墙上，触了电似的，我死死地压着、压着，耻骨生痛，总感觉压得不够力；下身痒痒的、酥酥的，突然一股热流从地层深处岩浆一样喷射出来，湿湿的从炮管迸射而出。冒火了，胀裂了，岩浆蹿到了那片黑毛上；身体着火了，软了、熔了，砰一声炸碎了，整个世界糨糊了，像黑暗中的沼泽。我吓醒了，感觉像尿了床。尿床是因为没把梦与现实分清，憋尿了，在梦里，跑到地坪或是茅厕拉尿，尿一拉完就到了梦外面，发现自己是在床上。梦里的担忧、紧张，变成了懊悔。我发现并无翁华，只有我自己伏在床上，赶紧用手去摸下身，内裤里一摊黏糊糊滑溜溜的东西。这不是尿床，"何解?!"

内裤搞脏了。我又担心把床单弄脏，我翻身仰卧，任湿溜溜的东西粘在我身上，只求不让娭毑发现。她就睡在我身边。我感到羞愧。迷迷糊糊睡到天亮，那黏糊糊的东西干了，裤子是硬的，像是浆过。想不到这样的事情不久又发生了。从此，我生命中再也无法轻视和忽略女人了。

"六一"儿童节那天放学，发生了一件大事，九队一个学生过渡时掉到江里淹死了。他比我高两年级。九队与连尔居隔江相望，它靠江的下游，上学却要走到连尔居上游的长潭过江。长潭江面窄，岸陡水深。常有人在长潭看到水怪。那里的高岸上埋了很多坟。

　　我曾沿着江滩走到长潭，长潭没有滩涂，岸边只有坍塌的泥土，泥上渗着水，流成五颜六色的一道一道条纹，有铁锈红、孔雀蓝，有褐色、绿色、青色，上面一层釉，闪着油光。靠岸的水中长了浓密的水草，水草里虾很多，用笊篱伸进水里捞，一笊篱能捞很多虾。我跟姆妈来捞过。中午休息的时间，她捞了半桶，全家呷了两天。

　　岸陡的地方，水边走不过去。那一次，我们走到陡岸下，抬头发现岸上的坟就在头顶上，那些粘着白纸的竹条插在坟山上。这是花圈风吹雨淋后留下的。

　　我想起姆妈说的一件奇事：她走过长潭坟山，一只芦花鸡在一座坟前寻食，她想提了它，就朝坟山走过去。那只鸡看到她走过来，躲到坟山后面去了。她寻到坟山后面，那只鸡不见了，绕着坟山走了几圈也没有鸡的影子。她一慌神，就害怕起来，想起荒滩野外何解有鸡呢，赶紧离开坟场。等走远了，再回头看时，那只芦花鸡又在那里觅食了。

　　坟山是我们东去的必经之路，我从不敢一个人去，经过坟山时，大家争先恐后，心惊肉跳，看都不敢看一眼。风的声音都听成了脚步声。

　　有一次，我经过坟山，听到邻居满娭毑一声叹息。她有一具棺材，好多年都放在走廊上，天一黑我就不敢朝它看了。我说："满娭毑死了。"跟我走在一起的建元说："你莫乱讲，呷中饭她还好好的。"

　　回家不久，满爹大叫一声就跑出房门，喊着："伊咯何事得了，伊咯何事得了啊！她上吊了啊——"

　　在我们经过坟山时，满娭毑用一根绳把自己吊死了。她瘫痪在床，不晓得是何事爬起来上吊的。她是一个要强的人，觉得自己拖累了满爹。死之前，她跟人说话还像平时一样。她有一对高高的颧骨，颧骨上圆圆的两块深色的印。

满娭馳死后好长一段时间，我走过坟山时，她总是在那里看我，像雾一样浮在半空。听人说她死后没有喝孟婆的忘魂汤。人在埋进坟山的第一天，会爬到坟头朝家里的方向哭，他们想家，于是，把孟婆哭来了。孟婆见哭得伤心，提了一罐汤，来劝亡灵喝下。喝了孟婆的忘魂汤就不记得家不记得自己的亲人了，也不会悲伤了。有的亡灵不肯喝，满娭馳就没有喝，她天天朝家里望。

满爹在坟山烧的包也有燃完。人埋进坟山后，家里人会把亡人床上垫的稻草扎成草辫子，第二天放到坟前烧，烧尽了说明亡人已安心去了，烧不完就说明亡人还在想家，还不肯去。满爹看到烧了一个晚上都没烧完的草包，在坟山上大哭一场。

娭馳为我去坟山敬她，要她别吓我。她生前与娭馳很亲密。娭馳敬过她后，她颧骨高高的脸就消失了。我走过坟山偶尔壮起胆往那里扫过一眼，坟上空空荡荡的。

要从坟山里面穿过去，我腿都发软了，想回去。青华和云祺往岸上爬，建元看我一眼，问："上去吧？"见我不作声，他说："走，上去！"我害怕剩下自己一个人，只好跟着他们往岸上爬。

那是秋天的时节，坟山上长满了杂草，篱蒿、丝茅根、芭茅草、夏枯草，都现出一片枯色。有的坟前有黑色的灰烬，不久前有人来烧过纸钱。我们几乎是闭着眼睛小跑着穿过去的。

往上游走，江水蓝得发黑，跟墨绿的碧玉一样，波浪是细小的，一切都是那么平静。江中扬起了一片水花。我看到一个黑脑袋伸出水面，水下黑乎乎一片，右手一指，轻声说："快看！"

青华悄悄捡了一块卵石，这里鹅卵石不多，他突然往水中掷了过去。"咚"一声响，黑乎乎的东西沉到了水底。

云祺说："是只大脚鱼。"

江上，一块水面颤动着细细的波光，一块水面镜面一样平，映着天上的云，一块特别黑亮，它们一块块交织在一起。在我们沉默的时候，江水里又有动静了，猛然起了波涛，水面被划开，一个更大的黑影在水下游动，大得吓人。它突然昂起头来，露出一双圆眼睛，看了我们一眼，大嘴巴一张，朝我们叫了两声。

青华喊一声："快跑！"

我们早已吓得魂飞魄散，撒腿就往回跑，一口气冲进了养猪场。

养猪场的三条狗，一条黑狗、两条黄狗一齐朝我们咆哮。正在喂猪的吴灿佳看到是我们，喝住了狗。他不晓得我们慌慌张张地跑是么里事。我们告诉他有水怪。他笑了笑，继续喂他的猪，他手里的箩筐装满了莒藤，他把我们的发现全不当一回事。他淡定的态度让我们心里安定下来。他说："冇事啦，是江豚。呷不呷莒？"

养猪场边上种了很多莒。莒堆满了一间房。我们进房去，挑了几个，拿到外面水桶里洗。

吴灿佳跟他姆妈、姐姐住在养猪场。他们一家是讨饭来连尔居的，队里养猪场的猪交给他们一家来养。我看着吴灿佳忙着打扫猪栏，心想他们何解不怕鬼？坟山离他们家好近哦！

我这次受了惊吓，娭毑请了玉清娭毑给我"收吓"，姆妈、满妈、堂姐来长潭给我拜水忓、喊魂。

九队学生出事的几天前，爷和姆妈都不要我到江边去。江水有很重的腥味，说落水鬼在找替身，找了替身，落水鬼才能去投胎。建元、云祺的姆妈也这么交代。

听说九队的人也有交代，说江里有异象，但他们不能不过江。那个学生快到岸边才掉下水去。人下去了就没见浮上来。他会游泳，九队的伢子里他游得最好，但人下去影子都冇一个。

好几天，长潭上敲锣打鼓，放着鞭炮，在江里打捞尸体。没想到，在对岸找到了，人已经肿得变了形。

尸体埋葬几天后，晚上，积大爹坐在我家靠背椅上，一副神魂不定的样子，雷公打他时，他都没这么心惊胆战，他对着满房子人说起了他两天前的经历：

"前天，我到汨罗去买桐油，亲戚留我呷饭，回来天就夜了，要走夜路。经过翁家港，这段路有芦苇。月光不是蛮亮，我一个人担着铁桶朝前头走，'咕——咕——'，'咕——咕——'，芦苇里有么里叫，是斑鸠还是凫，声腔有些怪。我冇留意，赶快走。

"过了喜椏里，两边是甘蔗地。在甘蔗里头走了一段路，看到前面有个人，也在走夜路。哦，有了一个伴。我一喜欢就喊：'伙计，等下我咯。'

"那个人冇停。我又喊，还是冇停。'伊个人也是的，腔都不答一下。'再看啦，那个人冇得脑壳，走路也听不到声音。我吓得不得了！喊一声：'你是做么里咯！'冇想到那个人往甘蔗里一钻，就冇得影子了。

"我怕啊，走也不是，退也不是。平时我胆子几大，前晚真正怕。正好，路边有棵细水杉树，我一把拔出来，用力敲铁桶，'嘭！嘭！嘭！'声音好响，脑门子充血。我心一横，边敲边走，越走越快。经过冇脑壳鬼躲的地方，我用死劲敲，一路敲一路走。到了屋，把门一关。堂客看我脸色不对，过来接。地上的铁桶已经敲扁了，一担桐油都漏到路上了。唉——"

十

放暑假的时候，我们已经忘记了落水鬼讨替的事。夏天的江面又热闹起来了。

我不会游泳，抓着木排游，木排上到处是手。那情形就像蚂蚁在拖一条虫子。有人赤身裸体地站到了木排上。有人故意掀木排，失去平衡，木排上的人都"扑通"掉到水里。

木排我们叫"挑"，由三四根圆木拼成排，一头放在岸上，一头搭在水中的木支架上。这是女人洗衣、洗菜、淘米，男人挑水用的。涨水退水，木"挑"要上下移动。

连尔居多的是一种石挑，用长条麻石搭出，麻石一节一节伸往江心，一节一跨，每跨低下去一个台阶，一直伸进江水中。麻石也是从祖房拆来的。石挑涨水退水都不用去管它，总有一节麻石是离水近的。

围着挑边游的人是初学者，游的是狗爬式，他们浅水里钻进钻出，最被人看不起。水都被他们搅浑了，洗衣、洗菜和挑水的都不喜欢他们，有时还要挨骂。

我一只手抱着木挑，一只手划水，青华、茂益几个人使坏，把它往江中一推，木挑上的手纷纷松开。木挑漂向江中。一个来江边洗衣的妇女看到挑没了，就骂："伊咯落水鬼哩哒，有得名堂，当咯号蚩玩！"童霖、大放、建元两脚打起水花，夸张的水花溅起一米多高，"嘭嘭"作响，他们向木挑游来，把它拖回来架好。

挑上的妇女一走，我们又把它掀下水。我扶着木挑游，青华、茂益又暗暗使劲，木挑悄悄漂到了深水区，发现得早的人已经放手回到浅水里，我身边的人越来越少，等我发现挑离岸远了，脚伸直了也碰不到泥沙，我犹豫着不敢松手，等到挑上的手都松开了，我慌了，最后一个松了手，人往深水里沉。

"哗"，江水像一扇门关上了，把我与外界隔开了。

周围突然安静，一口水呛来，从口、鼻孔、耳朵等所有的通道往身体里灌，像带刺的蒺藜。

我眼前现出一片暗红的光，一股力在把我往上托，橙黄的光团迎向我。"哗——"，人群和吵闹声又出现了。凉丝丝的空气进入了我的喉咙，我浮到了水面，脚踢手扒，抓住又要下沉的瞬间，喊出了"救命——"

细伢子玩水的叫声、击水声比鸭群还要闹，我的喊声被淹没了。每天都有人游着游着就假装不行了大喊"救命"。听到喊"救命"，大家一点也不奇怪。建元离我近，看到我在水中扑腾，发现我不是闹着玩的，是真的不行了，他赶紧游过来拉了我一把。我扑腾着到了岸边，耳朵、喉咙呛得火烧一样锐痛，身上一点力气也没有，坐在沙滩上喘气。

第二天再下水，我竟然会游水了。

在水里钻了一个夏天，我游得像一条鱼。有一次，我潜水时还抓到了一条鳜鱼，我刚把它抓出水面，它就从我手上飞走了。

水里的游鱼一群群嬉戏，我看得到它们的眼神。鲦鱼、鲑鱼，在我下水前，阳光把它们淡淡的影子与水波的影子投射在水下沙土上，鱼鳞的白光与粼粼的波光晃得人眼睛酸胀。我从挑上向它们扑去，我还没落到水里，鱼群就箭一样射走了。谷清抓鱼的本事不是谁都有的。

凫雁离我们远远的，它们在江心戏水，偶尔发出叫声。任我们怎么发出喧天的吵闹，它们悠闲的样子从来不变。白鹭比凫雁谨慎，从不靠近人群，它们在对岸的滩涂上时飞时停，纸鸢一样。有时三五成群地飞到稻田里。长腿的鹬离我们更远了，它们在一口子的沙洲上漫步。只有家养的麻鸭总是在我们身边钻来钻去，一会儿到水里，一会儿在岸上，不晓得它们墨绿色的宽喙不停地啄食么里，两条短短的腿支着肥胖的身子歪来歪去。

顾春芳到挑上来洗衣了。她就是代我上台跳舞的那个女孩。我两条腿故意打得江水"嘣嘣"山响，溅起的浪花像风吹雪。有人游到离挑近的地方，打起的水花溅到她的身上了，顾春芳也不骂，身子一缩，眉头一皱，往一边躲。她蹲在挑上，紧绷的裤子把屁股大腿的轮廓都露出来了。洗完衣，她站在挑上看我们游泳，我们纷纷往深水里游，比谁游得快游得远，在深水里踩水，比谁露在水面的胸脯高。茂益仰起肚皮，故意露出下身。顾春芳羞得跑了。

马癫子是一个脾气暴躁的人。我们把马路上的牛车推到江里，他发现牛车不见了，到处去找，有人告诉他牛车到了江里。马癫子站在岸上，看到自己用的牛车漂在江中，四周围了一圈的黑脑袋，就跳起脚骂："嬲你娘咯！短命鬼哩，当咯号蜕玩，老子打死你！"他嚎着，朝江面挥动着拳头，骂着骂着就开始脱衣。

青华、建元几个松了手，赶紧往对岸游。我、云祺、茂成几个把牛车往回划。看到马癫子冲下水了，我们也赶紧往对岸逃。

游到对岸，江滩无人，我们站成一排，比谁尿得远，比谁的屁大。马癫子游到牛车边，拖着牛车往岸上回游，在水里他没有力气骂人了。

牛车浸了水，车轴泡松了，轮子不好用。车轴用的都是好木头。马癫子告状告到了我爷娘那里，我爷拿着棍子追打，他一棍子甩过来，差一点打到我的脑袋。

银木匠忙了两天，把牛车修好了。新轴转动的声音特别响，听到它的声音我就骂："癫子癫，赖芥菜；疥蛤蟆，教你骂……"

连尔居来了一个叫平瞎子的人，夏天的晚上也变得热闹了。他是连尔居最受欢迎的人，大人们从没这么喜笑颜开地迎接过一个远乡人。他是来村里唱道情的，他洪亮的大嗓门一唱就连唱了五晚。连尔居好多人跟他熟，喊他平瞎子，有的直接喊瞎子瞎子。平瞎子听了也不生气，笑眯眯的，他也拿人家小时候最难听的绰号开玩笑，几十岁的人了，像个细伢子一样相互讥讽，互相打闹。有一个堂客去摸他的脸，旁边的人要平瞎子猜是哪个堂客在摸。平瞎子不说，由着她摸，突然一把抓住她的双肩，喊出她的名字，说："老子夜里都睡不安稳！你还记得老子啊！"

一堆人哈哈笑起来，浪笑声要把屋顶掀起来了。

很多人家抢着请平瞎子呷饭，他喝起酒来一大碗一大碗直往脖子里面灌，脸上红得像烫过的猪。我家里也请平瞎子呷了一餐饭。爷说，他跟平瞎子学过拉琴唱戏。连尔居很多人跟他学过花鼓戏，但他们从不叫他师父。这五天，连尔居到处是哼唱花鼓戏的，你总能听到花鼓戏的唱段从一间间房屋里传出来。

江湖游走的盲艺人，喜欢在夏天和秋天走村串户唱道情。他们在月色里弹起月琴，吟唱古今的传奇。月光下，落单的鸟驮着一个小小的黑夜飞行，一弯月牙西沉江底，苍老的唱腔还在江面随波漂浮⋯⋯

道情，有人世的凄凉，有忠义之士的侠肝义胆，有乡里乡亲的情意，有歹毒小人的蛇蝎心肠⋯⋯

平瞎子第二晚唱的是"孟姜女哭长城"。我躺在竹床上，顾春晖看到只有我一个人，也睡到了上面。她是顾春芳的姐姐。我们都穿得很少，她用葵扇不停地拍打，一赶蚊子，二驱炎热。她高翘的大屁股对着我，扭来扭去，碰到了我的私处。它早已搭起了帐篷。

感觉有东西到了她的股沟，她停止了扭动。我悄悄贴着她，假装不是故意的，只想让蚌唇一样的臀含着它。平瞎子正在唱"孟姜女千里寻夫"，声音一会儿在他的胸腔回荡，一会儿在他的鼻腔共鸣。月琴抚得大弦细弦嘈嘈切切，乱云遮月。年老的妇女在纷纷叹息。

春晖又开始扭动起来了，她也装作不晓得，暗暗用力挤过来，嘴里说："莫挤呀，我都快掉地上啦。"话是说给别人听的。竹床睡两个人有点嫌小，她个子大，一顶，差点把我挤下去。我吓得不敢动了，又羞又怕。

女人的体香令人迷恋。我就这样顶着，觉得它找到了一个舒服又享受的地方。她的体温像个怀抱，无家可归的孩子有人收留了。

平瞎子的弹唱吸引了我，长城被这个痴女子哭倒了，一倒几百里。

平瞎子的月琴弹得弦都快断了。他的嗓音仍是这么饱满、洪亮。

我听得渐渐入了戏，慢慢睡意又来了……

我不晓得自己么里时候开始喜欢大姑娘了，喜欢听她们说话，张家长李家短，听她们笑，笑得花枝乱颤；看她们握着拳头擂人，翘起嘴巴生气，看她们斜眼看人，花手帕扎头，手不停地抚弄着长发。

第一次与女人这样贴近，像我曾有过的梦境，只是我不敢用力去顶。事情在平瞎子唱的道情声里发生，后来我喜欢莫名地哼上几句，那暧昧不明的回味似乎与这唱词也有关了。

十一

我是在娭毑身边长大的。在没有电灯的年月，娭毑点的是一盏有玻璃罩的煤油灯，她坐在一架纺车前纺纱。一条条白狐狸尾巴一样的棉在吱呀吱呀声中纺成一团团的线，绕在一个个纺锤上。我在这纺车声里进入梦乡。

煤油灯下，我看的第一本书是《闪闪的红星》。书是云祺借我的，他是从别人手上借来的。我看到鸡叫三遍，灯芯烧出了几次灯花，我用指甲一弹，灯花散落，灯光又亮了。我像梦游奇幻之境，身在房里，心早已去了另一个陌生的地方。

那时娭毑进入了梦乡。偶尔几声狗吠，江中大鱼翻出的水响，天空鸟飞过的叫声，夜间动物的神秘行动，都在寂静的夜里异样凄清。

我不再买小人书了，买起了长篇小说。《剑》《敌后武工队》《金光大道》都是我拾荒买来的。我买长篇小说的时候，连尔居有了电。

自从看小说后，早晨赖床已成了习惯，娭毑总是说："麻雀都起来了，它在叫你起床呢。你看你看，它都到门口了！来喊你了！"我听到叽叽喳喳的麻雀真的在门口叫了。我一起床就急急洗漱，背了书包冲出门，一路快走，总是在上课铃声响起时冲进教室。

有一段时间，麻雀刚醒来我就起床了。我生了虫牙，娭毑把晒干留作种的老苋菜烧成灰，要我每天漱口前含在嘴里。我含着黑灰，看到麻雀在屋檐下打闹，它们哪里是在叫我呢，它们正在快活地戏耍。

秋天，我腮帮肿了，娭毑找了一根犀牛角，她很早就起来，像磨墨一样在一块石头上磨出一层浆，我起来时就涂在我的痛处。一周后肿就消了。

早晨起大雾是在天开始转凉的时候，走在上学路上，雾气把前方的路都遮住了。我觉得新鲜好玩。想不到马路上藏了一队人马，只听到说话声和杂沓的脚步声，像在雾中飘。慢慢看到人，看到他们朝连尔居走来，我奇怪大雾中的这支队伍，他们走路死快懒气的。这么早他们在做么里呢？

走近了，看到了尚健师、潘支书、顺澍、银木匠、惜天二爷、炳滔爸……孙茂文拿了一面小铜锣，偶尔敲两下，也是有气无力的。他们谈话声在雾气里飘，像是说梦话一样。说的都是家长里短的琐事。这么大规模的集体行动却这么随便。我很吃惊。他们从我身边走过去，谁也没有在意我。队伍里都是男人，没有女人。他们从没有排队走过路，只有我们学生才会排队走路的。因此，男人们走得一点也不整齐，歪歪斜斜，让我觉得他们既不能不当一回事，也没当一回事，有点滑稽可笑。

看着他们快走进村里了，有人带头喊口号，大家有气无力跟着喊："造反有理！""打倒党内走资本主义道路的当权派！""横扫一切牛鬼蛇神！""毛主席万岁！"

刚进村，散了，大家嘻嘻哈哈各自回家去了。

我当是雾中的一个梦境，又大步往学校赶。

晚上，我问爷："早晨排队走路做么里？"

爷说："游行。"

我问："游行做么里?"

爷答："游行喊口号。"

我那时才写标语，口号就是标语，渠道上写了，房屋的墙壁上也写了，还要口里喊吗？喊给谁听？早晨连个鬼影子也有得。经过长潭坟山，说不定鬼真的听到了。我说："你们喊给鬼听吗？"

爷生气了，说："细伢子莫乱讲！喊口号才进步，才革命。"

我想起来了，银木匠也用泥砖刻过"革命"，只是喜欢的人不多。但也有人放在家里与红宝书一起拜。"革命"我不晓得自己懂还是不懂，大家都在说，去问别人太不好意思了。只觉得它非常神圣，么里事往"革命"上一套就很严肃了。爷说游行才革命，我是懂了的。凡是问题到"革命"打止。"革命"还要问，那就是不进步了，简直反动。不小心变成"反革命"，那是比杀了人还严重的罪。再加上一个"现行"，那是要枪毙的。村里经常贴了法院的布告，凡名字后面跟着"现行反革命"的，名字都用红墨水打了×。一段黑体字，最后一律写的是：枪毙，立即执行。

"现行"这个词我们也没有学，没用过，它好像专门用在"反革命"前面。见了这个词也觉得可怕了。

我决定悄悄跟着他们去游行。我对娭馳说："我想去看游行，你记得推醒我。"

潘支书天不亮就吹哨子了。他把各组组长叫起来，几个组长再挨个上门催。

娭馳推醒我的时候，天刚蒙蒙亮，没鸟叫声，我听到了吱呀开门的声音。有人已经出门了。他们是积极分子吧。我翻身起床，穿衣，没有漱口洗脸就冲了出去。

男人们在篮球场排队。顺澍拿着小铜锣好玩地敲了几下。他堂客生了个女孩。媛媛撕草撕得很准。潘支书拿出了一面红旗，交到了银木匠手里，跟他说了几句么里话。尚健师与边上的人嘟囔着。惜天二爹说："我好不容易做个梦，被你们喊醒了，害得老子几不想起来！"炳滔爸说："梦见玉娥了？"众人笑。只有新楚虎着脸，玉娥是他的姆妈。

潘支书看看人到得差不多了，很威严地手一挥："出发！"

队伍死快懒气往前走。盛赞带头喊起了口号："无产阶级文化大革命万岁！""打倒帝修反！"……

喊口号的时候要握拳举手，有的举了一半，有的抬一下胳膊，有的打哈欠，只有嗡嗡声一片。走路都无精打采的。喊过一轮，他们谈起农活，议论农场补发钱的事情。

游行就是这个样子？一点也不好玩。走了一段路，我就不跟他们走了。

游一次行记早工一次，比下地劳动轻松。

那天半夜我被锣鼓声惊醒了，睁开眼睛后，还听到了鼎沸的人声。我从床上爬了起来，觉得兴奋，心里想着发生了么里事呢，匆忙穿好衣服，冲到了外面。

篮球坪上集合了很多人。尚健师打着鼓"咚咚锵，咚咚锵，咚咚咚咚哩咚锵……"顺澍在敲一面大锣"锵——锵——锵——"。潘支书喊："赶快集合，毛主席最新指示到了！"男男女女都往篮球坪走。很多细伢子闹醒了，也跟着看热闹来了。缘山老倌、惜天二爹、炳滔爸、积大爹，年纪大一点的也来了，我爷、满爷也到了。姆妈看到我，要我过去，她在一群妇女中间。三面红旗在人群中挥舞着，手电筒往各处乱照，村里的狗也在叫。过年都没有这么热闹哦。

队伍在锣鼓声中上路，浩浩荡荡往东走，汨罗江北岸亮起了很多电筒。对岸的九队、邻村毋家棚也看得到灯光，听得到锣鼓和狗叫。

我在队伍中跟着尚健师的鼓走一段，又跟着盛赞，听他挥手呼口号，他的手是举得最直最高的。女人喊口号总是忍不住要笑。我在想，毛主席的最新指示会是么里呢？想着想着就激动起来了。

各队到了七分场所在地黄金，中学操场上已经人山人海，有人激动地喊："毛主席的最新指示：'一不为名。'"震天的锣鼓把声音都淹没了。毛主席像和写成标语的最新指示被举得高高的。几十面红旗被后生崽挥得呼呼生风。

呼喊得累了，各路队伍开始往回走。天还没有亮，广播里播起了歌曲："大海航行靠舵手，万物生长靠太阳，雨露滋润禾苗壮，干革命靠的是毛泽东思想……"激越的歌声特别豪迈，响彻夜空，让人热血沸腾。我想起小时候把"万物生长靠太阳"听成了"外婆出来晒太阳"，觉得自己的觉悟真低。

第二天早晨上学又走上这条路，觉得昨晚的事情像是梦。田野上，万物那么安宁，浅霜凝在草叶上，路边苦楝树的黄叶快掉光了。光脚穿布鞋，我已感觉到冻了。南飞的大雁布满了天空，它们像昨晚的人，密密麻麻，排着人字形的队列在天上飞，放肆地鸣叫，认为天空都是它们的。我想鸟也搞大游行哩，一坨鸟屎"叭"地击中了我的布鞋。

"娘卖×咯!"

下昼放学回家，听爷说昨晚的最新指示漏传了一句，应该是两句："一不为名，二不为利。"

又有一次，毛主席给农场职工送芒果。连尔居人听都没有听说过芒果，不晓得它长得么里样。潘支书说："是外国人送给毛主席的，毛主席自己舍不得呷，送给工人农民呷。"惜天二爹说："中国有八亿人，那要火车运呢。"连尔居人都想呷芒果，这一次妇女也排着队去了。他们见到的芒果是蜡的，嘻嘻哈哈，相互取笑着，一路笑了回来。

十二

孙茂崧和孙茂钦是连尔居两个特殊的人物。孙茂崧可以不参加游行，也不出工。这倒不是因为他走路瘸，国斌走路比他瘸得更厉害，是因为他是抗美援朝的英雄，他的身上还有三块弹片没有取出来。他大腿靠膝盖的地方就有一块，弹片钻进去的疤还在那里。

孙茂钦呢，是不准许他参加游行。出工时派他最重最累最脏的活儿，去猪场拖猪粪，去淘学校厕所的大粪，冬天潜到水里去修坏了的水闸，担大堤，扛包 都是这个个头矮皮肤又黑的男人。

我没听到过孙茂钦说话，没见到过他笑和哭，我都怀疑他走路是不是有声音？我记不起他的脚步声，他走路很轻很轻。

他是连尔居的地主。除了干活儿看到他，其他场合是看不到他的。我们看露天电影时没有他，办红白喜事也没有他，分鱼分肉分西瓜分菜瓜香瓜也没有他，看热闹也没有他，像要把他遗忘了。只有在开他的批斗会的时候，他才在连尔居人面前露脸。

他的堂客、两个女儿我们也很少见到，她们见人就躲。两个女儿叫么里名字我也不晓得，她们没上过学，也没有与连尔居细伢子一起玩过。偶尔碰到，全家人都只有一个动作：低头再低头，急急忙忙走过去。他们把自己囚禁在那个小小的屋子里，不敢轻易出门。

我们都觉得理所当然，因为他是地主，是个坏分子。大概孙茂钦也认为理所当然吧，要不他那么老实？他总是不争不吭，像个木头人。

孙茂崧爱当人炫耀。除冬天穿了棉裤绒裤无法扎起裤腿，穿单裤时总是把裤脚扎得高高的。那疤就是他的军功章。夏天，一定是他带头穿短裤，秋天，他最后一个换上长裤。我看到他的疤，心里满是崇敬。他会打枪，打过真正的仗。我们心里的英雄就是这样的。他走路的姿势一瘸一瘸是美的，简直就是炫耀。他的一颗金牙也是美的，这是与众不同身份的标志。他的身上有一种特别的香气，也特别好闻。很多年后我用上了香皂才晓得缘故。

他到学校来讲演过一次，说话一会儿天上一会儿地下，把他祖宗十八代的事都说了一遍。他讲过一次就没人再敢找他去讲了。东一句西一句，不晓得他要讲么里。

村里成立了毛泽东思想文艺宣传队，请他做顾问。成立民兵队请他做队长。大放、耀华、荻秋、金明、银木匠、吴灿佳、新楚都是民兵。他们列队训练的时候，云祺、青华、建元、茂益都站在后面，好像他们也是民兵一样，也在一边排队听口令。

茂崧俨然是上了朝鲜战场，凛然一声"立正！"，眼睛威严地一扫，"向右看——齐！""向左——看！"这么多脑袋都在喊到最后一个字"齐"和"看"时齐刷刷转动。他不满意他们的姿势，走过去一个个纠正。他感觉又回到了他的部队。他军人的气势，让民兵觉得自己扛的梭镖就是真正的枪了。

男女老少围成一圈看热闹，议论谁的动作做得好，谁慢了半拍，对大放哈腰的动作笑个不停。

茂崧拿着一根棍子教射击，说："瞄准目标三点一线，敌人下山，你要打他的脑壳，就要瞄准他的胸口；敌人上山，你要打他的胸口，就要瞄准他的脑壳。"大放听不明白，在回答提问时，上山下山瞄准的部位总搞混。茂崧一句："你是猪孵的呀！死卵都搞得清，你就一根筋！"骂人他不说普通话了。他不晓得用普通话骂人。

他把棍子交给大放，要他对着自己瞄准，喊上山，他就跳起来，喊下山，他就往下蹲。大放的棍子跟着他上下移动。村里看热闹的人哄笑起来，觉得像耍猴把戏。茂崧气恼得就是一拳，把大放打倒在地。大放从地上爬起来，就抱住茂崧扭打起来了。七八个人围拢来扯架。训练不欢而散。

云祺、青华、建元、茂益和我，我们每人都有一根圆圆的木棍，涂成红白两截，学校也在组织军训。"亿万人民亿万兵，万里江山万里营！"老师教导我们，要时刻准备打仗。渠道和墙壁上到处看得到"深挖洞，广积粮，不称霸"和"要时刻准备打仗"的标语。这让我们很是兴奋。我们私下里最喜欢练习瞄准的武器是弹弓。银木匠用铁丝弯出的弹弓漂亮得像商店里买来的，他送了一个给我，我拿它来瞄准。到处都是我瞄准的目标：人、鸟、窗户、西瓜、水桶，但真正让我把橡皮筋里的石头射出去的是树干。"嘣"一声，击中目标，心里的快活溅出了一朵浪花。

苦楝树结出一嘟噜一嘟噜青绿的小果子，用它当子弹，我们终于可以打人的脑壳了。果子打在脑袋上痛得很，个别娇贵的像茂生痛得还会哭，但它又不至于打伤人。祝姓的与孙姓的细伢子分成两个阵营，我们的战争在夏天爆发，一直打到秋天。那时，我脑壳常常凸起一个肿块。银木匠送的弹弓早打坏了，我自己也能制作，用铁丝弯，或者砍个树杈，用不到一个月就要报废一个。只有打得对方哭了或者举起双手投降，才不再打他。

战争呈胶着状态，直到苦楝树的果子黄了，开始腐烂了，弹尽粮绝无法再打下去了，也没有分出输赢。

茂崧带着民兵练习山地作战，爬岸坡、旧屋顶、跨壕沟、土墙。

民兵没爬过山，有的没见过山。潘支书找到茂崧，要他只教平地射击。这里打起仗来，管用。茂崧说："管个卵用，人走起路来坡上坡下跑的，没见过山，就没爬过楼梯？打仗部队要调来调去的，到了山区何事打？"潘支书碰了个钉子。民兵队长是分场任命的，他无权撤他的职。

潘支书谈话后，茂崧再教瞄准不说上山下山了，改说上楼梯下楼梯，民兵立即领会了。他们都去纺织厂爬过楼梯。

他为了表示歉意，特意去大放家里为他们一家剃了头。茂崧是村里的理发师，他不用下地，他的任务就是为村里的男人剃头。他离开了战场，还能天天摆弄刀。他的剃刀是毋家棚托铁匠打的，形如刺刀。他天天没事就磨，磨得雪亮。剃光头是他最拿手的，他直接用刀来刮。连尔居的脑壳一个个他都熟悉，哪个扁一点，哪个凸一点，哪个简直就是三峰窑烧出的歪哩货，他像瓜农熟悉他地里的西瓜一样，他们是看着它一天天生长的。

夏天细伢子在太阳底下一晒，容易长疮。脓疮要割掉，连尔居人也喜欢去找他割。他割起来又快又准，不拖泥带水。赤脚医生不敢割，总是试探性的，下不了狠手。长疮的人反倒被他割得哇哇乱叫，死了爷娘一样。茂崧喜欢割疮，喜欢人家需要他。他手起刀落，让人赞叹。茂崧割了就请赤脚医生来上药。

我又一次被潘支书看中了，他要我与荻秋、银木匠、耀华负责办墙报，我们抄社论、大字报、诗歌，贴到墙上，用红、蓝、黄各种颜色的广告颜料画花边。

孙煌靓是我的同班同学，她看到我画的花草，就说她表哥画的画很好看。我说："你孵卵谈吧？"她说："不信你来看嘛！"

我去了她家里，果然墙上挂了一幅"松鹤延年"的画。我像第一次看到小人书那样，一看就被迷住了。画的画与印刷的画就是不一样，看得到他何事一笔一笔画过来，猜得到他心里面的想法，色彩、造型都是有人味的。我看得发呆了，站在画前一笔一笔去揣摩，一一记下了松树干、松针、仙鹤、远山的画法。

煌靓的姆妈洒来芝麻豆子茶，我把她当成了煌靓，问她画是怎么来的。她姆妈说是侄子画了送的。听到她姆妈的声音我吓了一跳。从此，我对她家这位没见过面的亲戚生出了一股崇拜之情。

我拿了宣传队的白纸开始画画了。颜料不够了，我去墙报上用毛笔沾了水，一点点洗到瓶里。一次画得不满意就第二次重来，摹写着记忆里的松树、白鹤、远山。我要画得跟那幅画差不多了，才拿去煌靓家比对。

茂崧的民兵队终于有点像部队了，走路整齐、规范，喊口号、唱歌也都很有力。他们练习投弹，拉到一口子，把沙滩上大的鹅卵石都投到江中去了。小雪的时候，来了真正的解放军，他们穿扎了宽皮带的绿军装，显得威风凛凛。民兵来了精神，他们个个神气起来，看人的眼光也开始变了。他们到场部真的打了枪，子弹脱靶的不多。他们还去了三分场，那里有个军区农场，战士们给他们表演操练，列队、上刺刀、刺杀、投弹、瞄准、射击……民兵们大开眼界，足足兴奋了一个月。

大雪时节，分场民兵汇操，连尔居拿了第一名。茂崧最大的变化，就是他不抽自卷的纸烟，改抽岳麓山香烟了。他叼烟的动作十分夸张，像古巴人叼着雪茄。这是场部奖励给他的。

十三

腊月是个杀猪、分鱼的月份，腊月过完就是农历年了。连尔居人有自己的养猪场、养鱼场。养猪场在长潭。养鱼场是一口子的一条小河。汨罗江分叉分出一条河，修社教公路时，把河截断了。靠大江的这一节就像一条盲肠。连尔居人干脆在江和小河的岔口堵了一道堤，这节盲肠就成了一条封闭的河，变成一口塘了。春天，汨罗江涨水的时候，就在堤上挖开一个口子，江水涨到了河里。夏天或者秋天，把缺口给堵上。冬季，江水干枯，再挖开堤，把河里的水放掉。放不掉的水就用水车人工来车。不用全部把水车干，浅水中的鱼已经挤成了一堆。

谷清的爷炳丰砌了一个茅房住在河边。谷清常来茅房陪一陪爷，没事就到河边走一走。每年腊月，潘支书就问谷清："今年每人分得几十斤鱼呀？"谷清说六十斤，或者说五十斤，都很准，家家户户就等这个数来计划着过年。猪肉一个人五斤是固定的，每年都是这个数。

小寒这天仍是晴天，太阳落山落得快，橘红色的太阳像个画饼贴在灰蓝的天空上，直直地往西天坠落着。地里起了浓浓的暮霭。组长喊大家收工了，晚上放电影。

潘支书与谷清走在一起。潘支书年底农活轻闲的时候，象征性地出几天工。路上，他问谷清："今年每人能分几多鱼？"谷清说："今年多，七十斤呢。河里有条大鱼。"潘支书问："多大？"谷清说："你估。"

潘支书想了想："一百斤。"他觉得自己往高处估不会呷亏。

谷清摇头，他说："二百斤？"二百斤的鱼他还没见过。谷清还是摇头。

潘支书犹疑了，"你莫不是讲三百斤吧？！"谷清嘿嘿笑了两声："说来你莫不信，把这条鲤鱼杀了，每户可以分到五斤肉。"

潘支书把头朝天昂起，这时夕阳快落到地平线上了，晚霞满天，映得他面如金鲤。他翻着眼睛算了算，全村一百二十八户，那得有六百四十斤肉，那鱼不得有七百多斤？谷清点了点头。

潘支书低下头来，有点迷惑地看了看谷清。谷清说话从不嚼卵谈，但这七百多斤重的鲤鱼且不成鲤鱼精了？他不敢相信。他口里"哦"了一声，脸上并无兴奋的表情。

谷清也不多话。远处，两头牯牛打架，牛角顶在一起了，是媛媛看的牛，他赶紧跑过去了。

潘支书也跟了去。跑到牯牛跟前，谷清把路上抓来的稻草点燃，放在牛鼻子下熏，熏得两头牛跑开了。

两头牯牛，一头青牯牛、一头白牯牛，好斗成性，见不得面。今天有人用青牯牛去拖电影机，用白牯牛去拉棺木，两头牛同时交到媛媛手里，两头牛都不把媛媛放在眼里，路上就打起来了。

七百多斤的鱼成了连尔居当天最大的新闻。晚上放露天电影前，连尔居人聚集到了篮球坪，信的人与不信的人分成两派，争得面红脖子粗。

潘支书从犹豫偏向了不信，他说谷清这次看走眼了，根据唯物主义的观点，天下没有鲤鱼精。既然不是鲤鱼精，鱼就不可能长这么大。

谷清说话了："事实胜于雄辩。"他这话不知从哪里学来的，潘支书"唯物主义"的词一出，他的脑壳里突然就冒出了这么一句话。他想都没想，是话自己说出了口。话一出口，他自己也感觉到很新鲜。

当着众人的面，潘支书是不能输的，因为他是支书，代表的是党，是无产阶级的立场。他脖子一硬，说起话来就很冲了："么里事实？你说的就是事实？你有特异功能？装神弄鬼的把戏，搞牛鬼蛇神的一套！"

谷清也急了："要有鱼，你就莫呷！"

潘支书："没有鱼开你的斗争会，蛊惑人心！"

"蛊惑人心"这个词一脱口而出，潘支书也很得意，觉得自己很有文化。

惜天二爹是相信谷清的："莫丢人啦，七百多斤的鱼你有看到我看到过。鱼在河里又跑不了，车干水不就么里都晓得了。"

缘山老倌也来帮腔："这洞庭湖自古就有神鱼，几百斤的鱼不稀奇啦。"

大家附和早点放水捉鱼。

放映员老电用喇叭喊了一声："放映现在开始了。今晚放映的片子是《沙家浜》。"几道白光就在银幕上闪，像有人在打"√"和"×"，音乐一出，上面出现了天安门万道金光的画面。

电影里有芦苇荡，这是连尔居人熟悉的风景，感觉很亲切。阿庆嫂在湖边开茶馆，为救新四军伤病员与国民党军官周旋，人们在称赞阿庆嫂的聪明能干。有人说她像金明的堂客，引得周围的人笑。阿庆嫂与胡传魁、刁德一对唱，有人跟着唱起来了："想当初，老子的队伍才开张，拢共才有十几个人来七八条枪。遇皇军追得我晕头转向，多亏了阿庆嫂，叫我水缸里面把身藏……"大家看得多了，很多人都学会唱了。

对大鱼的好奇让人熬不住了。潘支书熬不住，村里群众熬不住，潘支书熬不住，是他不能让牛鬼蛇神的封建迷信猖狂下去。他坚信，这样大的鱼世上根本就不存在。群众熬不住，是等得心焦，需要一个结果，大鱼有还是没有？最沉得住气的是谷清，他不是猜测，而是自己已经多次见到大鱼露面了。他几次从爷那里出来，看到那条鱼黑沉沉的脊，没有浮到水面就形成了大浪。它只在早晨和黄昏才游动，按炳丰的说法，十天半月它才露一次面。

放电影后的第三天天阴，连尔居人在潘支书带领下来到了小河坝上，挖堤放水。

汨罗江的水冬季干枯，水位已经退到江心，两岸的滩涂变得辽阔。大雁、野鸭、鱼鹰、白鸥都在滩涂觅食。天上飞舞的鸟翅像万花筒一样变换着图案。黑色的滩涂上可见一只只硕大的河蚌。

潘支书把这一次争执当成是阶级斗争新动向。这条大鱼是两条路线、两种思想斗争的焦点，是唯物主义还是唯心主义，是科学还是迷信，这都是大是大非的原则问题。他不信么里大鱼，是因为他相信自己的知识。一个支部书记难道没有农民的见识多？这不是不相信党吗？

连尔居男女老少像看一场大戏，一早就围到了河边。金明、荻秋、顺澍、茂文、刘三洲、吴灿佳、新楚都在用锄头挖，用锹铲。潘支书在一旁亲自指挥。

一道缺口挖开了，水冲出小河往江滩哗哗流去。小河的水一点点在往下降，黑色的淤泥渐渐露了出来。

有的鱼随水冲出小河，水流着流着，变成了浅浅的一摊。青华、茂益、茂成、飞跃打了赤脚去抓鱼。这些鱼都是些小的鲢鱼、鳑鲏。

水放完了，五台水车开始车水。"吱吱"的水车声与"哗哗"的流水声比不上人的喧哗声，人们的情绪越来越激动。

谷清在他爷炳丰的茅房喝芝麻豆子茶，房里安安静静的。他有时想一想，自己只是告诉他们河里有条大鱼，何解就搞成现在这个样子？

我在早晨看到谷清眼里的阴翳，一层黑雾笼罩到了他的头上，我心慌了。我不敢预测，害怕说出口。

半大的孩子盼望队里抓完鱼后，可以自己去捉。河床太大太长，鱼没法捉完，每年大人抓完大鱼后，小鱼和抓漏的大鱼轮到细伢子显身手了。特别是鲇鱼、柴鱼藏在泥里，大人粗心大意一条也抓不到。我们在泥水里一踩，它就浮出头来了。岸上的大人这时候不好意思下去抓。他们抓了都要归公，只有细伢子捉多少都是自己的。云祺、青华、建元和我，个个都带了水桶。

水在一点点减少，大家的眼睛都在越来越缩小的水面扫射。水面平静得可怕。大家也安静得可怕。偶有波浪都很小很短。有的人心跳加速，却屏住自己的呼吸。一些人露出了失望的表情，一些人开始得意。议论声开始打破寂静，分成有与没有的两派又开始说话了。没有的一派变得洋洋得意："嗨，我讲冇还不信。几傻，要听谷清乱哄！""世上哪有这样的事！"这是惜地、顺澍说的话。坚信有的人很多动摇了，转而相信没有。

炳滔爸的亲戚也来看大鱼了，现在他对着自己的连襟，开始有点不好意思了，主动给他卷了纸烟，把洋火擦燃，给点上。"这鱼怕是有得。"连襟还是把话说出了口。炳滔爸脸有点红，他接连襟来做客时话说得那么肯定。炳滔爸不搭他的话，他还不肯放弃希望，他屏住呼吸，盯紧了水面，盼着下一刻出现奇迹。

惜天二爹与他兄长惜地的立场不同，他毫不顾及兄长的立场，说起话来仍是那么响亮："哪里有得，谷清不哄人的。"他的大眼睛里没有丝毫疑虑。

潘支书终于忍不住说话了："唯物主义就是唯物主义，它哪里会错呢！有些人就是要搞唯心主义，搞封建迷信，搞形而上学，看到了吧，么里叫作'事实胜于雄辩'！"他晓得这些土夫子不会懂么里唯物主义唯心主义，更不懂么里叫形而上学，这样说才显得自己有水平有学问，才是个支书。

汨罗是全国农民"学哲学，用哲学"的模范县，几乎人人会唱"让哲学从哲学家的课堂上和书本里解放出来，变为群众手里的尖锐武器"。潘支书晓得"唯心主义"就是搞封建迷信，"唯物主义"就是讲客观事实，"形而上学"他不是太懂，"上学"嘛很好懂，孩子们都要上学，何解前面加个"形而"，这"形而"是么里，他老琢磨也琢磨不出个名堂。反正不是好东西，坏东西把它安上去不会错。"上学"也不是么里好事，"知识越多越反动"嘛。

他话还没说完，还想长篇大论的时候，突然水面掀起一道巨浪，就像一块丝绸被人猛地抖动了，接着"哗——"，隆起几道波浪的丝绸破了，生生地撕裂了，黑色脊背从头到尾露了出来，鱼头冲出水面，一双巨大的眼睛，又圆又黑，悲悯地看着人群。它的鳍微微发红，须在水中倒竖，不慌不忙吸了一口气，头又沉了下去，尾巴在水面"啪、啪、啪"击起冲天浪花。

河面顿时失去了平静，大小鱼群都冲出水面，拍击出水花，像一锅煮开的水！

人群也沸腾了，大家挥手欢呼、跳跃，哇哇直叫。

潘支书说话的嘴张在那里，看着这条鱼一会儿沉下去，一会儿跳出水面，击出惊天的浪头。这样的情景他终生难忘！世间真是神奇，这条鱼要多少年才长这么大啊！他本可以讲，这也不是么里主观，也是一个客观事实，但大鱼深深吸引了他。

这时人群高喊："快车水！快车水！"车水的人已经疯了，踩得水车飞转，转得太快反倒车的水少了。有人脚跟不上节拍，频频踏空。

缘山老倌笑得厚厚的嘴唇都拉扁了，他想起神鱼的故事，那是二千二百多年前汨罗江里的一条鱼。屈原自沉汨罗江后，它把他的棺材吞进了肚子里，向着洞庭湖西面游，横穿森森无涯的湖水，一直游到上游长江三峡出口的秭归，那里是屈原的故乡。长江边有浣衣女梦到神鱼驮着屈原的棺椁回来了。做梦的人是屈原的姐姐。她在长江边捣衣时听到了神鱼拍打江水的声音，看到神鱼在岩石上磨破了肚皮。她走进了自己的梦里，用头上的金簪帮鱼划开了肚子，棺材滑了出来。浣衣女又用线缝好了鱼肚。

官府的人追来了，他们要毁棺，要杀掉神鱼。鱼回到江里搅起大浪，官府的人有的淹死了，有的吓跑了，神鱼突然变作一只鸟，飞到长江上空。

这就是秭归屈原衣冠冢的来历。神鱼的传说，至今还在秭归长江两岸流传。

缘山老倌想，这世界真是神奇，那年异乡人在樟树上做的那个梦，梦中那个江上飞来飞去的放鹤人，是么里意思呢？大鱼在自己眼前出现，他特别惊讶，莫非这也是一条神鱼？

潘支书不愧是潘支书，他马上转过身来，发号施令："换一批人来车，民兵准备下去抓鱼！不获全胜决不收兵！"他不再记得么里唯物主义与唯心主义了，所有人也都忘了刚才他们还有两派。

水在退。刮起了北风，发青的乌云是风吹来的，越积越浓，也像淤泥一样变得乌黑。大鱼渐渐无法藏身了。金明、获秋、银木匠、大放、刘三洲、顺澍、新楚脱了衣服，银木匠带了谷酒，呷了几口，又给金明、顺澍、刘三洲几个喝了，他们下水了。跟着又有人陆续下水。

一群人拉成横排慢慢靠近大鱼。鱼不理他们，等到快挨近了，它箭一样朝前冲走了。再跟，又是这样。他们手拉手，把鱼往一侧赶，待靠近了一拥而上。大鱼一个翻身，把所有的人都打倒了，金明、刘三洲被压到了水里面。荻秋、银木匠、新楚赶紧救人。刘三洲被水呛得脸色惨白，被人扶上了岸。

惜地喊："拿扁担！拿扁担!"茂崧、茂根、炳滔爸把扁担递给他们。

由于淤泥太深，水中的人一步一步走得很慢。潘支书也下来了，他拿了一把锹。十五六个人又围了上去，鱼往回冲，他们扁担、锹一齐砍下去，鱼尾一击，金明飞了起来，像一只青蛙在空中飞，手和脚胡乱抓舞，"哇哇哇哇"叫声凄厉。"嘭——"，河对岸一声巨响，溅起两三米高的泥浆。这时，大鱼一跃，飞上了天空，"轰——"，它落下来时，河水溅得岸上的人衣服都打湿了。

人们顾不得衣服湿不湿，赶紧冲下去救金明，有人抱肩，有人抱脚，有人托腰，把他抬上了岸。金明说不出话了。

惜天二爹喊："去叫谷清来。"有人撒腿就往牛房跑，边跑边喊：

"谷清——谷清——"

带血的鱼向着人群冲击，鲜血像一股红色烟雾一缕一缕冒出来，在水中扩散。他们吓得四处躲避。河里的人全变成了泥人。

谷清带了他的那张网下河了。他要大家把扁担、铁锹全丢了。他把人分成两组，每组拉一头，慢慢用网去围。围了几次，每一次谷清都对着鱼说话："你的寿限到了，早走早抽身。下辈子去做只鸟吧，天空更广阔，你可以自由地飞，飞到天南地北，离人远远的……"

这时，奇异的景象出现了，汨罗江上的鸟都飞来了，像一片乌云把河床全盖住了！这阵势就像大风暴来临前一样。突然几声鸟叫，千万只鸟同时鸣叫起来，声音像暴风骤雨一样射向人群，也向着冥冥的天空射去。人们的耳朵开始疼痛。阴沉的天空为之洞开，云层渐渐变淡变薄，现出了一抹午后血红的冬阳，这阳光涂在云层上，人们看到它像一条鱼，一条巨大无比可以翻江倒海的鱼。

鸟群开始旋转，像漩涡一样旋转，漩涡的下面离水面越来越低，水面在一股风的吹拂下，也起了波浪，波浪成圆形，一圈圈扩散开来……岸上人群衣服被吹动了，破旧的衣襟摆动着，有的挣开了纽扣的束缚，飘扬起来。女人们的辫子在摆动，男人们的纸烟被吹得散开了，烟丝和烟灰飞走了……

玉清娭馳不晓得么里时候被人请来了，她挥动着长长的双手，头仰向天空，那双大眼睛紧紧闭着，嘴巴也闭着，只有鼻子与耳朵是张开的。她一头雪似的长发飘起来，像一股雾气在舞动。她的额头、脸颊、下巴像一块岩石一样凝固，这个世界的气息和声音与这块岩石连接了。奇异的图像在她的默祷中展开——

大鱼腾空一跃，成了一只鸟，在鸟群旋起的龙卷风中飞升，透明的躯体是一股气流，灵魂一样升起，慢慢张开的翅膀像两片风帆，巨翼之下，那个大湖干涸了，曾经云气蒸腾之地，鱼儿飞跃了千万年的浩渺之水，变成了纵横交错的江河，网一样罩住大地。星罗棋布的堤垸散发泥土的腥气、沉沉岁月的气息……风帆的巨翅飞啊飞，不晓得飞到了么里地方，像在经历一次又一次的死亡。

天空这么辽阔，满天的白云藏着一个又一个秘密，它穿进去，光陡然收走了，太阳不见了，阴暗恰如魔鬼的地界。云的边界由光划定，炽白的光临近了，一瞬之间，蓝天复现，阳光普照，大地又呈现五彩色块……

大鱼的超度打开了玉清娭馳的灵视，西天世界，广阔得令人心寒。她突然念起了一种陌生的语言，她身边的人听到她在学着鸟叫。鸟的叫声里，一棵樟树出现了，那是连尔居被雷劈掉一半的樟树，被连尔居人当柴火烧掉的半边樟树复活了，它在风中飞舞着。玉清娭馳感觉自己靠在了树根上……

回到村里，玉清娭馳跪到樟树前叩了三个响头，伏身不起，直到双腿麻木，被人背了回去。第二天，她在树枝上系了一条红布。连尔居人从这天开始都来拜祭樟树。樟树上开始系满了一条条红布带。

面对群鸟飞旋的景象，恍惚间，这情景似是重现，是在我梦里还是我曾经亲身经历过？梦与现实我无从分辨。是我的幻觉吗？不！我早已经历过了。我踩上忘魂草之前，甚至我出生之前，这样的事情就已经发生过了。也许是前生的记忆吧。

缘山老倌口里念叨着"秭归，秭归"，眼里出现了两千多年前的那条神鱼。传说开始变得迷离恍惚，他突然冒出一个念头："秭归"是兄弟姊妹团聚啊！

大鱼不再冲了，一动不动，让网把自己网住了。十几个人一齐使劲把鱼拉到岸边。大鱼只是翘了翘红色的尾巴，嘴翕动着，一双黑眼睛盯着人，泪光把所有人映照得弯曲了。

十四

大年到了。这是细伢子盼了一年的节日。连尔居人欢天喜地过新年。

生产队搞年终决算，按每个劳力出工计算，男人算全劳力，一天十分，妇女一天七分，每人根据出工天数，算出一年的总分；全村总收入除以全村的工分，算出每个工分值多少钱；每个人用工分钱乘以自己一年的总分数，就是当年的收入了。因为每月都有一定的借支，扣除这些花销，就是年前领到的工钱了。

爷娘领到钱，非常阔绰地花在过年上：每人做了一套新衣服，做了一双新鞋子，买来了烟花鞭炮、南杂干货，火塘上吊了一排腊鱼腊肉，去黄金、场部买来了大块大块新鲜的猪肉、油豆腐。家门口贴上了红色的春联。姆妈为我准备了灯笼。大年三十晚，细伢子打着灯笼挨家挨户讨饼干。大年初一，晚辈要一家一家去给长辈拜年，互送恭喜。

还是腊月十七的时候，就有人家动手大扫除了。被子、蚊帐都洗得干干净净，挂在树木间、地坪上，村子里到处是迎风招展的被单。用米汤浆过的被子有一股阳光的清香，晚上闻着连梦也是香的。连垫床的稻草也见太阳了。

我们开始一连串的祭神，祭灶神，祭财神，祭地方神黑爹爹，祭祖宗，上坟祭亡灵，请他们回家过年。

连尔居人过年重点在早晨，看谁家早饭呷得早，这一年的运气就好。

爷平时不进厨房，只有过年才下厨，他半夜就起来了，忙这忙那，只听到他走来走去的脚步声，什物碰撞发出的哐当声。他先用一个大木桶放在一口大铁锅上，木桶里装了淘过的米，用大火隔水蒸饭。过年用的柴都是大木头，火力足，蒸得满屋香气缭绕。他又用大瓦煲在煤炉上炖肉和油豆腐。

已有人家放鞭炮了，这时天还是黑的。放鞭炮的人家在敬老爷。敬完老爷就该呷饭了。他们家抢了个第一。

我在梦中被爷和姆妈叫醒，赶紧穿衣。我的三个弟弟妹妹也被叫醒了。他们还说着梦话，不晓得发生了么里事情。娭毑也接过来了，晚上跟我们睡在一起。她在帮忙张罗着，说："快穿衣，莫冻着。"爷和姆妈在我起床时大声说："放账了，放账了。"这并不是说放蚊帐了，而是吉利话，今年我们家钱多得可以放债了。

年前大人已经千叮万嘱，细伢子不要乱讲话，尤其是不吉利的话。每户人家对过年说的话如临大敌。有时细伢子避免不了乱说话，有的人家就在火炉边贴上一张红纸，上面写着："百无禁忌，万事如意；孩童之言，一概不计。"这是写给所有神灵看的，希望他们不要跟细伢子计较。

在一片热气腾腾、香味扑鼻、灯光迷离中醒来，人影晃动，个个忙而有序，脚步轻盈，像是醒在另一个世界。爷和姆妈变得特别温存、耐心，内心的喜悦都洋溢在他们的脸上。我看到红的蜡烛点燃了，长长鞭炮取出来了，木桌上摆了腊鲤鱼、大肉炖油豆腐，好多的碗筷。鱼和肉用大碗装得满满的，每坨肉足有二两重。

我们家去世的先人今天都要回来过年了。这么多碗筷就是为他们准备的。空气里每个地方似乎都有神灵，我闻得到他们的气息，感觉到房子里人满为患。我甚至看到了一张张面孔，他们都很高大，穿着灰色的宽大衣服，特别陌生。神灵今天都是亲人，可亲可爱，不会伤害我们。他们在外孤独，想家，难得团聚一次。我对他们笑，我晓得他们看得到。我走路比平时慢，怕冲撞了他们。

爷把一桌的菜摆到了地坪上，点燃了鞭炮，他在桌子后面三鞠躬，又跪到了地上，他代表我们全家祭拜祖宗，敬老爷。

鞭炮声声，紫烟袅袅，天空被刺破，发出隆隆的回响，宽阔的江面也传来了阵阵回音。

我穿好衣服，站在门口。天只是蒙蒙亮。朦胧的光线里，走来一个人，那么高，像是闲逛，我看清楚是潘德和。爷刚刚跪下地，他冲到桌前把蜡烛一把抓了，摔到了地上，又来掀桌子。

爷反应飞快，忽地站起来，一把抓住他的手，厉声问："你做么里!!"

潘支书："你搞封建迷信!"

爷："你没有祖宗的呀! 你是从树洞里钻出来的?!"

潘支书还要掀桌子，爷一声断喝："你敢!"

潘支书："好，等着开你的批斗会!"

爷怒目圆睁，尽管支书高出他许多，爷一点都不把他放在眼里。潘德和悻悻然，听着后面又有鞭炮响，急忙赶去下一户人家了。

呷过饭，天大亮了。有人敲锣，吆喝村里人去吃忆苦餐。

人们走出房屋，阳光下，地坪上，都是喜气洋洋穿着新衣的人。新衣的颜色有蓝色、米色、黑色、灰色。衣料多是卡其布、涤纶、劳动布，只有几个人穿了哔叽呢上衣。式样都是干部装、中山装，炳烨做了一件列宁装的灯芯绒外套。妇女不穿花衣，穿花衣是沾染了资产阶级思想，无产阶级要以朴素为美。她们衣服的式样是夹衣，还有翻领、左右两个暗袋有袋盖的衣服。经济条件好些的，穿了新添的卫生衣、尼龙袜。看不到穿补丁衣服的人了。穿新衣的人个个喜笑颜开，都是一副自信又光鲜的样子。

人群陆续往一处地方走。那里煮好了两大锅忆苦餐。吃忆苦餐目的是要大家不要忘记旧社会的苦日子，记得社会主义新社会的好。忆苦餐稀饭里加荠菜、蚂蚁菜，水多米少，很难吃，要求积极进步的人，还在里面撒糠。这些是猪呷的东西。

我在阳光下铺开了桌椅，画起了"松鹤延年"的画，还有"孙悟空三打白骨精"。这幅孙悟空的画也是煌靓的表哥送给她家的。我观摩了两次，天空的蓝与孙悟空衣服的黄，对比起来特别灿烂，颜色我喜欢，搭配我也很喜欢。

人们三三两两从我桌前经过，看一眼我，说笑着往前走。大家沉浸在幸福与喜悦中，喜气洋溢的人对么里都是不会太在意的。有人看到我的画，瞅一瞅，眼里并没有看进去。有人似乎看见了画，说"邦伢子画画呀"，他就像说"邦伢子呷茶呀"，并没么里区别。

我用线条先画轮廓，再涂色，几乎是平涂。只有松树干、金箍棒中间有一道高光，表示它们是圆柱形。看着笔下的松树、丹顶鹤慢慢出现，心里也被阳光照得透亮，温暖又亮堂。谁从我面前走过，我也不太在意。

大年赋予每个人一种权利。欠债的人，大年三十前债主可以上门催讨，可以说不客气的话，但大年一到，欠债的人从债主身边大摇大摆走过，债主也不得吭半句声。细伢子做了么里不能容忍的事情，大人不能打，甚至骂都是禁止的。家里的什物扫帚、农具都要休息，它们忌讳人去动。它们有自己的神灵。人们相互道贺，相互尊重，平等以待。春节就是一个人权的节日，享受人权的人从心里溢出的幸福最真实、最结实。

但这种权利地主是没有的。我远远地听到了吃忆苦餐的地方传来了几声锣响。我画着孙悟空的金箍棒时，孙茂钦从我的桌前经过，只有他穿着打补丁的黑衣，脑壳低得要掉下来似的。白纸糊的高帽就像一发炮弹刺向前方。高帽上竖着写了一行字："打倒反动地主分子孙茂钦。"脖子上挂了一块牌，牌子是块木板，上面贴了白纸，纸上写着："地主分子孙茂钦。"又用红笔在上面打了一个"×"。这可是枪毙人才用的。

他太低头了，挂在脖子上的牌子临空悬挂，左右晃荡，不时碰到他的膝盖。他的双手被麻绳反捆在背后，捆得并不紧。两个民兵跟在他的身后，还在笑着。节日的喜气让他们也不在意眼前的地主。整个村庄只有地主孙茂钦一家是没有喜气的人。

我看着他们渐渐走远。地坪里没人了，一地的阳光空空地照耀。我涂了一会儿颜色，丢下笔，想去看看热闹。那里已经传来了口号声。

忆苦餐只有把地主押去，群众才喊得起口号。既然旧社会广大贫下中农呷的都是猪狗食，肯定是地主阶级压迫剥削的结果，吃忆苦餐就是要吃出阶级仇恨。

连尔居出了个地主算是一件幸事，有的村吃忆苦餐、开斗争会找不到地主，还得向别的村借。没有地主，贫下中农对着贫下中农喊"打倒地主反动分子"的口号喊不出口。不忘过去苦，牢记阶级仇，没有地主，仇恨没有了对象，这样的批斗会很难开。

潘支书带头喊起了口号："打倒地主反动分子孙茂钦！"革命群众对着孙茂钦高举起右手，跟着高呼："打倒地主反动分子孙茂钦！"又喊："不忘过去苦，牢记阶级仇！""千万不要忘记阶级斗争！"

潘支书喊得激情满怀，群众却喊得死快懒气。我赶到篮球场，看到孙茂钦对着人群弯着腰，像个雕塑。潘支书鼓不起群众的干劲，就猛喝一声："把地主分子孙茂钦押下去！"一直低头站着的孙茂钦，听到这一句话，就晓得斗争会结束了，他非常熟练地转身离场。

孙茂钦走了，会议并没有散。潘支书站在一张长桌前发言，他说："分场年前批评我们连尔居，阶级斗争抓得不紧，封建迷信思想严重！阶级斗争不抓不行，不抓会出大问题！我们不能翻身忘本，不能犯路线错误。我们不能'卫星上天，红旗落地'。阶级敌人亡我之心不死。'八亿人口，不斗行吗'……"

他洋洋洒洒，越说越精神。接着讲到今天早晨敬老爷，"这是封建迷信思想作怪，贫下中农的阶级觉悟到哪里去了?! 有的人还要打人。祝谷清还收藏了鲤鱼鳞，今天还给那条大鲤鱼下跪！说着，他抓出一把鲤鱼鳞，那鳞片比他的长手板还大。世上哪有么里神灵，有么里鲤鱼精！我们无产阶级从不信牛鬼蛇神这一套！"

大家站着不再交头接耳了，会场少有的安静。"吴玉清，这个巫婆子，那天跑到一口子去了。谁叫她去的？祝炳丰！这是阶级斗争新动向啊！敌人开始拉拢我们，有的人心甘情愿站到反动派那一边，要与人民为敌……"

会场"轰"地一下炸开了锅，大家议论纷纷。尚健师大声说："支书，鱼是不是反动派?"潘德和愣了一下，没理会又滔滔往下说。祝炳篁与人争论，声音越说越大，突然起了高腔："敬老爷天经地义，哪个不敬，哪个屋里遭天谴！"人们的声音越来越大，没人听潘德和的话了。

潘支书的声音像爬坡的拖拉机吼了起来，边吼边挥动着手里的鱼鳞，他越说越激动，突然那巨大的鱼鳞从他手中飞了出去，向着阳光下的蓝天飞舞，像一片片翅膀扇动着，颤抖着，越飞越高了，不晓得是潘支书用力过猛把它们摔了出去，还是恰好一股强风吹过，把它们带上了天空。

人群突然安静下来，所有的人都抬头望着天空，强烈的阳光刺得人们的眼睛眯成了一条缝，有人刺得流出了泪。接着"啊，啊，哎呀——"一片。刘三洲用他的湘潭话喊了一声："鲤鱼精显灵啦——"，人群"轰"的一声，无数的嘴巴一齐发出了声音，议论声就如一锅沸水。

几只大鸟从天空飞过。一只老鹰在盘旋。高天上一片薄如冰的云走得很快，罡风劲吹。更高的天空蓝得发黑。

潘支书的声音突然消失了。

惜天二爹在喊："德和长子，散会啦。今天过年呢。"

还没等潘德和反应过来，人群就四处散了。

十五

初八上昼，天下了一会儿雪就停了，雪很快就融化了。今天分场召开生产队支部书记会议，汇报各队近来阶级斗争新动向。各队支书都踩着雪来了，一个个进门都裹进一股冷风。潘支书到得最早。他是想来得表扬的。

去年底潘支书挨了批评，他就想着春节抓一下封建迷信，再开个斗争会，想在分场树立一个榜样。

分场红砖围的一个大院，大门是敞开的。院内几栋坡屋顶的平房，红砖红瓦盖的，红砖的眠墙并不粉刷，走进院子，红色的房与绿色的树对比很是强烈。

会议室在办公楼西边，先到的人，人人卷了一支纸烟，把小会议室抽得云遮雾罩。分场党委王书记进来时，只有九队的支书还没到。他给每个人派了一支岳麓山香烟。大家点燃抽了半支，九队的支书就到了，会议正式开始。

王书记两句开场白后，先由各队汇报春节期间的情况，一队第一个发言。潘德和把连尔居大年三十开会的情况做了详细汇报。潘德和讲完后，王书记点评，他表扬了吃忆苦餐与斗地主相结合的做法，有现场，有针对性。但连尔居封建迷信思想不能不管，群众思想觉悟太低，要帮助他们提高觉悟，认清当前形势。

其他各队汇报吃忆苦餐的情况，敬老爷的事没人提。大湾杨的支书反映，吃忆苦餐时有人骂娘，说搞得大年三十都要呷苦，不吉利。王书记说："你看，还是迷信。共产党就是不信这个邪！"

各队讲完了，王书记也点评完了，最后他讲话："你们不要以为天下太平，从中央到地方，潜伏的阶级敌人有多少？我们七分场就有中央下放劳动改造的大右派分子，那个大身胚、喂猪的黄石安，你们晓得他是么里人？他是司法部的大领导！那个矮胖子杨浦，我们民兵每天监督他，他是个危险分子，混进革命队伍，当了中央领导的秘书！河夹塘干部学校还有个新华社的头头。这些人都是反动分子，大右派！"

大家交头接耳，农科所的支书对九队的支书说："黄石安这个人按说来农场十几年了，何解就是不服从改造呢？架子这么大。农民到他养猪的粪氹担粪，他话都懒得跟人讲，装作不认得。一个右派分子还了不得呀！真正反了！"

王书记提高声调："黄石安攻击社会主义法律，为坏人讲话，跟着苏修走！"

九队的支书是个胖子，插话说："看不起我们农夫子，绑出去游他的行！"

王书记没搭理，继续说："省里的右派分子更加多，农场推山咀的省直机关农场就来了一百零九个！真正比《水浒传》里的还多出一个。有个人还是省委书记周小舟的秘书，你看有多危险。这个张式军我是见过的，坏人额头上没贴标签呢，很能迷惑人的。知识分子嘛，好的不多，这一百零九个人里面，臭老九最多。省话剧团的什么团长，花鼓戏演员、作家、导演、教授，新《湖南报》下放的记者，不都是臭知识分子?!真正知识越多越反动!"他顿了顿，点上一支烟，接着说："这些人呀，就得让他们闻闻泥巴味，让他们晓得五谷杂粮，晓得泥腿杆子的辛苦，晓得现在是工人和农民的天下。"

大家咧嘴笑，把烟圈往高处吐。王书记没笑，他把烟屁股丢到地上，用脚一拧。"中央和省里把右派下放到我们农场，是对我们极大的信任，也是提醒我们要绷紧阶级斗争这根弦啊!我们的身边就没有反动分子?'地、富、反、坏、右'亡我之心不死，我们要擦亮革命的眼睛啊。谁敢反对社会主义，反对毛主席，就砸烂谁的狗头!打翻在地，再踏上一只脚，让他永世不得翻身!"他挥了挥拳头，喊了出来。

正月，连尔居好不热闹，村里一连放了八场电影。王书记为了提高连尔居人的思想觉悟，专门送电影来连尔居，放的是革命样板戏《龙江颂》《红灯记》《沙家浜》《智取威虎山》《海港》《奇袭白虎团》《红色娘子军》《白毛女》。连尔居人早早就搬了椅子板凳去占地方。每晚放映，潘支书都要讲一番话。他背诵了很多毛主席语录。毛主席语录我也学习过，却背不下来，但我记住了潘支书常挂在嘴边的话：路线是个纲，纲举目张。抓革命，促生产。阶级斗争，一抓就灵!与天斗，其乐无穷;与地斗，其乐无穷;与人斗，其乐无穷!共产党的哲学就是斗争哲学……

他背语录的时候，我就背课文："人民靠我们去组织，中国的反动分子，靠我们组织起人民去把他打倒。凡是反动的东西，你不打，他就不倒。这也和扫地一样，扫帚不到，灰尘照例不会自己跑掉。""世界是你们的，也是我们的，但是归根结底是你们的。你们青年人朝气蓬勃，正在兴旺时期，好像早晨八九点钟的太阳。希望就寄托在你们身上……"每次背到这里，我就觉得自己正如一轮喷薄的红日，冉冉东升。

我的课文没有他的语录多，背完了，我又唱歌："东风吹，战鼓擂，当今世界上究竟谁怕谁。不是人民怕美帝，而是美帝怕人民。"他于是停下来，要大家安静。因为除了我在唱歌，大人们都在交谈，孩子们在周围打闹。

稍稍安静，他冗长的讲话又开始了。于是，我们在放映机的射灯里用双手做各种动作，投在银幕上就变成了狗叫、螃蟹爬的剪影，大家开心地大笑。

毋家棚、大湾杨的人也赶来看电影，他们说分场对连尔居偏心。我们又得意地笑了。

正月天气好，农活儿不多，银木匠带着大家打篮球，又去纺织厂比赛。连尔居人晓得他们是友谊第一，比赛第二，就没有多少人跟去助威了。

有一次连尔居人打败了纺织厂，纺织厂球队不服，要求再打一场，结果还是输了。看球的人快快散去，为连尔居人喝彩的没有几个。那些看球的纺织女工，球赛结束的哨子一吹就走了，身上的香味远远地飘过来，连多看一眼他们都没有。

连尔居的后生崽走在路上心有不甘。前面走过一排女职工，她们披着围巾，走路风摆杨柳，韵致十足。有人忍不住对祝国梁说："国梁，你要是有本事去拍哪个妹子的肩，老子买一条岳麓山烟给你抽。"祝国梁打后卫，抢篮板球很厉害，他一直看着前面的妹子眼睛都不眨一下。他说："此话当真?"所有的人说："咯还有假!"他便加快脚步往前走，等他真的去拍一个妹子的肩时，后面的人全都跑光了。

惜天二爹的收音机哑了，匣子里的女人、男人再也不露面了。惜天二爹丢魂了很长一段时间。

正月里他又神气起来了，他过年买了一块手表，这是连尔居第一块手表。拜年时，他总是夸张地说："时间，啊时间，你们见过时间没？你看它就在我表上走呢！"他给人看戴在手腕上的上海牌手表，还伸到二娭馳的耳朵边，说这个时间走路还有声音的。

连尔居的老班子没人说时间，他们说的是时辰。这时辰是由鸡的打鸣、太阳的升降来估算的。连尔居刚建的时候，炳丰负责打更，一更、二更、三更，他准时在村中马路边走边敲一个大竹筒，口里喊："小心火烛啦——平安无事。"炳丰打更是看星星和月亮估算的。下雨天则不打。

惜天二爹天天说时间，时间这个词就慢慢在连尔居年轻人中流行起来了。组长鸡叫三遍后，开始喊人出早工。有时鸡叫得早，喊得也早，有时又喊得晚了，惜天二爹就提意见，说每天定下一个准确的出工时间。大家都说这样好。组长也表示同意。惜天二爹说早晨就定六点吧，中午十二点收工，晚上五点收工。组长嘿嘿一笑，说："我又冇手表，只能尽量啦。"

从按时辰出工到按时间出工，对没手表的人不过是一个说法而已，组长仍然是鸡叫三遍后起床，然后一家家喊大家去出工。有时，大家都到了地里，惜天二爹还没有出门，组长说他，他说："谁叫你们这么早来的。我是北京时间六点整。"组长有气却无话可说。有时，惜天二爹一个人先到了地里。他批评大家起来晚了。大家只是笑笑。

时间一长，组长喊出工，大家先看惜天二爹有没有出门，有的人见他没出门，背了锄头又回去了。组长不得不每天先去惜天二爹家，问他时间到了没有，惜天二爹说到了，他才喊，说没到，他就只能等，一个人卷了纸烟在朦胧的光线里抽。

大家觉得惜天二爹想么里时候出工就么里时候出工，想么里时候收工就么里时候收工。他说几点钟就是几点钟，时间变成他家里的了。他自由自在，搞起了特殊化。大家心里都不平衡了。特别是组长，喊出工收工是他的权力，现在都得听惜天二爹的了！

大家私下里商量，还是按时辰来出工。惜天二爹坚决反对，他说："人民政府都是按时上下班的，分场领导都是按北京时间工作，连尔居落后，跟不上形势。你们按时辰出工，当落后分子，我按时间出工，你们告到分场去我也不怕！"

小组决定按时辰出工。惜天二爹一个人按自己的时间出工。有时大家正干活的时候，组长还没喊收工，他一个人先走了。有的人心里又不平衡了，想跟着惜天二爹出工。瘸子国斌看着隔壁的惜天二爹出门晚，他也跟着晚出门，看着他先收工，他也跟着他走。组长说他，他说："人家是北京时间。你别为难我一个瘸子呀！"

组长一咬牙，干脆把出工收工的权力交给惜天二爹，由他来喊。

其他小组看到他们收工，也自然跟着他们走。全村出工都变成看惜天二爹的了，只有他一个人掌握着时间。

这段日子是惜天二爹最风光最神气的日子。他晚上去二娭驰家里，去玉娥家里，都在谈时间。告诉大家时间不但分小时，还分分、秒，他解释分是么里秒是么里，秒就是一眨眼睛，分就是眨六十下眼睛。二娭驰眨着眼睛，惜天二爹看着表，一会儿说眨快了不准，一会儿说又慢了，满屋子的人就笑。惜天二爹说："时间就是眨眼过去的。有文化的人都这么说。"

连尔居人掌握时间的愿望终于忍耐不住了。首先是组长，他发现自己把喊出工收工的权力交出去后，他派工的权威也受到了挑战，大家更愿意听惜天二爹的，做事都找他商量。组长在亲戚家偷偷地凑钱，凑齐的那一天，他有重新获得解放的感觉。当上海牌手表戴到自己的手腕上，他不敢相信时间也可以由自己掌握！

农场突然补发给职工一笔钱，欢天喜地的日子里，大家谈论这笔钱怎么花好，好多的人选择了买手表。也有人选择买自行车。我家买了一个大衣柜。爷带着我推着板车，一路走到新市，在一户山里人家把三门的大衣柜搬上了车。爷买的是个旧衣柜。他需要留些钱做别的用场。这一次，我看到了红色的山，这些丘陵山区，走进去了，就像捉迷藏。

买了手表的人高兴一个月后就开始后悔了。国梁买手表是最积极的，也是最先后悔的。因为很多人掌握了时间，他再也找不到惜天二爹那样的权威感了。他们的生活其实并不需要时间。日出而作，日落而息，有太阳就足够了。集体劳动，出工收工有组长来喊，不需要自己操心。他们戴着表就像戴手镯，都忘了要看时间。

十六

二娭毑家比以前更加热闹了。获秋、大放、童霖、耀华、盛赞、吴灿佳都去二娭毑家里玩。他们拿了一本书来研究，书破烂得连封面都没有了，前面十几页线描的插图，一大半只剩下半边了。插图画的都是穿长裙长袖衣的古代人。这些线条柳条一样流畅飘逸，我捧着就放不下了。一种异样的气息扑面而来。画中的男女眉目传情，让我对线条产生了生理的反应。字是繁体的，我认得不多。他们没有谁有耐心看下去，就要我去看。

我读了一夜，似懂非懂。晓得那画中的女人里有林黛玉、薛宝钗、晴雯，男的有贾宝玉。世上还有"薛"和"贾"的姓？

我把书拿回二娭毑家，说看得人打瞌睡。

大家正在唱歌，没人理我书的事。先是获秋唱《红星照我去战斗》，唱到一半大家纷纷加入，变成了合唱。接着盛赞唱《我爱五指山，我爱万泉河》，唱到高音部分时脸涨得通红。有人咯咯笑了起来，说"吃奶的力气都用上了。"大放吹笛子，他吹的是《映山红》。我们都屏息静听，颤抖的音符是从笛孔里一个个抖出来的。荻秋说："要吹节奏呀！"他挥起双手来给他打拍子。

第二天，盛赞带来了一支更粗的笛子，他说是箫。他嘴对着箫的一端，鼓起腮帮吹，果然声音不一样，悠悠的，笛子如果是早晨，箫就是黄昏。

第三晚，荻秋拉起了二胡，他拉的是《沿着社会主义大道奔向前方》，春晖伴着二胡唱了起来。国梁不晓得是么里时候进来的，他也加入了合唱。

青华、建元和我来看热闹。傻子孙卫军也来了。他们不吹拉弹唱的时候就讲笑话，吹牛皮，打赌。童霖说他认识杨继美，他画宣传画在分场很有名。耀华说陈昆找他去玩。陈昆是七分场中学新来的老师，是个美男子，女孩子都暗恋他。大放说他跟王枚强很熟，王枚强是长沙知青，穿着时髦，晓得时事，晓得天文地理，男孩子都崇拜他。盛赞笑笑，说："王枚强长期跟我嬲卵谈。"

有一次，荻秋说起《吕梁英雄传》，这本书他借给我看过。耀华跟着就谈《金光大道》，吴灿佳讲《艳阳天》，童霖说《欧阳海之歌》，盛赞学《侦察兵》里的侦查处长郭锐，拖着长腔说"你们的炮是怎么保养的"？引得大家笑起来。饰演郭锐的电影演员王心刚很英俊，是我们心仪的偶像。我们都学他戴着白手套摸炮口的动作。

荻秋说话夹着"抽象""形象思维"这些新鲜的词语，我们都觉得他很高深，很有学问。耀华说话变了，他开始模仿纺织厂工人说话的腔调，让我们觉得自己说话很土气。

从此，每个人都不愿像连尔居人那样说话了，他们学城里人说话，学老师文绉绉地说话，个个斯文得不得了。那些粗痞话一夜之间从他们嘴巴里消失了，就像他们从来没有说过。他们也不分司令、军长、师长，这里没有中心人物。对这样的变化，我感到很是新奇。

顾春芳笑得最开心。谁都像故意在冷落她，但谁心里都最在意她。这我能感觉得到，她实际是个中心人物。她是二娭毑的满女。二娭毑有春晖、春芳两个女儿，还有个满崽顾春景。

春芳大变样了。一头乌发拢起来，一团黑色火焰一样。她皮肤不是很白，是很浅的棕色。她喜欢穿紧身的衣服，紧身裤把屁股的形状都包出来了。她在的时候，男人们像喝了酒，个个争相表现。她笑一笑，就是对他们最大的奖赏，大家都跟着她一起笑，唯恐笑晚了。她蹙一下眉，大家便迅速安静下来，有人赶紧换话题。她若是走开了，就像一锅沸水突然抽走了柴火。

惜天二爹、缘山老倌、尚健师到二娭毑家来坐，一屋子年轻人又唱又闹，他们就坐不住了，唉声叹气地走了。他们去找炳篁孵卵谈。

有天晚上我去找春景，只有春芳一个人在家。她在唱"来来来来来——，来来来来来——"，唱得两道浓眉上下飞扬。她一高兴，一把抓着我的手，把我拖到她的面前，要我跟她一起唱。我跟着她轻轻哼"来来来……"，她越唱越激动，把气吹到了我的脸颊、颈根，把乌发盖住了我的耳根，把她的手臂压到了我的背。她眼里的光是渗出来的，像草原上的晨露，打湿了我。她身体的气息四面八方包裹着我。"可克达拉改变了模样，姑娘就会来伴我的琴声……"我的身体"嘣——"的一声响，这是堤坝坍塌的响声，我的骨头垮掉了，酥软了，只觉得有一条大河在里面汹涌起来，往外冲撞

我的嘴巴中了魔法，张不开翕不动，石头一样。她唇上小小的茸毛，展开来是孟春季节远看成茵近却无的草地，是我第一次远行感受的春草，那气息弥漫着我，深入着我。我的身体是一片大地啊！我陷入了狂想，身体里有好多神奇的事物，它们变得如此美妙！泛滥的河流在我身体的各个部位冲刷，正在扬帆出港的不知是么里。她天使般圣洁，又

魔鬼般失控。这力量摧毁我，把自己祭品一样献出。这力量让我无由地恐惧，全身颤抖……

春芳在唱："等到千里冰雪消融，等到草原上送来春风……"

她唱了几遍《草原之夜》，望着我，看到我在颤抖，问："何事啦？"说话的声气，瀑布一样挂在我的脸上。汗水在我的手心、额头、胸口渗出来了，那条隐秘的河流冲刷到了我身体的外面。我病了。

二娭馳家里的东西在我眼里开始变样了：麻布的门帘、高高的座桶、发黄的木床一眨眼变得无比贵气，无比可爱，灯光也是世界上最温馨最亲切的橘黄。

二娭馳回来了，给我洒芝麻豆子茶。春景兴冲冲地问我给他的"松鹤延年"的画画好了没有。我想起晚上是给他送画来的。画我一进门就放在桌子上，我早把它忘了。

春风吹拂的晚上，我身体进入迷失状态。春芳说的话，她的笑，她走路、劳动、颦眉、梳头、换鞋……这些动作都悄悄侵入了我的身体深处，我的身体就像可克达拉大草原，我闭上眼睛就能从自己的身体里面找到它们。我跟它们在一起，像大地跟自己的河流在一起，我不晓得大地是否思念自己的河流，我却思念身体里的它们。

我也买来一支竹笛，学着吹。从放学一直吹到天色昏暗，我吹得脑袋发晕，姆妈听烦了，跟我说："天天吹，人的精气会吹散的。"听了她的话，我真的感到疲倦了。两个月后，我虽然能吹几首歌，听起来却不怎么优美。我根本没有勇气去吹给春芳听。

荻秋、大放、童霖、耀华、盛赞个个买了回力牌白球鞋，他们是为打篮球买的。他们同时穿上打了白粉的球鞋，十分的醒目。二娭馳说："来了一群白鹭。"

青华、云祺、建元和我也闹着要买。我第一次那么在意穿着，被渴望折磨了两个月后，我们也成了二娭馳的白鹭。听着她说"长腿白鹭"

来了，心里比呷了甘蔗还甜。我爱惜它，就像白鹭爱惜自己的羽毛，生怕弄脏了，走路走得小心翼翼，每次白粉打得跟积雪一样。

我的个头越长越高，要干的农活也越来越多了。二姨驰家与我家是相邻的两栋房，两家同在一个生产组，我与春芳经常一起出工。我不再躲避劳动了，上学就盼着放假。一放假我们都要参加劳动。我们一起薅禾草、埋甘蔗、松土、插秧、割禾……她出工时也爱穿紧身衣服，手上戴一对长袖套，太阳不大时，头上系一块花手帕，太阳大了才戴草帽。

我喜欢看她唇上汗涔涔的茸毛，喜欢听她柔软的说话声，喜欢看她笑时露出一排雪白的牙齿。所有农活里，女人干得最漂亮的是插秧，弯腰点头的节奏就像舞蹈。

谷雨一来，开始插早稻。水田里茫茫一片白，映照的全是灰白的天光。春芳身子蜻蜓点水，左一排插过去，右一排插过来，双脚后退着，高高撅起的臀，露出迷人的曲线。她的后面一片泥水黄，前面一行行秧苗绿。

插早稻是一年雨水最多的时节。春雨连绵不绝。棕编的蓑衣、胶布、塑料的雨衣，箬叶与棕竹的斗笠，全裹到了人身上。斗笠往头上一扣，一股混合着桐油、汗味的暖和气息直往脸上扑。外面的雨水隔着棕毛、箬叶、胶布、塑料打得叭叭响，哗啦啦地流。常常天都下黑了，所有的雨水都来围攻，雷电充当急先锋，逞着淫威。雨水那么浩瀚，身体那么小，像钉子一样仍然钉在水田中插秧。从此，春天的气味变成了胶布的气味、棕毛和箬叶的气味。

春雨里，绿色的秧苗插遍了一丘又一丘仿佛没有边际的水田。泡得发白的小腿，麻木得不是自己的了，被蚂蟥咬出了血也没有了知觉。

插田累在腰，女人腰身柔软，远在男人之上。男人，哪怕半大男人，腰都不行，插了一会儿，腰仿佛要断了。半天插下来，我不得不频频站直身子。春芳有时与我并肩插，我忍着剧烈的腰痛，想跟上她，痛得我龇牙咧嘴。我的手脚也没春芳那么麻利，很快我就落到了后面。

刘三洲挑秧、抛秧。秧是一把把扎好的，大小刚好一手抓一把。抛秧的技术一是秧要抛得均匀，插秧的没秧了顺手就能找到一把，但也不能多，不能让插秧的把多余的秧抛开，这会影响工效。二是抛秧不能把泥水溅到人身上。刘三洲见了女人故意老远就把秧抛过去，堂客们衣服溅了泥水，就骂他"砍脑壳咯"。他笑得脸上的疤挤成了一堆。

他对春芳好，春芳后面没秧了，他走近了才抛，轻轻滑过去。有一次，他走近春芳，喊一声："蚂蟥啊！"春芳跳了起来，往上扯裤腿，露出白生生的小腿，伸过来伸过去，细细地看。问刘三洲在哪里。刘三洲指指这指指那，两条玉腿左右看了几遍，看得他"嘿嘿"直笑。边上的妇女晓得他在使坏，抓起一把秧就往他身上砸过去。他一路跑一路躲，"嘿嘿嘿"笑得更欢了。

立夏的习俗是呷鸭蛋。民谚：立夏呷鸭蛋，卵石也踩得烂。我们手拿煮熟的滚烫的鸭蛋，一边呵气一边剥壳的时候，秧苗就全部插完了。水稻讲节气，立夏前早稻必须插下去，晚稻则在立秋前插完。

插完早稻，要给甘蔗地除草松土了。天气开始变得炎热。甘蔗是在我们搬新家后引进来的，用来榨糖。蔗种冬季里埋到地下，在暖土里悄悄发芽，开春后，男人用锄头扒开甘蔗上面的泥，绿色的蔗叶被捂成了黄褐色，他们一抱抱把它从坑里抛到地上。女人把甘蔗叶剥下来，砍成一节一节。男人用牛犁出一条条浅沟，甘蔗一节节相连，女人把它埋进沟里。埋甘蔗芽要朝上，最初不懂得这样做，种下去的甘蔗没有长出来。

立夏时节甘蔗苗长到了及膝的高度，垄上杂草也疯长起来了。锄草的人跟插秧一样一字排开，有的锄得快，走向前了。但锄草不像插秧无法作假，锄草慢的锄马虎一下也跟得上队伍。锄草是个体力活，虽然累的还是腰，但需要力气。这项劳动，男人比女人要强。女人锄一会儿腰就痛了。我总是千方百计靠近春芳，她累了，一手扶锄，一手扶腰，身子弯曲，浓眉微蹙。我锄到她身边，看到她嘴上渗出了一粒粒汗珠。我赶紧锄向前，偷偷把她挨我这边的草一起铲了。

　　一个红色的四方木盒子出现在我家里，收工时我发现它挂到了大门后的墙上。我莫名地兴奋，搬了凳子去摸它。姆妈说是分场派人来装的。炳滔爸家还在安装，我们都跑去看。炳滔爸说："这是做么里咯？养蜜蜂呀？"

　　尚健师就笑："没见过蜂箱？傻啊，放毛主席像章的。"

　　缘山老倌说："关人的呢。"所有人都笑。要缘山老倌爬进去试试。缘山老倌也笑，"不信呀，你们懂个屁。"他晓得这是广播，里面如果没有人怎么广播！

　　广播响起来的这一天，大家都感到惊讶，真的有人钻到里面讲话了。二娞驰想不通，这么多盒子，里面都是一个人在讲话，他跑来跑去跑不赢啊。又有看到他跑出来。她总是摇脑壳，摇了又摇，一天摇下来，脖子都摇痛了。

　　有一天，分场的王书记也到了盒子里面。这种事非同小可，我们都觉得王书记了不起，想晓得他有么里法术。于是都来问潘支书，潘支书晓得分场有个广播站，何解王书记可以在盒子里讲话，他也很惊奇。当天他就去了分场，当面找王书记问清楚，也顺便看看书记有么里变化没有。

　　晚上，潘支书家从没这么热闹过，连尔居人听他讲法术。他解释了半天，说是电流把声音从铁丝传过来的。所有人都不信，尚健师当场拿了铁丝来传声音，一根铁丝从房子里牵到地坪，尚健师在里面对着铁丝讲话，屋外的人么里也听不到。

锄甘蔗草的时节，浩荡的东南风开始劲吹。

上学路上，我常常碰见一个戴着耳机拿着收音机的人，他走路头偏向一边，不管抬头也好低头也好，他从不看人，对所有遇到的人他都视而不见。他从来没有笑过。走路也没有停过。除了有两次他鞋带松了，他弯腰去绑鞋带，站起来顺便用帽子扇扇风，他走得出汗了。路上的人只有他走路像个运转的机器，一上一下，均匀的节奏从不改变。每次我都目送他走远，对他充满了好奇和敬畏。

他住在七分场，每次都从连尔居边上走过，去糖厂上班。糖厂建在离职工医院不远的地方。高高的烟筒在连尔居也看得清清楚楚。听人说，糖厂就是他设计的，他是个工程师，划右派下放到了农场。

不说话的人除了工程师、地主孙茂钦，又多了一个，他是突然来连尔居的。潘支书那天上昼把他领进了村。

潘支书带着他直接走进了尚健师的家。他进了尚健师的家，不说话，呆呆地坐在椅子上，眼睛也不看人，看着自己光着的脚。他是个小青年，打着赤脚。尚健师的堂客惠英给他收拾好一张床，大白天他走过去，倒头就睡了下去。

吃中饭的时候，惠英叫他呷饭，他不应。

我们同一栋房的人都来看他，他也不理，身子弯曲成一个虾子，动也不动。几个堂客劝他呷点东西，好说歹说，最后他身子偏过去，把背对着大家。

女人们摇头、叹息。尚健师从屋里出来，绷着脸。

晚上，尚健师来我家里坐，跟我爷娘嬲卵谈，我们晓得了这个人叫吴小潞，毋家棚人，他收听敌台美国之音被抓了起来。事情是毋家棚人揭发出来的。收听敌台是要判刑的。分场王书记把他安排到一队来劳动改造。潘支书又把他安排到了尚健师的家。何解到连尔居来，安排在尚健师家里，尚健师摇头，他也不晓得。

我感觉到的那个人将来也会走进连尔居，他是从很远很远的地方来，也许他一生都走不到连尔居，但他进村将是一件大事，影响我们家的命运。这个人遥远得经常在娭馳的梦里走来走去，他有时走出娭馳的梦，走到了她的嘴巴边，我听到娭馳喊他的名字。他就要变成一个现实里的人了。但我早晨一醒来就忘了这个名字，甚至也搞不清是我在做梦，还是我梦到了娭馳在做梦。我问娭馳，她说她有做梦。这仿佛是前世今生的事情，是岁月把人过旧了吧。

这个吴小潞太年轻了，没有经历么里世事。他与那些挑担进村，磨刀饯剪子的，收鸡毛鸭毛的，买糖粒子、冰糖、针线的，耍猴把戏的，都是些与连尔居擦身而过的人。

第二天午休，一阵慌乱的脚步声，大家往尚健师家里跑。惠英颤抖着声音喊："伢子，快醒来呀！莫做傻事啊！你爷娘晓得了，几多伤心！"我跑进屋里，看到吴小潞直挺挺地躺在床上，他细小的脸上眼睛紧闭，无声无息，颈上有一道红色的勒痕。

吴小潞中午用一根布带子在颈上打了一个死结，想了断自己的生命。惠英及时发现了，用剪刀剪断了布带。堂客们说："真的可怜，真的可怜。"有的说着说着眼睛就红了，落下了眼泪。

惠英一直在呼唤着他。

吴小潞的身子微微抽动了一下，脸上慢慢转了血色，惠英用右手指挨着他的鼻孔，那里有了气息。她高兴得哭了："伢子，伢子啊——"

经过一次死而复活，吴小潞的眼睛开始看人了，两滴眼泪从眼角滚了下来。惠英的脸上现了笑容，她劝他呷点东西。她给他水喝，他张口喝下去了。惠英高兴地去厨房打了两个荷包蛋喂给他呷。

吴小潞吃下荷包蛋后有了一点力气，他要坐起来。惠英、尚健师忙扶他起来。尚健师说："后生伢子，听了敌台就听了，又冇杀人放火，不丑！你安心住在我屋里，就当是你自己的家，我们不会亏待你的！"

吴小潞哭了，伤心欲绝地哭，号啕地哭，泪水横流，把床单都湿透了。

两天后，他就跟大家下地干活了。

十七

薅过三次禾草，早稻长到人的大腿那么高了，眼看就要进入抽穗、扬花、灌浆的阶段了。我与刘三洲被分配去给禾打药。早稻生虫了。打农药是一件危险的事，我们打的是剧毒农药 1059、1056，还有敌敌畏、甲胺磷，这种药入口封喉。还要打"六六六"粉，打"六六六"粉用的是电动喷雾器，鼓风筒喷得稻田上烟雾滚滚。

刘三洲是外来人口，安排他干农活，他不敢打折扣。爷当了组长，他为了表示自己不搞以权谋私，把我也安排去打药。他把我交付给刘三洲时，连如何防止中毒的话一句也没有交代。

稻田绿油油一片，绿得要蹿起来了。旱地种了一片棉花，棉花长得齐人腰高，它的绿鲜嫩、响亮。在越来越猛烈的阳光下，稻谷正欲抽穗，棉花正在结果，小小青果在一片片棉叶下摇摆着——夏季的风从田野上一阵一阵扫过。风的大小与强度都能从稻田、棉田和甘蔗翻飞的叶子上看得清楚。起伏的稻浪和摇摆的棉花，风过处，绿色变成了浅白色。风把叶子吹得翻转，叶的背面，颜色浅淡得多。深绿与浅绿一片片交织，一股股一团团的风因此显形。它们大小形状、强弱快慢都不同。

碧绿的田野，翻动的绿色就是我对于夏天的感受。风带着植物的芬芳、土地的气息不分白天黑夜在大地上吹，哗哗的响声，像植物的歌唱，像阳光的流泻。

但绿色深处，虫子也在长，它们疯狂地繁殖。

一只只硕大的禾鸡在稻田里笨拙地飞，藏在稻禾深处，独自"懂、懂、懂"地叫，像在抽打一个灌满了水的皮囊。它们的声音让人听着孤独。

刘三洲教我如何使用喷雾器，一桶水配多少药。我们从水沟里取水，他把药倒进我的喷雾器，旋紧。又把喷雾器抱起来，让我背靠过来，像背背包一样两根带子背上双肩。他背上后，给我示范，左手上下摇动一个长铁柄，给喷雾器药桶加压，右手扭开开关，拿着一根长长的花洒在禾苗上扫过来扫过去，乳白色的农药均匀地喷洒着，落到稻叶上，有的流成水珠，滚下叶梢。我们顺着风向走。

一天的活儿大概半天就能干完，比起锄草来要轻松。我们打一会儿药就坐下休息。我听到一声女人的叹息，像轻轻呵了一口气，转过头去，没有发现人影，却有小小紫色的影子一闪，我以为是自己的错觉。

刘三洲也听到了。他说这里有忘魂草。他要我走路莫踩草地。但我已经踩了半天了！那时田野那么安静，草叶的晃动声我们都能听见。

我们起身去找，闪过紫影的地方里也没发现。要不是我们俩同时看到，我准以为是自己花了眼。

刘三洲笑着说："踩到了也不要紧，只是不要像茂仁，把自己做梦跟雯霞上床当成真的。还去找人家雯霞，说人家穿上裤子就不认人了，害得雯霞哭着喊着要上吊，真是丢人现眼。"

我听说过雯霞上吊的事，她是个年轻寡妇，想不到与忘魂草有关。踩了忘魂草的人分不清真假，有人踩了没几天就把脑子里想的当成真事。大多数人到老了才发作。

刘三洲很健谈，他对我的皮肤特别在意，不停地夸奖："好细嫩啊，长得真白净！连尔居最标致的就是你。"我不说话。他拿起我的手左看右看，"你是个有福气的人呢！"

收工的时候，他把肥皂给我，我们在水沟里洗手，他说："多洗两遍，洗干净呢。"

有的稻田要打"六六六"粉，打粉剂要戴口罩，吹风筒直接从一根粗管里把粉吹出去。稻田里尘土飞扬，人身上也落了一层。打"六六六"粉技术要求高一些，由成年人来打。我站得远远的。

第三天，打完药我们洗了手，我去小便，他也跟我站在一起，对着水沟拉尿。"你的包皮长了。"他说，眼睛看着我的下身。

我脸红了，问："好还是不好呀？"

"问题大呢。"

"何事办呢？"

"我看看。"他的手就摸上来了，翻来翻去，它一下就勃了起来。他把皮翻过来，又轻轻摸。"这样就会好。你看我的。"

我看他的像根竖起的柴棍，丑陋无比。他抓起我的手，放在那上面，要我抓住。我不情愿。他自己手淫起来。

我觉得恶心。

打完药我不再跟他小便了。他跟我谈连尔居哪个妹子最漂亮。说春晖屁股大，翘得高高的，好看。说茂崧的女儿冬梅细嫩，脸长得好，身段也高。说雯霞奶子大，走起路来一闪一闪，晃眼！弹匠茂仁最喜欢了，像他弹棉花一样，又白又蓬松。说媛媛是条小母牛，有股骚劲。说煌靓是个骚货。说燕姝眼睛勾魂，长大准是个狐狸精。问我："你看上谁？"我摇头。但我下面却起来了，打起了帐篷。

"你看上谁，包在我身上。"他嘿嘿笑着，又来摸我。

第二天，我们休息的时候，他说："你喜欢春芳吧？"

我心猛跳，像触了电。我不晓得他何解知道的。

"我看出来了。嘻嘻！我给你做媒，包在我身上。"

我看了看他，他说这话的神情很认真。我轻轻点头。

"好哩，女大三抱金砖！你要答应我一件事。"

我脑壳已经晕了，问："么里事？"

他四下里看看，田野里没有一个人。只有禾鸡在"懂、懂、懂"地叫。

"你把裤子脱了。"我犹豫着脱下裤子。他一把从后面抱住我，那根丑陋的东西塞到了我的股沟中，我又痛又恶心，忍无可忍一把推开了他。他自己"呵呵呵呵"到一边手淫去了。

"你想不想跟她谈恋爱？我帮你的忙，我这点忙，你也不愿帮？"我终于妥协了一次，眼睛里涌出了泪水。觉得很脏，回去洗了又洗。

感觉挨过了非常漫长的时间，他跟我说，他跟春芳说了。他说春芳很高兴。看到我脸红了，我的冲动无法掩饰，他接着说，你得向她有些表示才行呀。

我问："送么里好？"

"先送条手帕吧。"

"我没钱何事送？"

"你家里有鸡蛋，拿六个鸡蛋，我给你去换钱。"

我一溜烟跑回家，看看家里有多少鸡蛋。姆妈把鸡蛋放在米桶里，我一看才九个，偷偷地先拿了一个。过几天鸡蛋多了，我又拿走一个。见到刘三洲，他问："你何事还没拿来？要有诚意。"我说："快了。"

我偷到了第六个，我一起藏在口袋里偷偷送给了他。

第二天我就问他："送了没有？"

"莫急嘛。"

又过了几天，我再问，他说："送了。你没看到她系了一条新手帕吗？"

我心里像洞窟被凿开了一扇窗，有一股阳光和风灌了进来，有无数的蜂蜜灌了进来。从这天开始，见不到春芳，我就像丢了魂一样。听到她说话我心就狂跳。无论她跟谁说话，我都觉得她是说给我听的。去二娭馳家的冲动压都压不住，心里暖洋洋的感觉压都压不住。

夏至到小暑，吹的都是东南风，天气有些喜怒无常，突然一场雨，雷鸣电闪，大雨一过，又是阳光普照。这样的气候大暑后更加常见。东南风一吹，灌浆的稻穗在热风中变得越来越结实、饱满了。热风吹过江面，从我家前门进后门出。稻草泥砖屋里的穿堂风湿润、阴凉，吹得人像个活神仙。

这段时期没多少农活可干。星期天早晨，我躺在地坪竹床上，看着太阳升到半空，房子的阴影一点点退缩，一直退到走廊。竹床也搬了几次，一直搬到了走廊上。阳光开始把江面照得银光闪闪，把樟树、苦楝树的叶片照得银光闪闪，把连尔居稻草盖的屋顶照得银光闪闪，吹过的风也在闪耀着银光……世界那么晃眼，存在在虚幻的光里。这是夏天我喜欢看到的景象。

在走廊的阴影里，我呼吸着田野上四处飘散的植物的芬芳。我一会儿闻到了西边荷塘里荷花与荷叶微微苦涩的香，一会儿闻到了江面的水香，闻到了一条鱼的腥气。一会儿闻到野篱蒿浓烈的香，这香是阳光晒出来的，我想象得到太阳底下它低头萎靡的样子。水稻的香是如长风一样悠长的，清香把稻田的辽阔也带到了眼前。

风不晓得从哪里来，它们一股一股成群结伙，有的性情热烈，有的柔和，有的是长风浩荡，有的短促如一声叹息，它们在大地上行走，都带着自己的气味，带着它们故乡最原始的气息。这些充满了辛劳与汗水的田野，现在是这么寂静。长风里不见人影。村庄也这么宁静，只闻蝉鸣，如浪一样地起伏着。

我每天都要想一想春芳，有时想到了她包紧的屁股，有时想到她嘴唇的茸毛，想到她的笑声，在我脑子里，这一切都那么真切。她从房子里出来，有时是上茅厕，有时是去江里洗衣，有时是去别人家，我在走廊远远地望着，有几次躲到隐蔽的地方，让身体无法克制的冲动得到释放。我也开始手淫了。

传来卖冰棒的叫卖声。冰棒刚出现在连尔居，让人兴奋了一个夏季，酷暑里看到冰，谁都不敢相信。"娘卖×咯，伊是么里崽啦！"

上了年纪的人几乎都这么骂，这是他们对一件事情表示强烈的感叹。话里有极大的不信任，因而有极大的兴奋。二娭馳就骂："短命鬼哩，哄老人家敞么里！"

一次，大放买了一支给她呷，她说："这么烫嘴巴，还说是冰！"大家就笑。青华急了："明明是冻的，还说是热的！"二娭馳怕烫，把它放在铁瓷缸里凉一凉，冰棒开始融化，铁瓷缸外面结了一层水珠。二娭馳说："还说不是热的，瓷缸都冒热气，出汗了。"一群被二娭馳叫作白鹭的年轻人哭笑不得。春芳出来跟娘说："你老人家喝口冰水，看看是冷咯还是热咯。"二娭馳喝一口融了的冰水，说："伊是冷咯。放凉了。"

卖冰棒的来了，我要姆妈买了一支。冰带甜，甜味就甜得丝丝入骨，好像火一样，全身都被甜烫着。这种味道可与辣椒相比。我觉得这就是世界上最好吃的东西。

突然，"哐——哐——"，巨大的声音响起，阳光都弯曲了一下。太阳下，走来了一支队伍，飘起了一股烟尘。夏季的泥土路晒得起了一层厚厚的灰尘，人走过，踏得尘土飞扬。我跳了起来，向队伍迎了上去。

走在最前面的是个罕见的高大个头的男人，胸前挂了一块牌，上面写着"大右派分子黄石安"，没有戴高帽。走在他边上的人都不是连尔居的。有人把一面铜锣"哐——哐——"又敲了几下，有人右手一举，带头喊起了口号。潘支书早就迎出了村，跟着分场的王书记振臂高呼。

高个子也不低头，眼睛还四处看。他的白色衬衣银光闪闪的。大个子五官和神态与我们太不一样了。宽广的前额，一双八字眉，眉梢高翘，像一股轻烟向着太阳穴上方飞去。双耳高耸，倒向后面。大蒜头鼻子下，人中又长又宽，特别是头发向后倒伏。我感觉这个人来得很远很远，但他不是我感觉中的那个人。

走到连尔居房屋中间的马路上，口号喊得更响了，有的人声音都喊嘶哑了。我看到金明、青华、卫军加入了喊口号的队伍。一群细伢子跟着跑，一边追打，一边笑闹。陡然而来的热闹，让人有些兴奋。连尔居人都站在自己门口看热闹，住前排房的站在后门，住在后排房的站在前门，好奇的人到了长廊上。

游行到篮球场，队伍停了下来，接连不断地喊了一阵口号。连尔居人从口号里慢慢明白这个人是北京的大官、大"右派"。有人晓得他在分场养猪，接受劳动改造。老人不免连连感叹："作孽啊，咯暑天！""落难了，几可怜！"

缘山老倌咕噜着："我看这个人不像个坏人。中国这么大，毛主席不一定么里事都晓得，说不定有人打着他老人家的牌子整人搞事。"

尚健师说："当官的还不如我们当农民的。唉——"他一声长叹。

喊完口号，把大身胚的人绑在篮球架上，潘支书带着大家去吃中饭。连尔居跟着游行的人好奇地看着他，争论他在北京官有多大，见没见过毛主席。太阳越来越猛烈，一个个顶不住就走了。

细伢子围着他，摸摸他的牌子，扯扯他的长衣长裤。长裤上沾了一层灰。长裤一扯，尘土像金粉一样在阳光下飞舞。细伢子有的光着身子，有的穿了一条短裤，看到大热天他还穿一双鞋子，鞋子是他们没有见过的皮鞋，感到好奇。村里人夏天都是打赤脚的。"他不热呗？""出汗了呢！"大个头对他们笑笑。他的笑让细伢子害怕。有人喊："他是坏蛋！"有两个男孩捡了地上的石子泥块砸他。

路上有大人喝住了砸石子的细伢子。远远地，各家在喊自己崽的乳名，要吃午饭了。听到喊声，细伢子渐渐散去。

篮球场空空的只有大个子了。

炳滔爸家在篮球场边上，后门正对着球架。他的堂客腊梅看着大个子绑在篮球架上，被太阳晒得全身汗透了，转身就进厨房里烧茶去了，口里念着："作孽啊！作孽啊！"她泡好一瓦罐芝麻豆子茶，端到了黄石安面前。

大个子看到她手上端着瓦罐朝自己走来，眼里露出了渴望的光。腊梅从瓦罐把茶洒进茶碗，举起来端给他呷。黄石安太高了，他弯下腰腊梅才够得到。她洒一碗他呷一碗，滚热的茶他也不怕烫。腊梅看到他宽宽的额头晒得冒出了油，像要冒烟了。蝉声在树上叫，大个子吞咽的"咕咚、咕咚"声音比蝉声响。腊梅说："慢点，慢点，我再去泡。"一罐茶很快全喝光了。

炳滔爸看着这两个人，他想起了临刑前给犯人送行的情景。那是刚解放的时候见过的。"好好的人，要反党反社会主义做么里哟！"

腊梅回来又倒上一罐茶，拿了一顶草帽，又走到太阳底下去了。

黄石安太高，她给他戴草帽时够不着，他用力往下弯腰，弯得篮球架都在晃动。腊梅踮起脚尖给他扣上去了。大个子感激地看着她，眼里溢出了泪花："谢谢您！谢谢您！"他的话打乡气，腊梅听不懂，但她晓得他的意思，口里喃喃说着："这是作孽啊！不晓得犯了么里罪。又冇杀人放火！"

黄石安问她名字，她没听明白，以为他要呷饭。"莫急呵，我去做饭，做好了你呷。"

十八

晚上，我们在江边地坪上乘凉，大家议论起白天的事，猜测着黄石安的身世。有消息灵通的人说他是延安时期的干部，还有人说他是特务。缘山老倌听了很生气，说："你们骚起嘴巴乱讲！我看他是个正派人。"尚健师附和："大暑天咯样斗人，有得天良。"

月光如泻，月轮飞升，万里无云，大地明亮，看得清地上草的影子。晚上这么静谧，有人咳嗽一声也传得很远。风都轻悄悄地吹。白天的风吹得树叶哗啦啦，吹得房门砰砰响，吹得东西掉到地上"咣隆"一声发出巨响，吹得草帽在地上翻滚……夜色里，它像女人飘荡的发丝，像远处的一声叹息。

白昼沉默的鱼虫，夜里开始吟唱，竭力向夜色一样深广的静谧发出声音，它们声音凶狠却弱小如同小草。

我口渴了，去房里找水喝。走过明晃晃的地坪，走进黑咕隆咚的屋檐，推开房门，拉亮电灯，突然，房里出现了一只鸟。"啊——"一声，我差点把它当成鬼魂了。

鸟在灯光下发光，雪似的，像是它身上的光把房子照亮了。暗影中的墙把它得银光闪闪、冰清玉洁。沿着它身体边缘的一圈逆光，绒光放射，隐隐泛蓝。这光芒圣洁、纯净，有如圣灵之光。它是一个精灵？带着遥远地方的神秘气息。

房子里弥漫着陌生的圣灵之气。我眼里只有鸟身上的光。房里的家什隐在暗影里，依稀可辨的轮廓全在我的视线之外。

鸟站在茶柜上，我们都陷进了片刻的沉静中。它突然哀鸣，用全身的气力叫唤起来，无助、绝望和恐惧的声音，吓了我一跳。

我不假思索地向它靠过去。它有仙鹤一样的腿；黑色的喙，又尖又长；一双句号一样圆的眼睛，正望着我。我在它的注视下一步一步慢慢靠近。它圆眼里射出的光愈来愈犹疑、惊慌，又分明有一种企求。

夜变蓝了。鸟化作了一道银光。绝世的纯净和惊艳，异样而不凡的气息，仿佛我们与世隔绝了。我走进了一条时光隧道。

它在我靠近的瞬间飞了起来，扇动着长长的双翅。它不肯相信人。

木门木窗都是敞开的，它可以飞走，但它却不走，从茶柜飞到木桌上，又飞到脸盆架上，惶恐的叫声一直没有停止。

我站住了，好让它习惯并熟悉我。

它朝着我叫，企求越来越明显。我又轻轻地向它靠近。

到了它的面前，它的眼睛凝视着我，泛出点点泪光。我伸出双手，它纹丝没动，我把它轻轻捧了起来。

白鸟柔软的身体一下就靠伏在我的掌心，它完全放松了。这是毫无保留全身心的托付与信任。我心里一颤。我朦朦胧胧想，它在等我吗？冰凉的体温让我记起什么。它来得这么蹊跷，我感受到了一种遥远又神秘的命运。

它求救一样向我哀鸣，圆圆的眼睛与我对视，却蓄满了哀伤。泪已流干。它呼叫着，胸部剧烈起伏着，在我手掌中像只抽动的风箱。这是生命的哀痛和呼喊，遥远的灵魂似乎正在被唤醒，我身体深处针扎似的疼痛

它的叫声渐渐地小了、嘶哑了。我发现了它长喙上的鲜血，伴着急切的声音，从口中往外涌。一会儿它开始呕吐，吐出和血的虫子、胃液。我看地面，东一堆西一滴，都是鸟先前吐的。她受了内伤？是稻田里的农药？还是有人攻击她了？我不理解，在我进门之前，她忍受了这么巨大的疼痛，何解一点声音也没有发出？

鸟要求我做么里？

我突然间陷入了冥想：你要我明白你的生命马上要离去吗？你不晓得自己会去哪里？你害怕了？……你想让我知道你的痛苦你的死亡？……这是一个约定吗？你今天要在这里等我……

空洞又黑暗的房子里你凄厉地喊着，让我心惊肉跳。从来没有一种声音这么凄凉，你是在恳求我的帮助……

我张了张嘴，合上嘴巴，我闭得更紧了。我的声音发不出来。我晓

得我的声音你无法听懂！像我无法听懂你的声音。我们人鸟隔绝。

我的眼泪突然一涌而出。

"呀——呀——"，这是危险在一步步逼近的信号。是人与鸟的生死别离，为什么要把这样悲惨的生死离别留给我呢？你曾经在我的身边飞翔、欢鸣过吧，而我却不曾留意于你一眼。今天，我们彼此有了超越语言的感情领悟，但你却要走了……

我想到你在天地间飞翔、憩息的时候，双翅轻轻一拍，如白色闪电一样划过江河。这也是你的家园啊。但这个晚上，家园不再，家园充满着恐惧。

外面乘凉的人听到房里的声音，从地坪过来了，一个个进了屋，对这只鸟的行为感到惊讶。一群人围着它，刚才只有鸟说话的声音，现在变成了人说话的声音，嘈嘈杂杂。

鸟刚稳定的情绪，现在又惶恐起来了。它头不停地转动着，它没身处过这样的环境，眼睛里的敌意渐渐浓烈，凄厉的鸣叫一声高过一声。有人伸手去摸，说是白鹭，它对伸过来的手还以尖利的喙。任何一双手靠近，它都凶狠地啄。它只信任我。我们仿佛只在一瞬间就变成了亲人。

我捧着它、抚摸它，期望它镇定下来。人在说，鸟也在说，我看到他们说的话奇妙地交织在一起，不是彼此沟通，不是交流。他们都没有渴望对方听懂的愿望了。人在相互询问，鸟只在向着夜空，孤独无助地宣泄着它的疼痛和恐慌。

我问何事救它，一房子人都不晓得何事办。有人在笑。有人说杀了吃掉。我紧紧抓着鸟，冲出了房子，朝江边走去。我不想它落到别人的手上。

月光不晓得么里时候黯淡的，江岸变得黝黑。鸟双爪紧紧抓住我的手腕，全身发抖，直扎得我疼痛难忍，她知道我要抛弃她了。我果断地把她往岸下抛了出去。想不到鸟没有张开翅膀，她那么决绝，像一团棉花一样，轻轻滑落。在离开我手掌的那一刻，她就没有生存的欲望了。

落入黑暗后，半点声息也没有，死寂一般，我像抛出了一个空无一物的东西，刚才的一幕像是一个梦境，仿佛她就是我想象出来的一个灵物。

细碎的江涛声若低飞的萤火虫，时隐时现。我想喊她，但我的嘴巴仍是往紧里闭。在鸟的面前，我变得不会说话了。第一次我晓得我说的话没有用，一丝一毫的用处也没有。我曾对着我养大的黑狗说了一个月的话，它慢慢懂得了我。我叫它帮我拿书包，搜田鼠，找爷的去向，它都懂。炳丰长期对着牛说话，牛也慢慢懂得了他的意思。我该怎样向鸟说，向虫说，向鱼说呢？

朦胧的月光下，虫鱼还在喧哗地说着话，我认真谛听起来。它们说出了这个世界什么样的秘密？夜的世界，有很多话正在热烈地谈论着……它们在议论刚才的一幕吗？我想，如果我听懂了鸟的话，我就晓得它要我做么里了。我们能说话，我就会带它去医院，我们朝朝夕夕不会分开了。它是一只鸟，我能做到的只是把它抛下，不让其他人去伤害她。也许，它现在正在独自死去。人心原来是最狠的。

今天是多么奇怪的一天，一个人如天外降临，他做了比地主孙茂钦还要可怜的人。一只鸟躲到我家里，找我求救，渴望我听懂它的话。它受了伤害，就要死了。一个人，一只鸟，我都不晓得该怎么去搭救他们。我们都面对面了，却如隔千里。

从夏天到冬天，对着天上飞过的鸟群、蓝天下的云朵、草地上的飞虫，我经常发愣，不知道自己想了么里。一直到大雪纷纷的时候，我还在想着那只鸟，想着它身上的白光是何解发出来的。那年，我的黑狗被人偷了，我哭了一个月，想了它一年。白鸟与我的相遇，一直到我老了，每当想起它，我还会泪光点点。它的眼睛到了我身体的里面，我能随时找到，与它对视。我可能做错了。我越来越相信，那个晚上不是一个寻常的夜晚，是个通灵之夜，我就要发现自己生命的轨迹，窥破生死奥秘了。

农药打完后，我与刘三洲在一起的机会少了。等到收工或是放学后，我去找他。他提出那种要求遭我几次拒绝后，也不再提了。有一天晚上，我又找他，想晓得春芳跟他说么里没有。他说："一条手帕礼太轻了，人家不满意。"

"再送么里好呢？"

"送她一件褂子吧。"

这么多钱不晓得何事去找。我面露困惑。

"你家里有米，拿米来，我去给你换。"

我说："好！"

我们的粮食每月每人定量供应，男劳力一月四十五斤，妇女三十八斤，细伢子最高的是三十八斤。我们家六口人，人人吃饭都是海量，粮食远远不够吃。每个月吃到中下旬就没有米了，姆妈挨家挨户找人家去借粮。借上几家才有一家愿意借几筒。她总是为米犯愁。

为补充粮食的不足，春天，她去外面采野菜，采来一藤篮的荠菜、蚂蚁菜、蘑菇，新鲜的吃不完，就晒成菜干；夏天，太阳炙热，正午休息的时间，她去河沟捞菱角、芡实，一身水淋淋的回来，有时提着一藤篮的菱角，有时是一篮芡实，有时是一篮碧绿的莲蓬。菱角、芡实煮熟了给我们吃，一煮一大锅，可以吃上两天。莲蓬我们剥了生吃。这些东西吃饱了，自然饭就吃少了。秋天，她用南瓜与米做南瓜粑粑，在铁锅上烤得又软又香；冬天，她去养猪场的茴地找没有挖净的茴，一半茴和一半米饭煮在一起呷；去湖中挖藕，挖荸荠，去地里拔萝卜……有时，粮食实在不够了，半夜去晒谷场偷稻谷，她偷了回来，紧张得发抖。爷晓得后还要骂她。

想到这些情景，我把量筒插进米桶时，心里愧疚极了，太对不起家里人了。我是一个小偷！但我一想到春芳穿上我送的裤子露出的笑脸，我便不再犹豫，一筒一筒往布袋里装。装了二三十斤，把米桶里的米抚平，把量筒放回原处，我背着米就去找刘三洲。

刘三洲接过米，掂了掂，说："还少了。"

我回去又偷了十几斤。

好久又没见到刘三洲了。我没去过他家，他不出门我就见不到。

我开始注意春芳，看她穿新衣服没有。

过了一段时间，我真的看到春芳穿上了新的衣服！我心像一盏油灯被点燃了，胸口热烘烘的，脸颊都发起烧来。她见了我，对我也特别好，跟我说话轻轻声的，笑得很甜。我从心里感谢刘三洲。

见到了刘三洲，我问："我看到她穿新衣服了，是我的钱买的吗？"他说："不是你的钱买的，还有谁的钱买的？"我笑了。

我在这种陶醉状态下开始想入非非，为春芳与我这种隐蔽的亲密激动，每天感受着晨与昏错乱的交替。

刘三洲跟我说："天冷了，你要给她买条裤子。"我说："好。"我又去家里偷米。

把米送给刘三洲后，有一天，姆妈自言自语："米何解少了？"她大惑不解。我心里有点慌。我感觉自己像在犯罪。

快过年了，刘三洲说："过年要做套新衣。"

我说："好。"我问："她同意了吗？"

"做完这套新衣，我才好说话呀。"

我不只是偷米，还去偷塑料、蓖麻籽、废铁、鸭毛。

大年三十她穿了新衣。

我去找刘三洲。刘三洲笑着说："她答应了，今天晚上，你想法一个人睡到娥驰房里，她晚上来找你。"

我不敢相信自己的耳朵，脑子里的亢奋像有盏灯照着，亮晃晃，眼睛么里也看不见了，像第一次在二娥驰家看到电灯的情景。我感觉闻到了她的气息，听到她靠近我时衣服的摩挲声。

吃过晚饭，我劝娥驰睡在爷娘这边，过年了一家人睡在一起，我过去给她看房子。娥驰同意了。我克制着巨大幸福的暖流，拿着娥驰的铜挂锁钥匙，压着自己的脚步不让它奔跑起来，但还是只有脚尖落地。看到门上的铜锁，我抖动着手把钥匙插了进去。以前开锁我的手从来没有发过抖。

房外，万家团聚，正是除夕最热闹的时候，家家灯火通明，炉火正红。不时传来鞭炮声，一声一声大红炮仗在天空炸响。门外有脚步声走过，那是细伢子打着灯笼挨家挨户讨饼干。我怕他们到娥驰房子里来，关了门，熄了灯。脚步声从门前走过，一阵过去了，又响起一阵，伴着笑声、叫声、说话声。有人在门口停下来，争论了几句房子里是不是有人，一只手敲了两下门，见没有动静，他们都往前快步追人去了。我等着一个人的脚步声。我熟悉她的脚步声。

夜，越来越深了。寒风吹拂，在屋后发出"呼呼"的响声。房门前再没有响起脚步声了。失望是一点一点陷入的，越陷越深。我开始流泪。我一个人缩在被子里，似乎睡着了又似乎没睡，朦胧中突然觉得她来了，门响了，到了我房子里爬起来看，房里黑乎乎、空洞洞、冷冰冰的。

第二天，我问刘三洲："她没来。你不是说好的吗?"

刘三洲说："她晚上走不开。走得开了又太晚啦。"

十九

很快又是春天。惊蛰的一声惊雷，把天空中巨量的雨水召唤出来了，蛰伏一冬的生命都钻出了泥土。

雨淅淅沥沥一直连绵到了谷雨。即使天晴，春天的阳光也很淡，总有薄薄的云层，使天空泛白。

谷雨过后，我放学在村口碰到了媛媛。她穿着红色罩衣，扎着两条又长又粗的辫子，一双赤脚，在泥地上踩出又大又深的脚印。她提了一桶鳝鱼回来了，见了我，嘻嘻地笑："要呷吧？送你。"她把桶放下来递给我看。桶里的鳝鱼扭动着，挤着叠压着往上钻，有的昂起头来，像一团蛇缠成一堆。看着鳝鱼，我突然有一种不祥的预感——媛媛会像困在桶里的鳝鱼，被人囚禁起来。

她的手伸到桶里，"好呷，用紫苏炒。"她的大手就像锅铲在炒一样，翻动着鳝鱼。

我说："我家里不呷鳝鱼。"

"摸鱼弄虾，割你资本主义尾巴！"一个声音在高处响起，平地一声雷，吓得我俩一跳。我们同时抬起了头，看到一张额头紧拧着"川"字的长脸，逆着太阳光，又青又黑。

原来是潘支书。他看到媛媛提着桶出去，晓得她是去田里捉鳝鱼，他哪里也不去，在屋里滗着燻茶呷，抽着纸烟，就等着她回来，抓个现场。

这是抓鳝鱼的好时节。鳝鱼在田埂上打洞。水田有落差，鳝鱼的洞成了小小涵洞，水从里面流过，从上一丘田流到下一丘田，老远就听得到落水响。用脚趾在洞的入水口捅几下，鳝鱼就从出水口溜出了洞。鳝鱼刚出洞，媛媛伸出食指、中指一夹，一抓一个准，从没失过手。半天工夫，她就提了一桶。

潘支书来抢她的桶，媛媛不肯，两个人抓着木桶把扯来扯去。"是我的鳝鱼，是我的鳝鱼！""没收你的！放开！"媛媛就是不放。

村里有人看见了，喊："莫打架，莫打架。"潘支书本来就没想到与一个女孩抢东西，更没想到媛媛会反抗，不把他放在眼里。他脸早就红了，抢了几下他放开了，愤愤地走了。

晚上，在小学教室开大会，组长通知媛媛参加。以前开会一家一个代表，媛媛家从来都是谷清去的。这次通知了他们两个。呷过晚饭，连尔居的人陆陆续续往学校走。

潘支书讲话，讲到了反击右倾翻案风。他给大家念了一段报纸，突然大声喊起来："坚决粉碎资产阶级反动路线的新反扑！宁要社会主义的草，不要资本主义的苗。"他又背起了毛主席语录："革命不是请客吃饭，不是做文章，不是绘画绣花，不能那样雅致，那样从容不迫、文质彬彬，那样温良恭俭让。"媛媛想到了自己最后的那课堂，就是用"革命"造句。

"革命是暴动，是一个阶级推翻另一个阶级的暴烈的行动。"媛媛又在想"革命"和"暴动"的意思。她一直不能理解革命，今晚用"暴动"解释革命，她觉得自己理解了，思想觉悟提高了。

毛主席语录背过了，潘支书大讲"割资本主义尾巴"。有人打哈欠，尚健师就问："不批林批孔了？"

潘支书："今天主要是割资本主义尾巴。养鸡、养猪、自留地都是资本主义尾巴，都要坚决割掉，自己不割，生产队会来给你割！"讲到这里，他咳嗽了一下，昂起头，眼睛盯着媛媛，提高了声调："祝媛媛去田里摸鱼弄虾不是一回两回了，这是典型的资本主义尾巴。应该批判，不准再搞！你先写个检讨，要看深不深刻，要从灵魂深处挖资本主义尾巴的根！"

媛媛还在想"革命"和"暴动"的关系，为自己终于弄懂了"革命"而高兴，想不到潘支书讲到了自己，通知她开会她还高兴了一阵呢。她的脸"唰"地红了，红得像涂上了胭脂，尽管她从不涂胭脂。她看了一眼会场，几乎要晕倒，昏暗的灯光这时显得特别刺眼。她头低下去了，低到碰到了自己的膝盖。她么里也听不见，只觉得世界变成了"嗡嗡嗡"一片响声了。那声音变成了所有人的眼睛，都在看她，她感觉到全身被针刺了一阵阵疼痛。

她想哭，但没有眼泪。两条又粗又黑的辫子从肩上滑了下来，一道黑影从眼前闪过，媛媛被自己的辫子吓了一跳。潘德和还在恶狠狠地说着话，虽然说的不是祝媛媛，但媛媛听得句句都是冲她来的。她的头低得不能再低了，两只大手紧紧地捂住自己的脸，捂得不让一星半点的光进来，她感觉自己在往深处的黑暗之中钻。

心里剧烈地翻腾着，血一阵阵往头上冲来，慌乱的世界中突然变得清晰，有一股情绪像海潮一样涌过来了，把她淹没。她感觉到胸腔中燃起了一团火。她清醒地意识到了——她正在恨！恨像潮水一样涌来。她恨这个潘德和!! 今天上昼跟她抢鳝鱼时她还不恨，现在恨了，"这个不得好死的长子!!"她咬牙切齿地说，声音只有自己听得到。

恨让她不再往黑暗深处钻了，她把紧紧捂着脸庞的手松开，紧闭的眼睛睁开了，手指缝里出现了红光。这时，房子里响起了噼里啪啦的声音，大家纷纷站起来往外面走，没有一个人说话。

散会了。所有人走了。

谷清来拉她。谷清拉她的时候，她突然哭了，抱着谷清，眼泪哗哗地流，哭得呼天抢地，山洪暴发。

谷清没有听妹妹哭过，妹妹伤心欲绝地哭，撕痛了他的心。他眼圈红了，喉咙哽着说不出一句安慰的话。这是媛媛第一次开会啊！她把它当作一种认同，大家承认她是个成年人了。她出工可以拿成年人的工分了。她仔细地梳熨帖了辫子，穿上了没有补丁的衣服。会议却是批判她的，她没办法想通。

潮湿的天气潮得让铁出汗，让木头拍打得响不起来，让水生满白雾，让声音钝挫着直往地下坠。气温越来越高，天变得湿闷。偶有晴天，露个脸，人们的笑脸还没有笑到脸边边，又阴了。

星期天我背着一箱小人书，带着细伢子去玩，给他们讲故事，让他们抬着我走。大家吵闹着，没有一刻消停。春天的田野，各种不知名的野花开在渠道和江岸上，泥土的气息掺和了花香，清新就如吃了蜜蜂的蜜蛋。捉蜜蜂的日子，我们的嘴都是甜的。

春天是探险的季节，各种冬眠的动物都出来了，很多动物我们秋冬两季都没有见过了，蛇、青蛙、癞头蛤蟆，还有燕子、白鹭、杜鹃、黄鹂，我们都久违了！一群人在春天的大地上走，远远地，走到了西北方向的一分场十一队。这里有一座三洲桥，是一座麻石砌的石拱桥，我们就叫这个队为三洲。

三洲人从湘阴杨林寨搬来不久，他们的垸子被大水淹了。这片田野原来是我们连尔居的。他们讲话打乡气，与连尔居、毋家棚、大湾杨都不一样，与最北面的万兴也不一样。我们这些村子讲话只有个别字发音不同。就是这个别字，我们还互相取笑。连尔居人说"我"说成了"饿"，大湾杨人就笑话我们天天呷不饱。三洲人说话发音全都不同，他们成了我们的异类。我们很鄙视他们的喜好，如他们喜欢吃喝，喜欢玩。我们对住和穿很讲究，这关系到一个人的体面和自尊，他们却从不讲究。我们觉得他们是另一个世界的人。

每次见到三洲人从石拱桥上走过人工河，走到社教路上，我们都要静声屏气地观察，对他们的一举一动既好奇又害怕。这一天，我们走到三洲桥边，有两三个细伢子过桥来玩。茂成喊一声："打他娘卖×咯！"话没说完，一块卵石已从他手里飞过去了，"啪"地落在了一个男孩脚下。他们吓了一跳，发现我们一群人正虎视眈眈，吓得转身就跑过桥去了。

我们大笑，高声叫骂："胆小鬼，冇卵用！"

茂成从不晓得怕么里，他力气大，出手猛，两天一小架，三天一大架，比他大一两岁的人他都敢打。这座桥挨近一口子，地上到处是卵石。我们喜欢这样光滑的卵石，个个找了一堆。

在我们得意的时候，拱桥上冒出了很多黑脑壳，看看我们没有过社教路，他们就冲过桥，跑到了社教路边。茂成一声喊："打呀！"我们慌忙捡了卵石砸过去，对方由一个大一点的男孩率领，在茂成喊打的同时，卵石也如冰雹一样铺天盖地砸了过来。"孽你娘咯！打死连尔居的杂种！"

一场战斗正式拉开。两边都是声嘶力竭的喊打声。卵石在天空飞，有的在空中碰撞，"嘣——"一声钝响。我们开始还有些害怕，怕砸死人，但纷飞的卵石根本没有让人思考的余地。谁犹豫谁就被打得头破血流。社教公路两边都有人喊"哎哟——"，有人中了石头。听到自己人喊"哎哟"，胸中燃起了怒火，石头越砸越猛，越砸越大。打得眼红了，都往对方脑袋上狠狠砸去。茂成不怕死，冲到了公路中间，近距离往人头上砸。飞跃、海军跟了上去。"打死咯三洲野崽子！""孽你娘咯野种！"

三洲人慢慢往桥上退，一看他们惧怕了，我们打得更加凶了。只听"哎哟——"一声惨叫，我看到一个人左手护住头，脸上都是血。"不好啦，出人命啦！"谁一声喊，我们吓得转身往回跑。桥上有大人在狂吼："打死你娘卖×咯杂种！"

他们追来了。听得到身后猛追的喊声、脚步声。

跑呀跑呀，我们没命地狂奔。心里害怕到了极点。没有一个人敢回头去看。

进了村，我们四散开来，各自往家里躲。关起门来，还拿了锄头扁担把门顶死。我躲到了大柜里，心还在狂跳，竖起耳朵听外面的动静。

第二天，竟然没有么里事。

第三天，一辆军车开进了村庄，车上坐满了荷枪实弹的公安。

潘支书宣布全村人都待在家里，不准外出。

天啦，连尔居出事了！老天注定，这是个不平静的春天。

军车开到了小学校。公安下来，到村庄各处转悠。潘支书带着人东家进西家出。他穿着长筒雨靴，下雨时打着一把长柄黑布伞，不下雨就头伸过了胸，两条长腿踩得泥浆呱唧呱唧响。我看着他一会儿从村东走到村西，一会儿从村西走到村东。人们都待在自己的家里，前排房的打开了后门，坐在后门口，后排房的打开了前门，坐在前门口，每户人家用竹筛装了一筛盘棉花，手工把棉籽从棉花中剥出来。他们边剥棉籽，边看着村中马路上潘德和一个人匆匆来去。有人交谈几句，都是压低了嗓门。这种持续了很多年剥棉籽的劳动，很快就要消失了。甘蔗种得越来越多，棉花地消失了，边剥棉籽边扯卵谈的一幕也就要从生活中消失了。

黄昏的时候，有些憋不住气的人在悄悄串门。他们听到消息，连尔居出现了反动标语。小学校厕所才粉刷不久，墙上写了反动标语。村里篮球架和水泥电杆上也贴了。反动标语的内容都不敢讲。谁嘴里说出来就成了宣传反动标语、说反动话了。

公安摸情况摸了三天。有人反映異满爹经常去学校的厕所。他在别人家坐，总是说学校的徐春玉老师上厕所像吹口哨，几好听。他跑那么远去小学校的公共厕所，就是为了听徐老师上厕所吹口哨。下课铃声一响，他就出现在学校门口。徐春玉老师这时十有八九会往厕所走。

徐老师是新来的，窄窄的肩、细细的腰，臀部宽，腿细长，走起路来一摆一摆像没有骨头的人。巽满爹就是喜欢这种风摆杨柳的女人。但是巽满爹没文化，写不来字，排除了。

地主孙茂钦经常去厕所淘粪，他的嫌疑大，这是阶级斗争的新动向。公安盘问了他一天，还关在学校继续审问。

刘三洲是外来人口，也带去问话了。

晚上，办案人员到一些人家去摸情况。村口设了流动岗。连尔居既不许人出去，也不准人进来。

雨在夜里突然倾盆而下，哗啦啦响，下不到一刻又突然停了。不像白天，懒懒散散地落，落得水面像蜘蛛在爬。你以为没落，它其实在落，你以为落了，它已经停了。连尔居人躺在床上也在脑壳里想，这是谁写的呢？

有人想起么里，主动去学校反映情况。

第三天，办案人员上门收集细伢子的作文簿，上学的人一个也不漏。他们拿作文簿去对笔迹，一一对过后，仍然没有结果。

第四天，很多人不愿待在自己家里，开始串门了。潘支书叫住了我，要我跟他走。

我跟着他往学校走。学校已经停课，里面很安静。进到徐春玉老师的办公室，一个穿白色制服的男人，十分威严地看着我。他的面前摆了一张四方桌，一把手枪放在木桌上。他的旁边还站了一位公安。一进门，潘支书就换成了另一个人，他脸拉得很长，大声呵斥了一声："放老实点！"

公安右手拿起枪来，问："你就是祝邦宪？"我说："是呀，有么里事？"他突然双目圆睁，两道目光如电，龇着牙齿，把枪往桌子上重重一拍，断喝一声："你给老子放明白一点！坦白交代！"

我问："交代么里？"我不怕他的枪，虽然我是第一次见到真正的枪。到现在我才晓得，潘支书叫我来，原来是怀疑我写了反动标语。我心里开始冒火了。

"放老实点！你写的东西你自己不晓得!?"

不晓得从哪里来的勇气，我对面前的人冷眼相看，充满了蔑视。

"你么里意思?!"

"前几天，你带着一帮细伢子在学校耍吧?"潘支书问。

"冇！我冇到学校耍。"

"你到厕所那里去耍了，有人看见。你抱了你的那箱图书。"潘支书继续盘问。

"谁讲咯？我从冇到学校里耍过！我去三洲，去63亩耍。"

"家属妇女都看到了，你还不承认?!"潘支书的态度变得强硬了。

"坦白从宽，抗拒从严！老实交代！"公安拿起枪，狠狠地在桌子上一摔，"再不老实老子枪毙你!"

我血往头上冲，有一个声音在告诉我，或者说我突然离开了自己，我看到站在这个房间的少年，告诉他："对这样的诬蔑，你必须表示自己激烈的态度。"少年于是跳了起来，用了平生从没有用过的力气，吼出了无法再大的声音："我爨你姆妈！我爨你姆妈！我爨你姆妈嘞!!"

潘支书喝斥，公安呵斥，无济于事。潘支书赶紧把我往外面推，我被推到地坪上，仍然破口大骂。潘支书要我走，我仍在边走边骂。

回到家，我就没事了。

晚上爷娘听人说我被支书叫去，写反动标语的事差点弄到我头上了。他们问我情况。爷娘再也不肯忍气吞声了，欺到头上了，尤其是欺到细伢子身上了，他们胸口猛然被愤怒填满。姆妈"霍"地起身，走出门，对着潘支书家门口就咒起了"悖时鸟哩"，这是妇女咒骂男人最恶毒的语言。连尔居妇女喜欢在地坪咒"悖时鸟哩"。男人听了这样的骂是要拼命的。很多架就是妇女咒"悖时鸟哩"引发的。

"细伢子晓得么里呀。那么拐！禽心是黑的！不得好死！你屋里遭人殃！断子绝孙！你咯臭悖时鸟哩！"姆妈声嘶力竭。她豁出去了，随时准备拼命。

爷在后面低低地怒吼几声："嬲你娘咯！"谁都听得出这是准备狠狠打一架的声音。

第一次咒，潘支书不在家。第二次白天咒，他从家里走出地坪，装作没听见，走了。

七天了，案子毫无进展。潘支书脸色铁青，雨靴在泥泞的地坪呱唧呱唧地走动。雨水在他打伞的时候没有落，在他没有打伞的时候就哗啦啦落。他一趟趟进家门换衣，湿衣服都晾到我们房屋的长廊上了。

村里人热热闹闹议论起来了。媛媛比别人更关心结果，一再问："破案了吗？破案了吗？"

"怕是破不了啦。"有人说。

"支书会不会抓去坐牢？"媛媛又问。

别人问她："支书何解去坐牢？"

媛媛嘻嘻笑："他写反动标语呀。"

有人听了，觉得媛媛说话不对呀。反映到潘支书那里，支书报告公安。公安调查那几天媛媛干了么里，她那几天找人问字，找银木匠问"平"字怎么写，找春芳问"奇"字怎么写，找缘山老倌问"邓"字怎么写，缘山老倌写给她的是"凳"。媛媛问他的时候，她坐在板凳上，一只手不停地拍打着凳子。缘山老倌以为她想认得"凳"字。

媛媛被办案人员找去了。黑洞洞的枪口对着她，锐利的目光逼视着她，几句话就把她吓哭了。她交代标语是她写的。反击右倾翻案风，要打倒邓小平，她就写"邓小平万岁"。"邓"字写成了"凳"。打倒刘少奇，她就写"刘少奇万岁"。被人喊万岁的中央领导她在名字前面写上"打倒"。

天快亮的时候，人最少，她把标语贴到篮球架和电杆上，贴好了回来再睡。她亢奋、紧张，怎么也睡不着。看着天亮起来了，她翻身爬起来，到了学校批判她的地方，发现学校有人了。她躲到厕所里面，厕所新粉刷的墙上有人画了线条，她找了一坨黄泥巴，在墙上写起了标语。

审问她的反革命动机，她交代，她恨潘德和，写反动标语就是想害他，让他去坐牢。

那个喜欢用枪拍桌子的公安，对这样的逻辑理解不了，逼着她交代隐藏更深的阴谋和动机，媛媛疑惑地看着他。他不停地诱导和启发，媛媛都是这样惘然又疑惑的眼神看着他。

潘德和气得七窍生烟，困兽一样在马路上两头冲。公安逼问了大半天媛媛的动机，天快黑时他走了进去，说："别审了，这是她的动机。"他勃然大怒，指着祝媛媛狠狠地训斥了一顿。

媛媛再也没有在村里露面了，她被抓去分场，单独关了起来。她甚至没有回一趟家，随身的衣服都有带一件。

军车与她同一天离开了连尔居。

连尔居人有叹气的，有惋惜的，有想不到是她而睁着眼睛还在继续思考的，有对她这样的理由迷惑不解的，有忐忑不安的，有为她担忧的，"几傻哦，做这种事，要判刑坐牢的呀！"老人家痛心，他们是看着她长大的呀。

二十

缘山老倌自从在连尔居见到游行的大"右派"黄石安，心里就开始不平静了。"中央领导有坏人吗？"他看过的花鼓戏多得自己数不清，戏里朝廷大臣几多被冤屈的、被算计的。一个包大人替多少人申了冤。

"这个黄石安不像是个坏人，乱臣贼子的脸相不是这样的。"缘山老倌懂得相术。黄石安的脸相光明正大，不是奸臣相。"不晓得毛主席他老人家晓得啵？会不会假传圣旨？"

他边搓草绳边想，手里的活儿不曾停过。搓久了，往手心吐一口唾沫，稻草在满是老茧的手掌里是柔软的，缘山老倌喜欢揉搓它们。草绳用来打瓜棚，缘山老倌自己还喜欢用它编草鞋。他爱穿草鞋，喜欢踩在稻草上的感觉。穿胶鞋，一双脚就像被禁锢了，周身不舒畅。他的脚爱出汗，脱鞋时脚臭熏人。只有草鞋，让他的脚不但不臭，还有一股稻草的清香。

缘山老倌给队里种菜、种瓜、编草鞋。他读过私塾，家里十几本线装书《资治通鉴》《史记》《说岳全传》《阳宅三要》《水经注》《山海经》《新集周公解梦书》《周易》，他都翻烂了，有的几乎可以成诵。

缘山老倌对来自北京的消息特别关心。最新指示来了，他关心。广播他听得认真，连北京的天气预报他也认真听。晓得哪一天北京下雨了，哪一天刮风了，刮的几级阵风，东南风还是西北风。他会想一想，刮风的时候，毛主席在做么里。

汨罗正在开展学哲学、用哲学，他把红宝书从宝书台上请下来，开始看《毛泽东选集》。他看得越来越有味道，很多事情宝书里道理讲得明明白白，对一些事情的看法他感觉豁然开朗了。对毛主席的感情，他是从一个领袖对国家与民众的爱护里慢慢体会出来的，他为人民的幸福着想，牺牲了六位亲人啊。

"黄石安这么大的官，一定见过毛主席。要是他讲一下毛主席他老人家的事就好了。"这么想着，缘山老倌心里就涌起了一种难以抑制的冲动，这种冲动只在他年轻的时候有过。他要去会一会这个黄石安，听他讲讲毛主席。他也想晓得这个黄石安因何罪被贬。有一段时间，他几次做梦，梦到毛主席，他老人家笑着，很慈祥的样子。缘山老倌认为这是天意，他不能错过这个千载难逢的机会。

打听到黄石安就在黄金喂猪,一个晴朗的早晨,缘山老倌穿上草鞋,特意穿了半新不旧的黄灰色卡其布上衣,戴了斗笠,背上侄子的书包,里面放着《毛泽东选集》第三卷,走出了连尔居。

他到了分场畜牧队,这个队全都是养猪的。他打听是不是有个叫黄石安的人,问了三个人,三个人都摇头,都说:"冇得咯个人。"问第三个人的时候,他还加上了"大身胚,讲话打乡气,大右派"。被问的人还是摇头说"冇得咯个人。"他猛然醒悟,这么重要的人怎么会由着他呢,肯定有人看住他的。

他便往分场去,不如直接找王书记,他肯定晓得的。

在大太阳底下走得出了一身汗,缘山老倌用一条毛巾擦了又擦,走进分场大院门口,碰到一个年轻人,正往自行车上跨过一条右腿,缘山老倌喊:"后生崽,王书记在哪里?"年轻人看也没看他,右腿跨上自行车后,丢下一句话:"王书记出去开会了。"

缘山老倌脚步犹疑了一下,仍然兴冲冲进了院内。他一栋栋房子看过去,"兴许能碰到王书记,说不定黄石安也在哪个房子里呢。"

红砖红瓦的办公楼,门也是暗红色的。只有窗户是墨绿色,嵌了花玻璃。门都是关着的,透过花玻璃看不到房子里面有没有人。他推了几间房子的门,都锁上了。这里的锁都是装在木门里的暗锁,不像连尔居用门搭,一个锁挂在门上,有没有人在家,一看就清清楚楚。这里他得一路推下去。

终于推开了一间,他听到房子里面有人说话,里面是一个妹子,梳着辫子,正对着一个黑色的东西讲话。那东西下面牵着一根绳子,也是黑色的。她眼睛瞪着他,左手做着往外推的动作,要他出去。

缘山老倌退出来了,心里想着,她在跟谁说话呢?这时,有个人跑过来问他:"你找谁?"缘山老倌说:"找王书记。""今天是星期天,书记去场部了。"

缘山老倌第一次听说"星期天"是侄儿上学，学校放假都说是星期天，他就晓得星期天是放假的意思。他以为只有学校才有星期天，想不到分场也有星期天的。

几天后，他又去了分场。连尔居人以为他去走亲戚，有的开玩笑："缘山啦，穿新衣走人家，是去相亲吧？"旁边的女人就笑。缘山老倌一直是单身。他也笑一笑："有个满妹子等我哩。"

到了分场，王书记正好在办公室。缘山老倌径直走了进去，"王书记，我有事找你老人家哩。"

王书记正在找人谈话，停下来问："么里事？"

"你晓得黄石安在哪里？"

王书记眼里火花一闪，口气严肃地问："你是他什么人？"

缘山老倌笑了笑："我不认得他，想认得他。"

"你是什么人？"他的口气一点也没随和，转过身来，眼睁睁看着他。刚才坐着谈话的人也站了起来，走到王书记身后。

"我是贫下中农，我带了毛主席的红宝书。"他说着，双手从书包里拿出《毛泽东选集》第三卷。

王书记眼里的光变得柔和了一些。一个被太阳晒得像黑炭头的老农民，随身带着毛主席著作，多好的典型。"你读毛主席的书吗？你认得字？"

"读！"缘山老倌自顾自就背诵起来。他背的不是红塑料小本上的毛主席语录，而是《毛泽东选集》中的段落。背完一段，缘山老倌准确地翻到那一页，点给书记看。书记看过一遍，果然没错。

"你是哪个队的？"

"一队，连尔居咯。"

"你做么里找黄石安？"

"他是北京的大'右派'，毛主席著作学得不好，我要教他认真学习毛主席著作。"

王书记眉毛扬起来了，脸上似笑非笑，迟疑了一下，一拍大腿，"贫下中农的觉悟就是高！让黄石安看看，好好改造世界观。我们评选学习毛主席著作积极分子，需要的就是你这样的典型！"他转过头，跟后面的人说，叫几个人来，交代叫谁谁谁，一起去。

他给缘山老倌倒了一杯泡茶。干部都不时兴喝芝麻豆子茶。问他学习毛主席著作的情况，缘山老倌把他白天出工、晚上读书的事说了一遍。王书记"啧啧"声一片，"老贫农不简单！晚上还挑灯学毛主席著作。"

缘山老倌趁机问："黄石安犯了么里法？"

王书记脸又一沉："他罪行严重！他一要搞法律面前人人平等，你说我们要给阶级敌人搞平等吗？二要给犯人请辩护律师，三要给犯罪分子搞缓刑。这哪条不是为坏人撑腰？他的无产阶级革命立场到哪里去了！"

缘山老倌没听说过这样的罪行，他只晓得刑事犯罪杀人放火，黄石安搞的东西让他犯糊涂，他判断不出这是么里罪行。"辩护律师是么里？是不是旧社会的'状师'？"他第一次听说，但他没敢问出声。

见到黄石安时，他正抱着一筐切碎的苘藤往猪槽里倒。他戴着蓝色的袖套，胸前围了一块灰布的围巾。他的个头那么高，腰弯得低低的。劳动的态度一看是很认真的。听到有人过来，他转头看着。就是这张不圆不方的脸，那个炎热的中午缘山老倌看到的正是他。他用相术在这张脸上无数次算计过了。

"黄石安，今天放你半天假，让你跟着贫下中农学习毛主席著作。"王书记还没走到他跟前就站住了，所有的人都站住，看着黄石安慢慢伸直腰身，放下箩筐。他没说一句话，从王书记身边走过去，边走边脱袖套，又解下围巾。缘山老倌看到他穿的还是那双皮鞋，不过，已经裂开了一条口子。他眼睛直直地盯着他看，看他的面相，试图看出点么里。他还是不觉得他是个坏人。这个人的面相不该灭，说不定是冤枉的。

到了一间房子里，黄石安在缘山老倌对面坐了下来。王书记说："这是我们七分场贫下中农学习毛泽东思想的积极分子，你看一看贫下中农是怎样学习的，贫下中农对毛主席的革命感情最朴实，今天让你好好接受接受教育。"说完，王书记就要缘山老倌背诵。

黄石安抬着头，八字眉毛抖了抖，像要突然飞走，鼻子下长长的人中却像一根定海神针，把一张脸稳稳地钉住了，任何表情都没有显露。他望向缘山老倌的眼睛，视线不知飘向了哪里。

缘山老倌在那里背诵着，同来的人认真听着，眼睛一会儿看看黄石安，一会儿看看缘山老倌。缘山老倌背着著作，眼睛瞟一下黄石安，又瞟一下王书记，想不到他会以这样的方式与黄石安见面，心想："这个人不理睬我哦。"

背完了，王书记要黄石安谈感想。黄石安默不作声。"放老实一点！"王书记有点忍无可忍。"一个贫下中农思想觉悟这么高，你不觉得惭愧吗?!"

黄石安仍然不吭一声。

缘山老倌说："王书记，我能跟他谈谈吗？"

"好，你讲呀。"

"我一个人跟他讲。"缘山老倌抬头望着王书记。王书记脸上掠过一丝不快："你要谈什么？"

"我三代贫农，最热爱毛主席，我跟他谈点学习体会。"

王书记盯着他的脸看了一会儿，这张被太阳晒得黑炭一样的脸，从鼻翼到下巴刻下了两道深深的皱纹，厚厚的嘴唇给人一种诚恳、忠厚的印象，这种人一生都没离开过土地，不放心没有道理呀。他没作声，就退了出去。其他人见书记走，也跟着离开了房间。

缘山老倌又坐了下来，望着黄石安的脸，端详了半天，"你前庭饱满，双耳垂肩，气度不凡啊！人中又长，是个好命相!"他见黄石安偏头望着窗外的一棵樟树，那里有两只白鹭在树顶落了飞，飞了落，不晓得是要落还是要飞。缘山老倌也看了一会儿，白鹭飞走了。"你是潜龙在渊，阴之纯，顺之至，你会有后福的，还会长寿呢。"缘山老倌一脸诚恳地望着他。

　　想到《周易》坤卦《文言传》里的"六四爻辞"，他吟道："天地变化，草木蕃；天地闭，贤人隐。"又想起《象传》，缘山老倌不无安慰地说："君子攸行，先迷失道，后顺得常。"他说话声音越来越小，生怕别人听到。

　　黄石安看了他一眼，仍没有作声。

　　缘山老倌拿出口袋里的烟丝，往黄石安面前送，问要不要抽一支。黄石安看着他手上的烟丝，脸上没有显露任何表情。缘山老倌拿出一张剪得方正的小纸片，那上面还有铅笔写的字，纸片是细伢子作业本剪的。他用三个手指头捏起一撮烟丝，放在纸片上，两手拿着，轻轻抖一抖，斜着卷成一个小喇叭，舌尖轻轻一沾就粘好了。他把卷好的烟递给黄石安，黄石安微微摇了摇头，眼里的光变得柔和了。

　　缘山老倌见他不抽，就自己叼上，摸出洋火，"嚓——"，火柴没划燃，又划，还是不行。接连划了三根都不行。火柴都给汗水打湿了。他收起来，不抽了。

　　两个人坐在一起，如同相隔的两个世界。

　　"那天游行真是作孽，你何解当了右派?"

　　黄石安望着他，审视着他，缘山老倌觉得他的五脏六腑都要被这双眼睛看透了。他从没有与不说话的人打过交道，身上很不自在了。

　　"你不像个坏人，有人冤枉你吗?"缘山老倌不改他的急切。

　　黄石安仍然沉默，根本就没打算跟他说话。

"你见过毛主席吗？他老人家好吗？"缘山老倌的口气有些哀求了。

缘山老倌第一次经历这样沉默的场合，他张了张嘴，终于也说不出话来了。他局促不安。突然想起了么里，从卡其布上衣的两个口袋一边掏出一包红桔香烟。又从书包里拿出一团棉花，放在桌子上，往黄石安身边一推，说："有人要你下跪，你就把它绑在膝盖上。"

黄石安看了看红桔香烟，又看着桌上正在膨胀的棉花，嘴唇动了动。缘山老倌从他眼神中看出他喜欢抽烟，说："我还有旱烟。"他又把放在裤子口袋里的烟袋掏出来，一个蓝布的小袋被金黄的烟丝装得鼓鼓的。

黄石安又盯着他，盯得缘山老倌手脚都不晓得何事放了，他开口了："你是一队的？"

"是一队咯，连尔居。"缘山老倌舒了一口气，脸上又有了笑意。

黄石安绷紧的脸也放松了，嘴唇动了动，那根定海神针的人中松弛了，"多亏那位大姐两罐救命茶。"

缘山老倌晓得是腊梅洒的茶，"这个人两瓦罐茶都记得人家的好处，更加不会是坏人。坏人不懂得感恩。"

黄石安问他大姐的名字，他称腊梅为大姐，又以温和的口气说："你还能背吗？"

缘山老倌拿出书，说："我背得一半。"他又要背，黄石安伸出手制止了他："你为什么背毛主席著作？"

"我喜欢看毛主席的书。看多了就背得下来了。"

"你好记性。"

"我们农民，晚上有得事做。"

"你们连尔居人好。"

"他们押着你游行，你要想得开呀。看你的相，要遭一段难。后面会好的。"

黄石安露出一点笑意。

黄石安打乡气的话，缘山老倌以前听不懂，他听广播听多了，现在能听懂了。黄石安听缘山老倌的话以前听不懂，在农场当右派十几年了，他也慢慢听懂了。

"你反对毛主席吗？"缘山老倌问。

黄石安说："我从没反对过毛主席。"

"你见过毛主席吗？"

黄石安点点头。缘山老倌兴奋了，要他讲见毛主席的事。他喜欢看黄石安的头发，梳得太像毛主席了。

黄石安说，在延安我就听他做指示。在司法部工作的时候，与董老探讨民主法制建设，董老提出"有法可依，有法必依"，毛主席也没有不同意。他讲到这里，突然拿起桌上的一包红桔香烟，撕下一角，抽出一根烟塞到了嘴角，右手伸过来向缘山老倌要火柴。看到缘山老倌一副迷惑不解的神情，他才意识到自己是在跟一个农民谈话，脸上有了轻轻自嘲地一笑。

缘山老倌没见过这样的笑，他听得似懂非懂，但他晓得眼前的这个人是经常可以见到毛主席的人。他赶紧给黄石安划洋火，划了四根，终于划燃了。他也笑起来了，两道深刻的皱纹几乎划破了他的脸相。他邀黄石安有空来他家里做客。黄石安又是一笑，这是苦笑，缘山老倌读懂了。他想到了，现在他还不能随便走动。

黄石安在飘起来的红桔香烟里陷入了深深的回忆，好多年他都没有好好想过自己的从前。许多痛苦的记忆蜂拥而来，就像伤疤重又揭开了。

二十一

1961年五一劳动节，黄石安带着铺盖行李来到了农场。他被带到场部畜牧队接受劳动改造。三年困难时期快熬到尽头了。农场稻田一片郁郁葱葱。那时他没想到在这个洞庭湖东汉，他一待就是十几年！想不到参加革命三十几年，他一半以上的时间是在囚禁半囚禁中度过的！

1939年冬天，他带着四川大学一百多号人从成都一路穿过大盆地，渡沱江、涪江、嘉陵江，翻米仓山，进入秦岭山脉汉水上游，涉渭河、泾河、洛河，一路徒步走到了延安。那时他追求自由民主，追求法治。他心里只有一个信念：为了一个公正的社会，做个民主法治的铺路人。他痛恨人治的社会，痛恨那些失去了良知的御用文人。

他身上带着一份判决书，无论走到哪里他都藏着，他喜欢这份判词。那是他二十一岁那年打的一场官司。他刚刚考入四川大学法学院，"一二·九"运动、绥远抗战发生了，抗日救亡运动在全国风起云涌，青年学子为救亡图存不做亡国奴纷纷走上街头。黄石安讨厌蒋介石的"攘外必先安内"政策，讨厌国民党的腐败，他学习成绩好，在师生中很有威望，他与川大文学院一个姓张的学生牵头，组织成立了一个"川大抗敌后援会"。通过民主选举，他们两个人当选为会长和副会长。黄石安那时还不知道张同学是中共地下党员。

那年的冬季，成都郊区修建飞机场，官方虐待工人，寒风刺骨里一床被子也没有发给他们。后援会组织学生去慰问工人。黄石安和张同学用大家捐的钱买了四万斤稻草，给工人权当过冬的褥子。工人们很感动，直夸学生良心好。

官方派人找到卖草人，冒充学校的人，说稻草买卖要立个字据。他们拿出一张纸条要卖草人签字。卖草人不识字就签了名按了指印。

这是一份控告张同学和黄石安卖草贪污的举报信。信拿到了成都的几家报纸，全文刊登出来了。官方把张同学、黄石安告上了法庭。学校一片哗然。后援会于是酝酿着改选。

黄石安懂得要想赢得官司证明个人的清白，需要在证据上下功夫。两个人找到了卖草人，了解了假口供的情况，并做通卖草人的工作，要他开庭来做证人。法官顶住了官方的压力，严格按照法律公平办案，黄石安和张同学胜诉了。法官宣读判决书时，那依据事实、明辨是非、秉持正义的文字，让黄石安潸然泪下。但是，后援会改选已过，他们双双落选了。

黄石安就是这个时候选择参加共产党的，尽管入党有杀头和坐牢的危险，他也毫不犹豫。他看重的是共产党"停止内战，一致抗日"的主张，还有它是一个穷人的党。黄石安十一岁丧父，十三岁就出外谋生，连读书的钱都没有，小学是在本族黄氏宗祠一边织布一边读的，初中靠奖学金读完，高中幸亏有免学食费的师范学校念，读大学他就全靠自己勤工俭学赚的钱了。

国民党反共又掀起了一个高潮，共产党在川干部需要紧急疏散。这个任务落到了黄石安的头上。1939年阎锡山组建的山西"民族革命大学"来川招生，黄石安借招生的名义，带着一百多个人走出了成都，一路走到了延安。

到了延安，他先在毛泽东青年干部学校学习马列，学校让他担任学生会主席。他就是在那里第一次见到毛主席，听他做了报告。

没多久，他当选为延安青年联合会主席，评为了模范青年。两年后，组织上考虑他是学法律的，便安排他去陕甘宁边区高等法院当了一名推事。

那一段日子，他坐在窑洞审案，进村走访，想不到老百姓婚姻案那么多，债务和宅基地的纠纷也不少，刑事案件并不多。他认真研究国民政府的《六法全书》，收集整理边区政府颁布的法律、法令和政策，他觉得边区法律是健全的。

延安山区沟壑纵横，交通不便，老百姓从山里出来很困难，为了打官司还要额外支付交通和食宿费用，为了减少群众的讼累，他开庭前就阅读完案卷，开庭时只审理不清楚的事实，一次庭审当天结案，常常是白天开庭，晚上制作判决书。那些油灯下写的判决书，新中国成立后有的成为大学教学的典型案例。

边区陇东专区专员兼边区高等法院陇东分庭庭长马锡五发明了"马锡五审判方式"，提倡不拘形式、就地解决。按照这个方式，庭外调解增加了，审判减少了。黄石安不愿搞包公式的办案，这种依情理不依法律条文的判决，容易混杂人情，变成和稀泥，最终失去法律的权威性。他仍然坚持在窑洞坐庭审案，严格依照法律条文，杜绝人为因素。

那时候还没有检察机关。法院都是独立办案的。他们对刑事犯采取了镇压与宽大相结合的政策。有时遇到日本鬼子扫荡，为了便于转移，监狱把平时表现好的犯人释放了，规定等敌人扫荡完了再回来报到集合，犯人没有一个人没回来的。

1943年4月1日，延安罕见地下了一场大雪。夜色里的雪把一片片黄土的山坡都悄悄覆盖了。白天，老天也没有消停，上午下雨，下午落冰雹。高等法院查特务、汉奸、叛徒的行动盯上了黄石安。像黄石安这样来自白区的知识分子嫌疑很大，何况当年还是他带着一百多号人来的延安。黄石安被怀疑是四川"红旗党"派来的。

法院已经有两个人莫名其妙挑着行李走了，一个是庭长任扶中，一个是外号叫"小广播"的书记员。任扶中也是外来的知识分子，他毕业于河南大学法律系，1937年1月进入"抗大"学习，后来调到边区高等法院任书记长，四年后任法庭庭长。黄石安不相信他们是被抓了，因为没有履行过法律手续。

逮捕黄石安的行动是在一个半月后，黄石安一生都不会忘记这个日子：5月15日。他那天关进窑洞后，突然想起4月的那场雪，山西蒲剧《窦娥冤》出现在他脑海中，他不禁喊了一声："六月雪啊！"

这天上午，他接到谈话通知，来到了院长办公室。房子里有院长、人事科长，还有一位年轻干部。他看了这个年轻干部一眼，想不起在哪里见过。院长李木庵见他进来，不情愿地说："保卫处有事找你。"年轻干部马上接了一句："有事找你研究。"说完他就往外走。

黄石安跟着他出门，突然感觉有些异样，便试探地说："我去安排一下孩子吧。"

"孩子有我们安排照顾。"年轻干部仍然很平和地说。他是保卫处的一位科长。

黄石安不愿相信的事情终于发生了。他觉得眼前一黑，脑袋里"轰"的一声，脚就软了，差点没站稳。看着年轻干部只身一人，身上也没带枪，对自己客客气气，没有动手动脚的意思，他又觉得自己也许是多疑了，于是，心里又生出了一些侥幸。

年轻干部一路跟他聊天，问他哪里人，近来在忙些什么。到了后沟，他打开一道铁门，是个大院落，他们走过刚刚长出新叶的枣树、槐树、柳树的地坪，又是一道木门，年轻干部再打开木门上的链子锁，里面有一排窑洞。走到一个窑洞前，年轻干部推开门，示意他进去。黄石安看到里面很阴暗，心里面的疑惑顿时没了，他明白自己真的是被逮捕了。他只觉得血直往脑门上冲，冲得眼睛发花，他要质问要申辩！还没容他开口，年轻干部一把将他推了进去，不知从哪里来的两个战士，进来把他的皮带抽掉，搜了他的身。门哐啷一关，哗啦上了锁。他立即陷入一片黑暗中。

他的脑子是空的，只有一种号叫的欲望，那一声绝望的尖叫声"六月雪啊"就是那时发出的，他一拳打到门板上，窑洞里发出了空空的巨大的回声。门外传来那两个战士锐利的喝斥声。

这个窑洞昼夜难分，好半天他才看到墙边的地铺，一头倒下去，几个昼夜就这样昏睡过去了。

法院自查，三十六人查出有政治问题的十七个，黄石安、任扶中、书记员，还有一位推事，送到了保卫处。十三人还在学习中继续审查。查出问题的，有三人是复兴社的、六人是 CC 的，蓝衣社一人、国民党一人、托派一人、自首叛变两人、别动队一人、国民党特务两人。此外，还有三个嫌疑分子。

这么多的反革命分子，有的还被重用，院长李木庵自然脱不了干系！有人早就盯上他了。李木庵是外来知识分子，他毕业于京师法政专门学堂，1940 年 11 月来延安。对这些查出问题的知识分子，夺权者炮制了一个"篡夺边区司法权的反动团体"，他们指控李木庵司法大搞国民党的一套，为着地主资产阶级而不是为着工农群众，严重违反党的路线。

李木庵辞去了院长。大批知识分子干部被撤换，取而代之的是工农干部。

审讯开始了，黄石安问："为什么逮捕我？"那个年轻干部冷冷地说："我们为什么逮捕你，你应该自己明白，应该向党交代。"黄石安说："我不明白！"

两个战士进来，命令他坐在一条很矮的小板凳上，一天一夜就这样坐着，不准起立，连厕所也不准上。年轻干部拿来了纸和笔，要他写交代材料。五天五夜，不断有人来监督他，不让他睡觉。

年轻干部提醒他，在米脂土匪案判决时，有人主张杀，你说不杀，说什么越杀越多，黄花岗七十二烈士不是越杀越多吗？你把土匪当作黄花岗烈士？把我们当作清朝黑暗的统治者？有这个事吗？

他的血又往头上冲，身子却发冷。他觉得自己落到了一片无涯的荒沙上，四面不再是墙壁而是眼睛。他连反驳的意愿都没有了。

黄石安在监狱一蹲就是三年。被开除党籍的时候，他心里嘀咕："我仍然是一个共产党员。"他于是依旧按共产党员的标准行事。这种我行我素的精神给了他启发，打成"右派"遇到批斗，对他高呼打倒的口号，他就在心里自己对自己说："我还不错哩！""我是一个好人哩！"

1945年平反了。日本人这一年投降了。和平并没有降临。第二年，黄石安与夫人要随部队奔赴解放战争东北前线。他们的第二个儿子这时降生了。

想着过黄河，冲过国民党的层层封锁线，这刚出世的孩子性命如何保得住？他们找到一户农家，对方膝下无子，黄石安提出儿子在他家寄养。这位姓李的山西农民只应允送养，孩子归他，还要立下字据。夫妻俩流着泪颤抖着手签下字。黄石安心里像有把锥子在凿，临行前最后的一眼，只感到钻心的痛。

东北解放了，全国解放了，黄石安从哈尔滨特别市人民法院调到了司法部。国家开始进入有计划的经济建设时期，中央决定起草《宪法》和《人民法院组织法》等法律，黄石安成了起草小组的成员，组长是他延安时期的老院长李木庵。

人大会上，黄石安见到了毛泽东，《宪法》《人民法院组织法》等五个法律在会上正式通过。黄石安追求的司法原则终于写进了《人民法院组织法》——人民法院独立进行审判，只服从法律；一切公民在适用法律上一律平等。

中共八大召开，正式确定了"扩大人民民主，加强法制建设"的方针。董必武在大会作讲话，首次提出了"有法可依，有法必依"。

春天来了，谁也想不到四月雪还会一夜间降临。"反右"运动来得那么快。全国各地正在落实《人民法院组织法》的人被打成了"右派"，他们被批以法抗党，搞法律至上的资产阶级法律。司法系统清算两条路线的整风会议开了五十八天，司法部党组被定为"反党集团"。担任司法部党组副书记的黄石安被定为"反革命集团的军师""混入党内的阶级异己分子"、漏划的"极右分子",下放黑龙江北大荒劳动改造。

当年东北解放战场以一场大雪迎接了他。这个风雪交加之夜,来自西伯利亚的寒流搅得周天寒彻。流放者坐在土炕上,看着下午三四点就黑了的天空,漫天大雪随风狂舞只余风声在耳,屋外温度降到了零下三十多摄氏度。

他冷得躺到了炕上。热炕头是冰天雪地里的孤岛。这么早怎么睡呀,在老家这只是吃晚饭的时辰。他想起了十二月党人西伯利亚的流放,想到了中国自屈原以来流放的人,像苏东坡的四次流放,像司马迁、李白、韩愈、刘禹锡、柳宗元、李商隐、欧阳修、范仲淹、黄庭坚、秦观、陆游、王安石这些历朝历代流放的文人,想到李德裕、卢多逊、李纲、李光、赵鼎、韦执谊、吴汉槎、吕留良这些流放的宰相和高官,甚至远古神话里流放的共工,自古而今,流放的人这么多!

他们流放到了南蛮之地,明清后又流放去东北的宁古塔、尚阳堡、索伦、达呼尔。索伦、达呼尔到了黑龙江北岸,比北大荒更偏远。中国的边地哪里没有流放者的足迹?流放是政治的常态,也是人性的大暴露啊!

他起来找酒喝。那坛老战友送的酒,他倒了一大碗,在一豆飘摇的油灯下,一口气喝干,又连喝了三碗,直把自己灌了个烂醉如泥。从此,他开始酗酒,离开酒他就要生病,生了病,只要酒一喝,身体就好了。

困难的三年,他在北大荒一日日挨着,那是多么荒凉辽阔的土地,见不到人影,与世隔绝,只有头顶上的白云一直飘落地平线。

来湖南是湖南省委书记提出来的。他们曾在哈尔滨共过事,一个当市委书记,一个当法院院长。当年他们投奔延安,延安整风时都被怀疑是特务,在一个房子里关了一个月。黄石安就这样被安排到了农场场部畜牧队。

畜牧队半年劳动改造，黄石安摘了帽，恢复了十三级工资，每月领取一百三十九元，工资高得让畜牧队职工连连惊叹。几十年后他们都记得他的工资额。不久，他当上了农场主管畜牧的副场长。

黄石安在畜牧队学会了喂猪，他一上任就去上海取经，在全场推广熟食改生食喂猪法。经过两年的推广，全场都按他的科学养猪法喂猪了。猪长得快，成本也低。

"文化大革命"开始了。早已远离政治中心的他做梦也想不到自己还会受到冲击。有人问他："毛泽东思想是马克思主义发展的顶峰，是不是马克思主义发展到顶了？"他回答："马克思主义将会是从一个顶峰发展到又一个顶峰。"他因此又被人打倒，回到畜牧队喂猪。农场革委会认为，一个来自中央的大右派不能只是喂猪，还得让他下到分场去接受批斗，这样才发挥他的作用。

十几年与猪打交道，黄石安变成了一个养猪专家。押到七分场后，王书记特意捉了几只猪让他喂，解决分场伙食。他警告黄石安，猪喂得不好、喂死了，就开他的全分场斗争大会。

二十二

缘山老倌今年种的西瓜长势特别好，满地的藤秧掩不住又大又圆的西瓜，它们一个个卧在地里，引诱得我们夜不能寐。往年偷西瓜是为自己一饱口福，今年我想偷一个大西瓜送给春芳，我要亲自送给她。

看着缘山老倌出村，我的心就在狂跳。我躲在江岸下，不时探出头来看看有没有人。路旁总是有人经过，直到接近正午，村里再无人进出。这时，天空万里无云，碧空如镜，几只白鹭懒洋洋在稻田飞。蝉凶狠地叫，此起彼伏，让人燥热不安。

我的衣服已经汗湿了。悄悄扒开篱笆，一股青草与泥土的腥热气扑面而来。钻进西瓜地里，我弯着腰狂奔，直接奔向我看中的那个大西瓜。听着脚下瓜藤被踩踏发出的沙沙声，土地里一股一股腥热气交织着，像一张网笼罩在地面低低的地方，我的鼻子贴地太近，闯到了这张网里。腥气之上才是夏天的味道，它渗透了植物的芳香。植物的气息比地气飘得高，它进入了风。

　　一个又一个淡绿色的西瓜晃过，个个都引诱人的眼睛，不得不看它一眼。西瓜墨绿的花纹是世上最美的图案。从淡绿的瓜皮我就看见了里面的鲜红，绿有多鲜艳，红就有多浓烈。西瓜看得多了，花了眼，怎么也找不到那个大西瓜了！我四处搜寻，不得不站直身子。它消失了！恐慌让我没法再犹豫，我只好在眼前找一个最大的，跑过去，双手把藤扯断，抱起来就跑，差一点被藤蔓绊倒。

　　西瓜很沉，我在江滩上跑，只有明晃晃的阳光照在江面，照在沙滩上，火辣辣蜇人。听着自己粗笨的喘气声，赤脚踩在沙子上轻微的"沙、沙、沙"声，我祈求不要有人在江边出现。跑过了几条挑，到了我家茅厕下面，我冲上岸，把西瓜藏在一堆稻草中。看看无人，我喘息了一会儿，全身汗淋淋地走进了家门。

　　一个妇女看到我抱着西瓜跑过江岸。她是村妇女主任。我不晓得这双眼睛一直看到我跑回了家。

　　大人都在午休。我心里又狂跳着到了春芳家。门是敞开的，春芳睡在床上。我进了门，找了一条小板凳坐下。蝉声潮水一样随阳光四处漫溢。我觉得渴，在家水缸里才喝了一大瓢凉水。我的脸像火在烧，我以为自己还坐在阳光里。我摸脸，真的发烫，滚烫滚烫！我想喊她，口张了几次却不敢发出声音。只有这个时候没有人，错过这个时间我就没机会了。我要告诉她，我想送她一个大西瓜，我希望她答应我，她答应了，我才敢把西瓜抱过来。我的时间不多，但她却在梦中酣睡。

春芳穿着一条浅黄色短裤，她翻身仰躺着，我清清楚楚看到了她的阴毛，那阴毛围绕着一个十分复杂的东西，它粉红粉红的凸起来，又像是向下凹去，闪着光，西瓜瓤一样汪着汁液，肉感丰盈。我感受到了它的柔软滑嫩，它不再丑陋，它像花蕊一样盛开。那些花蕊能碰出电光石火。

我的下身猛然勃起，打起了帐篷，我听到裤子发出了"哗啦"一声响。全身一紧，像装满了火药的炮弹，一点就要爆了。那点火的引线正是下面那个强硬无比的家伙，欲火灼灼。我盯着她的阴部，有些怕，偏过头去，视线转了一道弯仍然扫向那里。我一次次挣扎，想让眼睛看别的地方，但坚持不了一分钟又回来了。

春芳转了个身，似乎感觉有人，突然睁开眼睛，看到了我。她爬了起来，手背擦了擦惺忪的眼睛，"邦伢子哟，你来哒……"

我就像解除了武装，恢复了正常。看到她醒来，我冲动地说："我送你一个西瓜，好吗？好大的!"我双手做了一个手势。那正是我抱西瓜的姿势。她笑一笑，那嘴上发黑的茸毛愈加好看。我说："你等一等。"我起身就出门了。

我从家里拿了一个大水桶，到稻草堆里取出西瓜放进桶里，看看四下无人，快步就走。

进了门，春芳起来正在梳头，一个小圆镜，内外都是如柳青丝。我说："看，西瓜。"她笑："好大啊!"我从水桶里把它抱出来，放到地下，心脏像鼓一样擂得急。我很想与她心平气静地讲讲话，望着她，口里说出的却是"我走了"。她点点头，看着我，黑色的眸子像黑色的火焰。那里面汪着一层笑意。

在这双黑晶晶的眼睛里，我跨出了门，像逃跑一样，走出了她的视线。心里面鼓鼓的都是满足和希冀，一股暖流，幸福得头晕了。

学校张校长叫我去他的办公室。他的办公室其实就是他的家，办公的房子与住宿连在一起。他们一家住在学校。在身后一片琅琅读书声中，我推开了他的家门。室内阴影中，抬起头来的张校长，看着我走进来，脸上似乎更阴。我叫了一声"张校长"。他"哼"了一声，示意我站在他旁边。

"你犯了严重的错误！偷队里的西瓜，中了资产阶级思想的流毒，成了资产阶级的黑苗！"

我脑壳"嗡"地一下，房里的桌椅、床铺、人都从视线里消失，脑子一片空白。我感觉全身的血在收缩、变冷，心跳好像停了下来。张校长还在大声说着话："你要在全校做公开检讨！"我一句也听不进去了。"检讨，检讨，全校检讨……"这声音反复出现在我脑子里，好像全校同学都听到了，我恨不能立即消失掉。

我的泪水夺眶而出。我低下头，再也不愿抬起头来了。

张校长一家是从连尔居小学搬到七分场中学来的，他的爱人肖老师教了我们几年书。一队妇女主任与他们一家很熟，她把我偷西瓜的事告到了学校。

出门我碰到了茂崧，他作为军代表进学校，给我们上政治思想课。他已经晓得我偷西瓜的事了。"偷公家的西瓜，你的思想太落后了。"看着我低头走路，他停步批评我。我不敢看他。他身上穿的是黄色衣服，腰上还扎了一根宽牛皮带，看起来像个解放军战士。

第二天课间操，张校长讲话，他讲到反击右倾翻案风，批判又红又专就是走资本主义道路。我们要实行无产阶级专政下继续革命的理论。他要求各班在教室办反击右倾翻案风的墙报，每人都要写一篇批判文章。

我晓得接下来就会讲到我偷西瓜，他的每一句话都变成了刺人的蔗叶，我的腿发软，心忽上忽下，脑壳也忽大忽小，一分一秒等待着宣判。终于听到他讲到偷西瓜，要我上来做检讨。

我发着抖，稿子念得断断续续，声音也小。张校长说："声音大一点。"

我念完了，音乐响起来了，大家开始做操。我的动作僵硬得像个木头人，直到体操快做完了，知觉才一点点回到身上。事情已经到了这个份上，我也不再觉得害怕了。

茂崧给我们上思想政治课，他一上课就要我站起来，批评我几句后才说："坐下。"他要以我来建立他的权威。他就像训练民兵时把大放叫出队列一样。我两眼喷火，牙齿咬得咯嘣响。

他上课学会了一套说辞，说完他的那一套，就照着课本念。念完了，他就开始大讲他祖上的光荣史。我们像背课文一样，已经能把他祖宗十八代的糗事讲个完完整整了。他高祖父的爷当年参加了曾国藩的"湘勇"，打太平天国的洪秀全，打了十二年仗，攻下南京时被人砍掉了一只手。湘军遣散时，他用没有砍掉的那一只手，背着一麻袋银子回了湘阴老家。

他的爹爹参加了北伐，在湖南攻打军阀吴佩孚的部队时，左腿被炸断，只剩上面的一节，被人抬回了家。

他参军上了朝鲜战场。刚进入朝鲜境内，天天挨美军飞机炸，有一天，他刚从一个山洞出来，敌人的飞机就来了，他就地卧倒。一颗炮弹射进了山洞，洞内喷出的全是熊熊烈火。藏在洞里的人都被活活烧死了。他躲过了一劫。

正逢严寒的冬季，到处是皑皑白雪，部队躲在树林里，有的战士抓着枪管，手与枪冻在了一起，撕了一层皮才分开。吃的东西发生了困难，好多天都是就着雪啃着冻得像石头的馒头。

第一次打大仗，他所在的团接到了紧急任务，他们要在战斗打响前插到敌人的后面大同江去，在三所里那个地方截断对方的退路。三所里有一座桥，战斗打响时要把桥炸掉。他们的任务是拦截撤退的敌人。

一夜急行军，一百四十几华里的路必须在第二天早晨八点前赶到。他记得那夜月亮特别圆，连绵起伏的山川都在溶溶月辉下。开始还有小路可走，后来找不到路了，只有朝一个方向走，遇坡爬坡，遇崖攀崖，遇密林穿密林，下坡时人往山下滑。山谷里不时发出响声，有人掉下去了。长时间的行军很多人走着走着就睡着了，睡着了人还在走。

到达大同江边时，天已大亮。沿着江北公路走，美军的飞机发现了，向他们扫射、投弹。战斗打响的时间快到了，再躲敌机就会延误战机，必须跑步前进。带队的副师长决定，把头上伪装的树枝扔掉，部队拉开距离往前走。敌机来了，以为是自己的部队，都往前飞走了。

赶到三所里，部队很容易就夺下了桥，在桥墩装上了炸药。这时战斗刚好打响。

桥炸后，敌人撤退的部队与增援的部队都到了这个咽喉之地，企图搭浮桥。战斗打得非常残酷。头上是飞机轰炸、扫射，地面是大炮轰，坦克后面跟着步兵一次又一次发动冲锋，都被他们顶住了。茂崧就是那时受的伤，身上三处地方中弹。

茂崧给我们上课时还想不到，他的家族一代代重复的故事，在他的崽根坤身上也应验了。根坤两年后参了军。当兵一年多他就参加了对越自卫反击战。他所在的侦察连在凌晨战斗打响前的子夜时分潜入了越南。他们的任务是在部队六点发起总攻前，占领一个叫班派的村庄，截断敌人的退路。与他爷一样，历史在根坤的身上重演了。

那天晚上可不是明月高照，而是黑得伸手不见五指，他们只看得到手臂上绑的一块白布，朦胧地发出幽幽白光。要分清敌我，就靠这点晃动的光了。距离远了则要靠口令。他与几个战友抬着六根又湿又重的毛竹，在密林里磕磕碰碰，落到了队伍后面。这些竹子是部队用来过河的。班长见他们无法快速穿插，而且弄出的响声会暴露自己，便果断地命令他们扔下竹子。班长想到了用绳子过江的办法。

工兵在前面探路，在可以安全通过的地方插上一面小旗。小旗全部插完了，前面仍然没有走出雷区，越南的山地到处都埋了雷。工兵想到了笔记本，一页一页撕下来做路标。

在一个丁字路口，路标不见了。部队不知道是该往前面的茅草丛里走，还是沿这条小路左拐或者右拐。班长在小路右拐的地方发现了一张纸，那是风从茅草丛中吹过去的。班子一挥手，根坤带头往右拐，走了不到三十米，他就触雷了。一声巨响，左腿再也找不回来了。一时枪声大作，山上就是敌人的主阵地。他们卧倒，没有一个人开枪还击。

卫生兵用绷带绑紧炸断的大腿。根坤痛得嚎叫起来，班长拔出刀在他眼前晃，压低声音说："你再叫我就一刀捅了你！"根坤痛得咬紧牙根声音呜呜地逼回喉咙里。他不能暴露部队。两个战士架着他又往回走。部队则往茅草深处走了。

还没过边境线，头上一片"嗡嗡嗡"声，倾泻而出的炮弹从他们的头顶飞过，总攻已经打响，地动山摇的爆炸声在远近响了起来，半边天空都炸红了。

茂崧最后一句总是说，他们家族是军人世家，都立有战功，但都是负伤回家的命。他说的可一点不假。

我在连尔居就听过他的家史，在学校多次听他讲，熟悉得就像是自己的家史。我的家史我其实并不熟悉。茂崧每次讲得都很认真，他一卡壳，我们争先恐后去提醒他，几乎把他的原话背出来。我们像背台词一样，与他共同往下讲述，都不再把自己当成听众，期望在他一时想不起来时，替他讲上一小段。他就笑，觉得自己很有成就。他讲到哪里的表情和动作，我们也熟悉了。下课后，我们的乐趣之一就是模仿他，从内容、语气、动作到表情，看谁表演得逼真。不服气的，等到他上课时比照，谁正确，一对照就立马见分晓了。

我们听得实在无法忍受了，他再讲，我们就开始了争论，争论曾国藩与洪秀全谁反动。洪秀全是农民起义领袖，要推翻的是封建的清王朝，当然是革命英雄。曾国藩是镇压农民起义的刽子手，是清王朝的鹰犬，肯定是反革命的。这一争论，就把茂崧高祖父的爷列入反动派的行列了。茂崧急得流汗，要不是他是抗美援朝的英雄，他就危险了。

　　我们争论的第二个焦点是蒋介石是不是背叛了孙中山。连尔居姓孙的最多，他们认为孙中山是他们一个宗族的，他们的祖先都是从江西迁出去的。孙中山领导辛亥革命和"联俄、联共、扶助农工"的三大政策都是革命的，蒋介石当然是最大的反革命，是背叛。北伐战争是打倒军阀的革命战争，但却是蒋介石参与领导的。茂崧的爹爹参加北伐打仗，是不是跟随了蒋介石呢？

　　争论把很多家长都牵涉进来了，我们不懂的问题回去问家长，没有家长的参与，我们根本不懂得这么多的知识。谁家的父母有文化，谁就在课堂上牛逼。

　　我问爷，他只告诉了我茂崧转业的内幕，他是听缘山老倌说的，缘山老倌又是听茂崧的堂兄说的：他在医院养伤，因为有一颗子弹打在大腿内侧，上药要脱掉裤子。女护士给他擦药擦得他那个也起来了。有一次护士嫌它勃起来碍事，就用手敲了一下它，说："老实点！"茂崧便说："痛！"他以为护士在跟他调情，她其实是讨厌他了。

　　茂崧右手抓紧护士的手臂，护士停下来望着他，那双黑色的大眼睛实在太美了，茂崧竟然读不出那里面的气恼，那灼灼目光被他读成了含情的电光石火，就像我们大闹他的课堂，他当成是对他的最大肯定。表错情也是他们的家传。茂崧左手忍不住就去摸人家的乳房。

　　护士脸色陡变，他没有看到，又去摸人家的屁股。护士丢下药布转身就走了，再也不肯给他换药。护士是师长看上的女人，师长听说这件事后气得要枪毙他。茂崧伤好后，部队就让他转业回老家了。

争论让茂崧的祖辈变成了反革命。他开始还热情地参加大家的争论，看着有点不对头了，想制止已经来不及了，他额头开始冒汗，后来，上课他不再讲自己祖辈的故事了。但大家的争论还是不由自主地进行，茂崧不敢阻止了。

为了树立个人威严，开始上课时他又大声喊："祝邦宪，你这个资产阶级苗子给我站起来！"于是，我又站了起来。第二次，他又喊，我不理睬他，他走过来要拉我，我"霍"地站了起来，嘴巴冲到他的耳朵边，说："你再喊，我就把你转业摸女人屁股的事讲出来！"他脸上露出一阵惊慌，看了看我，说："祝邦宪，请你坐下。从今天起，你已经是一个教育好了的苗子。"

闹哄哄的思想政治课上不下去了。张校长不得不亲自来上。茂崧调到分场去了，专管民兵工作。

二十三

上学和放学，我喜欢跟顾春景一起走。有时我等他，有时他等我，一路上，我们无话不谈，所有的秘密都是向对方敞开的。譬如他喜欢一个跟他住在同一栋房的细妹子，她姐姐与我是同学。姊妹俩脸庞大、眼睛大、嘴巴小，特别是妹妹，皮肤白得像一地月光，她们讲话声音呜哝哝，像含着一块玉。春景小我两岁，女同学的妹妹比他还小，还没有发育呢。我从没有留意过她。春景一说，我开始注意起她来，发现她比姐姐更漂亮，有大家闺秀的气度，可惜还是孩子气。我笑春景："太小了。"春景羞愧地笑了笑："我真正喜欢。等她长大了，要是能跟她结婚，那就太好了！"

她姐姐身上女人的气息却是越来越浓了，不只是屁股翘，胸部也不再是平的，她喜欢夹着腿走路。她的声音曼妙，不知从哪一天钻进了耳朵。后来，这声音会复活，自己从耳朵里爬出来，在我一个人的时候响起来，令我一惊，听得我心事茫然，又似有所悟。有时候我并不想听，它照样出现。有一次，它又在我耳边响起来了，真正的声音也出现在前面，耳朵里幻觉的声音眨眼就不见了。她跟我打招呼，对着我笑，大眼睛像个杏仁，小嘴巴小得让人想去咬一口。腰么里时候也变得这么小了。我也对她笑。她端着一盆衣服，去江边挑上洗，见我挑着一担水，忙让到一边。

同龄女孩中，她第一个让我感受到了异性的气息。我从不注意同龄女孩，她一变，变成了真正的女人，有一种橄榄青涩的魅力，淡淡的水样的清香。等到同龄女子一个个蝉一样，都可以展翅可以亮开嗓子了，每个人的胸脯都挺了起来，我只感到奇怪和滑稽，甚至有种恶作剧的冲动。很长一段时间，我才适应她们身上的变化。

春景忧心忡忡了一段时间，我问他有么里心事。他告诉我他的屌是弯的，担心嬲不了女人，生不了孩子。他给我看，它果然向左弯曲了。"弯就弯呗，她不会不喜欢的。"我安慰他。他想着那个细妹子时，感到自卑了。他半信半疑："会不会生不了细伢子？""不会！"我肯定地回答。其实我心里也没有数，只是想不至于吧。

青华、建元喜欢去找女同学的麻烦，总是跟她们追追打打，弄得女孩子尖叫声一片，有时又哭又骂。青华不怕丑，见了女同学就去黏。他有时突然叫一声"有鬼啊——"，手指着一个地方，说是一个冇脑壳鬼来了；有时说鬼伸舌头啦——那是吊颈鬼；有时说鬼到了屋栋上啦——那是高高大大的窑神；头上喷火的则是冤死鬼。这些鬼怪被他描述得活灵活现，女孩子早吓得又叫又哭了。青华有时自己也吓得脸色铁青，我们笑说他装得太像了！

以前我们可从不理睬女孩的，上学时男孩女孩都是分开走的。我们有时打一架，打输的人帮大家背书包。夏天的时候，排灌站从江里抽水往一队二队送水，我们脱光了衣服，在渠水里一路游着回去。现在，我们再不敢脱光衣服了。偶尔游一下，被老师抓了一回。

我喜欢春芳的事，一直都有告诉春景的冲动，走在上学路上，都是我主动谈到他姐姐。我渴望春景问我，又担心他问我，我自己更是说不出口。几次试探地说了一些，不晓得他明不明白。积聚在心里的秘密越来越沉了。要是他同意，他能帮我该多好！

我实在忍不住了，想着给春芳写信。我写了又撕。看着她去石挑上洗衣，红色运动服包裹着的身子，蹲下来时屁股、大腿的体形赤裸了一样。我远远地看着，无法忍受，送西瓜的那一幕又在眼前浮现，那是女人最隐秘的花蕊。

青华也喜欢春芳，他不像我胆小，他到二娱驰家直接找春芳玩，跟她开玩笑，说痞话，逗着她开心。有时打打闹闹，青华趁机拧她的大腿、屁股，两个人笑得浪声浪气，气都喘不过来。

勇气也许是青华刺激起来的，我写了信，一口气写了三页，轻轻折起来，摸了摸，装进一个信封，封好后，放进书包。一连几天我都想着么里时候送给她。我想到了春景，这天吃完晚饭，碗筷一丢，我就到他家来了。我对春景说："我给你姐姐写了一封信，我不敢给她，你帮我给好吗？"春景说："好。"他拿过信就去了隔壁他姐姐的房里。

春芳刚进房间，她正在那边轻轻哼着歌。春景进去了，她的歌声停了。

春景转身就出来了。"给她了。"他笑着说。

我们开始谈作文。我心里却忐忑不安，两只耳朵竖了起来，听着那边的动静。先是椅子与柜子碰撞的声音，很小，接着就么里声音也没有了。

不久，房子里又有了歌声，比刚才的声音更大，心情看来很好。

"吱——"，她开门进了我们的房子。我的手微微发抖。这间房是专门待客的，在显眼的位置摆了一张方桌。我和春景在桌上做作业。冬天的时候，方桌的地方放烤火的煤炉，炉上罩的火架子也是方形的。

春芳从我身边走过，看也没看我们，哼着歌，走到后面房间去了。我看着她的背影，觉得有一种特别的亲近，从今晚开始，这背影、这个人与我有关了？心里又被一种甜蜜的感受充盈。我看看春景，他对我笑了笑。我们没有作声，继续做着作业。

她又回来了，看了我们一眼，没有说么里便进了她的房间。

春芳生病住院的消息是堂姐告诉我的。刘三洲也告诉我了。堂姐邀我一起去黄金医院看她。我问刘三洲带么里礼物，他说："送几个鸡蛋呗。"

刘三洲与炳滔爸的瞎子女儿玉华结婚了。结婚没搞仪式，只是自家人呷了一顿饭。村里很多人还不晓得。炳滔爸的瞎子女儿我只见过几次，都是暑天看到的，房子里热得实在待不了，她家里人放她到地坪来乘凉。她与福云一样足不出户，大家连她的名字也叫不出来，他们一家人都想把她藏起来，好像这样外人就忘了她的存在。福云与她不一样，是她自己不愿意出来。

瞎女人是我见过的皮肤最白的人，这是终年不见阳光的结果。她的胳膊和腿都肥，却没有弹性。眼球有一层蓝色，瞳孔却是白的，上面像被人塞进了一粒琥珀色的棉花籽，看了让人难受，忍不住要用手去抠掉。她走路时双手伸直，到处乱摸，害怕碰到东西，对黑暗的空间充满了恐惧，看了更让人难受。没想到她难产死了，死得悄无声息。那几天，天天听到腊梅的哭声，我不晓得她何解老是哭，去问爷娘，他们说，她的瞎子女儿死了。

我用手帕包着几个鸡蛋跟堂姐到了黄金医院，见到了春芳。我不晓得她得了么里病，她不像个病人。她大概没想到我会来看她，"邦伢子，你也来了？""你"字说得好重好长。她笑，看着我。她的笑总是这么美。牙齿雪白闪光，亮得人心里晃晃的。

我说："我可以来看你吗？"

她说："你愿意，可以自己来呀。"

我心撞了一下，突突地猛跳。堂姐在边上，我不好意思，悄悄把鸡蛋放在她床边上。她看到了只是笑。

她问："这么久没到我屋里来耍？"

因为那封信等不到回音，我的胆量更小了，羞得不好意思见她了。

我说："我在看书。"

"看么里书？"

"《红岩》。"

"哦，好看吗？也借我看看呀。"

"很好看。我下次带给你看。"

堂姐说："几傻，还有么里下次，她早出院了。"

春芳看我们穿得少，问："穿忒少，冷不冷？"

我说："不冷呀。"

医院里不断有人走来走去，我们走到了外面地坪上。她与堂姐聊着。我站在一边，看到金明走进了医院，他是连尔居的赤脚医生，现在到医院来当临时医生了。我怕他晓得我来看春芳，就没有喊他。

聊了一阵，堂姐说："我们走吧。"我就跟春芳说："我走了，你快些好啊。"

路上，堂姐说："你给她写信了？"

我脸唰地红了，"你何解晓得的？"

"她告诉我咯。"

"你看了？"

"她讲给我听了。"

见我没有作声，堂姐说："她说她比你大。"

我羞得说不出话。遇到了一段泥泞的路，堂姐穿的布鞋，她要我背她过去。她压在我背上，为了不让她滑下来，我用力抱住她的腿。她的大腿实在太粗，裤子布料又粗又滑，她一直往下滑，我只能不停地把她往上抛。我喘着气，说："你莫跟别人讲哦。"

"好啦——"，她的声音就在我的耳边，气息到了我的后脑壳上。我感觉自己已经没有力气了，泥泞的路还没有到尽头。

刘三洲不再找我了，我也不想再见到他了。偶尔碰到，他那满脸疤痕的脸也不再堆起笑容。他一见到人就要堆起笑脸，么里叔么里爸喊得亲热，一副谄媚的样子。

有一次，他用完牛没把牛绚好，牛吃了田里的稻谷。这是二组的田。二组组长孙叶鞘气得把牛牵回了家，把牛绚系在屋后的苦楝树上，等着用牛的人上门。

刘三洲找牛找不到，急了。有人告诉他，叶鞘把牛牵回家去了。刘三洲去叶鞘家里，他进门就喊："鞘爸，我的牛呢?"脸上堆起了厚厚的笑。

"你还晓得是你的牛嘞，娘卖×咯，呷了老子的谷，你讲何事搞?"他的口气很不友好。

刘三洲脸上堆起的笑纹比他的疤还高，疤挤得变了形，"对不住你老人家哦。是我冇尽心。"

"冇尽心就可以牵牛啊，要么赔谷，要么今天给老子叩三个响头!"

"鞘爸，你老人家大人大量啦。"

"老子么里大量，你是哪里来的野种，呷了老子那么多谷!你不心痛，老子还心痛呢!"

刘三洲笑不出来了。"不就是呷了谷嘛，你骂人做么里呢!"

"老子骂你又何事啦?!老子还有打呢!"

"强梁！"刘三洲轻声说了一句。叶鞘如猛虎下山，一巴掌就打在刘三洲的脸上。"你讲老子强梁，老子今天就强梁给你看看。"

刘三洲捂着脸，从叶鞘家里退了出来。叶鞘还在骂："猪嬲咯，哪有你这样看牛的，老子就是要教训教训你。"

刘三洲回到家，脸就肿起来了。腊梅问他脸何解肿了，他说不小心。炳滔爸说："这么大个人，何事不小心！脸何解肿嘛？"刘三洲不作声了。

晚上，有人来告状，说刘三洲被叶鞘打了。炳丰也上门来，说刘三洲用的牛没有牵回去给他。炳滔爸再问刘三洲，他只好把事情说了一遍。炳滔爸当即就骂起人来了。他与炳丰去叶鞘家牵牛，要向他讨个说法。

两个人到了叶鞘家里，叶鞘还没等他们开口，说："来牵牛啊，他还没给我叩头认错呢！"

炳滔爸说："牛呷的谷又不是你屋里的。你凭么里打人？"

"不是我屋里的就不是谷啊？国家的粮食就不该珍惜啊？！谷还是老子种出来的呢！"

"你别老子喧天，你有得权力扣队里的牛？你扣了，牛出问题由你负责。"

炳丰说："都是公家的事，何必伤了和气。"

"这牛老子在田里捡的。要牛可以，给老子叩头认错。"

炳滔爸出门就窝着一肚子火，路上炳丰劝他息事宁人，想不到叶鞘这么不讲道理，打了他家的人，还不依不饶，欺到人头上了。他声调猛然就升高了，说："牛我不要，公家的牛谁也拿不走，炳丰你看到了，牛在这里，刘三洲有丢牛。你打我的人，老子要找你讨个公道。"

"就凭你？！"叶鞘一脸蔑视。

"老子怕你？杂种嬲咯。"炳滔爸话音刚落，叶鞘就扑过来了。炳滔爸突然挥手，一记耳光打到了叶鞘脸上。

叶鞘挥拳就朝炳滔爸胸口打来，炳滔爸身子一侧，叶鞘用力过猛，身子往前扑，炳滔爸手肘对着他的后脑壳一枠，叶鞘没站住，扑到了地下，额头碰到椅子角上，擦破了一块皮，血流了出来。

叶鞘咆哮着爬起来，抓了椅子就向炳滔爸劈过去。炳丰赶紧抱住叶鞘，口里喊着："快走啊！快走啊！"

炳滔爸看到叶鞘额头流血，晓得不好收拾了，几步跨出了门。叶鞘狂怒，无奈被炳丰紧紧抱住。银木匠住在隔壁，他跑出来，眼看叶鞘要打炳丰，他又一把抱住叶鞘，"有话好好讲，莫打人。"

叶鞘被两个人抱着，就喊："你们姓祝的欺负人啊！"

这时围观的人越来越多。炳丰和银木匠放开了他。叶鞘脸上流满了血。他指着炳丰说："你们祝家屋里的打上我的门，这笔账看我怎么算！"

孙叶鞘兄弟四个，加上他儿子茂成、茂申，都围到他身边了。仗着兄弟的势，仗着自己的辈分高，叶鞘做事从来无所顾忌。三个兄弟看到叶鞘脸上的血，个个喊打。他们都回家里去找家伙了。

有人赶紧去炳滔爸家报信，炳滔爸有四个儿子，除小儿子不能上阵外，三个儿子耀华、青华、湘华都去操家伙，刘三洲也找了一把斧头，腊梅烧开了水。大放的爷与炳滔爸是堂兄，他赶紧去叫祝家屋场的人，说孙家屋场的人要打祝家屋场的。祝家屋场的男人都出来了。他们已经晓得叶鞘欺负刘三洲的事。他们没带家伙，是想看看孙姓人是不是真敢动手。如果孙姓人动手，他们绝不会袖手旁观。

天上不见月亮，连星星也不见一颗，黑得像口倒扣的铁锅。又起了风。喊打声、谩骂声，还有杂沓的脚步声，向着炳滔爸家的方向，如一堵墙一样移来。黑暗中，连尔居四处响起了奔跑的脚步声、细伢子的哭声、狗的叫声、门的吱呀声。

叶鞘手拿斧头，他的三个兄弟，分别拿着锄头、铁锹、大砍刀，茂成拿了一根铁棍，茂申拿了扁担，不少孙姓人跟在他们后面，他们也是看祝姓人出不出手，要是祝姓人出手帮忙，他们也决不会手软。

走过一栋房子，每户都拉亮了电灯，堂客们细伢子吓得不敢出声。又走过一栋房子。尾随的人越来越多，有人打亮手电筒，照来照去。

还隔着一栋房就到炳滔爸家了。他家门前也聚集了黑压压一片人。炳滔爸藏有一把剑，他找出来，已经磨过了。他们家里的人也都是砍刀、锄头、铁锹，腊梅把几只热水瓶灌满了开水，随时准备泼向来犯者。看到东边的人群近了，她进房把灯都关了。

就在两边人群快接近时，突然一个人跑到中间，一声断喝："站住！"所有的手电都射向他。原来是炳篁。他拿着一把闪光的刀站到了双方的中间。连尔居人耍刀没有一个不佩服他的，他破竹篾，一根楠竹眨眼之间就削成了一地篾条，他运起刀来虎虎生风。

"今天晚上不想死人都回去，想死人，你们就打。谁带头打，死了人谁负责。我不代表祝姓，我代表连尔居。姓祝的跟姓孙的无冤无仇，都是一个连尔居的人，我们祖宗祠堂的砖都砌在同一个地基上了。我就不信天下没有讲理的地方！"

人群安静下来了。没有一个人吭声。偶尔有人干咳了两声。

炳篁又说话了："谁代表孙姓人？有人吗？我代表祝姓，由我们两个商量处置今天的事。我敢保证公平。"

"都回去！"从后面传来了茂崧的声音。"炳篁说得冇错，不想死人就回去。谁打人谁负责！基干民兵有谁在？"

有人开始悄悄溜走。人群里有人说："莫打了，一个村的，抬头不见低头见。""回去啰，回去啰。"叶鞘骂起了娘，但声音比来时小了很多。

黑暗中有一颗石子飞了过来，砸到了炳篁身上。他吭都没有吭一声。那是茂成干的。

人群慢慢散去。金明被人喊去给叶鞘上药。潘支书来了，同意他休息几天，工分照计。

孙、祝两姓代表加上村干部几个人商量，考虑到孙叶鞘受伤，炳滔爸家里去一个人上门赔礼道歉，送一只老母鸡给叶鞘补补身子。二是考虑到刘三洲用牛没尽到责任，赔款三元，作为生产队稻谷损失赔偿。

刘三洲只好去给叶鞘低头了。他站在叶鞘面前想笑，用力挤了挤脸上的肌肉，实在笑不出来。那脸上不晓得何事来的疤痕，直一道横一道，像绳索一样绑住了他的脸。苦难与笑要同时在一张脸上出现，非常难。

二十四

连尔居最爱听广播的人，除了缘山老倌，就是惜天二爹了。缘山老倌听的是广播的内容，每天的新闻，他一字不漏。惜天二爹爱听的是讲话的声音、音乐、样板戏，谁在讲话是他最在意的，男人讲话他不爱听，女人出来讲话他听得眉飞色舞。

时间一长，连尔居流行起了一句歇后语：惜天二爹听广播。茂根往堂客们堆里扎，就有人说他"你是惜天二爹听广播呀"。银木匠跟晓晓谈恋爱了，有人说"银木匠到晓晓那里听广播去了"。春芳屋里人多，他们就说童霖、盛赞、荻秋都去"听广播"了。惜天二爹坐，人家起身回去，胆子大的就跟他说："还有广播啦。"意思是留他再坐一会儿。惜天二爹收工走快了，后面就有人笑他："要听广播去啰。"

惜天二爹遇到这种情况，总是尴尬地笑笑，惹毛了骂一句："娘卖×咯。"

分场的王书记到了广播里面，他的声音从盒子里一蹦出来，惜天二爹就吓了一大跳，他那时左手拿碗，右手举锅铲，正准备盛饭，大瓷碗差点落到灶台上。广播里面竟然有自己认得的人！"娘卖×咯，硬是大白天撞到鬼了！他是何解进去的？"惜天二爹晓得广播就像收音机，不是真人在里面，但说话的声音何解进去的，他却十分好奇。

广播里有一个年轻妹子的声音，她讲话打乡气，但音色很甜很嫩。惜天二爹已经习惯听普通话了，突然来一个普通话带农场口音的人，他就说人家打乡气。他不说王书记打乡气，王书记嘛就是王书记，他讲话就是那样的。

王书记开始用广播通知，譬如，近来虫灾严重，各生产队要集中时间打农药。于是，所有的喷雾器都背去了田里。国务院副总理陈永贵要来农场视察，各生产队要大搞环境卫生。于是，大家动手清理屋前屋后沤肥的粪凼，去渠道、地坪铲草。要送瘟神，消灭血吸虫病，于是，大家去灭钉螺，把河塘边的草铲干净，再喷药。王震部长要来了，大家又都要去渠道铲草皮，把草铲得干干净净的，露出的全是褐色、灰黑色和黄色的泥巴。

惜天二爹越听越好奇，他不相信潘德和讲的"电流把声音从铁丝里面传过来"。他总是想，王书记在哪里说话呢？全分场的人都能听到呢。在广播里面讲话好不威风！他也想到广播里面讲话去。还想去见见那些播音的女人。

有一天，他终于憋不住了，天蒙蒙亮就动身去了黄金。他么里也没有带，只是找出过年时做的衣服穿上，这身衣服已经穿得半新不旧了。他要赶上早晨的广播。

到了毋家棚，最后一遍鸡叫。天上大雁的叫声像被露水打湿了，暗哑而空洞。天放亮时，他进了分场大院，院内空无一人。只有几只鸡在游荡，是刚从鸡笼里放出来的。几棵樟树上笼着一层薄雾。他站在门口，一时疑惑，"人在哪里呢？"他有点怀疑自己是不是搞错了。广播的人会在这个院子里吗？这里也太过寻常了呀！

就在这时，一个声音犹如春雷炸响，到处响起了《东方红》的歌。歌声穿透了早晨寂静的乡村，穿透了田野上的薄雾，带着朝露的气息，带着日出东方的信息，抵达每一个生产队每一户人家。它比鸡的打鸣清新、强大和磅礴，带着一个新的共和国的朝气蓬勃。这是他每天都听的歌。惜天二爹站在明亮的晨光里，从没觉得这个歌像今天这样令人振奋，他心里充满了欢喜。他毫不犹豫地就大步往院子里走，一个房间一个房间去找广播站。

房子都是空的。正在他犹疑时，他听到了那个打乡气的女人开始讲话了。他又从一间间房门前走过，听着房里的动静。终于从一间房子里传出了她的声音，这是他熟悉的热爱的声音，这声音他听了无数遍，每天清晨和黄昏都是这个声音陪着他度过。现在她就关在一道铁门里面，他激动得一把就推开了房门。铁门没有关死。

果然，一个年轻女人对着一个话筒正在讲话。那个弯着的东西比电线粗多了，跟钢筋一样，还闪着光亮。上面的一端更大，像一个小漏斗，包着一块红布。有线连着的地方，是两张桌子，摆着几个方形的铁盒子。女孩偏过头来看着他，口里仍在说着话，这话正是他经常听到的。

多奇妙，这些话，每天都伴着他的话就是出自眼前的这一张嘴，这张菱角肉一样嫩白的嘴。他在这声音里起床、穿衣、吃饭，这几乎成了他们家的声音，他自己生活的声音。他走近这声音，他的心从没如此的激动，他的脸因激动而显得呆痴。

女孩的脸色在变，眼睛发出灼人的光来，左手向他挥动着……惜天二爹全都看不见，他的眼里只有那个话筒，他想进入那个话筒，他想对着连尔居的人说："我晓得广播了，我到了分场，哈哈，我的声音先回来了。"他的嘴巴靠向话筒，碰到了女孩的脸，"呀——"一声尖叫，女孩"啪"的一声关了广播。"流氓啊——"，女孩夺门而出。

惜天二爹还没反应过来，他不晓得她何解那么冲动，他手摸着那块红布，嘴巴还在对着它"喂、喂、喂"，他不晓得连尔居人听不听得到他的声音。他的声音回不回得去。他想讲几句话，但感觉哪里不对，突然安静下来，他不由得有些紧张。他在话筒周围乱摸，手有些发抖。

两个男人冲了进来，在他看到他们时，两双有力的手一把就将他按倒了。他反抗，喊："你们做么里?!"两个人更凶狠地按他，有一个男人还用脚踢他。他大喊："你们何解打人！"

"到广播室来耍流氓，你好大的胆子，破坏通讯。"又进来了一个人，这是一个熟悉的声音。惜天二爹听出是王书记的声音。

一个又尖又细的声音在喊："破坏广播，你咯现行反革命分子！"一个粗哑的声音："一大清早就来搞流氓，你是以为冇得人吧！枪毙了你！"惜天二爹被两个人死死摁着头，怎么挣扎也起不来。他的大眼睛只能看到水泥地和地上的鞋子，他喊："王书记，我不是反革命分子。我是连尔居的孙惜天啦。"

"押出去审查！"王书记的声音非常严厉。惜天二爹被几个人按着头往外推搡，他一直想站直，想解释这是个误会，但他的脑壳无法再抬起来了。

惜天二爹的流氓案轰动了全分场。广播员的那一声尖叫谁都听到了，大家不晓得发生了么里事情。当天就有很多人来分场打听。好在停了十几分钟广播又开始播音了。

孙惜天一早就被审讯。下昼农场公安局来人了，先审问这个男人搞的是不是一起有预谋的反革命破坏活动。惜天二爹上昼饱尝了一顿老拳，下昼又被皮带抽了一顿。审问者打完了才问话、做笔录。

惜天二爹开始时竭力争辩，后来说话就有点结巴了，他说："我只

"……只是想看看广播，想……想到广……广播里面讲……讲几句话。"

审讯人员眼睛发亮，问："你要讲什么话？"

惜天二爹说："连尔居人有看……看过广播，不晓得是……是么里样……样子，我想广播里……里面告……告诉他们。"

"你告诉他们什么？只是告诉一队人吗？你不晓得全分场都能听到吗？放老实一点！"

"是……是……是，都能听……听到。我只是想……想告……告诉连尔居人。"

"狡辩！你这是故意捣乱。"

他还想好强："别人讲……讲得，我何解讲……不得？我捣……捣乱，他们也捣……捣乱。又有影响……响生产。讲话也讲……讲不得？"

边上有人举着皮带又要打，王书记制止了。他问："你何事要亲人家的脸？"

"我冇，我想……想讲话。"

"你不承认？！小李都被你吓死哒！"

"我冇，是她自……自……自己要跑。"

下昼，连尔居潘支书来了，后面跟着惜天二爹的哥哥惜地，茂崧、叶鞘、炳篁、尚健师、缘山老倌、顺澍等十几个人都站在门外。

潘支书问王书记情况，王书记把早晨发生的事说了一遍。潘支书说："是个误会。孙惜天三代贫农，一直对广播着迷，问过我好多回。想不到他自己跑来了。"

惜地看到弟弟打得身上出血了，强压着怒火，说："他昨晚在我屋里呷饭，说明天到分场去看广播。冇想到被你们打得出血！你们是领导机关，领导的地方莫非我们贫下中农就来不得？"

外面的人听到惜地讲话，就嚷嚷开了，"凭么里打人！""犯了么里王法？！"

王书记看了看场部下来的公安，两个公安到一边低语了一阵，其中一个说："办个手续，然后放人。"

公安拿出一张表，问惜天会不会填表，惜天摇头，他的手已经握不了笔。公安自己填，一会儿问一下惜天。填熨帖了表，要惜天签名。

大家走出房间时，正好晚上广播开始。"大海航行靠舵手，万物生长靠太阳……"歌声在薄暮中飞。归巢的鸟、缓缓移动的云层都被夕阳照成了暗红色。水泥的地面颜色发青。连尔居的人簇拥着惜天二爹走出大院，谁也没有说话。他们的脸一会儿涂上了古铜色的夕阳，一会儿隐在青蓝的阴影里，不变的是脸上的表情，肌肉像是凝固了。

在这个大院里，媛媛已经被关了几个月了。只允许村里的妇女主任与媛媛的姆妈看过一次，是给她送衣服来的。媛媛一个劲地问妇女主任，她在分场是不是一样给她记工分。妇女主任不晓得如何回答。媛媛的姆妈说："记工分，队上每天都给你记了工分。"

一群人回到连尔居，家家晚饭都吃过了。惜天二爹的女儿慧兰等在村口，在夜幕初降的朦胧光线里，她一见到爷就抱着他哭。惜天二爹摸摸她的脸，说："伢子，莫哭。"然后长长地叹了一口气。惜地叫他们两个去他家里呷饭。大家进村后各自散了。

惜天二爹在分场调戏播音员的事当晚就在连尔居传开了，炳滔爸说："惜天二爹艳福不浅，播音员都搞了。"尚健师说："惜天二爹想广播里的妹子真是想疯了！"青华说："亲到冇？亲到了挨顿打有么里关系。"祝金明给惜天二爹上了药，他说："不抵，又冇搞到，打得一身伤。"

从此，惜天二爹再也不听广播了。有人说"惜天二爹听广播"，他一听到马上就翻脸。连尔居人说习惯了，背地里仍然在说，意思却慢慢地改变了：占女人的便宜了。"你是惜天二爹听广播呀。"这个寓意"占女人便宜"的歇后语一个月后传到了毋家棚、大湾杨，两个月后传到了九队、万兴，说这句话时很多人脑壳里响起了那声尖叫，觉得过瘾。三洲人也说开了，他们口音不同，连尔居人听到了觉得怪怪的，一点也不好笑。

这一段时间，大家拼命讲笑话，金明讲的笑话把人肚子笑痛了，他说：有个傻子娶老婆，半年了也冇得动静。爷急了，问他那事办了没有。傻子不懂。爷告诉他，崽呀，用你身体最硬的地方去撞你堂客撒尿的地方呀。第二天，儿媳妇对爷说，爷呀，你咯崽疯了，他昨晚用脑壳撞了一夜尿壶。

尚健师也讲了一个笑话，他的笑话让连尔居所有的满女都脸红了好多天。满妹子出嫁，第二天就哭着回娘家了。爷问，妹子，你何解哭着回来了？满妹子说，他夜里不睡觉，老是来欺负我。爷问，何事欺负呀？满妹子说，脱我的衣服，还压到我身上来。他身上藏着一根棍子，老来戳我。爷说，他要在你身体里找个细伢崽呀。你就是我从你姆妈身上找到的呀。满妹子说，那你帮我来找嘛。

青华不示弱，讲了一个裁缝的笑话。说有家人走亲戚，把女儿旺旺留在家里，裁缝半夜与她私通。裁缝敲门时，他忘了要学三声猫叫，妹子听不到猫叫不敢开门。裁缝在门外急急地喊"旺旺、旺旺、旺旺"。原来是条狗，旺旺呵斥了一声："你这老狗还不滚回自己的窝去！"

连尔居矮个子裁缝炳烨听到了，生气地说："短命鬼里莫乱讲。"茂根说："你又冇偷人，怕么里晒！"炳烨骂："我偷你娘！"两个人挥拳就要打。一屋子人边笑边来劝架。

两个月后，每个生产队安装了一部电话，连尔居的电话就安装在潘支书家里。电话机真的就是一根线接一个话筒就能讲话。尚健师、缘山老倌、炳滔爸、茂根好多人去看热闹。潘支书示范给大家看，他左手按住话筒，右手抓着一个摇把子摇几圈，然后抓起话筒，"喂，喂，"里面传来一个女人的声音，问："你找谁?"

“我找王书记。”

“好，你等一下。”

一会儿传来了一个男人的声音：“我是王向魁，谁找呀?”

“哦，王书记呀，我是潘德和，一队的职工都在我家里，他们要感谢你帮连尔居装了电话。”

“呵呵，不用感谢我，要感谢党感谢毛主席。”

房子里的人忍不住说话了，尚健师得意地说：“用一根线可以讲话的啊！”他上次装广播的时候拿着电线喊话，一直让人取笑，这一次他找到反击的理由了。

缘山老倌说：“哦，我看到过！我去分场当活学活用毛泽东思想积极分子，看到有个女的对着一个黑家伙说话，就是这个东西。”自从他分场回来后，总不忘说自己是学习毛主席著作积极分子，还强调是王书记说的。他后来被分场当先进典型，推荐到全场去做报告。他拿着奖状和大红花回到连尔居，就觉得自己也是公家的人了，讲话也学着打点乡气。连尔居年轻人就学他的话来取乐。

惜天二爹还是不甘寂寞地出现在人群里，听到潘支书打电话是个年轻女人接的，支书一挂电话，他就学着支书的动作来打电话。

“喂，你找谁?”果然那个女的又出现了。

惜天二爹说：“我找你呀。”

“你是谁?”

“我是你爹爹！”

对方挂了电话。惜天二爹又摇。“你有什么事?”还是那个女的。

“老子耍流氓！你咯猪孱的！”惜天二爹还要骂，潘支书赶紧抢下话筒，挂了。惜天二爹还在愤愤不平。

“你蠢不蠢？人家又不是那个播音员！”潘支书有点不高兴。“好了，散了吧。我要睡觉了。”

大家嘻嘻哈哈往外走。屋外好大一轮明月，是柠檬黄的。有鸟在飞，"呱——呱——呱——"叫着。风吹树叶的簌簌声那么细碎，是干燥的没有水分的声音。秋已深了。

惜天二爹走到了江边，他看着一轮明月，想起自己死去十二年的妻子。"她在那边还好吗？"他在心里问着，不晓得这话该去问谁。一只鸟贴着江面飞，一声声呼叫，显得特别凄厉。鸟在夜色中都是黑的，暗影让它的翅膀显得更长更粗。他看到它往一口子方向飞去，叫声像湿冷的空气一样消散在江面。他觉得脸颊上有凉凉的感觉，一摸，是自己的眼泪。

这时飘来一首童谣，一个小女孩在唱：

> 绿鸟嗻，绿茵茵，
> 娭毑要我关灶门。
> 有鱼呷，有肉呷，
> 呷得嘴巴油嗲嗲。

这也是惜天二爹小时候唱过的。他心里不自觉地跟着默诵。望着黑黢黢的汨罗江，觉得它就是另一个神秘的世界。在连尔居建村前，他们俩自由恋爱，他和她夜晚把船划到毋家棚的江心，他给她唱歌：

> 绿豆泡茶粒粒沉，
> 交情要交对方门。
> 朝点火，晚点灯，
> 时时刻刻眼面前。

她那时瘦，一天到晚嘻嘻笑。她喜欢夜深人静在月光下划船，在别人进入梦乡后，寂静的江河变成了他们两个人的世界，那种感受好比嫦娥奔月，碧空万里就如这浩渺江河，月亮、星星都沉在水底，他们就在这星月间飘浮。惜天唱完一首情歌，她总是嗲声嗲气要他再唱，惜天又唱：

日头落水又落黄，

犀牛带崽下官塘。

犀牛望月朝南海，

姐姐望郎傍门框，

望郎不到守空房。

她用拳头擂他的胸，惜天抱住她，轻轻喊："莫打莫打，梁山伯身子经不起打。"女人就把头靠到了他的胸口。她喜欢叫他山伯，她自然就是祝英台，他们是梁祝相爱。

在他们沉默的时候，女人也轻轻哼起了歌：

黑夜团圆时光短，

白天分手日头长。

只求皇天乾坤倒，

换个日短夜晚长。

月亮西斜。那时候这一盘月光照着他们靠岸。他们在月光下分手，约着下一次划船唱歌。惜天二爹想得起那时心里潮起来的幸福的气味，想得起那月光是遍地的碎银，发出叮叮的响声。汨罗江水每一滴都是晶莹剔透的，碰一碰都当当有声。她被他的大眼睛迷住了，她说他的眼睛能照得到她，她从他的眼睛看到了自己的心。她心疼这双大眼睛，恨不能用胸融化它，用口吞了它。

她喜欢夜间活动的嗜好村里人晓得了，问她胆子何解忒大？她嘻嘻笑，反问人家怕么里。人家说："你冇撞见过鬼？"她仍是嘻嘻笑，说："鬼怕撞见我吧。"她死后，大家才觉得她的异常，特别害怕她。人们传说她是鲤鱼精投胎的，天一黑都不敢去江边了。

而今，物是人非，惜天二爹心里的酸楚冲到了鼻腔，那么浓烈似芥末，眼眶里涌着的泪水月光里点点发亮。

江岸之下，江水颤动的波纹不知疲倦地闪烁着，光泽迷乱，像藏着生命的无穷奥秘。她会有感应吗？

二十五

惜天二爹的堂客死于难产，生第二胎的时候死了。炳滔爸的瞎子女儿也死于难产，她们都是母子双亡。村里人都说是被生产鬼害了。

生产鬼在妇女妊娠时出现，专门要产妇的命。生孩子对女人来说犹如过鬼门关。生产鬼一进村，连尔居的女人都感到害怕，她们能感觉到一股阴冷之气。做法事能够驱鬼，但做法事是封建迷信，不允许。连尔居人死了都是开个追悼会，由支书致悼词。悼词都是八股文，先表示沉痛的哀悼，然后是褒奖死者的功德，接着是劝慰亲属们节哀，最后是号召大家化悲痛为力量，努力抓革命，促生产。

炳滔爸的瞎子女儿玉华死的那天，腊梅不肯开追悼会，她觉得自己亏待了玉华，玉华被关在屋里，做了一世可怜的人。小时候，腊梅想牵她出去走一走，玉华也闹着要出门去，但炳滔爸不肯。他说让人家看热闹，他丢不起这个人。一个瞎子么里也看不见，在哪里还不都是一样。

玉华长年关在房里，等到她慢慢长大，偶尔出门就要生一场病，她再也不敢出去了。只有暑天炎热的几天，晚上她走到地坪里来乘凉。月亮照在她的身上，有一次，玉华问腊梅："姆妈，是不是太阳晒呀。"腊梅跑到自己的房里，偷偷哭了一场。

腊梅要为女儿做一夜道场。她要好好超度一下她，让她来世有个好命。做道场得秘密进行。做道场的人叫湛木青，那天他是悄悄进村的。黄昏的时候他由玉娥领着，进了炳滔爸的家。

屋里只有腊梅在哭。玉华躺在地上，身边是一个小男孩。他们穿戴整齐，身上盖着一床绣花的锦缎。玉华头枕一只布雄鸡，脚穿一双白底黑布的长靴，靴尖长长的，如一只牛角。地面已铺了一层沙子，上面垫了草席、床单。脚前点起了一盏长明灯，煤油点的火苗忽闪忽闪着。一块萝卜上面插了三根香。香火后是简简单单的祭胙：芝麻豆子茶、猪肉。

等到夜深了，湛木青换上黑色的道袍，悬挂起一条条挂毯。毯为黑色，红、绿、黄艳丽的彩线绣绘出了天堂地狱的景象，只见龙飞凤舞，厉鬼狰狞。他把画了符的黄表纸贴到了门顶、窗户、柜台、床头和楼顶中央的梁上。他双手握着一把铸铁的剑，剑柄上挂着一对铁环，剑锋指向各个方向，上下左右挥舞时，铁器当当作响。他的脚步左旋右转，道袍在昏暗的光里飘拂。他一会儿念经，一会儿厉声呵斥。

收了剑，湛木青又点起一个火把，在房里跳起了大神。他口一吹，雷火飞出一丈。点燃的黄表纸、冥钱，在他手中燃烧，他舞动黄色的火焰，把它们舞向空间的各个角落……

法事做了大半个时辰，湛木青累得出了一身大汗。他是一个冬天也爱出汗的人。在一把靠背木椅上坐下来，有人端了一碗芝麻豆子茶给他。他鼓起双眼四周望望，雪亮的眸如剑扫过。

刘三洲坐在墙角，眼睛红红的，脸上的疤像涂的厚淤泥。在湛木青来之前，他一会儿说楼上坐着两个人，一会儿说床上挤满了人一会儿说门槛上坐着一个堂客呢，在笑。他把这些人的衣着神情都描绘得仔仔细细。

青华听他这么说，淡淡一笑，说这些人经常来的，他都认得他们了。他觉得刘三洲有点大惊小怪。他都懒得理他们，他们也从来没有要理睬青华的意思。

湛木青作法驱鬼后，刘三洲看不到这些人了。

晚上匆匆用餐的时候，湛木青说连尔居鬼气重，这里有好多骨殖没有安埋。炳滔爸说："这里是新区，以前没有人的。"湛木青摇摇头。"阴气重，火焰低的人鬼就近身了。你屋里妹子火焰太低。一直有家神护着才到今天。你郎几夜没睡，身体弱，也看得到不干净的东西。"

青华问："我是不是火焰低呀？"他跟人打扑克牌出来小解，听到了湛木青的话。连尔居有人去世，村里人会来陪几晚，他们在死者家里打牌，天亮才去睡。办丧事也是村里人来帮忙，去死者亲戚家里报讯，采办丧葬用品、办厨、唱戏、入殓、挖墓、发殡……所有事全不用死者家人动手。来帮忙的大都是同姓同族的人。大家感受到一个大家族的温暖。玉华去世，炳滔爸不想惊动左邻右舍，来陪夜的只是几个至亲好友。

湛木青看到青华，问："你眼里是不是有不干净的东西？"炳滔爸听他这么一问，脸都绷紧了。青华说："是啊。奇怪，他们从来不开口讲话。"

湛木青盯着青华的眼睛看，看着看着，他眼里晶光闪闪，脸上皮肉也在动，老半天才说："你是双阴阳眼！你的眼睛看得到阴间的一些事。"他惊讶的神情让炳滔爸、腊梅紧张得气都喘不匀了。

湛木青盯着青华又看了一阵，用手摸了摸他的额头，拿着他的手掌看了看，说："你阳气足，鬼魂不敢靠近你。"这句话一说，炳滔爸、腊梅松了一口气。

青华得意地笑了。他已经习惯了鬼，夜里起来厕尿，站在地坪里，往黑暗里四处观看，他有兴致看看今晚来的鬼比昨晚多还是少。在有月光的夜晚，他们飘来飘去，飘得像蒲公英，青布褂子的影子在穿插、叠合，像一场无声的游戏；雨天的时候，躲到屋檐下，他们又像蓑衣一样贴墙挂起来了，直到鸡叫才烟一样散去；冬天里，喜欢随着北风哀号，在结冰的水面上双脚并跳，青华认为他们也怕冷……他瞌睡大，总是咕噜几声就回房睡觉去了。有一次，看到柴垛边一个黑影子，他好奇地走了过去，对方被他吓得一声尖叫。他也是半夜起来小解的，方便之后在那里玩自己的屌。

下半夜超度亡灵。玉清娭毑也被请来了，她与湛木青一起诵经。为不引起别人注意，响器只有一个木鱼，湛木青轻轻地敲。窗户也蒙上了一块黑布。

耀华很好奇，这是他第一次听人诵经，他陪在姆妈腊梅的身边，左臂戴了一块黑袖套，一直在认真地听。最小的弟弟湘华有一些兴奋，房子里灯火通宵亮着，人们悄悄地来来往往，几间房都有打牌的人，像过节一样，他那一点伤心也就像轻烟一样散开了。他也闲不住，东看看西逛逛。看到诵经，他也坐下来听一听，听着听着就睡着了。

诵完经，夜深似海，世界像在下沉，沉到了不知多深的深渊。几间房都没有动静，打牌的都来听诵经了。道场禁了好多年，这些晚辈谁也没有见过这样的场面。清寂的空间，静得绣花针落地的声音都能听到。几片枫树的叶子落下来，划过空气，摩擦地面，声音像在耳边轻语。猫"喵"的一声，声音蛇一样刺穿了厚厚的黑暗。所有人都警惕地看着这只猫，他们都往后退。据说猫从死人身边经过，能唤醒死者的灵魂，死者会突然坐起来，抱住最近的一样东西，抱得死死的，掰都掰不开。

开始唱夜歌了。湛木青唱的是《招魂歌》。幽幽的歌吟如一苇独航，引领着众人走向奇异的地域，万物沉寂，生命前路茫茫，灵魂倏忽如风：

> 魂兮归来兮，东方不可以托栖，太皞乘震兮旸谷宾，日出鸟兽孳尾兮，青帝曷所依，归来归来兮，东方不可以托栖。
>
> 魂兮归来兮，南方不可以托栖，祝融居离兮明都方，永日鸟兽希革兮，赤帝难附依，归来归来兮，南方不可以托栖。
>
> 魂兮归来兮，西方不可以托栖，蓐收当兑兮昧谷饯，纳日鸟兽毛毨兮，白帝难附依，归来归来兮，西方不可以托栖。
>
> 魂兮归来兮，北方不可以托栖，玄冥乘坎兮星昴日，短矣鸟兽

氄毛兮，黑帝难附依，归来归来兮，北方不可以托栖。

魂兮归来兮，中央不可以托栖，句芒居中央坤厚能载物，戊己属土兮，黄帝曷所依，归来归来兮，中央不可以托栖。

栖兮栖兮上下四方无一可居，故土难忘兮返旆还归，酒醊时食兮，袷祀烝尝庶几式食兮，亲人拜莫而焚香，当此清风明月夜，请上高台。

玉清媸驰最后两段与他合歌，她的声音竟然像二八年华的女声那么亮丽、悠扬、高亢，仿佛来自生命最高最神秘的地方，如罡风拂过云层，鹰哨划破苍天，让人飞升，去到了一个仙风道骨的清凉之境。

湛木青粗犷、苍茫的声音则来自悠悠岁月深处，来自祖先们歌吟的地方，那被如烟岁月浸洇的乐土，滞重、昏冥却恒常。

大家都感觉自己离开了灯光昏沉的房子，房子里仿佛没有人了。

湛木青、玉清媸驰吟唱停下来了，周围一点声息也没有了，只有一盏火苗闪烁，火光也像来自遥远的地方。

湛木青唱起了《万空歌》：

南来北往走西东，看得浮生总是空。

天也空，地也空，人生杳杳在其中。

日也空，月也空，东升西坠为谁功。

田也空，屋也空，换了多少主人翁。

金也空，银也空，死后何曾在手中。

妻也空，子也空，黄泉路上不相逢。

楼也空，阁也空，转眼荒郊土一封。

权也空，名也空，数尽孽随恨无穷。

车也空，马也空，物存人去影无踪。

世上万般快意事，时移境过总成空。

……

方才听罢醮楼鼓，翻身又是五更钟。

大藏经中空是色，般若经中色是空。

从头仔细思量看，便是南柯一梦中。

湛木青唱得自己也感伤起来了。这是一首有名的夜歌，一代又一代人唱着它走过人世。玉娥陪着他，她听得眼圈也红了。她生过三个崽，前面两个都夭折了。玉娥和湛木青都是汨罗范家园张家墩人，是共高祖父的一房人，从小感情就好。由于没出五服，双方家长都不同意他们成亲。玉娥出嫁，湛木青为此出家。寺庙被拆毁后，湛木青去了屈子祠，"文革"又被红卫兵赶了出来，回到了张家墩。

玉娥爱这个兄长。嫁到大洲孙，她只是遵父母之命。想不到老倌得了血吸虫病，结婚十几年后走了。他死时大肚鼓起来，比怀胎的女人还大。她从此害怕沾水。

玉清娭毑唱起了《归山歌》：

归山好，归山好，何须在世生烦恼。人到中年万事休，月到十五光明少。无男女，没老少，到头个个埋荒草。叹人生世事繁华一笔扫。

好归山，好归山，识破浮尘梦一间。青山还是千年屋，居屋如同歇凉亭。无愚智，无圣贤，红颜易转白头颜。叹人生得偷闲处且偷闲。

山好归，山好归，古往今来放抱谁。唐虞揖让三杯酒，文武征诛一局棋。无贵贱，无尊卑，难免荒郊土一堆。叹人生何必区区作别离。

夜空，秋霜在飞。南归的雁阵声声呼唤。一钩明月升天，照得万里长空好不寂寥。鸡叫过一遍，连尔居人都进入了梦乡。他们中有许多人不晓得瞎子母子俩已经离开了人世。脚前一盏孤灯，正照着他们灵魂前行的路途。睡意昏沉的守夜人陪伴着两个亡人。天一放亮，他们就要入殁、归山了。

一切都是静悄悄的，没有响器，没有鞭炮，瞎子在世时，悄无声息地在这间房子里生活了二十几个春秋，她去世了，也是悄悄地走。

刘三洲低着头，给灯添油、插香，不时揭开亡人脸上盖着的白布，痴痴看着。他喊着玉华、玉华。玉华白得似雪，月光一样泛出光。她像熟睡了。他抓着她的手，脸贴上去，这双手无数次抚摸他被火烧得疤痕累累的脸，为他流泪，为他叹息，为他可怜。现在，这双手冷得似冰了。

世上只有她对他悲悯、怜惜。她从小就渴望走得离家远一点，哪怕么里也看不见，她想去感受一下外面的世界……结婚后，她就听他讲外面的世界，讲到夜深了还缠着要他讲。往事历历，刘三洲哽咽着，脸上的泪水流了干，干了又流。

刘三洲的老家也许玉华是晓得的吧？他的人生，他真实的经历，他到底是怎样的一个人，在那些夜晚的讲述中，他告诉玉华了吗？玉华死后两年，刘三洲突然失踪了，带着自己的衣物离开了连尔居，谁也没有告诉，连腊梅也不晓得，从此再也没有传来他的音讯。这时，连尔居人才发现谁都不了解这个人。假若如他所言，他克死了父母、兄弟，现在又克死了妻子与儿子，这样的命世间可有？身边的亲人无一幸免，他被死神紧紧围困，绝了亲情，孑然一身，天地间往来赤条条，了无牵挂。这孤寂的压迫，人怎么坚持得下去？

生命的运程莫测高深。

缘山老倌晚上睡得早，上半夜已经睡过一觉，下半夜的时候他听到玉娥在门外喊他，告诉他湛木青来了。湛木青对他有救命之恩。"五风"时他饿倒路边，是湛木青救了他一命。

两人在亡人前见了面，缘山老倌说："你老人家来了。"然后揭开亡人的脸看看，长长叹息一声。他不晓得瞎子死了，跟刘三洲说："节哀啊，人死不能复生。"跟腊梅又说："节哀哦，你尽了心啦。"又跟炳滔爸说："解脱了，让她去投胎吧。来世再好好做人。"

湛木青起身拉过一张椅子，"坐。"是他要玉娥去叫缘山老倌的。

缘山老倌坐在他边上，掏出纸烟卷了一根递给他。湛木青摆摆手，说："不呷。"

湛木青咳嗽了两声，轻声吟起康熙时的古咏："叹士工农商，终日奔忙。人生碌碌竟短论长，却不道荣枯有数，得失难量。看那秋风金谷，夜月乌江，阿房宫冷，铜雀台荒，却做了邯郸梦一场，真也凄凉，真也彷徨。总不如乐天知命，守分安常。休说前王与后王，莫论兴邦与丧邦，大数到来难相让，自古英雄轮流丧。荣华花上露，富贵草头霜，看明世事皆如此，兴废何必挂心肠……"

鸡叫第二遍了。天地愈加昏暗。

鸡叫第三遍，东方开始破晓。陪夜的人大都熬不住，找地方睡去了。

天蒙蒙亮，几个亲友忙碌起来，瓦棺材抬到了地坪上，帮忙的人也都起床了。湛木青开始喊礼，进斝、侑食、合门、饮福受胙、亲丧、送神、撒馔，他有的喊，有的省略了。到了地坪中，熹微的光线里，他喊起了祭枢礼，又绕棺吟唱礼歌。

天完全亮了，看得到一地白霜，已有人家开门的吱呀声。于是起驾，上山。

二十六

立冬这一天，获秋参军的消息在村子里传，晚上全村都晓得了。他是连尔居第一个走出去的人。

人们开始想象他去的地方是个么里样子，想象他在部队的生活。在我的想象中，获秋早已经穿上了军装，威风凛凛的。"他可以有真枪了!""说不定还可以打仗。"说这些话的都是他的同龄人和像我这样比他小几岁的人。童霖做出扛枪的动作,那神态就跟扛了一杆钢枪一样。老人感叹起荻秋穿开裆裤的日子就像在昨天,何解一眨眼他就长大了!老人的感叹我一点都不理解,在我眼里,荻秋一直就是这么大的!

荻秋一家很兴奋,像办喜事一样要办几桌客。他家里并不宽裕。荻秋想到自己去抓鱼,又想到去捕鸟。他的两个舅舅都在船上,是疍家人,靠打鱼、运货为生。满舅在他家喝过谷酒后,一口应承,不用去买鸡呀鸭呀,呷野鸭子,要多少保证多少。

看到荻秋,我觉得他走起路来与以前不同了,真的像一个解放军战士。我喜欢跟着他四处转,听他说话,看他笑着跟人打招呼。我觉得他说话与以前不同了,又说不上不同在哪里,好像他已经出去了,从外面回来了,与父老乡亲们在说话。他比平时说了更多的话,打了更加多的招呼。

在连尔居,你有出息了,比别人强了,你不主动跟人打招呼是不会有人理你的,他们还会说你傲气,有么里了不起,眼里没有人。你主动跟他们打招呼,他们会觉得自己脸上有光,与你亲热地说起客套话。后来,有人出去读大学了,当工人了,有的在外面发了大财,连尔居人路上碰见了这些人,他们都装作没看见。就连瘸子国斌也视而不见,一瘸一瘸地继续走他的路。连尔居人都是不肯服输的人。只要你主动打招呼了,他们便呵呵笑,喊你问候你,但绝无半点媚态,仍是一身的傲骨。

荻秋要当兵去了,队里没安排他干活,他就来给过渡的人拉麻绳。

一根粗麻绳从江北牵到江南,两头用铁桩固定。一条大木船,谁要过江,谁就站在船舱内自己去拉麻绳。过江的人并不多,船被人拉过江了,这边有人要过去,就只能等那边有人过江把船拉过来。好在过江的人都有耐心等。荻秋是自愿来帮忙的。我也自愿来帮他拉绳。麻绳大而沉,泡在江水里湿淋淋的,拉得人手上水直流。冷水冻手,拉绳的人双手被绳勒得通红，又冻得僵硬。我试着拉了十几米就拉不动了，手冻得生痛。荻秋来来回回拉着，也不嫌累。

办酒席的日子越来越近了，他约我一起去打野鸭子。他骑了一辆单车，我坐在单车后面，我们一溜烟骑到了场部。

营田老街在场部和纺织厂的南面，翻红泥的小山丘狮形山，山上有殷家屋、四方屋、弯里屋、营房屋几个屋场，下坡就到了老街。青石板的街直通湘江边的一个码头。街两边清一色的木板房，木头旧得发黑，屋顶的瓦因为连日晴天晒成了灰白色。屋檐下有很多燕子窝。

我们穿街而过，到了江边，沿江岸往南走，岸上有一座武穆祠，一个江湾往东湾进了横垅，湾对岸叫蒙古的地方，那里有一个鱼市。乌篷船都停靠在江湾里面。枯水季节，江水退离堤岸，露出一片沙滩。荻秋认得他满舅家的船，他推着单车在沙滩上走，走完了停船的滩涂也没有找到。

往回走的时候，一个女孩，人没出篷舱，声音就跑出来了："秋哥——秋哥——。"喊声亲昵，满透着渴盼的喜悦。原来是荻秋的表妹，她看到我们走过去了，在船上喊。

荻秋满舅家的船很干净，他们一家四口就住在船上。荻秋上船喊"满舅""满舅妈"。我也跟着叫。满舅妈杀了一条大草鱼，用铁锅炖了。船舱里香气缭绕。

我们在一张矮桌前坐下来，开始呷饭。船微微晃动，手上的碗筷也一晃一晃，好在鱼肉一块块剁得很大，要不下筷挟不准。荻秋满舅先喝了一大杯谷酒，一个劲地劝我们呷鱼。满舅妈挟了鱼肉往我们俩的饭碗里堆。荻秋的两个表妹还小，一边呷饭，一边偷偷看我。船上的人，皮肤晒得比连尔居人还黑。

呷过饭，喝了芝麻豆子茶，荻秋的满舅带我们上岸。我们又上了一条乌篷船。船头船尾，舱里装了新刈的芦苇，篾棚上也用芦苇盖住了，散发着一股芦苇的青气。获秋满舅把桨放下水，双桨轻轻一荡，小船朝着夕阳落山的方向划去。

乌篷船很快划出了江湾，营田码头从小船的右侧退到了船后，石级在渐渐暗淡的夕阳下闪着金光。宽阔的湘江扑面而来，一股冷风打在脸上，湿冷里带着水的腥气。

对岸只有低低的一抹青黛。小船顺着江流往西北划，江风迎面吹来，浩荡的水汽占据了天地，陆地都变成了一条线。横岭湖出现了。第一次获秋带我到场部，站在小边山上，看到的就是这个无边无际的大湖。

获秋满舅说："那边是青山。"他说的青山在夕阳正落着的地方，像一抹青紫的墨迹浮在水上。世界只剩下水了，陆地变得可有可无。我忘了刚才我们骑单车走过的陆地，它也同样宽广辽阔。人面对的现实会更有力量，我的心已被浩渺的湖面所震撼，感到水的可怕。

水不晓得么里时候变幽暗了，它与明亮的天空形成巨大的反差，刚才还有金光在水中一闪一闪跳跃着，现在只有暗青色的微光涌动。风大了。波涛渐渐在一片黑暗中看不清了。只有船摇晃，越来越厉害。天上出现了星星，低低地垂到了水面。水上的星星要比陆地上的低。

船舱里有一杆双眼铳，有一个一米多长的土炮筒，比人的大腿还粗。不晓得它是做么里用的。获秋满舅说："这是炮。里面灌满了一桶铁砂。等一下你就晓得它的厉害了。"

前面出现了一个黑块，越来越高，越来越大，原来是一片芦苇洲。获秋满舅停了桨，把芦苇竖立在船头船尾的舱舷边，把船隐蔽起来了。他改用竹篙撑，船慢慢从芦苇丛中钻了进去，悄悄靠近了荒洲。他轻手轻脚地收了篙，在我们耳边压低嗓门："现在睡觉。千万莫讲话，莫搞出响声来。"

我们挤在篾篷里面，打起了瞌睡。感觉有些冷，三个人挤成了一团。芦苇丛沙沙作响，感觉湖上的风都在往这里吹。浪细碎如呢喃耳语，大的浪涌进芦苇丛变成了细浪，波浪起伏间，水与苇秆摩擦发出轻微的沙沙声。在这轻微的声音里，我慢慢睡着了。

有人用手捅了捅我的手臂。这时月亮升起来了，照得水面银光闪闪。获秋满舅轻轻把竹篙伸进水里，慢慢把船向芦苇深处的一处土丘移动。一切都是那么静，芦苇被船头分开的声音轻得像微风拂过。月光下只看到芦苇梢在悄悄动。

船停下来。获秋满舅躲在篾篷里悄悄点了一支烟，猛吸两口，爬出篾棚。他把红红的烟头高高举了起来，在空中晃了几晃。

突然，一只站在高处的野鸭凄厉地叫了起来，"嘎——嘎——嘎——"。它一叫，芦苇里的野鸭子"轰"一下，全都"嘎嘎嘎"叫起来了。这是一种惊慌的不祥的呼叫，对即将到来的灾难，它们在询问、通报、呼救、抗拒……不同的叫声，不同的情绪，叫声里混合成了一团，在黑暗里翻滚。野鸭的翅膀已经张开，随时准备飞向天空。

天上明月朗照，几片云团在罡风的吹动下缓缓南移。苇秆摇曳，么里也没有发生。野鸭紧张的情绪放松下来，它们慢慢停止了呼叫，有几只还在喋喋不休，是头鸭在埋怨那只守更的鸭，它谎报了军情。待重又安静下来，睡眠又深深覆盖了荒洲。

野鸭飞了一天，好不容易落脚休息，睡觉最为紧要。

"嘎嘎"的叫声，把野鸭子的位置、数量都暴露出来了。

获秋满舅又把红红的香烟头在空中晃了几下。还是那只担任警戒的野鸭子"嘎——嘎——嘎——"惊恐地叫了起来，比第一次叫得更焦急、凄凉。野鸭群的叫声就像一团火再次被点燃了，还听得到翅膀的拍打声。它们惊慌失措的声音是在彼此寻求信息、询问真相、寻找安慰，每只野鸭子叫得都不一样，有的吓坏了，叫得嗓子嘶哑，好像灾难已经降临；有的是在诘问；有的还没睡醒，跟着不安地叫上几声；有的是在寻找，呼朋引伴……声音里有疑问、烦恼、探询、责备、咒骂。

此起彼伏的叫声在空荡的湖中汇合成一股声浪，升入空中，与云朵的静默形成对峙。夜的暗哑在声浪里扩散，似无形的烟味，像黑暗本身，在声浪里出现又消失在声浪中，带给人微微的不适与不安。

静默如此广大，声浪很快都归于沉寂，尘埃一样沉沉落下。

传来了翅膀拍打的声音，空气被扇动的声音，"嘎嘎嘎"短促的叫声，那只担任警戒的野鸭遭到了头领的攻击。

野鸭群因恐惧彼此挨得更近了。

获秋满舅悄悄把炮对着刚才声音发出来的地方。他拿起双眼铳，点燃引线，对着天上的月亮"砰——"放了一铳。这一声响，芦苇丛一片混乱，叫声气浪一般扑了过来，所有的鸟扑打着翅膀慌忙飞起来了，芦苇丛像被巨浪扫过一样晃荡起来，苇秆上泼了一团墨汁，腾起了一股浓烟，翻滚、飘荡……

获秋满舅迅速放下铳点燃了炮的引线。这团墨汁正好对着炮口，红光一闪，"轰——"，一声巨响，天空震裂了，一道裂缝闪电一样向着苍穹撕去，"哗——"，天在坍塌。湖面鼓一样跳动起来，"轰——"，响声在湖面向着幽暝的黑暗深处蹿去，在遥远的地方发出隆隆的回声。

船在这响声里跳了起来，往后冲去。我差一点摔倒了。

一片哗啦啦的响声，中弹的野鸭子冰雹一样砸落，倾盆而下，血在黑夜里是黑色的，像烟一样飘飞……

凄厉的叫声被炮轰哑了。只有零星的呼叫，有的在空中远去了，有的落在芦苇丛中渐渐低沉下去，直到悄无声息。"嘎嘎"不停息叫着的，是受了伤的野鸭子，声音凄切，久久不散。

获秋满舅把船划回原来的位置，我们又继续睡觉。

我却睡不着了，眼里全是那些挣扎着一只只死去的野鸭子，它们周围到处是血……我后悔来打鸟了。想起那只被我抛走的白鸟，我的心隐隐作痛。

迷迷糊糊睡了一会儿，我做了一个奇怪的梦：我在天空飞，我没有翅膀也飞得起来了，一条狼在地上看着我，我向着高处舞动双手，却越飞越低。狼笑起来了。我挣扎着，飞不动了……我吓醒了。这个梦我经常做，但今晚我在天空翱翔了很久，下面一会儿是地，一会儿是深渊，一会儿是浩瀚的水，我飞得很累的时候，狼出现了。船在轻轻晃动，我想不起我怎么到了船上。迷惑了一会儿，我才想起刚发生的事情。

凌晨的风小了。仰望夜空，东方出现了一块红泥，它在茫茫黑暗中慢慢扩展，像灶膛里火烧的灶泥。火光越来越大，天空高处出现了黄、白、靛蓝的光。头顶上的星星依然在闪烁。云朵由黑变成青灰色。湖水却依然墨汁一样翻着轻浪。

那光在向着深空辐射，一道青一道橙红，射线越远越粗大。光的源头却掩蔽在地平线下。黑云迎向射线的一面被灼红，一点一点灼透了，灼成了红云。暗处却像血团。我想到了血泊中的野鸭子。

夜色霜一样在悄然释散，湖蓝之光罩到了头顶。荒洲上的芦苇也从黑色变成了暗绿色。芦苇丛里的留鸟醒了，苇莺、雀鸟在芦苇丛中飞，叫声鸣啭、锐利、短促、欢快，好像昨晚么里也没有发生，不知自己是劫后余生。它们有没有看到血淋淋的一幕？

东方，暗红与青灰间，橘瓣形的一道光突然出现，灼灼如出炉的铁水，它慢慢拱出，从弧线到半圆，一点点露出来，直到圆圆的一轮，腾地跃出，血红又洁白。它的周边暗红如胎血，托出了红日的鲜红和光嫩。天地间的一粒丹丸，从大地中生出来，光轮一样飞升，强光刺得我不能直视。

等到太阳气球一样升腾，变成白炽的一点，大地亮堂了，芦苇一根根清晰起来。叶秆仍是鲜绿的，沾着一层清凉的霞光。晨光熹微，金粉一样闪动。普蓝色的湖面，铺出一条金光大道，在波浪的啃咬下变成闪动不宁的地毯，从红日下一直铺到小船边，我忍不住用手去触摸了一下湖水。

瓦蓝的天空被一群人字形的雁阵剪开，它们一声声呼唤，清晨因叫声而愈加静寂。先前的喧腾不过是朝霞的幻觉。晨风带着水的腥气，像新鲜的刚开启的白昼时间。

这就是横岭湖的早晨啊。这个曾经让我恐慌的大湖竟然如此之美！

荻秋满舅醒了，带我们去芦苇丛捡鸟。我们一只手抓四五只野鸭子的脚，倒提着，一趟趟往船上运，堆满了两个舱。我捡到了翠绿色头的野鸭，捡到了长喙的、长腿的鸟，有的还没有死，挣扎着，被我们压到了下面。

荻秋家里大摆宴席，他家的亲戚都来了。连尔居很多人家送了礼钱，送礼的人每户派了一个代表，一桌八人，酒席一共开了十二桌。每间房都摆了一桌，左右邻居家房里也摆了，再摆不下的就摆到地坪上了。

厨房是在房子后面临时搭的一个塑料棚，灶是用泥砖砌的，三口大铁锅是村里公用的。柴火用的是木头。厨师是村里人，他提前一天就开始做准备。先把干笋、云耳泡了，猪肉也过了一次大油，晚上切笋，切成纸一样薄的片。好多人围着，看厨师忙这忙那，随时听候他的吩咐，为他打下手。芝麻豆子茶一遍遍洒，女人们一碗碗敬给来道喜送礼的人。他们个个脸上喜气盈盈，像是过节。

宴席设在中午，第一道菜是酥丸团子，用上好的糯米煮熟，加进茴，揉烂了，捏成一团一团，放在铁锅里油炸，然后放到一个大碗里，一圈一圈往上垒，外面每一圈用一根稻草打一道箍，直到高出碗口十几公分。洒上红糖，放在木蒸笼里蒸。一个个酥丸团子又甜又软又香，男人们一口吞下去一个，呷得脖子哽起来，眼睛圆睁。

第二道菜是笋，是用高汤煨出来的，又脆又香。第三道是皮粉，茴粉做的，用肉汤煮，加了肉末、胡椒粉，撒上葱花和芝麻。第四道菜是扣肉，五花肉切得薄薄的，它们仍然粘连着，过了一道油，与腌菜一起蒸，直蒸得肉变成了酱色，落口即化。第五道菜是油豆腐炒肉。第六道菜是姜片、大蒜炒野鸭。第七道菜是云耳肉末汤，加了胡椒粉、葱花。第八道菜是煎鲤鱼。俗称"八道"。

银木匠喝了一碗谷酒，喊着获秋，要他来敬酒。获秋一桌一桌敬。大家碗一碰，就说："别忘了家乡，要记得连尔居啊。"有的说："当个团长回来。"立即有人说："当师长。"又有人说："要当司令！为连尔居人争口气。"大家呵呵笑成一片。

获秋喝得面红脖子粗。银木匠还闹着要跟他比，说连喝三大碗。众人起哄，银木匠没碰杯就先喝了一碗。获秋不得不喝，三碗下去，他要人扶着才站得稳。获秋的哥哥竹秋笑着把他扶进了房。获秋一进房，一头就栽倒在床上。

银木匠还在逞强。大家晓得他高兴，腊月他就要与晓晓结婚了。有人说："你做新郎官，小心灌你的酒。"银木匠说："你敢。"有人说："不喝就不让你进洞房。""那他会跟你拼命。"众人又呵呵笑。

二十七

天气越来越冷了。今年不用修大堤，农田水利设施有的要新修，有的要维护，连尔居人决定把一部分旱地改为稻田。分场修了排灌站，渠道从毋家棚修到了连尔居的地界。连尔居沿着江边高地修一条渠道，接上毋家棚的水渠，水就可以从分场的排灌站直接流到连尔居的土里。一部分旱地渠道修通后就可改水田了。

大雾天，连尔居的劳力出动了，天一亮大家就扛着锄头、铁锹，挑着箢箕，去开挖渠道。

挖渠开沟还是十几年前的事，村里已经很久没有这么大规模修过渠道了。那个时候，连尔居还是一片荒洲，人们从围垸担堤的劳力中分出一部分来垦荒。

第一年，他们把湖里的水抽干，直接在泥沼中插田。插秧的妇女望一眼插不到尽头的湖田，眼里充满了一种绝望的光。她们脚踩到了柴鱼，手碰到了鳑鲏，巨大的湖蚌像石头一样扔到一边。秧插到湖中，人突然陷了下去，淤泥到了腰上，有的女人吓得哭了。

第二年开始筑渠开沟，荒地被裁成一丘一丘方方正正的田。那是个大饥荒的年代，公共食堂蒸的是"神仙饭"——巨大的铁锅架在泥砖砌的灶上，煮饭的蒸笼堆得比人还要高。蒸熟的饭放了水再蒸，一两米蒸出了一大钵饭。人吃了很快又饿了。这样的饭只有参加筑渠开沟的人才吃得上。

有人饿得熬不住了，自己开灶找米和野菜来煮。有的甚至挖了芦根熬来吃。饥荒越来越严重，人们开始在三洲的田野、河汉四处寻找充饥的东西。饿得浮肿起来的人，指尖戳下去，皮肤低下一个凹，半天也弹不回来。皮肤下的绿色经脉像蚯蚓，看得清清楚楚。

最初饿死的人用棺材埋，后面死的人越来越多，草席一裹就埋了。人们每天一早醒来，关注的是谁又死了。抬死尸也变成了一项劳动。一个刚刚建起的村庄，洲头上就竖起了新坟。这片浩大的土地也没能挽救他们的生命。

连尔居人每天或从田野或从茅屋门口，看着一股青烟从公共食堂的烟囱冒出来，直直往天空爬升，这是稻草烧出的浓烈烟雾，像一棵巨树，树冠在天空伞状地打开……这是伴随饥饿的一道风景，许多年后都刻在连尔居人的记忆中。

要挖新渠了，人们不免想起了从前的一幕。

一大早劳力就到齐了。渠道的位置已经撒了石灰，以组为单位，每个组分到了一段，各个组同时开挖。

这天尚健师穿了一件灰色的裸棉袄。棉罩衣晚上烤火时被灶火烧了一个洞，还没来得及缝补，他只得剥下来。出门时气温低，他急急忙忙把裸棉袄披到了身上。

出门时一只母鸡突然向他扑来，要跟他拼命，尚健师左边一闪，右手把它打出去一丈远，气得噘起娘来，拿了锹要去打。母鸡一点也不肯退让，张开翅膀鼓紧脖子上的长毛，与他对峙。炳滔爸笑起来，把脚一跺，母鸡吓跑了。

天气晴朗，雾在上昼的阳光里退却，像被人驱赶，雾脚飞快地跑过土地，收割后变得空旷的稻田、甘蔗地，绿的菜园，高的草垛、树木、村庄，低的河流、马路、田埂……都清晰地呈现在阳光里，土地裸露了，那么空荡、清新，泛着冬日钢蓝的色泽。阳光下，气温很快上升了。

尚健师干了一会儿就热起来了，他脱了棉袄，穿着暗红色的绒衣铲着土。泥土的腥气那么浓烈，扑向胸口，他闻得出每个地方不同的泥土味。一辈子跟它打交道，特别难以忘记的是，他年轻的时候没日没夜地挖土、挑土，那饥荒的三年，他都是日日夜夜对着泥土度过的，几十公里长的大堤就是那时候一锄一锹修起来的。日子的味道变成泥巴的味道了，记忆里全是。泥土的腥味有时他有感觉有时他没有感觉，仿佛全在他的心情。

他总是一副睡眼惺忪的样子，眯着眼睛，眼梢的眼眵也没有擦干净，塌着一副鼻梁，说话却鼓起脖子上的青筋，总是用了富余的力气。他也是一个不肯服输的人。

江岸边的泥，一口子的是黑褐色，养猪场的颜色偏黄，要松散得多，但腥气更浓。这种泥干爽很多，挖起来费的力气少。连尔居人是在积大爹迷神后选择这里作为坟地的。这里的土壤适合种苘、芝麻、花生，但连尔居人只种菌。我第一次看到花生是在畜牧队的地里，一大片低矮的植物，绿得新奇，椭圆形的小叶子茵茵的绿，让人喜爱得忍不住去摸。我惊讶他们竟然种出了花生，种了这么多！

肥沃的土地，一锄下去，泥土就吃到了锄把，顺势一拉，土到了箢箕里。挑土的人把箢箕里的土挑到低凹的地方。挑土与挖土两样活儿，大都是两个人轮流着干。

尚健师一个人用锹铲。壮劳力大都用锹，宽的锹铲进土里，右脚再踏上去，一踩，插进深处，用力一掀，直接把土抛到渠上。

接近晌午，他挖得手和腰酸胀起来，力气不比从前了，他坐下来歇口气，卷了一根烟抽。有妇女取笑他穿了一件裸棉袄："棉罩衣上都可以骚呀，还骚出个洞呵。连母鸡都扑上来了。"她故意把"烧"说成了"骚"。他笑笑，说："裸棉袄又不是裸身子，摸摸你的身子怕是比棉袄还软匼吧，罩衣上骚哪里比得过身子上骚呀。"他也故意把"烧"说成了"骚"。大家扑哧一笑。

尚健师挖着挖着，"咔嚓"一声，一根肱骨带了出来。他没在意，只当是一根朽木，顺手把它扔到一边。接着，又挖出了几条肋骨。他认出是人的骨头，就喊："挖到死尸了！"大家以为他在开玩笑、骂人。尚健师又喊："你们来看啦！"

大家停下手中的活儿，过来看，果然是人的骨头！

谷清说："么里时候埋的人呢？棺材都冇一副！"

新楚说："这里何解埋了人呀？"

顺澍犯愁了："何事办呢？"

潘支书来了，他说："把人骨清理到一边。"

几个人用锹扒开土，发现了头盖骨。再挖，又有一具人骨。一共清理出了九具尸骨。尚健师说："找口大瓦缸把他们重新葬了。"

下昼，尚健师又挖出了五具，接着是二十五具，他往哪里挖哪里就出现尸骨，有的不是少腿就是缺胳膊，尸骨上皮带扣、衣物有没完全朽烂的。有两具尸骨脑袋都找不到了，黑色的头发散落一堆。缘山老倌看了半天，说是剥了人皮。他的话一说出口，很多人身上打起了冷战。雯霞差点晕了过去，顺澍一把扶住了她。他发现雯霞的身子真的软匾，与自己的堂客完全不同。

新楚在土里又挖出了子弹壳。

尚健师愤愤地说："今天真是撞到鬼了！"他觉得兆头不好，把锹往地上一丢，就离开了沟底。他不敢再挖了。他昨晚偷偷抱一个堂客，一不小心棉衣烧出了一个洞。今天一早起来就兆头不好，母鸡也敢往他身上扑，真是活见鬼了！

汨罗江流到这里转了一个弯，尚健师看着从长潭流过来的江水正缓慢地对着自己流来，枯水季节长潭的水也不枯。他与流水之间隔着一片坟墓。几只乌鸦"呱呱"叫着，飞上坟边的苦楝树，在光秃秃的枝上聒噪。他眼前突然飘过一个黑影，赶紧揉一揉眼睛，干干的眼屎掉了，"嬲你娘咯。真是见鬼了。"他心里有些慌了。他曾算过一命，算命先生说他活不过五十。这话像刀一样刻在他心里。那个黑影已经不止一次出现在他眼前了。这一次在挖出尸骨时出现在坟山上空，他心里一凛，感到了恐慌。

所有人围过来，七嘴八舌议论开了。"这个事情是何事搞的呀？""天啦，死了这么多人！""咦，不晓得是何事死的。"大家睖着眼睛，你望着我，我望着你，希望从谁的嘴里说出一点么里。人们突然安静下来，神情严肃地看着死者，颇像集体默哀，脑壳里思绪不晓得跑去哪里了，许久才回过神来。

腊梅说："人没了，他屋里人不知几多伤心哟。"

玉娥说："真是作孽啊。"惠英、晓晓、佩兰、雯霞几个女人跟着说："作孽。"

炳滔爸想起湛木青说过的话，连尔居鬼气重，地下有很多骨殖。他自言自语道："这个人的道行好高啊！"

只有尚健师置身事外，情绪低落，走得远远的，他走到了村口。他感到这一幕都是冲他而来的，这是一种征兆，里面隐含了他个人命运的玄机。他强烈渴望再算一次命。

这些人是何解死的？他们又何解来到这个荒野之地？这片土地上发生过么里事情？这些疑惑一下子涌到了连尔居人的脑壳里。年纪大的说："戊寅、庚辰年走日本梁子死了好多人。""中央军也来过。"有人反驳："那时三洲是个荒洲，冇人住啊。"一个花甲老人说："民国时，杨仙湖这块地抢来抢去，是不是那时候打死的人？"大家沉默。那么遥远的过去，这块湖泊荒洲怕是只有鸟来栖吧。

又有人说："请玉清娭毑来念念经吧。"潘支书口气严厉，说："不能搞封建迷信！"他说："我向分场报告。"

尚健师陷入个人命运的猜测，他渴望晓得自己的未来。连尔居人与他不同，他们陷入沉思，开始以异样的眼光打量这片土地，他们在猜测过去——这里一定秘密发生过么里大事！漫无目标的猜测鼓动了人们的想象。虚妄的想象让人着迷，寝食难安。秘密扰乱人心是因为人们不能容忍发生的事情无人知晓。他们迫切地渴望真相。全村集体陷入了想象，一些人出现癫狂，这在连尔居是从来没有过的事。

炳滔爸、缘山老倌彻夜失眠了。惜天二爹说话让人听不懂，他东一句西一句，前言不搭后语，像中了邪。茂根呢，竟然去江里游泳，失眠的人看到他半夜里游到对岸又游了回来，再爬上床睡觉，早晨起来他不晓得自己游了泳，冰冷的江水也没有把他冻醒。连尔居人宁可相信茂根，也不肯相信那些看到他游过泳的人。但他们编造离奇效果的努力——以表示集体投入的程度，还是赢得了连尔居人的尊重。这又成了连尔居人漫漫长夜的谈资。火炉边的闲聊中，你一句，他一句，会把一个正常的人说成不正常的人。

从前，生活不需要过去和未来。过去与未来这两个词在连尔居都是陌生的。过去、未来与现在相比，无足轻重，也没有么里不同。日出而作，日落而息，人世间从来就是这样，一天重复着一天，太阳会有么里变化？月亮会有么里变化？人生无非生老病死。他们把自己的日子都规划好了，一直想到了死的那天，有人早早就备下了棺材，做好了寿衣，有人很年轻就交代后事。天下事最大莫过于死人。

尸骨的出现，打乱了人们的生活，他们突然感觉到了过去的神秘。人们谈论过去与未来越来越多。惜天二爹、缘山老倌与连尔居人不同，过去与未来对他们来说不再是神秘的事情，而是看不见的日子。他们在秘密面前意识到了时间，是时间设置障碍进行了遮蔽。这是一个眼皮底下的秘密，也是一个藏在时间深处的秘密。

晚上，连尔居人集体做起了梦。第二天全都在说梦。结果发现他们做的梦里都出现了同一个情景：江面的水开膛破肚一样划开了，裂开了一条渠。"轰隆、轰隆"，一股水流向人扑来，水珠鱼鳞一样闪光 他们醒来了，发现那隆隆响声还在。屋后的东方红拖拉机正在犁地，灯光扫过茫茫黑夜。

奇怪！大家都想找一个解梦的人。有人提醒说，两天前有一艘铁船，轰隆隆从江里开过。是呀，那船划破江面，掀起很大的浪。但这些与地下的死人又有么里关系呢？！

又有人说，连尔居人那天晚上都失眠了，大家做的并不是梦，而是恰巧都想到了同一件事情。

而另一个梦就像击鼓传球，每天晚上都出现在一个人的梦里：一个官人模样的人，诉说自己被害的冤情。他总是说着说着就放声哭起来，眼里的水像断线的珠子，越流越多，越流越密，转眼间变成了红色，变成了汩汩流淌的血。脸被血蒙住了，人被血水吞没了。血水上面只有一

顶官帽漂浮着 所有做梦的人都在这个时刻惊醒了。睁开眼睛的时候，那些听得清清楚楚的冤屈一点也不记得了。这时就听到鸡叫了。

这太诡异了！他们找了缘山老倌来解梦，缘山老倌被失眠折磨，这个梦还没轮到他。他先解释前面的梦：水向人扑来，说明这些死人与汨罗江有关。灾难是从水上来的。 "轰隆"是炸弹的响声。当年日本梁子在营田上岸，杀了好多人。这些死人有皮带、子弹，可能是中央军吧。

说到官人模样的人，缘山老倌想到这里南宋时是岳飞屯兵营田训练骡马的地方。大雷雨的晚上，缘山老倌多次在闪电里看到那些或游走或奔跑的白马，还听得到嘶嘶的吼叫声。这官人也许与放牧骡马有关。那时杨么的农民起义军驻扎在杨林寨。洞庭湖里大小几十次水战，死伤的人不计其数。湖上浮满了战船，水上砍杀，尸体如麻袋一样从船上滚落水中。岳飞想出用木杠杆的原理，等对方的船靠近，一块块大石头从木的一端飞出，砸向杨么的船，船板与肉体都被击打得嘣嘣作响。此起彼伏的嚎叫声在湖面回荡。

后来，岳家军水土不服，得了风寒。有人喝姜盐芝麻豆子茶喝好了。于是，这种茶在当地流传下来了。

缘山老倌分析得有几分道理。三洲虽是荒野之地，却从不平静，水上来的人在这块与世隔绝的荒洲上，他们所做的事情一定是与众不同的。这些人是如何死的，他们是哪里人，是些么里人，秘密在发生时就已形成了。

好好的人就这样无端端地死去，这让人感到了命运的无常。连尔居人对自己命运的关注被激发出来了。这年头算命先生并不好找，尚健师想到了唱道情的平瞎子，但红卫大队不让他出来唱戏、算命了，他成了汨罗学哲学、用哲学的模范。这两年来唱道情的瞎子都没了。尚健师挨家挨户去说自己目睹黑影人的事，不无委屈地诉说个人的宿命，听的人也感到害怕了。大白天见到鬼魂，是不是地下死人的魂灵都跑出来了？他们都鼓励尚健师去找个瞎子来算命。明眼人看不到的事往往瞎眼人能看见。连尔居人算命的热情就这样被尚健师一家一家发动起来了。

寻找三洲土地上的过去，了解自己的未来，连尔居只有炳篁没有加入进来，他出远门了。他是连尔居走得最远的人，他去了广州。

炳篁背着一个布包，跟着下车的人群走出汨罗火车站的时候正是吃中饭的时辰。同行的几个人说笑着。他们终于从浩大的陌生世界回到自己熟悉的地方，对他们而言，眼前的这片土地才是真实的。

一个瞎子走到炳篁面前，拦住了他，说："我不给人算命，遇上有缘人才给人指点迷津。"炳篁一怔，收起了笑脸，看着瞎子，觉得有些面熟，不客气地说："我好好的，指点么里。"

瞎子说："你报个生辰八字吧。我要乱说，你掌我的嘴。"

炳篁犹豫着，同行人中有个年纪大一点的说："报就报呗，看他卵谈何事嬲。"炳篁就报上了自己的生辰八字。

瞎子掐指一算，一口气说出了他家有几口人，他得过么里病，不到一岁就做了人家的养子，从没见过自己的亲生爷娘……炳篁惊得说不出话，大嘴微微张着，他诚惶诚恐，一个劲地点着头，一生的困境竟然被一个毫不相干的瞎子讲中。

瞎子又掐指一算，说他刚出了一趟远门，一年内就要发达起来了。他又沉吟了一会儿，说村里大前天出了一件怪事。这件事与他有关。不信的话，他可以跟他到连尔居去。

同行的都要瞎子给他们算，瞎子摇头："我不算八字，只讲佛缘，我与你们冇得缘分。"

炳篁带着瞎子一起去饭店，每人呷了一碗肉丝面，各人付了各人的钱。瞎子的面钱炳篁付了。他拿过瞎子的木棍，要瞎子捏住一头，牵着他又一起去汽车站。

炳篁与瞎子在三洲下了车，两个人都捏着棍子往连尔居走。过路的人看到这一幕都善意地笑一笑。

炳篁老远就看到了一群人正在开挖渠道。待走近了，他们都停下手中的活，看着他走过来。炳篁觉得奇怪，连尔居人虽然晓得他去了广州，但他回来不至于这样看重呀！

连尔居人想找瞎子算命，瞎子就送上门了，他们感觉奇怪。

走近了，尚健师问："你何解晓得我们要找瞎子呀？"

炳篁被问得莫名其妙，不晓得如何答他。"你们也要算命？"

众人更是惊奇，炳滔爸："啊——，你何解晓得？有人报信了？"

"冇啊，我今天才下火车呀。"他故意把"火车"说得很重。连尔居人别说坐火车，很多人听都没听说过。后来他们见识过火车了，大家就编派山区更加偏远的平江人，说他们到了汨罗火车站，看到火车这个大家伙，又喜欢又怕，伸手去摸，火车大叫一声，平江人吓了一跳，说："火车还怕痒咯。""痒"字学的是平江话，说得特别夸张。

大家对炳篁坐火车还来不及惊讶和羡慕，对他在外面晓得村里的事更感惊奇。他们黧黑的脸丝毫不掩饰自己的疑惑，该起皱纹的地方都皱起来了，眼神也不正常了。

炳篁问："屋场里出了么里事吗？"

"是呀。挖出了很多尸骨。"尚健师说。

炳篁一口气差点上不来。布包袱也滑下了肩膀。他很深地吸了一口气，轮到他的眼光失神了。

瞎子么里都说中了！果真有事发生。他仿佛就要看到自己的过去和未来了，看到自己的命。这种事情是如何发生的？一切似乎有个定数。

收工的时间快到了，大家无心做事，就收了农具，随炳篁与瞎子回村。麻雀在田间喳喳叫着，看到一群人走来，飞起一片。雁阵在天空叫，叫得天穹好不空荡。雁阵之上，万里无云，一片瓦蓝。身后的土地却黯淡了。黑暗从地底下钻出来，地上的沟渠、田埂、庄稼一眨眼就朦胧起来了。然后夜气向着空中弥漫，像烟雾一样一阵暗过一阵。久久不肯暗去的只有头顶上的天、地面上的江。

炳篁家里从没有这么热闹过，来他家里的人不是问他的广州之行，不是打听外面世界的奇闻，而是关心他们自己身边的事情，他们的过去和未来。

瞎子呷过饭就被人围住了。他要人报上生辰八字，只要半根烟的工夫，这个人的过去就在他的嘴里出现了，准得让人瞠目结舌。他们的命运居然被一个瞎眼人窥见了。

尚健师报上了自己的生辰八字，瞎子说了他的过去，他是一根独苗，他的下一代也是一根独苗，四个崽女只有一个男孩，三代单传。他爷娘死了很多年了，爷死在河夹塘，娘死在连尔居。尚健师震惊得五官都僵硬了，急切地问："我能活多少岁？"瞎子说："你无病无痛。要小心急性病发作。活过古稀之年有得问题。"尚健师五官像花朵绽开了，各个部位松弛下来了，他笑得像个孩童。他把手捅进裤子口袋，掏出一块钱递给瞎子，一连声的谢谢，说话的劲势又上来了。

傻子卫军劲大，挤到前面要瞎子来算。瞎子挥挥手，"你还年轻，年轻人不算。"后面的人一阵哄笑，把他挤出去了。他们觉得傻子的命有么里好算的，只有他自己不晓得，他今后的命运谁都不难猜到。

深夜瞎子在炳篁家里安顿下来。炳篁尽管累，还是想陪着瞎子再聊一会儿天。瞎子说："该睡了，天不早了。"

瞎子是个么里神人？连尔居人在深夜里猜测着他。惜天二爹、缘山老倌睡不着，他们在一起聊天。湛木青住在缘山老倌家里，他也没有睡意，几个人在黑暗中聊着，只有吸着的烟头发出红光。

第二天，瞎子仍被人围着，直到第三天，他都无法安静一下。这天半夜他不辞而别，走了。

瞎子名叫王开来，湘阴白泥湖人。他爷娘给他取名倒不是要他继往开来，对一个生下来就失去视力的人，希望的是他的眼睛能够睁开来。未来对他不过是一片黑暗。

王开来以前不算命，背着月琴穿村过乡唱道情。汨罗江农场、湘阴和汨罗他都走遍了，甚至到了汨罗江源头的平江幕阜山、江西的修水县。他有惊人的记忆力，别人唱的道情他听一次就能唱，他走过的路第二次来时，不像瞎眼的人在走。无意中他记得的人数以万计，他记住了他们的名字、声音、家事。

一场大病，他的嗓子不能再唱了，唱半个时辰就嘶哑、发干、红肿发炎。人瘦了，头发也白了，脱了一个人形。生活慢慢断了来源。

他来到了汨罗火车站，想在这个人来人往的地方唱道情。太阳底下，他调好琴，弹拨了几下，依然是悦耳的琴声月光一样流泻，一声长调，他唱起了《苏武牧羊》。围观的人慢慢多起来了，他失声了。几天下来都是这样。

他饿得不行，准备乞讨。这时他听到了一个熟悉的声音，他记得他，他家里的事他也记得。一激灵就走到他面前，瞎子要给他算命。果然灵验，人家给了他一块钱。

他于是开始算命，只给自己记得的人算，有时一天遇上七八个，有时一两个，有时一个也没有。

连尔居挖出尸骨的事上了广播，他在车站听到了。他对尸骨的事很好奇。恰好他遇到了炳篁。八年前他在他家里住过七天。他认识连尔居很多人，他晓得出了这种事，人都想算一算命。他非常渴望像从前一样，住在村庄里，许多人围着他，需要他，他受到大家的尊重。他不想像现在，形同乞丐。

在连尔居的三天，他已经累得不行了。从没有一个地方的人那么疯狂地找人算命。他记得的人都已经算过了，有两个他不认得的人非要他算，结果不准。他不能再在连尔居待下去了。半夜里起来，就悄悄走了。他愿意给人留个神秘的印象。

许多年后，江湖上流传着一个"神算王"。这时的王开来，不只是算得准认识的人，不认识的人他也说一句准一句。他对人说话的口气、走路的气势、谈吐等加以分析，摸人家的手和脸，与人拉家常，这个人一生的信息便渐渐清晰起来了，人生说复杂也复杂，说简单也很简单，后来，他甚至闻一闻人的气息也能晓得个大概。性格即命运，一个人的性格把握住了，与他现在的处境一结合，人生的种种遭际便十有八九猜得到了。

他说："你靠笔杆子呷饭。"写文章教书的人、当官的、开公司的谁不握着一根笔？甚至凡有出息者都靠笔杆子呷饭，笔杆子就是权力的象征。他说："你大嘴呷四方。"凡有一定地位的人，谁不四处应酬？他变成了人精，世事人情比明眼人看得透彻多了。

二十八

炳篁这些天比做梦还要像梦，广州的繁华世界还在梦中，自己的命又让他进入了另一种梦。回来的这些天，他一会儿回味一下广州，一会儿想想自己是谁的问题。

去广州他完全没有想到。他听说过北京、上海、广州、长沙，这些是与自己一生都没有关系的一些名字。连尔居是连尔居，它们是它们，就像外国人、人造卫星，都与连尔居人的生活一点关系也没有。突然有一天，分场领导告诉他，要他同他们一起去广州。这一句话具有催梦的功能，他当即进入梦游状态。回答不了是好还是不好。他那时正在分场破篾，举着的篾刀停在空中，好一会儿他才发现自己手里的刀，放下刀，他回到现实中，询问缘由。

七分场要带一批手艺人去广州参观广交会，考察能不能做些手工艺品出口，换点外汇。炳篁是远近闻名的篾匠，他常到分场做工，分场领导对他的手艺很赞赏，做点藤、篾编织品，说不定有销路。

远行对一个抱有好奇心的人来说具有磁铁一样的吸引力，对炳篁这种好奇心并不强，但从没出过远门的人来说也一样具有磁力，因为那是完全陌生、无法想象的另外一个世界。他憧憬广州，想象怎么也打不开，总是不得要领。他甚至没法想象那个遥远的城市有么里不同，不同在哪里，他走到了记忆与人生经验的空白处。

出发的那一天，他在家里扎了一个布包袱就走了。他们一行十几个人一路朝东，往汨罗走。

天气晴朗，从建新村出七分场地界，到了六分场十队，可以看到一道道大堤、一面一面斜坡地，这是老区以前围的小院子赵家洲、桥上周的大堤。农场围垸后，这些围在院内的大堤没有用了，有的种上了庄稼，有的长满了青草。几年前，六个细伢子挖地洞被活埋，就是发生在这里。

大地向着东方微微倾斜，他们走的是上坡路。土地高低不平，小路弯弯曲曲。到处是荷塘，枯荷倒的倒、断的断，有的秆子举着，荷叶像一把收好的伞，浅水里倒着影子。狗吠声从村子里传来。人们把这里叫作牛皮湖，是一个黑狗精出没的地方。

从一条小河进入汨罗地界，走到了汨罗公社红卫大队。农场一排排茅草的农舍不见了，前面的村庄一个又一个，中间隔着高低不平的田地，一栋栋独立老旧的青砖瓦屋十分高大，特别是门，麻石、方木做的门框，双扇木板门高得骑着马都能走进去。大门里面是一间大堂屋。隐在万绿丛中的房屋，露出青砖青瓦的一角，透着风雨岁月的痕迹。很多人家屋前是塘，屋后是竹林，高高的枫树、槐树、银杏树、樟树围绕着，树丫上的鸟巢，喜鹊从巢里飞出，飞到屋前啾啾叫着。有几家炊烟升起，融进稻田上空淡蓝的雾气。人口稠密了，路上的行人也多了。

远远的地平线，村庄、树木、稻草垛变成小小的点。火车突然出现，一声撕裂天空的吼叫，天地为之失色，大地开始颤抖。一群鸡被惊得跑的跑，飞的飞，"咯咯答，咯咯答，"用了比平时大了一倍的声音叫着。鸟巢里的鸟惊得飞了出来，慌乱地叫着，飞远了。

炳篁他们一行人都停住了脚步，眺望着地平线，看到一个巨大的机器，像一条长龙在天地交接的地方跑，冒出的烟像滚滚乌云喷向天空。它多么长啊，"哐隆、哐隆"的巨响不停息地传来，每一个村庄每一堵墙，都发出了巨大的回声，加入这天地的交响之中。大地仿佛在痉挛。工业时代的机器侵入了古老的土地，泥土抖动了，树木抖动了，房屋抖动了，空气都在抖动。它无视一切，它甚至与这里的生活一点也没有关系。

炳篁激动得差点落泪，"五风"逃难时他坐过火车，今天又能坐上火车了。有人惊慌。他们是第一次见到火车。这种钢铁的力量让人感到恐惧。

在车站买票、候车，随着一道铁闸门打开进入站台，炳篁坐上了长长的火车。汽笛锐声一叫，钢铁的哐隆哐隆声带着他往前移动。红色的丘陵，丘陵中的山冲，山冲里的村落，村落前的小河、池塘、树林，还有人、牛、狗、鸡鸭，都在倒退着走。钢铁撞击的声音越来越大、越来越快，大地开始旋转起来。炳篁非常惊讶火车有那么大的力气，把土地也扳转过来了，让它转起了圈。风在呼啸着，打在脸上生痛。

他好奇地打量火车里面的人，想不到有这么多人去广州！"火车把连尔居人都装得下呢。"这么多人却没有一个是自己认得的。他觉得很不习惯，也不自在。都是哪里来的人呀？

看到别人把挎包、包袱都放到头顶的行李架上，他也跟着把自己的包袱放到了上面。他告诉同伴，要他们也放上去。

火车上的人，皮肤大都比连尔居人的白。他发现皮肤黑的人穿的衣服都很新，看得出来平时舍不得穿，跟自己一样。皮肤白的人衣服就是他们平时穿惯了的，贴身巴肉，虽然不算新，但显得洋气。穿新衣服的人好像新衣服不是他们的，是临时套在身上的。有一个人新衣服扣子还扣斜了。炳篁穿的也是新衣服，他摸摸自己身上的衣服，又看了看扣子。再看看同伴穿的，也都是新做的衣服。

他看别人的时候，发现很多人在看他们这一行人。炳篁有点不好意思，他侧了侧身，又去看窗外了。

火车"呼哧、呼哧"喘着粗气，它跑累了，渐渐慢下来，在一个月台停了下来。有人上车，下车。人群在骚动着，呼叫着。

火车又开动。风又打到了脸上。地又开始旋转起来。又是一声巨大的吼叫。不久，火车冲进了一个黑乎乎的山洞。

到广州是第二天中午，他们在火车上都睡不着。一天一夜山和水转着，村和树跑着，太阳、月亮和星星跑着，像一本书翻过了一页又一页，连尔居退得不晓得去了哪里，到了怎样遥远的一个地方。炳滔爸、尚健师、缘山老倌、惜天二爹……这些人都不会再出现了。他们在干些么里？炳篁突然很想家，很想念连尔居的人。他的鼻子有一会儿酸楚难忍，眼里出现了泪花。有个同伴看到了，问他何解啦，他说风吹的。

下火车时炳篁腿有些发软，他想，这就是广州啦？

广州人头涌动，高楼林立。连尔居树木已落叶了，没落的叶子都黄了，有落得光秃秃的，枝丫指尖一样伸向蓝天。广州却绿树成荫，空气里仍然湿热。炳篁脱了棉衣，还是感到热，又脱了绒衣。他觉得非常奇怪："这是个么里地方？秋天了还咯么热的？"有人说："嬲你娘咯，忒热！"有人没带单罩衣，只得把棉袄的罩衣剐下来当罩衣穿，穿在身上又肥又大，自己人看了都忍不住笑。

要过马路了，他们十几个人手拉手横过街道。他们一怕车压，二怕冲散了找不到人。炳篁看到小朋友过马路也手拉手，就笑。他很好奇红灯、绿灯，走路时老盯着它看。他们被纵横交错的街道弄得分不清东西南北了。一辈子也不会把东南西北搞混的，在这些楼房中，硬是生生地分不清方向了。人一分不清方向，心里就发毛了，不晓得自己到了哪里了。

珠江边，对着一栋十几层高的楼房，炳篁仰起头来看。他想不明白楼房那么高是何解砌上去的？砌匠不发黑眼晕吗？

他们睡觉的宾馆有六层楼高，炳篁住在六楼。上到楼上，从窗户往下面看，头晕得厉害。躺在床上都觉得天旋地转，感到自己就要掉下去了。"嬲你娘咯，忒高！"

晚上，天仍然很亮。炳篁几次以为是天亮了。他不敢去窗户边，自己起来去喊同伴，发现还是半夜。厕所也不是连尔居的茅坑，是蹲式的冲水厕所，水一冲就干干净净了。"嬲你娘咯，比瓷杯还干净！"他们疑惑不解，屎和水冲去哪里了？

白天炳篁到房子后面去寻找，都是水泥的地面，没有发现水沟、粪凼，也没有发现有菜园。有几棵大树，竟然长胡须，密密麻麻地垂下来，尖尖上还有嫩芽。树身也像一堆乱绳绞在一起。"这是么里树呢？"

一天早晨，他起得早，起了一层雾，看到长胡须的树下面吊着一个人，走近了，真的是一个人上吊了。他喊人，无人应他。他奇怪有人上吊了也没有人理。死人是天大的事啊！在连尔居要是死了人，全村的人都会围过来，都会伤心呀！

再往远处看，又发现有吊死的人。"这还了得呀！我的天！"

街上没有么里人，看到几个人影也是匆匆走过，躲得远远的。他不晓得发生了么里事，跑了回来，心慌慌地跟大家说。领队的要他别管闲事。这些上吊的人都是"地、富、反、坏、右"分子，畏罪自杀。他说："哦，广州这么多坏人啊！全国都有阶级敌人。国家何事得了哦！"

展览馆的前方有座铁桥海珠桥，他们来这里的次数多，都喜欢到桥上走走。桥下的珠江比汨罗江宽。炳篁脑壳里冒出一个念头："要是连尔居修一座桥会怎样？"他想到要去对岸就去了。他看到一根根铁的桁架、梁、柱，问同伴："那要多少铁匠打？何解打的？这么大这么重，抬都抬不上去。"几个人为此想了又想，走路的时候还在讨论。

有一次去一家高级宾馆找外国商人，走进一扇铁门内，铁门自动关了。突然地在动，炳篁吓坏了，以为地震了。带队的晓得这是电梯，说是要吊上楼去。炳篁害怕自己掉下去，双手赶紧撑住铁房子的墙壁。一会儿它不抖了，铁门又自动打开。炳篁往外面一看，变魔术一样，外面刚才还是一个大厅，现在变成了一条走廊。他惊得忍不住喊了起来："何解一震就变了？玩魔术呀？不是做梦吧？"

带队的说我们已经上到楼上了。"这不可能！我们动都冇动，何解到了楼上？！"他不肯出来，被人拽了出来。

宾馆里住的人是红头发、蓝眼睛、白皮肤的人，炳篁还碰到了黑色的人，白的人比玉华的皮肤还白，跟豆腐一样；黑的人黑炭一样全身漆黑。"真正大白天撞见活鬼了！莫非黑白无常两个鬼住在广州了？鬼不是在丰都吗？武高武大，变来变去。这世界阴间阳间何解就搞到一起了！？鬼从不显身的呀。"他自言自语着，不敢说出声，害怕鬼听到，勾了魂。他眼睛斜斜地瞟一眼，眼里全是惊恐和警惕。他后悔自己没有带把篾刀来。

同伴也同样紧张。

炳篁悄悄问领队："何解带我们到这里？是不是到了阴间？还回得去吗？"他后悔不该进那个铁门，就是它变魔术把他变到了阴间。领队要他别出声，他就不敢出声了。

回到住地，领队告诉他们，他们找的是欧洲的客户，是白种人，不是鬼。炳篁实在想不明白，世上还会有这样的人！

到了交易会馆，摆的挂的展品多不胜数，把他看得花了眼。“这人啊就是太精明，花花肠子想出这么多的东西来。”有的东西看了半天他也看不出能做么里用。他的心事都用在猜测它们派么里用场上了。看到了竹制品，手工精细得让他佩服得不行，少不了议论：“这东西花里胡哨做不得用，只能摆看。”

走的那天，来了一个年轻女人，白白净净，长脸、凸额，说话打乡气，声音细声细气。带队的说，她是客户代表袁经理，一起去农场，去指导工作。

炳篁离开广州的这一天吃到了香蕉、菠萝，他不晓得它们是能吃的，一个落口稀溶，不用咬，牙齿碰一下就化在口里了。一个酸，咬了一口就不敢咬第二口了。上了火车，想到可以回家了，大家高兴得笑了起来。在广州五天，炳篁脑壳痛了五天，脑壳里面像安了一台机器，“嗡嗡”地响个不停。找到座位，舒服地坐下来，两条走得生痛的腿伸直了，火车好像已经是他们的老朋友了。

发生了这么多的事，回到家，炳篁跟惜天二爹、炳滔爸、缘山老倌、尚健师不知从何说起。几次说到手牵手过马路，惜天二爹就嘲笑他：“真是蠢，过马路都要手牵手，三岁搭两岁呀？丢连尔居人的丑。”

炳篁去广州时，我逃学两周，在家里写了一本侦探小说，有一个情节写公安在火车上追凶手，我渴望火车一节一节车厢连通起来，这样才好追。我看过火车，但我不晓得火车厢里面通不通。那一年我跟族驰躲洪水到了兰芝嫪妈家，在嫪妈家的地坪上我看到了火车。第二天，我和表弟去汨罗看火车，隔了好远，它一声锐叫，把我吓得撒腿就跑。别说到火车上去看，我连摸都没有摸一下。我问炳篁满爷火车厢通不通，平时不苟言笑的他，听到我问火车，呵呵笑起来，说：“通的，通的，可以从这头走到那头。"这下解决我的大问题了。

炳篁满爷很期待我继续问下去。我又问了火车上的情况，火车站的布置。他一边比画，一边给我认真讲解。我们村里很少有人坐过火车。炳篁满爷坐过，我爷也坐过，这是我后来才晓得的，新楚也坐过，但连尔居人不相信他坐过。我写出了小说，用白纸抄得工工整整，画了封面，用线订成一本书。书在同学中间相互传看，被老师收上去了，说是影响学习。老师收上去自己看完了，他来找我："你在哪里抄的?"我说："我自己写的。"他笑着摇头："嬲卵谈，你何事写得出。"

连尔居挖出尸骨的那天晚上，我很害怕。到了睡觉时间，我想挨着娱驰睡。很晚了，娱驰还没有上床。我催她，她口里应着，人却坐在那里发呆。我迷迷糊糊睡了一觉，梦见了鬼魂，蓝荧荧的，绿茵茵的，还有黑得煤炭一样的，四处晃荡，发出尖啸。情景似曾相识，玉清娱驰给我受吓时，他们只是远远地哭喊着，幻影重重，压在一道红光的下面，跟随着玉清娱驰的一团灰蓝色衣服旋转。现在个个青面獠牙，阴冷之气吐到了我的脸上。我吓得坐了起来。

下半夜，我又梦见了那顶血水里浮起来的官帽，他诉说不完的冤情，空洞的眼睛，火红的额头，我再一次吓醒了。我喊："娱驰、娱驰。"床上是空的，她还没有睡。

我爬起来，看到她流了眼泪。我问："娱驰，何事啦?"

她说："你睡，我就睡。"

娱驰从不这样。没有事情她哭么里呢？那尸骨跟她有么里关系吗？想起她经常梦到的那个人，难道他死了？娱驰喊他，他是在远方的一个人啦。

娱驰脱衣睡的时候，鸡叫了两遍。外面起风了，呼呼的，带着远方的什么信息。娱驰睡下后，我们都没有睡着，我们都在听着风声，一会儿大一会儿小，从社教公路无人的空旷田野刮来。黑暗中碰到了树枝，树枝就摇出了自己的声音。碰到茅屋，稻草发出了声音，碰到江面，江水发出了自己的声音，这些声音我们都能分辨出来。它们都在说冷呀、冷呀，只有我们在温暖的被子里。

第二天，我在村子里游荡。走到老樟树前，我想爬树。老樟树容易爬，我们不用爬，走都可以走上去。它大的树身是斜的，低低地开了杈，一根大树桠伸向了江面，几乎是平的，我在夏天的时候就喜欢躺在枝丫上睡觉。有的人睡觉了，以为是睡在床上，一翻身，"扑通"掉进了江里。

那个春天的滚地雷劈开了老樟树，朝向房屋的一根枝杈被劈掉了，剩下江面的这一条。它仍然华冠如盖，绿阴匝地。树上常年有鸟，各种鸟在绿阴中歌唱。夏天的蝉鸣更是喧闹不已。风摇着树叶，发出哗哗的声音，我躺在树上，最喜欢闭着眼睛、听风吹树叶的声音了，我想到了很远的地方。风吹过了千里万里的旷野，吹过不同的村落，吹过不同的山川风物，我都能闻到它们的气息。风刮过宽阔的江面，带着汨罗江的水汽、江涛的呢喃，钻到树阴里来了，一阵阵的阴凉将我的汗水收去。

天冷了，樟树还是绿的，变成了老绿色。我走到樟树面前，玉清娭毑弯着腰，正对着樟树在喃喃自语。她的前面燃着三炷香，还有祭胙。我晓得她一年二十四个节气都要来樟树下拜祭的。今天又是么里节气吗？

　　　天兮生我，地兮鞠我。
　　　蓼蓼者莪，匪莪伊蒿。
　　　长我育我，顾我复我。
　　　好生之德，地阔天高。

　　　南山列列，飘风泼泼。

> 言旋言归，复我诸兄。

> 南山律律，飘风弗弗。

> 言旋言归，复我诸父。

她抬起头来，仰视大树，拿起一杯酒，洒在树根。又吟

> 瞻之洋洋，神兮若有。

> 酌彼金罍，既醉以酒。

> 神之去矣，矧敢多留。

> 自旆泱泱，适彼乐土。

我听娭毑说，樟树老托梦给玉清娭毑。玉清娭毑看到樟树下很多人，他们面目清晰，衣着与现在的人不同，口音南腔北调。她都能说出他们的样子、他们的神情。有的人一口一个皇上，有的称皇上为昭列帝，有的称高宗，有的说仁宗，有的叫恭帝，有的呼宪宗，他们有时起了争执，说仁宗的不认为还有个么里宪宗。有人说没有去开封大相国寺还愿，有说汉口王掌柜坑了他的银元宝，有天天念着一个人名字的，有人一直叹息着："一船的岳州窑瓷啊！"

娭毑喜欢听玉清娭毑说她自己的梦。她一半生活在现实里，一半生活在梦游的世界里。有时，娭毑也烧一罐茶，跟她来敬树。她们把它当神树。玉清娭毑自己有了么里心事喜欢跟樟树说，樟树成了她生活的伴侣。老樟树虽然什么也没有说，但玉清娭毑说："它么里都晓得。"

> 南有樛木
> 葛藟累之。
> 乐只君子。
> 福履绥之。

> 南有樛木
> 葛藟荒之。

乐只君子。

福履将之。

南有樛木，

葛藟萦之。

乐只君子。

福履成之。

　　湛木青不知么里时候出现在身后，他双手合掌于胸，在玉清娭驰的后面吟唱。玉清娭驰也不回头，闭上了眼睛。湛木青吟完，站到玉清娭驰的右面，玉清娭驰让了让，他们两个给老樟树作揖、鞠躬，又双双跪下向它叩了三个头。湛木青又吟诵：

丰年多黍多稌，

亦有高廪，

万亿及姊。

为酒为醴，

烝畀祖妣。

以洽百礼，

降福孔皆。

　　吟毕，湛木青帮玉清娭驰收拾祭胙，随玉清娭驰回家。玉清娭驰也许要湛木青帮她解梦吧。

　　他们走后，我不敢上树了。我绕着老樟树走了一圈，看着蚂蚁在裂开的树纹间上上下下爬行，黏稠的树脂在树缝间结成了黑色的痂，雷劈过的地方又长出了新枝，椭圆形的叶子又嫩又小，簇拥着一团新绿。老树枝上挂了很多红布条，有的风吹雨淋变旧变暗了。一片树叶突然剧烈地旋转、摆动，周围的叶子全都没动。我盯着它，它一点没有停下来的意思。

我又转过一圈，感觉它与以前不一样了。突然看到一个人影，他手脚叉开，钉在树上。再睁眼看时，原来是我的幻觉。树突然在动，像个影子一闪，树身变得透明了，我一眨眼睛，这又是我的幻觉！我感到害怕，不敢再绕着樟树转了。我担心自己迷神了。

连尔居有三个人在樟树下迷神，裁缝炳烨迷神的时候，连尔居人被他吵得七天七夜没有合眼。那天晚上他去晓晓家做衣，突然就不晓得动刀剪了，说起一口的长沙话，不停地咒骂，骂王石头是个拐子，把他骗上了船，八年漕运回不了家，当个管粮同知，就干尽了伤天害理的事！什么狗屁巡漕御使、督粮道，与漕标的人都是一伙的，贩运私盐，见了李自成的部队就把粮食往自家私设的仓库运，瞒报粮食被劫了，还杀人灭口！真是丧尽天良！哪天顺治皇帝前参一本，叫他们的脑袋都搬家！

那七天，我们都在猜王石头是个么里人，听口音应该是个长沙人。我们都忘了裁缝炳烨。矮个子的炳烨额头一到晚上就变得通红。我们晓得这个不是炳烨。炳烨的额头是青的。他在地坪里咒骂，从村东走到村西，那烙铁一样红起来的额头能照得见他那双洗旧了的黄胶鞋。村里的细伢子看把戏一样跟着他嘻嘻哈哈闹，上了年纪的人跟着念经，摇头晃脑，到处悄悄抛洒画符的黄表纸，连尔居简直变成了一座疯人院。

七天后，炳烨累得瘫倒在床上，喉咙突然哑了。他像刚睡醒的人，怔怔地看着一屋子的人，不晓得他们何解到自己房里来了。

炳烨迷神是那天晚上经过了樟树。他在樟树下撞到鬼魂了？他看到么里还是闻到么里了？问起来他全都不记得了。他只问那晚他夹在胳膊窝里的剪刀去了哪里。

十八年前那个异乡人在远乡梦见了大樟树，他在樟树上睡了一觉就再也没有音讯了。见过他的人开始怀疑他是不是人。想到他梦里的放鹤人，我忍不住朝江上面的天空望了望，两千多年了，他还在江上飞吗？他转世了吗？

我又看了一眼樟树，冬天仍然浓密的枝叶突然像无数睁开的眼睛。我"啊——"的一声，撒腿就跑了。我相信神灵的感觉是可以传递的，玉清婌驰的吟唱请来了四方神灵，我看到了她眼里的神树！

从这一天开始，我再也没有爬过老樟树了。

二十九

湛木青为玉华做法、超度后，缘山老倌就把他接到了自己家里，留他长住一段时间。连尔居人开始注意到这个爱穿青灰色对襟衫的小老头。他总是与缘山老倌形影不离，打乡气的话说了那么多，两个人谈起往事，感叹社会变迁，谈读书，谈人世无常。他们经常在江边流连，喜欢围炉夜话。

一连几个晚上，天上明月高悬，江河生辉。这样的月夜，十几年前，他们也曾这样高谈阔论。那是在玉笥山，同样是汨罗江畔，那里江岸一边是平野，一边为缓缓起伏的丘陵。在连尔居，玉盘一轮高悬，两岸皆是平野莽阔，更觉渺无际涯。

汨罗江由汨水和罗水在大洲湾汇合而成。汨水发源于江西修水黄龙山，罗水出自岳阳县罗内。汨罗江流到翁家港又分成了南北两道，北面的经楚塘、白塘、磊石三个公社，在磊石山与湘江汇合，流入洞庭湖。玉笥山便是楚塘临江的一座小山。南面的主航道，从翁家港、小洲祝、河夹塘、桥上周、赵家洲，一路流到青洲、黄金、毋家棚、大湾杨、三洲。围垦农场时，一道大堤在翁家港将南面的河道截断，堤下建了一个水闸。北面河道挖开了凤凰山，变成了主河道。它是汨罗县与汨罗江农场东北的界河。

湛木青和缘山老倌江边漫步，感叹着河道的兴废。多少舟楫樯帆曾经从这里经过，如今只有空荡的江面任寒风呼啸。它拂过衣领和袖口，直往贴身的内衣里面钻。他们俩对江风毫不介意。

缘山老倌晓得湛木青有心事，两个人沿着江滩向一口子走。缘山老倌问他是否还有意成家。湛木青说："我只担心她一个人无依无靠，被人欺负。"缘山老倌点着头，划了一根火柴，双手捧着，在忽闪的火苗上点燃了烟卷。

湛木青又说："娶不娶以后慢慢说，我愿意陪在她身边，照顾她。"

缘山老倌重重地吐出一口浓烟，望着他，欲言又止。

"连尔居这个地方我喜欢，没有那么多旧俗影响。队么里东西都是公家的，大家都有份，人人平等。人只管做驶事，不用操么里心，简简单单。"

"成亲吧。成了亲你就搬到连尔居来，两个人相互有个照顾。这里日子还过得去，就是劳动辛苦一些。"缘山老倌的话都是肺腑之言。

水面有凫，击起水花。远远的狗吠从三洲传来。月下飘过一朵薄薄的云，江面黯淡了一阵后又明亮起来了。两个人默默地走着。江面上的风渐渐大了起来。细小的波涛发出的微微碎语声也大起来了。

缘山老倌想起了小时候唱的一首童谣：

> 绿鸟嘛，傍墙飞，
> 口里衔着绿瓷杯。
> 铜壶打酒瓦壶煨，
> 同年好，多呷杯，
> 下回来哒冇酒煨。

湛木青想到了玉娥。她现在睡了没有？孤儿寡母的也不容易啊。这些日子他常去玉娥家里呷饭，晚上也去坐坐，但两个人却没有深谈。即便沉默，那些久远的往事也早已触动，像蛰伏的动物，遇到春天就苏醒过来了，那仿佛就是昨天发生的事情。它们潮水般把人淹没，让人再也无法抽身而出……

湛木青和玉娥自小一块长大，他们都是楚塘张家墩人。楚塘有一口大塘，因塘而得名。塘在村子的东北方，那里地势低凹，塘里长满一池荷花，夏天里长风吹过，满眼里绿肥红瘦，一幅荷花映日别样红的景色。一条沧浪河绕着村子西边流，一座麻石砌的烈女桥从小河跨过，一路去到稻田与池塘。

　　张家墩南面有一座低矮的船形山。船形山向南连着一座座丘陵，丘陵之后就是汨罗江。湛木青小时候喜欢钻过一条隧道，去东面的黑如岭玩。玉娥喜欢隧道，躲在里面，捂着耳朵，听上面的火车轰隆隆开过。黑如岭有春秋至战国晚期的墓葬。其中十二座巨坟是屈原疑冢，散布在大约两平方公里的山丘。

　　爬坟是他们最开心的事，在小山一样的坟顶远眺，西面一望无垠，那里是浩荡的汨罗江尾闾。一道长堤筑起后，汨罗江农场出现在远处烟蓝的天际。脚下不远的地方，隧道之上是京广线，一条笔直的铁轨，跨过汨罗江上的南渡桥，巨大的哐隆声不时响起，火车像一条长蛇从上面驶过。隔着铁路，张家墩的屋舍上笼着炊烟，鸡鸣狗吠声远远传来。

　　湛木青幸福和痛苦的记忆在黑如岭上重重叠叠堆积得太深。他曾两次在黑如岭上搭茅棚。少年的那一次，留给他温馨的记忆。青年的那一次，痛苦得让他难以自拔。那是玉娥出嫁的日子，湛木青离开了张家墩，两个月后他胡子拉碴地回来，脸上瘦得露出了高高的颧骨。他家里人着急，在月形村给他找了一个妹子。女方家来张家墩看了人家，表示满意。湛木青坚决拒绝。他搬出家门，一个人来到了黑如岭。

　　娘心疼他，煮了饭打发人送来。湛木青碰都不碰。爷娘答应不逼婚了他才吃。爷娘来黑如岭上找他，央求他回家，他就是不回去。张家墩人都同情湛木青和玉娥，但堂兄妹开亲有违祖训，只得摇头叹息。他们经过黑如岭有吃的给他一点，女人则好言相劝，叫他别再傻了。

那时湛木青整日在黑如岭上游荡，有时夜晚睡到屈原的大坟顶上，像一个鬼魂。秋风一起，坟堆下的柏树摇晃，像围成一圈的巨人往坟上走，湛木青醒来看到了，以为是古代的武士复活，吓得全身一惊。

太阳落山，西边金色一片的汨罗江像个火膛，他轻轻喊着玉娥。那里就是玉娥出嫁的地方。漆黑的夜晚，流星划过，银河缓慢地旋转，满天星斗让他思绪缥缈，他跟她说话，又哭又笑。火车在一片岑寂的山野滚雷一样呼啸而过，留下更加空洞的寂静。他这时特别想念她，想着她也许还在隧道里面，听火车驶过，心被抓得生痛。她那晶晶发亮的黑眼睛，她喊青哥哥的一腔柔情，她的撒娇使性子，两个人的山盟海誓……

他耳边响起了一首童谣：

蝴蝶姑娘，我来问你

你的家，在哪里

我的家，在那刺蓬花开里

黄花开，白花开

蝴蝶姑娘趁早来

……

这是他们小时候在黑如岭玩时玉娥唱的歌，他们捉迷藏，采野花，捕蝴蝶，在草地上玩老虎抢亲的游戏，两个人滚在一起。那时，山坡地种满茶叶、麦子、茴、花生和豌豆。野兔、穿山甲、野鸡、松鼠、刺猬各种小动物在这些农作物和荒草间出没。坟上都是五花土，夏天长出一种毛一样柔软的长草，麦浪似的随风起伏。虽是墓地，对湛木青和玉娥而言只不过是丘陵、封土堆，久远的年代，死亡离得太远，大地盘桓的只有自然的气息。他们甚至走到了赵家冲最大的那座坟下，那里有最大的"故楚三闾大夫之墓"的墓碑，它是清朝同治六年立的。

湛木青的姆妈喜欢玉娥，骂湛木青没出息时，爱说："九子不能葬父，一女打金头。"湛木青理解为九个儿子也不如一个女儿好。湛木青三个兄弟，他排老二。姆妈很想有个女儿。她经常讲女婴的故事，说她为了葬父，昼夜不停用罗裙兜土筑坟，感动了天神，天神派土地神用赶山杖驱土，一夜间便筑成了十二座疑冢。有九个儿子的楚怀王，被秦始皇扣押，客死他乡，九个儿子都尽不了孝。

有一年来了很多日本人，他们来祭屈原，请了张家墩二十几个妇女去哭坟。湛木青的姆妈也去了。对着巨大的坟墓，她想起了女婴葬父的艰辛，真的就伤心地哭了。

湛木青不明白女婴埋一个人何解要修十二座坟，问姆妈，姆妈告诉他，当年屈原怀沙自沉汨罗江，正逢洞庭湖涨水，尸体倒流，几天后才找到。他的头被鱼啄食了一半，女婴为他打配了半边金头。为防止别人盗墓，修了十二座疑冢。打捞他的时候，为了不让鱼吃尸体，罗子国的人用竹筒装饭抛到江里。这是粽子的由来。端午节划龙船、吃粽子就是为了纪念屈原夫子的。

民国十五年的暑天，国民革命军北伐，与吴佩孚的部队在汨罗江激战。湛木青带着玉娥藏在坟山里。这是他第一次在黑如岭搭茅棚。两个人躺在低矮的凉棚里面，身子挨着身子。湛木青是一个刚过变声期的后生崽，身子像炭火一样一点就燃。玉娥还没有发育，在祠堂里面的洋学校读高小，男女之事尚在懵懂中。她躺在湛木青胸口，跟他说学校老师、同学的趣事。湛木青脑子一会儿充血，一会儿又清醒过来，抚摸着堂妹的头和手臂，竟然么里也没有听进去。他想着的是堂妹快快长大才好。他问玉娥："长大了嫁么里人？"玉娥毫不犹豫："长大我就嫁青哥哥。"

有一年端午节玉娥放假回家，经历了女人的第一次初潮，突然就明白了男女之事。

湛木青人生最幸福的记忆便停留在这一年的端午节。

汨罗江流域，端午是最隆重的节日，热闹一点不逊于过年。过年虽然热闹，主要是全家团圆。端午节的热闹是全民的。

节前，湛木青和玉娥去汨罗江边采摘艾叶、菖蒲。两人手碰在一起时，玉娥感到害羞了。他们每人抱回来一大捆，插到各位叔叔伯伯家里的大门上。艾香可以驱虫、禳灾、祈福。湛木青把自己采摘的箬叶送到了玉娥家。

晚上，妯娌们聚在一起包粽子。糯米经碱水一泡，黄灿灿的，盛在木盆里。绿茵茵的箬叶与黄色的糯米包在一起，蒸煮后香得令人流涎。

湛木青又带着玉娥给一家家亲戚贴对联。对联都是他自己写好的。他给玉娥家写的是一副长联："离骚犹在，忧国忧民，千秋永颂诗人赋；锣鼓铿锵，吊忠吊义，端午竞渡汨罗江。"玉娥的爷细细读了，竖起大拇指夸奖："有出息！书有白读。"

在张家墩祠堂里，油灯通亮，男人们大都来了这里。湛木青、玉娥观看村里一位木匠杀雄鸡"掩煞"，看礼生为龙船行"开光""亮相"礼。晚上，祠堂内有人整个通宵看守龙船。

天一亮，人人穿上了新衣，个个笑意盈盈。细伢子额头点上了一点雄黄。万木茂盛的初夏，雄黄可祛病避邪。吃饭的时候，湛木青家桌上摆满了一碗碗大鱼大肉，斟上了雄黄酒，但他无心吃饭。急急忙忙扒完碗里的饭，铳炮就响了，外面传来敲锣打鼓声。

男人们涌向祠堂。木匠开始念赞词："造起撬船金棍，有如天方划戟。造起龙头凤尾，犹如大海腾蛟。伐鼓鸣金惊玉帝，桡旗挥起逞英豪……"他一边赞，一边向着船内船外撒饼干。打着赤膊、赤脚的后生崽，从祠堂请出龙舟，抬着龙头去屈子祠朝庙祭屈。龙舟竞渡就要开始了。

这是一年中最热闹的时刻。人们宁愿荒废一年田，不能输掉一年船。汨罗江两岸堤坝上站满了人，堤坡上是人，水中也站了一长排。九条龙船排在一条红绸带后，桡手抓桡，鼓手举起了系着红绸的桃木鼓槌，棹手已经按捺不住，轻轻点着水……令旗一挥，吼声顿起，千桡击水，锣声、鼓声、铳炮声、鞭炮声和欢呼声，喧天而起。涨满一江的春水顷刻沸腾了。

湛木青和玉娥站在北岸堤坝上。他们身边有一个张家墩的出嫁女，竖起了一根长竹竿，竿上系了一条红绸，一挂长鞭炮从顶端拖到了地面。张家墩的龙船一到，她就点燃了鞭炮。"噼里啪啦"震得玉娥捂住了耳朵。其他村的出嫁女也同样放起了鞭炮。两岸硝烟弥漫。接龙船的人跑到前面，抱着一篮包子、粽子和烟，准备赠给桡手。

玉娥兴奋地唱起了童谣：

燕子啾啾满堂飞，

哥哥带我看洋船，

洋船白，看夜得。

猪拖柴，狗烧火，

猫嚒淘米笑死我。

她的双手挽到了湛木青的右手上。湛木青心里吹进了一股春风，身子里有蜜蜂的嗡嗡声。煦煦然的感觉，让指尖都酥软了。

玉娥身边挤着几个男孩，他们喊叫了一阵后，看到玉娥唱歌，他们也一齐唱了起来，声音一个比一个大：

杉木船头溜溜尖

我和你来划龙船。

龙船划向前，

江里捞屈原。

湛木青和玉娥回头看他们，两个人都笑了。湛木青悄悄亲了一口玉娥的脸。玉娥立即飞霞满面。她的双手紧紧抱着他的右手臂，他们身子贴到了一起，玉娥仰着脸像一朵向日葵，只朝着湛木青的眼睛，他们的双眼在对视中电闪雷鸣。湛木青的手臂被玉娥抓得隐隐作痛。

龙舟竞渡张家墩赢了！这是多么兴高采烈的一天，湛木青加入了抬轿的行列，他与村里的小伙子将龙船和桡手敲锣打鼓抬回去。湛木青抬的是龙头，他仿佛有了使不完的力气，一路踩着孟夏蓁蓁草木，一口气把龙头抬到了村里的神龛上，又行三跪九叩之礼。行礼中，湛木青脑壳里冒出一副对子："从西到东，屈子倒流三十里；观古鉴今，端阳竞渡二千年。"

转眼就是二十岁，早到了结婚成家的年纪，湛木青的爷娘不停地为他张罗婚事，但任他们何事说，湛木青就是不肯相亲。他等着玉娥。

湛木青是张家墩最有学问的人。他从读屈原的墓碑开始，到私塾读《离骚》，开始对那个大坟下躺着的人好奇。有时他一个人跑到大坟堆前对着它朗读《离骚》，想读给那个写它的人听。他相信他能听到。他跟着老师吟哦古诗词，与老师唱和，吟诗作对。他慢慢读遍了老先生家里的藏书。

玉娥长大，成了一个亭亭玉立的女子。她从汨罗初级中学毕业，家里就有媒人上门来了。与张家墩姑娘的气质不同，玉娥皮肤白皙，一双又大又水灵的眼睛，藏在薄如蝉翼的眼睑后，长长的睫毛扑闪，犹如黑亮的泉水之上风荷翻转，一股顽皮又聪敏的劲，掩都掩饰不住。她乳头尖尖挺起，唇红齿白的脸配了一副硬朗的骨相，透着一股倔强之气。湛木青从她身上懂得了女人的柔骨与坚韧。玉娥说话粗粗的气息经常喷到湛木青的脸上、颈上，他熟悉这青春的气息就像他熟读诗词的意境。

湛木青和玉娥各自向爷娘表明了心意，他们要结为夫妻。双方父母都不答应，有出五服的血亲不能成婚。这对双方都是缠小脚出身的娘来说，就是天律。

坚持了一年，玉娥被强行出嫁。她哭了三天三夜。爷娘要她嫁的是大洲孙一位富裕人家。出嫁的那天，她不吃不喝，新衣也不穿，眼睛直直地望着木楼板，谁劝她都不吭一声，样子很吓人。

爷很生气，拍桌打椅。娘先是骂骂咧咧，后来哭哭啼啼。亲戚们看到这个情况，担心出事，赶紧跟大洲孙的亲家商量，说玉娥生病，得改个日子。

两个月的软磨硬施，娘急得跳河，落到沧浪河被人救了上来。湛木青的娘也来劝玉娥，丢下绝情的话。新郎晓得原因了，没有退婚，反倒隔三差五来张家墩看望她。

玉娥心碎了，又麻木了，对人生不再抱么里指望。再定日子，她就像一个木头人嫁出去了。坐上花轿，她不哭也不笑，只说了一声："娘，我走了。"出嫁前的一天，她把一头青丝铰了，剪成了一个学生头。在她心里，她在与张家墩诀别。她已经不再是原来的玉娥了。她把自己当成了别人。

湛木青出家缘于这天清晨的一阵钟鼓声。他睡在疑冢上，被东面的钟鼓声敲醒了。他以为是自己在做梦，睁开眼，露水从他的发梢滚落到了眼眶里，他揉了揉眼睛，仍然是钟鼓齐鸣。声音来自东边的永清。永清有保缘寺、普德观两座古庙，信众很多，湛木清的姆妈带他去烧过香。清晨的钟鼓声像一阵清风一样吹抚，在黑如岭一个月，湛木清感到从未有过的一阵轻松。

他不由自主地往东边走。一轮红日喷薄而出，照得起伏的森林赤紫一片。有一片祥云从松林的上梢飘过来，从暗绿色转为青灰，到了湛木青头上，却像杜鹃花一样火红，就停在他的头上，静静地绽放。一切不是那么真切了。

湛木青在起伏的山间小道上走着，绕过几栋隐在树林里的瓦屋，一口口池塘映着天空瓦蓝的光，它们黑亮的蓝荡出了细碎的白光。

保缘寺的和尚正在晨风里打扫庭院。湛木青走进大门看到一副对联："四面青山皈其境，一方净土蕴禅机。"他明白今天所见的山川如此奇异，也许就是这寺院里的钟声改变的。境由心造啊。

再看另一副对联："异水奇山逍遥世界，出尘离俗快乐神仙。"这对联就像是冲他而写的，湛木清心里一动，呆呆地站立，一遍遍吟咏着。扫地的和尚也不打扰他，院子里只有竹扫把沙沙的扫地声。湛木青决定去找庙里的住持。

他喜欢道教。要是住到寺庙里来，比在黑如岭好多了，不会随便就有人来打扰他，来逼他。

住持告诉他保缘寺是佛教寺庙，普德观才是道教的寺院。湛木青便到了普德观。

普德观又叫辖神庙，建于清康熙七年，供奉着南岳辖神都总管许远。当地人敬仰"安史之乱"睢阳之战英勇殉国的太守许远的忠烈，于是修庙祭祀。后来，又建了三祖殿、玉皇殿、八仙宫、元辰殿。民间建辖神庙，反映出了汩罗江的民风——人们敬仰一身忠烈之人。

湛木青找到住持，住持看了看他，指着三祖殿的一副对联要他念。湛木青轻轻读着："儒释道度我度他皆从这里，天地人自造自化尽在此间。"湛木青读完，"哦"了一声，说："原来这里是三教合一呀。"住持点头，要他谈谈心得。湛木青沉思了一会儿，吟出一副联："天降善地纳善人积善唯善是本，我问心你扪心他凭心悟心则明。"

住持双手合十，说一声："阿弥陀佛，善哉善哉。"就把湛木青引入室内。

正是兵荒马乱，寺庙人烟稀少，住持决定收留他。湛木青从此剃度出家当了道人。

他在普德观十几年礼佛诵经，与俗世渐行渐远。

想不到普德观、保缘寺毁于一旦，"四清"时被拆毁了。

三十

湛木青觉得人生有一股巨大而不可控制的力量，推着他在岁月中前行。有时，他又觉得人生一切都是在前行的岁月中遭遇到的，就像汨罗江流过山地平原，又流进沼泽，流进大湖，一滴水并不知晓前方会遇见什么。

去屈子祠完全出乎湛木青的意料。屈子祠在普德观的下游，比普德观更靠近汨罗江。湛木青感到奇怪的是，从屈原墓地来到屈子祠，这位伟大的爱国诗人把他一生的行止都归到了他的地盘。这是一种什么缘分？湛木青常常感怀不已。

湛木青在祠内二百年的老桂花树下打坐，他闻着桂花香，觉得遥遥山河全到了自己身旁。他触摸自己青春不再的身体，想起从牙牙学语到年过不惑，岁月倥偬，身心巨变，他时时疑惑："这还是我自己吗？"人的存在多么虚妄，当自己消失的那一天，这身骨肉又在哪里？真的是楚王台榭空山丘啊！

平时，他喜欢去山上的骚坛吟诵《九歌》《离骚》《招魂》，在独醒亭吟诵《渔父》。屈原当年在此创作了许多篇楚辞，在这里吟起他的作品，比对着屈原墓吟咏又是另一番不同的体验。他觉得自己就是当年的屈原，体会到了他孤愤的感情，面对寥廓江天，"路漫漫其修远兮，吾将上下而求索"，他不是在吟诵而是从自己心里发出了声音。

屈子祠是乾隆二十年由山下的屈原庙移建而来的。玉笥山这个"玉"字让湛木青想起了玉娥，因而对它更多出一份喜爱。在这里，痛苦的记忆又被接通了。当年接送玉娥，他不知多少次爬过玉笥山。玉娥读的汨罗初级中学就在屈子祠边上。他们俩在屈子祠内谈屈原，谈人生，许下一个又一个心愿。玉娥在屈子祠大门前晨读，听着吱吱呀呀的大门开启。如今物是人非，从前的回忆就像眼前的树叶一样时时晃入眼帘。

他冥想起了两千两百多年前的玉笥山，那时它一定更加荒凉吧，古木蓊郁，群鸟翔集。对岸就是罗子国都城，这个罗姓小国几经迁徙，也到了亡国的最后时光。江边走过的诗人，两度遭到流放，他形容枯槁，踽踽独行。记忆中的顷襄王是可亲还是可恨的呢？从郢都后人称作纪南城的地方出发，漂浮在楚地众多的江河上，汉江、长江、洞庭湖、沅江、汨罗江，他最后怀抱沙石走进了孟夏的江水中……

有一次，他吟诵《招魂》：

魂兮归来！去君之恒干，

何为四方些？舍君之乐处，

而离彼不祥些。魂兮归来！

东方不可以托些。

长人千仞，唯魂是索些。

十日代出，流金铄石些。

彼皆习之，魂往必释些。

归来兮！不可以托些。

魂兮归来！南方不可以止些……"

他突然想到做道场时唱的《招魂歌》，它们哪个更久远呢？巫风炽烈的楚地，屈原写作是从巫师的祷辞中受到启发的吧？

在独醒亭他吟诵《渔父》："屈原说：'举世皆浊我独清，众人皆醉我独醒。'渔父劝他：'圣人不凝滞于物，而能与世推移。世人皆浊，何不淈其泥而扬其波？众人皆醉，何不哺其糟而歠其醨？何故深思高举，自令放为？'说完，渔父莞尔而笑，鼓枻而去。"

玉笥山下一条玉溪，绕西南山麓流入汨罗江，上面有座濯缨桥。湛木青到桥下，赤足击水，吟咏："沧浪之水清兮，可以濯吾缨。沧浪之水浊兮，可以濯吾足。"他想一个打鱼人有如此高的智慧！一个人无论居庙堂之高，还是处江湖之远，都是能做一个高洁之士的。他就以渔父期许自己。

这天，看到一个瘦骨伶仃的人倒在玉笥山路边，奄奄一息，身上到处是黄泥。他号他的脉，脉搏微弱。他一定是饿昏的。他背他到附近人家，正是大饥荒时期，山下人家也没有吃的。村子里饿死了很多人。他又把他背到山上。祠内不多的一点米，可是救命米。他煮成粥，宁可自己不吃，给这个人喂了两碗。

人清醒过来了。他就是缘山老倌。

缘山老倌在对岸围垸修大堤。他看到北岸一座低矮的玉笥山，像一个倒扣的筲箕，临江而立。山虽不高，却因楚国左徒屈原遭谗被逐，流放到汨罗江，曾在这座小山上居住而闻名于世。山上有处骚坛，相传是屈原写作、吟诵《九章》《离骚》的地方。摆渡的艄公告诉他，渔街市人都晓得讲"一卷离骚山鬼哭"的故事。缘山老倌幼年读私塾就背《离骚》，很想去看看。

修大堤从天光到天黑拼着命干，每人一天只七两半米饭，饿得人眼冒金星。有一天，他浑身乏力，挑土时摔倒了，没有力气爬起来。他觉得自己是病了，口又渴。茶水也喝光了。在地上坐了一会儿，他爬起来去江边喝水。正好有条船去对岸，他便上了船。

想不到只有五十多米高的玉笥山，他爬得虚汗直冒，在半山腰就昏厥过去了。

湛木青带着缘山老倌上山去挖蕨根、冬笋、白术、粉葛，采岩耳、地衣、枞菌，去树林捕捉小动物。几天几夜两个人谈屈原。路上，湛木青吟诵起韩愈的《湘中》："猿愁鱼跃水翻波，自古流传是汨罗。苹藻满盘无处奠，空闻渔父叩舷歌。"

缘山老倌接着吟诵起柳宗元的《汨罗》："南来不作楚臣悲，重入修门自有期。为报春风汨罗道，莫将波浪枉明时。"

湛木青又诵贾谊《吊屈原赋》，缘山老倌诵朱熹《祭三闾文》，两个人对视而笑。一起吟诵杜甫的《祠南夕望》，吟到"山鬼""湘娥"时两眼相对。他们谈起杜甫沿汨罗江到了平江，死在那里，不知是不是真的。他们相约去平江看看。

在屈子祠前院，两个人坐在桂花树下，月照清江，万籁俱寂。湛木青想起一千四百年前山上是座玉山城，玉山县治所就在山上，那时这里人来人往。他不禁吟起了刘禹锡的《石头城》："山围故国周遭在，潮打空城寂寞回。淮水东边旧时月，夜深还过女墙来。"缘山老倌并不晓得这座荒山曾有过的繁华，听到湛木青轻轻吟咏《石头城》，便问他刘禹锡的《石头城》和《乌衣巷》哪首最好。湛木青说："都好，只是《石头城》更适合今晚。"

这片土地曾经发生的事情，对熟读地方志的湛木青来说，有如胸中丘壑，他知道得一清二楚。屈原流放汨罗江之前，罗子国的遗民就迁徙到了这里，他们在玉笥山南岸建起了一座都城。屈原怀沙自沉，秦始皇统一中国，六国的贵族们被流放，秦始皇洞庭湖溯湘江南巡，途经汨罗江磊石山……大历史在这么短的时间一浪又一浪向前发展。

到了汉代，出现魏、吴、蜀三国鼎立之势，湘江成为吴、蜀的界河。这又是一个英雄豪杰辈出的时代。刘备率关羽、赵云攻长沙、零陵，曾在汨罗江一带驻军。

西晋湘境巴蜀流人起义，起义军与朝廷官兵在汨罗江两岸陈兵对垒。唐朝黄巢之侄黄浩率领浪荡军七千人马，把战火烧到了汨罗江，江滩上血肉模糊的尸体无人收埋，被一场大水冲到了洞庭湖。五代十国动荡时期，汨罗江遭受了战争更加残酷的蹂躏，一批批人马来了去、去了来，铁蹄之下，山河尽碎。

到了南宋，绍兴二年，韩世忠进剿刘忠义，战至汨罗江南岸。绍兴五年，杨么起义军进入汨罗江，岳飞与之鏖战八日。德祐元年，阿里海牙，一个来自北方异族穿长袍的蒙古人在大雨中跨过了汨罗江，率领他的骑兵向长沙进攻。他后来当了元朝的丞相。

元代元贞二年，汨罗江大洪水，至正十四年长达一年多的大瘟疫爆发，两场大灾难尸横两岸，汨罗江上下游村户萧疏，田地荒芜。直到明朝建立，这一带仍然人烟稀少。明朝洪武年间，朝廷鼓励垦荒，江西等地移民大量迁入，有二十一姓五十支落籍汨罗江。明末，张献忠的部队月夜渡过汨罗江，县城又遭火攻。

清顺治二年，李自成部将刘体云、郝摇旗率五万部队在新市、长乐等地抗清。康熙十二年，吴三桂反清，汨罗江战火六年不断。道光二十四年，汨罗江掀起淘金热，一万多人在江中挖沙淘金。咸丰二年，太平军兵分两路，经营田、磊石山，风一样席卷北去。咸丰四年，熊天袍聚众八千人反清，遭到清军镇压。光绪元年、光绪二十九年、宣统元年，当地起义的农民一次次遭到清军镇压。

民国十五年夏天，北伐军第七、八军与北洋军阀吴佩孚部对峙汨罗江，激战多次，枪炮击起的水花阳光下闪闪发光。张家墩人出外躲避战祸，有的躲到了黑如岭上。民国十九年，红军十六军从平江西进，在张家墩击溃国民军教导第三团。

民国二十八年秋，十万日军与国民党第九战区薛岳的二十几万军队打响了一场大规模战争，汨罗江成为主战场。四千多日军黇夜从营田偷袭登陆，十三天杀害平民八百多人，制造了"营田惨案"。民国三十年九月、十二月，民国三十三年，日军与国民党部队三次大规模战争都在汨罗江打响，史称"长沙会战"。

楚虽三户，亡秦必楚。这次大会战，建起辖神庙把许远当神供奉的汨罗江民众，忠烈之风炽盛，他们纷纷行动，挖路毁桥，使日军汽车、坦克无法通行。溃败时，乡民三五成群杀敌，日军迷路抓向导，有老人小孩宁死也把日军带进绝境。日军侵华司令冈村宁次战后感叹，自入华以来，从无遇到如此强悍之民众……

历史风一样吹过去了。山川依旧是原初的山川，岁月依旧是太阳昼出夜落的日子。刀光剑影映照出人心的贪婪、人性的阴鸷。每每想起时间深处的血雨腥风，湛木青对普德观三祖殿的楹联"儒释道度我渡他皆从这里，天地人自造自化尽在此间"便有更加深切的体会。

打开大门，走过地坪，湛木青和缘山老倌来到了望爷墩。这个地方相传是女婴眺望屈原回来的地方。月光下的汨罗江由东向西流，河床开阔，南面是无边无际的滩涂，很远的地方，仍有绰绰人影，几点火光。他们还在挑土修堤。

月色姣好，两人走到山下一处平地，湛木青说："这里原来有个寿星台。正月初七是屈原的生辰，这一天寿星台很热闹，当地有一个'文章会'，入会的都是文人，他们都要来寿星台喝骚酒。"这时，树林中有一只斑鸠叫了一声。他们停步。月色溶溶，大地一片银辉。只有山上的树林黑黝黝的。抬头望月，一行大雁正默默南飞。

缘山老倌说："都说大雁南飞，飞到回雁峰就不再飞了。"

湛木青叹息了一声："是啊。'月明星稀，乌鹊南飞。'大雁也不歇息啊。"

静默了一会儿。湛木青感叹地说："现在没有么里人读《离骚》了。"缘山老倌也感叹了一回。

湛木青接着说："那天，一大缸谷酒抬到屈子祠屈原神位前，点上香火蜡烛。祠内击鼓鸣金，鸣炮奏乐。主祭的人，手里拿着一份《离骚》，高声吟诵。所有人跪在神位前。诵完《离骚》，把它焚成灰，掺到白酒缸里，抬回寿星台。大家饮酒吟诗。台上伶人献艺。有时吟诗作赋闹上几天不散。"湛木青说他爷就加入了文章会，他的私塾老师也是文章会的诗人。

"可惜，寿星台给日本梁子烧掉了，再也没有人喝骚酒了。"

他又讲到端午节划龙船。各宗族的祠堂请出龙舟，精壮的汉子，打着赤膊、赤脚，抬着龙头都来屈子祠朝庙祭屈。湛木青就是主祭人。他身穿青袍黑褂，肃立香案前，鸣钟响鼓后，行三献爵六叩首之礼，吟唱纪念屈原的祭文，给龙头系上红绸，送上吉祥祝福语。领头人扛起龙头率众绕神龛一圈，在鞭炮鼓乐中飞奔下山，直扑汨罗江中，给龙头洗个澡。

三十一

缘山老倌留湛木青在连尔居住下来，是想把他与玉娥这层关系挑破。人都到这个年纪了，还有几年可活！湛木青来连尔居是一个难得的机会，他得为朋友办成这件事。

他们说起分手后的事情，谈到屈子祠，湛木青幽幽地说，屈子祠两边的建筑几年前已经拆掉了，祠内的文物也被砸烂了。玉娥读的汨罗初级中学连带遭了殃，拆得瓦都没有一片了。湛木青被赶了出来，只得回张家墩。

还有两天就是大雪节气。缘山老倌惦记着他们的事，觉得时机差不多了，他要自己炒几个菜，把玉娥叫过来，一起呷餐饭。

天说变就变，大雪这天，天一亮就阴着，气温陡降，到了黄昏，飘起了点点小雪。收甘蔗的人冷得早早收了工。到大雪时节，甘蔗已经快收完了。霜降前开始收甘蔗。甘蔗经霜一打，糖分会受损失，因此收甘蔗的人也是早出晚归。男人们用锄头从根部把蔗秆挖断，女人把甘蔗叶剐掉。锋利的蔗叶，常常会划破手指。

缘山老倌把煤火烧得旺旺的，温了一壶酒，杀了一只鸡，煎了一条鲤鱼和一碗豆腐，又煮了一碗茴粉皮，炒了一个冬苋菜。三个人围着方桌呷饭。酒倒在大碗里。缘山老倌端起碗说："天气冷，先呷了这一碗。"说着，先"咕咚咕咚"喝了个尽。

湛木青也不推辞，一仰头，几口就喝了下去，身上一下就燥热起来了。

玉娥说："我挟菜，你们多呷。"她给两人一人挟了一条鸡腿，自己喝了一大口。两个男人相视一笑，也不为难她。

三个人推杯换盏，轮流劝酒、挟菜。湛木青呷得全身出汗，脱了棉衣。玉娥也面色红润，脸上的皱纹淡了不少。

缘山老倌想起"喝骚酒"文章会的人吟诗作对，就说："木青，我们来吟诗怎样?"

"好。你先来。"

缘山老倌笑得很开心，他在连尔居这么多年没有吟过诗了。清了清嗓子，他就吟咏开了：

蜉蝣之羽，

衣裳楚楚。

心之忧矣，

于我归处!

"蜉蝣之翼，

采采衣服。

心之忧矣，

于我归息!

蜉蝣掘阅，

麻衣如雪。

心之忧矣，

于我归说!

湛木青说："你吟的是《诗经》里的《蜉蝣》，我们就吟《诗经》

吧。"他想了想，就吟咏起了《泽陂》：

> 彼泽之陂，
>
> 有蒲与荷。
>
> 有美一人，
>
> 伤如之何。
>
> 寤寐无为，
>
> 涕泗滂沱。
>
> 彼泽之陂
>
> 有蒲与蕳。
>
> 有美一人，
>
> 硕大且卷。
>
> 寤寐无为，
>
> 中心悁悁。
>
> 彼泽之陂，
>
> 有蒲菡萏。
>
> 有美一人，
>
> 硕大且俨。
>
> 寤寐无为，
>
> 辗转伏枕。

他吟得极其投入，到后面一段，几乎哽咽着吟不下去了，眼里已是泪花闪闪。缘山老倌晓得，他是吟给玉娥听的。几十年的情感压抑着，终于忍不住，差一点把他击倒了。吟完，他泪流满面。

玉娥也深为感动。她低着头，没有出声。三个人沉默了一会儿。缘山老倌说："木青，有么里话就说出来，时代不同了。"

湛木青站起来去倒酒。玉娥给缘山老倌挟了一块豆腐，看着湛木青，说："青哥哥，妹子敬你一碗。"湛木青端起酒碗来，"玉娥，你少喝。"说完，他一饮而尽。

　　玉娥也"咕咚咕咚"几口把碗中的酒喝了个干干净净，放下酒碗，说："两位哥哥难得今天这么高兴，我也吟一首《葛生》吧。"

葛生蒙楚，

蔹蔓于野。

予美亡此，

谁与？独处！

葛生蒙棘，

蔹蔓于域。

予美亡此，

谁与？独息！

角枕粲兮，

锦衾烂兮。

予美亡此，

谁与？独旦！

夏之日，

冬之夜。

百岁之后，

归于其居！

冬之夜，

夏之日。

百岁之后，

归于其室！

吟到后面两段，玉娥失声哭了起来。湛木青起身拿了手帕给她擦眼泪。玉娥抱着他的腰，肩膀哭得一抖一抖。湛木青抬起右手去抚摸她的头，手停在半空中。"再不是小时候了。"茅棚抚头的一幕又在眼前一闪。他看到玉娥头上丛生的白发了，一句唱词浮上脑海："蒿里谁家地，白阳飒飒风。世事每如沧海变，红颜易转白头翁。"这是他给亡人唱的悼歌《蒿里歌》。

他突然悲从中来，蹲下身来，抓着她的双手，这双如玉一般滑嫩的手已经像秋天的荷叶，开始干枯起皱了，手掌里生了茧，硌着他。他捧起她的手来，仔仔细细端详，一种陌生让他眼离。玉娥的手抖了一下。

他接着玉娥刚吟到的地方，先吟了起来。玉娥跟着他一起吟。两人面对面吟完，脸上都是泪水。

缘山老倌举起酒碗，喊："木青，这碗酒喝了！"

两个男人都举起了大碗，猛然一碰，齐齐喝了下去。

玉娥坐回椅子上，眼里还在流泪。两个男人醉得说话时舌头打不了弯了。

缘山老倌、湛木青、玉娥喝酒的事，第二天连尔居人就晓得了。吟诗喝酒这样的雅事在连尔居从来没有过。

两个男人和衣躺在床上，到了第二天中午还没有醒来。

玉娥收拾了桌子碗筷，安顿两个人睡下。她头痛得厉害，看着湛木青，满脸都是皱纹，这皱纹里面藏下了多少风刀霜剑啊，他孤身一人挨过了那么漫长的岁月……哀伤就像伤口汩汩流出来的血在她心里涌起。她流着泪，手掌在这张老脸上轻抚着，就像母亲抚摸一个刚刚出世的婴儿一样,生怕碰痛了他。他们的鼾声起伏着。玉娥就这样痴痴看着他,仿佛要把这几十年的分离弥补回来。

她想起了儿时在烈女桥上玩耍的情景。那是座三拱桥,可惜已经被拆了,沧浪河水清澈照人,湛木青为表现自己胆大,纵身一跃,从桥上跳入水里,"扑通"一声,水花四溅。她吓得气都不敢出。等他从河里露出了脑袋,她才舒了一口气。他又爬树,桥边一棵高大的樟树,湛木青爬到高处,用劲摆动枝丫,树叶晃得哗哗作响,她担心他掉下来,求他下来。那时候,她不知为他操了多少心。

有一次,湛木青躺在地上,说自己是屈原夫子,要她扮作女嬃,从烈女桥那头抱土来埋他,要边埋边哭。张家墩人说这座桥是当年女嬃取土筑坟走过的桥。楚塘就是女嬃葬父取土挖出来的。她满脸笑容地哭,一捧土摔在他的胸口上。

又有一次,在楚塘摘莲蓬,玉娥一声"青哥哥"还没喊完,就滑进了水里。湛木青去救她,把她顶在肩上送上岸。她问他,如果我淹死了,你会不会哭?湛木青说我才不哭呢。"哇"的一声,她那时是多么伤心啊,哭得眼睛都肿了,一天都没理他。湛木青摘了一抱莲蓬给她,她把它狠狠丢进了水里。

在船形山上,湛木青被蛇咬了。他的爷娘为他找草药去了,她急得用口去吸吮伤口的毒液。唯恐青哥哥从此离开自己,她脸上的泪水像开闸的河水一样汹涌地流。

最难忘的是放假,湛木青早早赶到玉笥山学校来接她。他用扁担挑着她的行李,两个人一路走一路玩,渴了,他去地里偷来一个西瓜;累了,在大树下给她用绳拉起一张吊床。冬天,他爬树去摘漏摘的柿子,掏鸟窝烧鸟蛋吃……

鸡叫二遍了,玉娥神思恍惚,她抱一抱湛木青,他仍在酣睡。她轻轻喊了一声"青哥哥",蹑手蹑脚退了出去,合上门,回到了自己的家。

惜天二爹晓得是缘山老倌把玉娥和湛木青拉在一起，很是气愤。"缘山老倌能做么里好事。自己有堂客，还替别个操心。"晚上，他坐在二娭毑家里发牢骚。

二娭毑说："你快去看看玉娥呀。她喝多了。病倒在床上呢。"

惜天二爹狐疑地问："玉娥病了吗？"

二娭毑说："我几时哄过你？她病得不轻啊！"

惜天二爹犹犹豫豫出了门。坐在二娭毑家的尚健师、炳滔爸笑了。尚健师说："守在人家家门口也有守住，有个卵用。"

三十二

第二天晚上下了一场大雪。雪是下半夜下的。上半夜下了一会儿雨夹雪，风刮得呜呜的。到了下半夜，天黑得伸手不见五指，风也停了。鹅毛大雪悄然而下。

早晨，麻雀仍然在屋檐叽叽喳喳叫着。打开门，人人一脸喜气，天地一片皆白，大地的改变让庸常的生活充满惊喜。一个纯洁世界的降临让人精神产生了一种飞跃，仿佛脱离了庸碌的烟火气，生出一种莫名的向往，兴奋异常。

门前的雪有一尺多厚，屋后的雪有两尺深。上不了学，出不了工。喜鹊在苦楝树光秃秃的枝上叫，抖动树枝上的积雪纷纷落下，像一缕雾飘过。冬天的第一场雪啊。

谷清看到雪，呆呆地在门口站了一会儿。他昨晚得了信儿，三天后全分场要开媛媛的公开宣判大会。他一直在犹豫着要不要把信儿告诉爷娘。今天是公开宣判前家里人见她最后一面的机会。他原想让姆妈一起去，这一场大雪让他犹豫起来了。他跨出门，一脚踏进雪中，"哦，雪好深。"估计马路也被雪埋了。还是不要让姆妈遭这份罪吧。他打定了主意。

福云已经起来。见到谷清在门口发呆，她晓得崽很长时间没有高兴过。天特别亮，似乎不像是早晨。她先去了灶房，开始生火做饭。谷清从外面回房，也跟着她到了灶房。

"今天下雪了。"

"哦，难怪天这么亮。"

"姆妈，我今天去看媛媛，你有么里带的吗？"

"今天去？"福云抬起头来，眼睛异样地盯着他，"不是下雪了吗？"

"通知是今天，由不得我们。姆妈，下雪天路不好走，就我一个人去吧？"

福云没有吭声。她正在点火，划洋火的手停了下来，停了半天才说："我不去，么里时候能看到我的崽呀——"说着，眼里的泪珠大颗大颗落到蔗叶上。

谷清说："雪天呀，路何事走啊！"

福云又去划火，用劲地划，划了几根都没划燃。谷清接过火柴，划燃了，点着蔗叶，把它送到灶膛。火焰和烟都从灶膛上方冲了出来。看着橙色温暖的火苗，总是有一股暖人的东西，叫人心里感到舒缓、熨帖。谷清看着火苗，有些出神。

福云起身去洗黄牙白。她从水缸里用葫芦瓢舀水，倒进铁瓷盆，水冷得像针扎。洗过两遍，放到木砧板上切。

饭已开锅，蒸汽冲得饭盆卟卟响，蒸汽白烟一样往上冒。福云揭开锅，吹了一口气，又将饭盆盖上。谷清用火钳在灶膛内将燃着的蔗叶压了压，火小了下来。他分了一把火放到隔壁的灶内，烧红了另一口铁锅。

福云将一块大肥肉在锅底快速地滚几滚，一股油烟冒了出来，灶房里飘满了油香。铁锅抹了油变得光亮。福云把肥肉又铲了上来，小心地放进碗里，把砧板上的黄牙白倒进锅子。"哗哗哗"一片响，福云翻动菜叶，怕炒焦了，洒了一点水。

母子俩都没说话。饭菜马上就好了。平日炳丰已经从一口子的牛房回到家了，三个人一起呷早餐。现在人还没到。谷清说："雪好大，怕是过不来了。"

两个人等了一会儿，饭菜有些凉了。福云把饭菜给炳丰各留了一碗，放进铁锅，把锅盖盖上。母子俩开始呷早饭。从春天经过夏天、秋天，到了冬天，福云还没习惯媛媛不在家里呷饭。那个位子还给她留着。起先碗筷也是放着的。福云每次看了看空着的位子，心里默念一句："妹呖啊，我们呷饭了。"

呷饭的时候，谷清说："今天就我去吧。"福云还是没吭声。她看了看空着的位子，匆匆扒过几口饭，她就去刷锅洗碗。她把晒干的鲤鱼、草鱼洗一洗，切成块，在锅里煎一煎，放上豆豉、大蒜炒一炒，装进一个玻璃的罐头瓶里。又把一块腌肉切了，和蒜子炒，装进另一个瓶子。她把肉切成一大块一大块的。家里一个月都吃不上一餐肉，以前媛媛总是要用纸包上一块，放在口袋里，留着慢慢呷。

她打开一个瓦坛，里面装满了谷壳，扒开谷壳，把里面的鸡蛋拿出来，放进铁锅烧开的水里。她又去灶里加了一把柴。 地上一堆荸荠，她打了一盆水来洗。媛媛小时候呷荸荠，馋得洗都没洗，用衣服擦一擦就一口咬下去。她就喊："我的祖宗啊，还有泥巴啦！"媛媛笑着跑开。她手下赶快洗，洗了几个放到她伸过来的手掌里。洗干净几个，拿在手里，她看了看，发了一阵呆，"好大的荸荠。"顺手装进了一个小口袋里。

碗柜边有一个瓦罐坛子，福云揭开瓦盖，用竹筷挟了一碗酸萝卜，又装了一个玻璃瓶。春秋两季蔬菜不多，秋天很长时间都是吃冬瓜、南瓜。冬瓜、南瓜放在床下阴凉的地上，保存时间长。冬天蔬菜品种单一，经常呷的是白菜。福云在夏天就把豆角、茄子、黄瓜、菜瓜、刀豆、辣椒晒成菜干，把豆角、刀豆放到酸菜坛子里泡上。冬天则泡萝卜、洋姜。媛媛没有酸菜呷不下饭。她上学的时候还要带到学校去呷。

忙完灶房里的事，她跨进卧室，头低得太马虎，撞到了门框。门不高，只到福云的肩。她揉了两下头，就来到衣柜前。打开柜门，媛媛的衣服半新不旧的、打一两个补丁的都送去了。那些补丁都剪成了小动物形状。柜子里新做了一套罩衣，上衣颜色是媛媛喜欢的暗红色，裤子也是她喜欢的蓝色。福云在上衣的袖口特意缝了两只小兔子。图案还是从媛媛的旧本子上找到的。兔子是媛媛最喜欢的动物。

还有一套线织的衣。羊毛线一般人家买不起，福云家里更买不起。为了媛媛不挨冻，福云想到织一件线衣。线由手套拆出来。剐甘蔗叶时，为了防止割伤手，队里每人发三双线织的手套。谷清留下自己的，又去找别人要，好多人家晓得是福云为了给媛媛织线衣，宁可割伤手，也把手套送过来了。福云本想给媛媛织一件上衣的，送得太多，织熨帖了上衣，还多织了一条线裤。

那段时间给媛媛织衣服，她不再哭了。媛媛被抓走后，她几乎每天都要哭一场。有时是看到收工了，别人都回了家，媛媛没有踪影，她哭；有时是吃饭，看着空着的位子，不晓得她会不会挨饿，突然放声一哭；有时，家里呷鱼、呷肉，想到可怜的女儿冇得呷，她哭；有时是梦里见到了女儿，醒来要哭；有时，看着床上空空的，她哭；有时拿起女儿穿过的衣服、用过的小锄头、抓鱼的木桶、笊篱，她都要哭……妹子的身影无处不在，每个地方都洒下了福云的眼泪。

织衣服时她感觉与女儿挨近了，她想着她身子的每一处地方，一针一针织过去，一针一针在为她驱寒，她的内心是温暖的。她在心里与女儿说着话，她为女儿千叮咛万嘱咐，要女儿遇事想得开，听政府的话，早一天回到家里来。她揉着白线，抚摸着它们，就像抚摸到了女儿。她伤心时就抱起线衣，把脸埋进去。那柔柔的质感，那棉的气息，让她心里安定下来。她又可以与女儿私语了。

时间在一针一线中流逝，她的伤心慢慢得到医治。织好衣服后，她不再轻易地哭了。哀伤只在心里，像井水一样，外人不再轻易看得见。

忙完这些，她才去门口看了一眼外面，的确好大的雪，前面一排茅屋都被厚厚的雪覆盖了，像老天盖上的大棉被。

谷清呷过饭后没有生煤炉。他劝姆妈不要去，但她一直不吭声。姆妈很少不作声的，看来她是一定要去的。没人烤火，这煤炉也没必要生了。他开始考虑怎么去。他有一双高筒雨靴，但姆妈没有。商店里没有这么大码的鞋。姆妈的鞋都是她自己缝制的布鞋，到了雨天就很麻烦了。好在姆妈基本不出门的。这大雪天穿布鞋肯定不行。他想了一个办法，找了两块旧雨衣，把它拼凑成两个长套筒，他一直在用针线缝着。姆妈忙完时，他也差不多熨帖了。

谷清帮姆妈收拾，把玻璃瓶子放在媛媛的旧书包里，只放得下两个。其他的用一个大包袱包了。他把自己缝的长套筒要姆妈试试。长套筒做得很宽大，脚套进去必须用绳子绑紧。谷清找来两根麻绳，给姆妈绑上。两个人穿戴好就出门了。

福云大白天走出家门的次数屈指可数。曾经，炳丰、谷清劝她出门，她不理睬他们，在家里忙她自己的事情。哪怕穿了新衣服，她也不出门。今天，她一步就跨出了房门，就像她从来都是这样进进出出的。由于不出门，她也不太关心外面的事。

谷清在前面走，他一脚踩进雪里，深的地方到了膝盖。福云踩在他的脚印里，把他的脚印放大了一倍。村子里的人都吃过早饭了，下雪天细伢子是最兴奋的，他们在门前堆雪人，去草垛里捉麻雀。各种鸟因为找不到东西吃，飞到村子里来了。他们用弹弓去打。村子里都是他们大呼小叫的声音。

大人们用锹把下到走廊的雪铲走，有的在前面地坪上开了一条路，铲开雪，把煤灰铺在地面上。路通向茅厕、柴堆、菜园。有的没有么里事情就站在走廊里闲聊、赏雪，谈得眉飞色舞。没有一个人走到马路上去。

大家看到谷清和福云在路上走，很是好奇。好多人没有看到过福云，看到她这么高大，感到惊讶。细伢子喊开了："窑神啊！窑神鬼！"被一旁的大人呵斥住了。

这是很滑稽的一幕，福云穿的衣服一身黑，在雪地上显得更加黑了。她戴了一顶小帽子，帽子上又罩了一条手帕，手帕从两颊包着耳朵，一直到下巴底打了一个结。腿上绑着雨布。深一脚浅一脚往前走路的样子，就像是她从来不会走路似的。

谷清在前面走，他背着一个小学生背的书包，手里提着一个女人挽的花包袱。一个大男人比女人矮了一大截。他的脚印在福云的大脚印面前，就像是一个细伢子踩的。有人对福云的脚印好奇，走到马路上去看，竟然有脸盆那么大，当即就在那里比画，双手放大到脚盆那么大了。高个子在村里受人歧视。

母子俩出门，大家都猜到了原因。有的人很关心地问："谷清啊，落雪天也出门呀?!"有人说："何事把你姆妈也带出来，不晓得路不好走呀?"谷清回话："姆妈硬要去啊!"他们叮嘱他路上要小心，多照顾好姆妈。有的堂客说着眼睛就红了，私下里小声说："真是作孽！雪天还要出门看妹呐。"大家眼睛一直望着这一对母子高一脚浅一脚走出村子。

福云看到村子里到处都是雪了，只有一排排走廊没被雪埋掉，除了它是暗的，天下全都白了。孩子们的欢笑声在天空里飘荡，显得比平时不一样，空荡荡的，传得远，还有回声。那笑声，她差点听成是媛媛小时候的。

有一年下大雪，她带着媛媛，躲在后门，堆了一个胖娃娃。红萝卜的鼻子，黑扣子的眼睛，嘴巴她用褐红的煤灰画出来。媛媛说胖娃娃冷，闹着要给她穿衣服。她说雪娃娃不怕冷。媛媛摸她的脸，说："姆妈，你摸摸，她的脸冰冷的。"她要把自己的衣服脱了给雪娃娃。

福云没有办法，回去找了一件衣服给雪人披上。媛媛就高兴地跟雪人说着话，笑啊笑，唱一会儿歌跳一会儿舞　她又想到自己孩提时打雪仗，她谁都不怕，力气大得很……

那是谁在跟谷清打招呼呢？一个年轻的女人，笑得好甜。谷清的堂客淹死了。他现在还没有找个人，要是他身边有个女人多好。

她认出缘山老倌了，他身边站了一个矮个子男人，这个人她从来没有见过。两个人皮肤在雪天黑得涂了锅灰一样。他们跟她打招呼，嘱她小心。大雪天的，路多难走啊。有个声音像是吼一样："谷清，你咯猪劁的，这个鬼天气把你娘老子带出来，你有得脑壳啊?!"是叶鞘在骂。一个壮实高大的汉子，她不认得他，只觉得他的脸长。

尚健师听到马路上的动静，打开了后门，"谷清啊，何事要今天去呀?"谷清回他："今天才见得到媛媛啊!"福云看到一个面孔偏平、眯眯眼的人，她认得他。他的身后，惠英脑壳伸了出来，圆脸，一张大嘴巴，总是笑得嘴角翘起。她想说话，张了张嘴巴，又不晓得说么里好，只是笑笑，看着他们走远，在背后喊一声："小心啊!"

积大爹、茂崧也都在劝，说这样的天气出门不要命了，劝他们回去。

炳篁找了两根竹棍子，送到他们手上，说："外面雪封路了，这个派得上用场。走不了就回来。"

一只乌鸦呱呱叫起来，从苦楝树上飞到了一棵杨树上。树上积雪纷纷下落，像白色的光一闪。福云这才注意到村里的树都长得很高大了，它们黑色的线条从雪地上往灰白的天空划去，天空里的黑色枝丫上都有一条白线，那是积雪。天空像个白纸板，厚厚的灰白色，那里没有一点声息。

眼睛里只有天空的灰与地面的白时，他们走出了村庄。这里仿佛是一个寂静无声的世界。一切都远去了，一切都消失了，天地间多么圣洁。只有他们踩雪的"嚓——嚓——嚓——"。他们呼吸的声音从没这么大过，口里吐出了一股股烟雾。两个人，一行硕大无比的脚印，向着前方在不断地延伸。

没有房屋与树的阻挡，田野上的雪又厚又平，没过膝盖，有的深及大腿。微微隆起的地方是渠道。谷清凭这条隆起的雪线，试探地往前走。新挖的水渠有的地方看不到起伏，谷清一脚踩下去，雪到了胸口。这里正是挖出尸骨的地方。福云拉他，他挣扎了半天才爬上来。某个瞬间，谷清感觉到了被埋的滋味，他有一种彻底放松的解脱，那其实是一种休息，一种万事万物都停止下来的感觉。近来他老是不由自主地想到了死。

福云绑着的绳子绑不住雨布，脚从雪里拔出来时，雨布陷在雪里，有时滑落一半，她的脚抬不出来，被雨布绊得差点摔倒。

谷清回过来帮她拔出来，再次绑紧。走不了一会儿又松了。福云不想绑了，但谷清不肯。两个人走了半天，才走到村里的养猪场。

养猪场里的狗看到雪地里两个奇怪的人，疯了一样大叫。吴灿佳出来看，看清楚是谷清，老远就喊："进来，进来，快来抓火啊!"

已近晌午了。天似乎开了一些，起了一阵风。两个人走到养猪场，拗不过吴灿佳母子两个，硬被他们拽进了家。围在火架子上烤火，吴灿佳姆妈给他们洒芝麻豆子茶，又忙着去生火煮饭。吴灿佳说："要去也要呷了饭去。"

福云、谷清看看已是吃午饭的时辰了，这路还远着呢。谷清对女主人说："你老人家客气，那就打扰了。"吴灿佳的姆妈说："你看一个队咯，客气么里。"

吴灿佳跟谷清商量，福云很少走路，年纪也大了，这雪地上一折腾，累得没有多少力气了。照这个样子走下去，天黑了也不一定走得到。非得要去，就谷清一个人去。到得晚了，吴灿佳舅舅在水产队，那里挨着分场，可以到他舅舅家住一晚。福云住在吴灿佳家里，或者吴灿佳送她回去。

大家晓得只有这样才是现实的。福云眼泪又出来了，止不住大哭了一场。谷清安慰她："还有机会见她。下次一定陪你去。"

三十三

冬至过后，天黑得早，中午一过，没多久天就进入沉沉黄昏期，幽幽暗暗，天与地、夜晚与黄昏分得不甚明朗。到了夜晚，天黑得一团墨，寒冷像生铁一样坚硬，野外待久了冻得人脑壳开裂。

甘蔗收完了。地上可收的作物都没有了，大地空空荡荡。树木光秃秃，叶子落尽，枝杈像枯死了，它的爪牙伸向天空。热闹的天空，大雁不见踪影了，只有留鸟、漂鸟的翅膀低低飞过。麻雀成群地飞，一片一片像撒沙子一样，有时像一股浓烟在天空上飘荡，忽左忽右，忽高忽低。

乌鸦漆黑，在光秃秃的树枝间飞来飞去，不停地"呱呱呱呱"叫着，不祥的声音像丧事即将来临。它们褐色的鸟巢筑在高高的树上，特别醒目。细伢子玩耍也不去田野了，在晒谷坪的稻草堆里玩。稻草堆温暖，好像藏着夏天的阳光。稻草的气味便是阳光的气味。

进入农闲时节，男人到水田用牛翻一翻土，冬至后男劳力大都外出修水利了，他们搬了被褥铺盖去撒洪沟、大堤挑土，直到大雪纷飞年关逼近，才回到村里。

谷清被安排在村里挑农家肥，男男女女把屋前屋后粪氹沤的农家肥用箢箕挑到甘蔗地里去。他们开七荤八素的玩笑，天一暗就早早收了工。

这些天，有人在渠道边、江岸上放野火，轻烟在青空里舞蹈。火是神异之物，枯草上的火苗，有时柔弱、稚嫩，像灵魂一样忽闪。火最害怕遭到熄灭的命运，它们从一点火星开始，就极力向着四周蹿动、跳跃。放火的人不止放一处，他隔一段放一把火，火跟火强烈吸引，迅速连成一片，变成了一条火龙。遇到成堆的草，火疯子一样快活，它们呼啸、狞笑，让空气翻腾起来，生出风，风在田野上发出歌唱："呼呼——呼——呼呼"，芦苇在"噼里啪啦"爆响。草灰在低空飞舞，像一群盲目的蜻蜓。鸟的惊慌叫声划过天空，显得凄厉。那些藏匿在草丛间的动物悄悄逃跑。

过路的人火前停步，被火光映亮的面孔莫名的喜悦和兴奋。人们本能地喜好火，它凭空而生，衰竭而终。它像是从空气里唤醒的。它藏匿在哪里呢？倏忽而来，遽然而去，它燃烧时的猛烈、激情，鼓动人心，它所过之处一片灰烬，毁灭也让人激动，它显示了天地间的一种神奇力量。

火烧过的地方像下了一场黑雪。

谷清看到人放火，几个细伢子快活地呼叫着。看着远处的火焰和青烟，他想起了自己少年时期的一幕幕。

放野火的几晚，谷清在江滩上走。枯水季节滩涂特别宽阔。天这么黑这么冷，除了他没有一个人去江边。他听到水结冰的声音。他感觉自己的耳朵也在结成冰，身上的热量一点一点消失，四肢开始变得麻木。但他不感觉冷。他感觉到了冰下的鱼在唱歌。

这天晚上，一只野鸭子被冻在江面上，"嘎——嘎——"叫着，一声比一声绝望、无力。姆妈的哭声在耳边，从不消失。看到远处的磷火，他相信那就是灵魂的光。天越黑，也许离灵魂就更近。他在一片阒静里谛听，想听到夜的秘密。也许自己周围都是灵魂的声音，只是听不到看不见。

"在来到这个人世前，我在哪里呢？她又去了哪里呢？"妻子走的前一天晚上，还抱着他，说要给他生个胖子崽。那笑靥现在还那么清晰。她的灵魂会在寒冷的江水里吗？生命是多么短促啊，灵魂才永恒不朽。

天真冷啊。他走到了江上，江水已经冻住了。他不小心滑了一跤。"人若是冻昏了，会不会看到灵魂？人睡着了，灵魂才出现。人太清醒是不行的。"躺在冰上，他已经不觉得冷了。他感觉与她就隔着一层薄薄的冰。那寒冷的深处，她的笑靥越来越清晰。

他又听到了姆妈的哭声。他挣扎着爬起来，手脚都僵硬了，不像是自己的。

回到岸上，脚踩得冰碴"咔咔"响。那磷火越来越亮，蓝荧荧的又亮在前面。有个声音在他耳边呢喃，他想听清楚这个声音，这是一个老年男人沙哑的声音，不停地说着，他却一句也听不明白。

磷火又没了。周围一点光也没有了。这是哪里呢？还是在江边吗？前面有片玉白色的光，不仔细看它在黑暗中几乎现不出身来。是不是自己花了眼？他走近了，脚下的地陡然升起，他又差一点摔一跤。他伸直了手去摸，仍然够不到。地又高了，又低下去了，手猛然碰到硬硬的、滑溜溜的东西，原来是一片积雪。它何解还没有融化掉？

蓝荧荧的磷火又出现了。他看得真切，像遥远的星星一样闪亮。好多处都在闪闪发光。他心里充满了喜乐，像个孩子一样，"啊，你终于来了。"他像等了它好多年。黑夜茫茫，有一点光亮该多么好啊。他感觉到了一阵暖意。

他突然失重，一头栽了下去，向着深渊坠落，谁给了他重重的一击，打得他的胸部生疼。四肢没有了，消失了。他想起来，没有手脚何事爬得起来呢。蓝蓝的磷火在高处闪耀着，他抬起头，好遥远的星光。

这是另一个世界的光吧。

　　他这一跤又把自己摔到哪里了？这江岸不是自己熟悉的吗？现在竟然这样陌生，不像他经常来的地方。这不是我到过的地方，这是到了哪里呢？走了好远啦，走得手脚都离开了自己，走得世界一点声息也没有了。耳边的呢喃声不晓得么里时候也停止了。静得一根草也不会摇动，它们都没有了声息。多可怕。

　　他看到她的笑了，她来抱他，说这么躺着不好，我们一起去采莲蓬。她喜欢莲花，有空了就去采。夏天里都是莲花苦涩的香味，好像把一个湖都带回来了。她家屋前就是莲塘。小时候她闻着莲花香气做梦。夏天没有荷香怎么叫夏天呢。她采来的莲花放在床前，闻着荷香入睡，她说，有荷风吹到她了。

　　他们到了一个大湖，荷花遍野，望不到尽头。风吹荷香沁人肺腑。她笑啊笑，笑得头发也抖起来了。他也笑，他的笑没有声音，他的心在笑。他喜欢荷塘，喜欢莲下飘浮的水汽，白晃晃的夏季，莲下却是那么幽暗，风藏在那里，一口口向他吐纳着水汽和水香，这是充满迷醉的浓郁的芬芳。她就是在那里消失的，再也没有回来。找到她的时候，她的手里还抓着一把荷花。那粉红的瓣已经张开，圆圆的莲蓬金黄的蕊，还引来了一群蜜蜂。

　　"哦，好久没有去采莲了。你终于来找我了。不用走路，我在飘，飘呀飘，从没这样轻盈，四处野花盛开，风吹草木绿浪滚滚……"

　　福云得到谷清的死讯就昏死过去了。那天下昼，三洲有人去上坟，看到岸边躺着一个人，冻得全身僵硬，嘴巴乌黑，一点鼻息也没有了。他有点面熟，但想不起是谁。一口子这片坟山离三洲村很远，离连尔居要近一些。以前连尔居死人埋在这里，后来埋去东面的长潭了，这里就变成三洲的坟场了。他去连尔居喊人。两个人在附近地里犁田，听到喊声，他们丢了犁和牛鞭就跑。

谷清缩着身子，手抱着胸口，脸上还在微微发笑。两个人一眼就认出是谷清，惊得先是说不出话，接着大呼小叫，喊着："谷清！你醒醒！谷清，你何解这么想不开啊！几傻啊！"

两个人推来推去，谷清身子都是僵硬的，晓得早已经死了。碰到他身上的硬物，棉衣口袋里装着一瓶1059农药。两个人傻傻地看了他一会儿，长叹一声。他们一个抬头，一个抬脚，把他抬回了家。

炳丰回家的时候，福云已经醒过来了，抱着谷清"崽啊——我的崽啊——"干号着，手一处处摸着谷清的身子，摸了脸摸手，摸了手摸他的胸口，摸了胸口又摸他的脚，好像要把他摸得暖和过来，把他摸醒。

"可怜的崽啊！我冇想到你的苦哇！你来安慰我，谁来安慰你啊。你做饭让我呷，你自己冇呷我也冇管你啊！苦命咯崽啊——天天唉声叹气话也不讲，冇有谁关心你呀"

福云哭着哭着又昏过去了。

炳丰呆坐着，一句声也没出。媛媛判了五年徒刑他没有哭，儿媳妇淹死了他没有哭，谷清死了，死在离他很近的地方，接到噩耗不到一支烟的工夫，他的头发就"噌噌噌"全白了。白发人送黑发人啊。

媛媛在全分场公开宣判，炳丰和福云都没有去。谷清求他们不要去。那天晚上，黑压压的一片人群，在黑魆魆的夜里看不到尽头，全分场来了上万人。高台上灯火通明，左右台柱上贴了白色的长联。上面挂了白色的横幅，写着黑体的大字。

媛媛五花大绑，胸前挂着一块牌，背上插着一块牌，写着"打倒现行反革命分子祝媛媛"。她瘦得皮包骨，几个拿长枪的人把她推到台上，她仍然懵懵懂懂，不明白何解来了这么多人。群呼口号的时候，被人狠狠一脚踢得跪倒在台上，木板扎的台发出"咚"的一声响。押她的人恶狠狠地说："放老实点！你咯反革命分子！！！"她如梦初醒，放声一哭：

"姆妈——姆妈——"泪水决堤而出，哭得像个三岁孩子。鼻涕垂下来，足有一尺长。

连尔居去了很多人。他们踏着残雪，听着雪上"吱吱"的响声，路上没有人说话。到了现场也沉默着。

谷清那时就在人群中。中途下起了雪，有人打开了伞。又刮起了风。谷清全都不晓得。他一个人去一个人回。从那晚开始，他就不说话了。连尔居人见到他，刚刚还说着话，他一到就停了。大家埋头干活。

他没有把那天晚上的场景告诉爷娘。在家里，三个人也不说话。福云天天以泪洗面，一天比一天瘦，高大的个头瘦得只有一副可怕的骨架，脸上的颧骨本来就高，现在突出来像伸出了两只拳头。颧骨旁的眼眶陷进去就如两口井，看着让人害怕。

媳妇的死，这么多年来谷清一直不能忘怀，好多人提亲，他都不肯答应。逢年过节，他提着礼物去岳父岳母家里，像以前一样，有说有笑，好像么里事都没有发生。

出事的那一天，他还在挑肥。回家呷过晚饭，他看了一眼姆妈，就出门了。几天都是这样，他吃过晚饭就出门了，福云也无心关注他的行踪。

谷清的丧事也是开一个追悼会。潘支书来作了悼词，说他任劳任怨，勤勤恳恳，乐于助人，孝顺爷娘，号召大家化悲痛为力量，努力搞好生产，为社会主义事业做出应有的贡献。

谷清的死让连尔居人伤了心，也让他们感到害怕。一个好好的精壮汉子说没了就没了，人生真是无常。有的人开始自责，应该多些关心的，却没有去关心他。有的人感叹他们家运不济，连续出了三件大事，一个家算是毁了。他们一家遇事都走极端，好好的走到了今天这个地步，真正可惜。

对于谷清的死，有人认为是冻死的。有人认为谷清是去他爷炳丰那里的，他想最后看看爷。看到爷的房里熄了灯，就没进去，然后喝了农药。他死时嘴巴都是乌的。两手抱胸，那是胸口难受。有人认为是鲤鱼精把他勾走了。他死的河滩正是那次他捕大鲤鱼的地方。世上的事哪会这么巧！

谷清死后出现了很多奇怪的事情，先是一天上昼，一股黑烟向连尔居袭来，天都暗了。近了发现竟然是一群雀鸟。从来没有人见过这么多的雀鸟。它们比麻雀要大。落到茅草房上，房屋颜色像泼了墨，瞬间就改变了。雀鸟在村庄周围飞了两天，又在牛房附近飞了两天，突然消失得无影无踪。

江水解冻后，到了晚上，鱼鹰"嘎嘎"彻夜叫个不停。它们在水面成群结队地游来游去，有时突然起飞，翅膀拍打得水面哗啦啦响，像有么里在追赶着它们。鱼鹰越聚越多，连尔居人有点害怕，用铳来吓走它们。

有天中午，人们看到一轮圆圆的月亮悬在天的正中央。大白天月光照耀，都感到好奇。有人说，昨晚看到月亮还是弯弯的上弦月，何解突然就圆了？连尔居人都在地坪望月。大约一个时辰，月亮突然放射出强烈的光。原来它一直被一层薄雾一样的云层遮着，发出的光都是惨白的。云层散去，月亮变成了太阳。很多人不能理解，分明是一个月亮，何解转眼就变成了太阳？

进入腊月，一到黄昏，天上全是鱼鳞云，夕阳下红得火烧一样。那几天，全村男女老少又都在地坪里看云。

到了晚上，有一种奇异的声音，像风声也像歌声，让人欲睡不能。有人说这是鬼魂在唱歌，有人说是江里的鱼在唱歌。歌声的确来自江面。江水枯竭，在向着河床中间退缩，难道江水退缩时也有声音？河滩上出现了硕大无比的蚌。

更不可思议的是，冬天竟然打了一阵雷。雷声把所有人都吓了一跳。鸡"咯咯答，咯咯答"飞了起来，狗汪汪乱叫。人们抬头望天。天上还有太阳呢。

三十四

地主孙茂钦出现在连尔居人视线里的时候，刚过完小年。这一年大家都把他忘掉了。腊月里没有多少事情可做，正好可以来斗地主。连尔居人不愿大年三十浪费在斗地主身上。于是，孙茂钦身上又挂上了牌子，戴了高帽子，被两个民兵押到了篮球场上。

孙茂钦一样低着头，头像个炮弹往前冲。今年的高帽是茂崧做的，做得长长的。孙茂钦弯腰时，高帽子往地下掉，连掉了两次。两个民兵就抓着孙茂钦的肩膀，把他的腰扳直了一些。孙茂钦走着走着，又回到他习惯弯腰的角度，帽子又掉了。民兵呵斥他抬起头来。孙茂钦哪里敢抬头，腰伸直了一些，走了一会儿还是弯了下去，一路走一路掉。

孙茂钦押到了会场，又是群呼口号。连尔居人不是喊口号，喊起口号来就像念经，很难有群情激奋的时候。他们平时很少做举手的动作，因此举手呼口号也觉得很不自然，甚至有点扭怩。

孙茂钦的白色高帽子掉了几次。有人喊："孙茂钦，你站直了。"他直起腰来。又有人喊："孙茂钦，低下你的狗头来!"他又低头弯腰。高帽子又一次掉到地上，露出他稀疏的短发。有人冲上来，捡起帽子往他头上使劲压。细伢子忍不住笑了起来。

潘支书讲完话，大喝一声："把地主分子孙茂钦押下去!"

斗争会于是结束。大家开始准备欢欢喜喜过年。

今年连尔居人每人分了四十斤鱼。人们想起了去年的那条大鲤鱼，想起大鲤鱼，就想起了谷清。有的人家还藏着鲤鱼鳞。

大年三十是一个大晴天。人们不吃忆苦餐就在地坪里晒太阳，大家挨家挨户拜年。煌靓的姆妈带着一个城里妹子从村西走到村东，她就像磁铁一样吸引了所有人的目光。连尔居人从没见过这么漂亮的女人。她皮肤雪白，嫩得豆腐一样，头发乌黑，一双黑色的杏眼，一张朱红的樱桃嘴，特别是步态，与连尔居所有的人都不一样。她笑着跟人点头。男女老少眼睛都是直直的。"天啦，天啦!"有人忍不住连连感叹。有人说："巽满爹又要去听吹哨子了。"大家还记得写反动标语时他说的话。

煌靓的姆妈热情地与每个人打招呼，要妹子叫这个叔叔那个伯伯，这个姨那个娭毑，她脸上的笑都快凝固了，骄傲得像村里的妇女主任。

顺澍跟我开玩笑："邦孵白，你讲一个人要来连尔居，是不是这个女的?"有人起哄："邦孵白早晓得了，夜夜想，把她想来了。"我没有理睬，只顾盯着她看，直到看不到她的影子了。

有人开始打听，不出半个时辰，连尔居人都晓得她是煌靓的表姐，在岳阳宾馆当服务员。我在想，那个画松鹤延年的表哥与她是兄妹俩吧？我要是有这么一个漂亮的妹妹几多好，我就不会去画松鹤延年，我会去画妹妹的像。

后来，又来了两个姑娘，都是以白净的皮肤与连尔居人拉开了天上地下的距离，她们在连尔居住了下来。有人又跟我开玩笑："你想的人来了，原来是想'花姑娘'呃。"她们是下放知青，汨罗县城里的，几个月后就回去了。我还托她们买过运动衫。

湛木青在连尔居过年，经过缘山老倌的努力，他迁到了连尔居。玉娥腾出来一间房给他住。两个人的婚事还是遭到玉娥的爷娘反对。她爷说："不能做伤风败俗的事，你们要在一起，除非我一脚朝天——死了。"玉娥的崽新楚正准备娶媳妇，他说："姆妈，我娶媳妇你出嫁，我丢不起这个人！你的老我来养，以后我们一家过日子，我不想中间夹个外人。我会好好孝敬你老人家一辈子的。"

湛木青晓得他们一生没有夫妻缘，他对玉娥说："妹子，我就当你哥，每天能看到你我就知足了。"玉娥哭得差点背过气去。她不管崽答不答应，就自己清理东西，挪出了一间房，对湛木青说："青哥哥，这里就是你的家。我不怕外人闲言碎语，我守寡二十年，清清白白做了一世人。都这把年纪了，我也有么里怕的！"

湛木青怀着一腔哀伤，找人拖来了泥砖，把通往玉娥房间的门封死了。在走廊上单独朝外开了一个门，装上杉木门框，又在房间的窗下砌了一个灶。他自己开火了。

他成了玉娥的邻居。

惜天二爹晓得湛木青与玉娥婚事泡了汤，他一颗心也放下来了。这两个月他觉也睡得不踏实，时时醒来。想起与玉娥的往事，心里酸楚难忍。十年了，他照顾她，怜惜她。她也关心他。玉娥早已经进入他的生活，深入到他的心里了。

十年前的那个暑天，正是双抢，烈日下不见一丝云影。玉娥割着稻子。惜天二爹踩着打稻机，一把把禾在他手中往打稻机滚筒上压下去，他左右翻动，稻谷从稻秆上脱落，飞溅成一道瀑布。他喜欢看这道飞瀑，正是它飞得猛飞得快，他才有无穷无尽的力量把打稻机踩得像轰炸机一样嗡嗡嗡响。

有人喊："玉娥倒地了。"

他听到喊声跑了过去，打稻机还在疯了一样空转。玉娥脸色白得像一张纸，身上全是冷汗，手脚抽搐，两眼紧闭，气息微弱。有人掐她的人中，给她灌水，还是醒不来。

惜天二爹急了："赶紧送医院吧！"他一把抱起她扛到肩上，就往医院跑。玉娥的弟媳妇跟着一起去，气喘吁吁落在后面。那时，他真是力大无穷啊。

半路上他听到玉娥在喊他："放我下来，放我下来。"惜天二爹把她放到一处树阴下。玉娥已经醒了。她理了一下衬衣，白纸一样的脸上潮起一阵红晕。她感激地看了看惜天二爹，脸上露出凄然的一笑。这是一个人精疲力竭而又无奈的笑，是渴望依靠却又不愿依赖的笑，像一个人走在长路上，茫然四顾，对伸来的援手却不敢伸出自己的手掌。惜天二爹从她这一笑里看到了妻子的影子。那时他的妻子死去两年多了。这笑里面藏着一样神秘又温暖的东西。两个人就是这时生出了一份信赖，陌生和距离突然间消失了。笑中的善和美散发出湿热的情意。两个人的眼神在对接的瞬间，都看到了对方的心。惜天二爹甚至有一种托付的冲动。他心里一痛，这个女人就钻到了他的心里。他用从没有过的温存语气问："好些了吗？还是去医院看看放心……"

弟媳妇赶到了，看到嫂嫂醒来了，急切地问她好些没有。她也劝玉娥去医院看看。

惜天二爹和玉娥的弟媳妇扶起她来，玉娥想自己走，他们不依。扶着她慢慢走，只走了一会儿，玉娥停下来，她感觉胸口痛。惜天二爹要背她，她不肯。又往前走，玉娥痛得又停下脚步。惜天二爹不由分说背起她就走，一路上走一程背一程，到了医院。

医生检查来检查去也检不出么里原因。打了一瓶吊针，开了一些中暑药——清凉油、人丹丸、藿香正气水，几大包补血气的中药，又开了冠心舒通胶囊、心胃止痛片、金银三七胶囊，交代要注意休息。医生跟惜天二爹说："暑天少让她出去，好好照顾她几天。"他把他们当夫妻了。

惜天二爹点头。他心里对她产生了怜惜的心情。"孤儿寡母真不容易啊！有了三病两痛，谁来照顾？"

从此以后，他经常上门嘘寒问暖，地里的甘蔗叶他帮她挑回来，缸里的水没了，他帮她去江里挑，地里的重活他也帮她干。他提了鱼、挖了藕都要送些给她。玉娥家里有了么里好菜就请他来家里呷饭，他的裤子破了，她帮他缝补。只是惜天二爹再也没有从玉娥眼里读到过那凄然一笑的眼神，那湿热的情意就像是他的幻觉，也许从不曾有过。那天莫非是自己的错觉？她待他真心体贴，但有一种距离惜天二爹硬是迈不过去。他没有勇气往前走了。男人的路没有女人照亮，他就像迷失在黑暗里，茫然失措，走不下去。

惜天二爹晚上喜欢到玉娥家里去坐。玉娥是读过不少书的人，她看的书多是湛木青读过的古书。她有一口大木箱专门用来装书。她跟村里没读过多少书的堂客谈不来，因此日子过得有些寂寞。她大多数时间都在教子、读书、收拾房子。惜天二爹的到来给了她寂寞的日子一抹亮光。

惜天二爹的确找到了一个知音，他爱吹嘘，以前的见闻，他听到的新鲜有趣的事，自己出众的地方，还有对世界的好奇，对世事的看法，他都讲得津津有味。玉娥愿意听，真心的欣赏，特别是他的好奇心、幻想和异想天开，他们一起探讨，她还恰切地给予评点。她的想法和看法是连尔居人不曾有过的。

惜天二爹有了收音机，第二天他就抱着去收歌给玉娥听，夸说收音机的来历，大谈自己的冒险故事。

买了手表，他第一时间到她那里，告诉她手表何事用，何事看。

有天晚上，他把手表戴到玉娥的手上，抓着她的手不放，"玉娥，你一个人过，还要硬撑着吗？"

玉娥看着他，脸已涨红，眼里的光比刀刃还亮。她也不抽回手，"唉，我就是这个命。"

惜天二爹身子往她身边挨了挨，"大好时光都浪费了啊！"他的手在她手臂上轻轻抚摸。

玉娥按住他的手，"你是好兄长，这么多年来很感谢你的照顾。"

"只是好兄长吗？"

玉娥沉默。

惜天二爹一把抱住她，在她脸上亲，双手从后背摸到了前胸，那双兔子一样的乳房还是那么柔软，比他妻子的大得多、丰满得多。玉娥抓住了他的手，四只手停在她的双乳间。他挣脱开后右手更大胆地往她的下身摸去。玉娥猛地把他一推，她痛苦地闭上了双眼，两滴泪水挂在睫毛上。惜天二爹待了一会儿，讪讪坐回他的靠背椅。

玉娥慢慢睁开眼睛，眼睛是红的，泪水涌了出来。

惜天二爹有些局促不安，想着给她抹眼泪，手伸到半空，不由自主地扯起了自己的衣服。玉娥自己拂去了眼泪，脸上现出一个苦笑。看着一身不自在的惜天二爹，她伸手过来帮他扯了扯弄皱的衣服，说："好兄长，别傻了，你要了我，以后我们还何事见面呀？一个村里的，抬头不见低头见。你让我何事做人？"

惜天二爹低低地说："冇人晓得。"他的声音细得像蚊子。

"我不为别人，是我自己过不去。偷鸡摸狗，自己做人就矮了几分。我守寡这么多年，都是清清白白做人啊。"

"那我们结婚。"惜天二爹抬起头眼巴巴望着她。

玉娥摇摇头。"我要照顾崽，他不愿有个后来爷。"她这时想到了湛木青。她一直等着这个人。这么多年了，却没有一点音讯。但她相信，总有一天他会出现的。她这一辈子，心都是属于这个人的。

玉娥、惜天二爹后来见面，惜天二爹有时冲动起来去抱她，玉娥也由着他，她偶尔也抱一抱他，由他亲一亲脸，摸一摸胸口，她理解一个独身男人的苦处，就像她自己体会的那样。但她有自己的底线，那就是不允许触及她的下身。

玉娥与湛木青见面，惜天二爹晓得他们之间的事后，他两晚都没有合眼，他的希望眼看就要破灭了。对玉娥，他从来没有死过心。他认为她的崽大了成了家，他跟玉娥是有机会在一起的。这个女人有文化，与一般人见识不同，跟她谈话长了许多知识，有她在，生活才不觉得寂寞、枯燥，心也变得年轻了。如果没有了她，每当一想起这样的现实，惜天二爹只觉得眼前发黑。

湛木青与玉娥结不了婚，他觉得玉娥是公平的。从此，玉娥家里惜天二爹、湛木青、缘山老倌是常客了。她家里从没这样热闹过。三个男人友好相处，谈话海阔天空，一个比着一个炫耀起自己的本领。这日子过起来倒也轻松了不少。

但是三个鳏夫与一个寡妇经常在一起，还是被连尔居人当笑话在谈。他们不再说惜天二爹听广播了，而是惜天二爹"'壶口'保卫战"。"壶口"当然是特指，具体么里东西谁都不说谁都明白。听到别人窃笑，不明白的人也会恍然大悟，然后跟着哈哈大笑。他们称惜天二爹"战斗英雄"，"奇袭奶头山，夜宿夹皮沟，革命的豪情万丈高"。

玉娥说话、做事不像个农村人，她家里收拾得井井有条，地每天要打扫一遍。新楚虽然穿补丁衣服，但衣服都洗得干干净净。走进她的家，总有一股淡淡的菊香。

玉娥在新楚五岁时就教他识字读书。晚上玉娥读书的时候，上小学的新楚就跟着她捧起一本书来读。她向往诗书传家的耕读人家生活。那本线描插图的旧书，就是玉娥读的《红楼梦》。新楚带到学校去看，被国梁偷走了。玉娥的谈吐带着些书卷气，男人们愿意与她说上几句话，从中体会一个有知识的女人的聪慧。他们劳动中愿意照顾她，尽量给她轻松干净的农活干。玉娥还去村里小学当代课老师，上过两年课。

女人对她有一股莫名的妒忌。恶毒一点的拿三个鳏夫说事："你看看这成么里体统，一个勾引三个，你们男人就是喜欢这样的'货'?!"

三个鳏夫竟然要与一个寡妇过年，这件事连尔居人每天都要拿来谈一谈、议一议。后来缘山老倌发了一次火，才晓得是谣言。

缘山老倌带着湛木青一家家去坐，慢慢村里人认识了湛木青，发现他是一个非常有趣的人。他喜欢讲古。讲三国、水浒、封神、说唐、说岳全传、孙子兵法，讲"薛仁贵东征""赵子龙救阿斗""荆轲刺秦王""伍子胥头悬午门""萧何月下追韩信""武松打虎"，讲得活灵活现。特别是三国，做道场遇到唱夜歌的歌郎，他们用刁钻古怪的问题为难他，如孔明骑过几次马，关公刀下死过么里将，东吴几州几郡几后宫几官几县几舟几户几兵几民几米归了大晋，他都对答如流。

他讲得最多的还是自己待过的辖神庙，庙里的南岳辖神都总管许远，他百讲不厌。安史之乱，睢阳太守许远，六千八百人马，内无粮草、外无援兵，遭安禄山十三万叛军围攻，他与张巡坚守城池十月，英勇殉国。许远、张巡"守一城，捍天下"。睢阳虽与汨罗相去千里，但湘阴、汨罗人仰慕两位英雄的忠烈，喜欢听他们的故事。

湛木青说得那么绘声绘色，人物仿佛眨眼间就来到了眼前，湛木青与他们老熟人一样，他熟悉他们的一言一行。故事里的人物大喊一声，湛木青也跟着大喊一声，说薛仁贵见风长三尺，他嘴里"呼——"吹过一口风，然后抬头看，薛仁贵真的就站在他面前，威武高大。武松打虎一棍猛击时，他站起来，一掌劈下去，好像他手下就是那一头吊睛大虫。

冬天围炉而坐，湛木青先是坐在火炉边，讲着讲着额头开始冒汗，先把军大衣脱了。再讲，身上开始冒汗，他从火炉边走到房子的空处，模仿起人物的动作。他已经到了遥远的世界里了。这些人如此栩栩如生，让人们觉得他们一定还活在哪个地方。

湛木青讲到动情的地方，还会吟唱起来，为他们的命运唱一段诗文。他敬重英雄义士，憎恶奸佞小人，他的悲和喜都发自肺腑。

连尔居男女老少被湛木青惊人的记忆力和知识倾倒了，但连尔居人也不客气地给他取了一个"湛嬲白"的外号。这算是正式接纳了他吧。他与玉娥的事，时间一长也没有人讲了，还会关心他们何解不去结婚。对玉娥爷娘的做法认为太封建了，太不近人情了。有人对玉娥的恩新楚进行劝导："你对你娘最好，也有得一个伴儿好。少来夫妻老来伴儿呀。"新楚听到这样的话，总是起身走开了。

农闲时，连尔居进入了一个恋爱的季节。先是银木匠跟晓晓的婚事办得热热闹闹。那天晚上闹洞房，银木匠已经被人灌得醉醺醺的。要他谈恋爱经过，他就把他与晓晓的事情都坦白出来了。

他请晓晓去场部看电影，单车拖着她走夜路，故意说前面有鬼影子，晓晓吓得把他抱得紧紧的。在单车后面抱着他晓晓还是怕，社教公路这么晚可是一个人影也没有，那些高高的水杉树，幻影幢幢，像一个个窑神鬼。银木匠把她抱到前面的横杠上，让她扑到自己的怀里，抱着他的脖子。他右手抓住车把，左手抱着晓晓的腰，边抚摸边安慰不用怕，说他手掌画了打鬼的符，鬼来了他只要一放掌，鬼就会化作一摊血水。

晓晓信任他，把他抱得更紧了。两个人从那晚开始，关系就发生实质性变化了。

闹洞房的人还不饶过，要他谈点更刺激一点的。银木匠呵呵傻笑，便说到两个人躲在甘蔗地里亲嘴。

有人问："脱裤子没有?"

有人插话："蠢宝，一男一女到了甘蔗地里还有别的事吗?!"

晓晓就用拳头拼命擂银木匠的肩膀。有人去扯，有人趁机拧晓晓的大腿，摸她的胸口。晓晓大叫。房里的人都哈哈大笑。

晓晓的屁股像两个橘瓣，饱满、圆润，富有弹性，穿了很多衣服也藏不住那迷人的弧线。男人们眼睛盯着它，想象中自己的手已经摸上去了。

有人说："把他爷喊来。烧火佬!"

银木匠的爷被人簇拥着，肩上背着一把铁火钳，火钳上系了一把捆好的甘蔗叶。他走到房里，引得哄堂大笑。有人趁机往他脸上抹了一把锅灰。大家笑得前仰后翻。

春晖也在，坐在她边上的是国梁，我看到国梁也摸了一把春晖的乳房。她嘻嘻笑着，举手去打他，手掌碰到他的脸变成了轻轻的一摸。我突然想起来，有天早晨，我看到甘蔗尖在摇晃，有女人的呻吟声传来，我停了下来。并没有刮风，是不是有人病了？

声音又没了。我正要走，国梁从甘蔗地里钻了出来，拍了拍皮带、裤子，装着若无其事的样子，好像他是去里面方便的。

一会儿，春晖也从里面出来了。两个人谁也没有理谁，分头走了。

现在我明白了，这甘蔗地里乾坤可大了。

有人拿了一颗糖，用线吊了起来，要银木匠和晓晓一起来咬，一人啃一头，把它咬断。他们两个人张口来咬，提线的人动来动去，两个人的脸也碰来碰去。满房的人拍桌打椅，闹得不可开交。

洞房一直闹到半夜才散。

银木匠与晓晓喜事才办半个月，茂根就从红花公社领回了一个女人。女方只有柜、箱、书桌和椅子四样家具，全漆成大红颜色。茂根给邻居派糖果。中午办了五桌酒席，客人全是亲戚。晚上有人在他房里闹了闹，就算结婚了。他在不惑之年终于成家了。

看到茂根家里多了一个女人，我还以为是他家的亲戚。女人名叫香香，今年二十岁，人生得矮胖，圆脸，屁股也是圆的，有一颗虎牙。她家里穷，姊妹太多，嫁到农场来有口饭呷。我看到茂根的眯眯眼眯得更加夸张了。

银木匠的婚礼具有很强的示范作用，春芳就有三个追求者向她发起了进攻。一个是盛赞，正式找了媒人上门来提亲。

二嫂驰对媒人说："春芳还小，大妹啲春晖还冇嫁人，过一些日子再讲呗。"

媒人说："女大不中留，盛赞人才好，家里三兄弟个个身强力壮，嫁过去春芳就等着享福吧。你老人家早嫁一个，少操一份心。"

我和春景正在做作业，我对春景使眼色，他走过去洒了一碗芝麻豆子茶，走过媒人身边，装作不小心一个趔趄，茶水全都溅到了媒人身上，他赶紧赔小心。媒人弹着身上的茶水，站了起来，她腿上全湿了。二娭毑骂春景："这么不小心！还不快给人家赔不是。"

媒人说："冇关系，冇关系。"又说，"我说的事二娭毑你老人家记着，我先走了。"

第二个追春芳的是耀华，他过年的时候用自己的私房钱给春芳买了一台高级收音机。春芳不肯要，他说："借你听总归可以吧？"他还送了雪花膏、毛巾。春芳回送了他一支钢笔。从此，耀华经常到她家里来玩。好像他送了收音机就有了么里特权一样。他们一起听收音机，议论一下收音机里听来的时事。

内幕是春景告诉我的。起初我还以为收音机是春芳自己买的。

第三个追求者，连尔居人都看到过。春芳那次住院，她病好后，送她回来的是一帮后生崽。他们别出心裁，用一条大木船，从黄金一路划到了连尔居，船就停在春芳门前的麻石挑边。一个身材高大的青年跳到麻石挑上，牵着春芳的手上岸。春芳就像一个公主，她兴奋得一脸通红，眉毛、眼睛都笑得弯了。嘴唇挤弄着，说话嗲声嗲气，一副撒娇的样子。

这个青年我认识，他是我同学的哥哥胡长安。他爷是分场卫生院的副院长。卫生院就是分场医院，我们叫医院，分场的人都叫卫生院。他们吃的是国家粮，比我们高级。

我看到他们一伙人上岸，进了春芳家。二娭毑忙给他们洒芝麻豆子茶。他们边呷芝麻豆子茶边大声说笑，呷完茶就起身告辞。春芳送到麻石挑上，还与我同学的哥哥拉了拉手。她有些骄傲。也有些得意。

我脑子里面嗡嗡响，心里堵了么里东西。看到同学的哥哥潇洒地在船上挥手，突然对他生出了一股妒恨的情绪。

我当不成春芳的追求者。我发现自己么里也做不了，也没有胆量去做。我只能跟她说说话。譬如我送给春芳长篇小说，跟她说里面的故事何事好看。她看了，跟我交流心得。我跟她胡夸："我将来一定写出一部长篇小说！"她说："好啊！那我跟着沾光。"好像长篇小说我真能写出来一样。我试着动笔，写了不到三千字就写不下去了。她不晓得小说有多难写。

三十五

正月初十，惜天二爹领着一个远乡人进了村。来人提着一口箱子，背着一个漆黑的袋子。

陌生人进村，连尔居人都很好奇，他们喜欢围观。远乡人一进屋，就当着大家的面打开箱子，里面原来是一个黑色的铁家伙。他把这个沉甸甸的东西拿出来，又把布袋子的拉链拉开，一边说"细伢子走开些"，一边取出里面的三根铁杆，支成了一个架子。铁家伙就支在铁架子上。忙完这些，他站直了身，看着大家说："人往它前面一站，你就到了铁匣子里面了。"

大家听了就笑，不相信他说的话，以为又是一个耍猴把戏的。

惜天二爹说："这是照相机。"他从自己的口袋里拿出一张相片，"你们看，这上面的人是不是我?"

大家凑过来看，果然是惜天二爹，他正在这张硬纸上傻笑呢。

"这是相片。就是这个照相机照的。"说着，他往照相机前面一站，"就是这样，李师傅一按那个机器，我人就到了这个上面了。"他挥了挥手里的照片，又笑得跟照片上的人一模一样了。

大家快活起来了，脸上都是笑。这么神奇的东西！他们围到照相机边上，用手小心翼翼地去摸，左看右看，想看出一点么里名堂，心情好奇又有些忐忑。好奇是不明白它里面的奥秘，忐忑是担心自己不小心会不会被这个机器收进去。

　　惜天二爹的哥哥惜地也来了，他问："人不进去,相片何事出来的？隔了那么远，莫非它有法术？"

　　李师傅就笑，"靠光线，感光。"

　　惜地不明白："光线，到处是光线，里面出来的是人，又不是光线。"

　　李师傅仍然笑着，"你身上的光到了照相机里面，照出来的就是你。"

　　惜地说："何解照出来的不是我身上的光？"

　　李师傅说："照出来的就是你身上的光呀。"

　　"明明是人，又说是光。"

　　"光就是人。"

　　"我是光吗？"

　　"不是你是光，我看到的只是你的光。"

　　"那我的人呢？我的人在哪里？"

　　"你的人就在那里呀。眼睛看到的是光，手摸到的才是人。"

　　惜地想了想，觉得更加不对了，一个人好好的干吗要去摸呢？又不是瞎子。人是用来看的又不是用来摸的！有谁见了人去摸的？看到的何解就是光不是人了？摸到的何解就是人？好笑。他说："摸人，瞎子他才不晓得我是生气还是欢喜呢。我想么里他也摸不到呀！"

　　李师傅有些奇怪，抬起头看了看惜地，他长得眼睛虽然大，却与惜天二爹并不挂相。他的眼睛里充满了真诚的疑惑。"是呀，别人不是你肚子里的蛔虫，何事晓得你在想么里？瞎子不晓得你是生气还是笑，明眼人看得到你是怎样的呀。"

"那人还是看的嘛。"看到李师傅不情愿往下说了，他又问："我身上的光又是何解进去的呢？是不是这个东西有魔法，吸走了人的魂？"说着，他自己突然感觉有些害怕了，心里想："要是人的灵魂都跑到这个铁盒子里面去了，那多可怕！这个铁盒子人是进不去的，只有魂才可以进去。"他想到了《西游记》里的情节，接着说："这照片是不是就是人的灵魂呀？"

摄影师笑着摇头。他掏出一支香烟递给惜地，惜地有些感激地接了，李师傅划燃火柴，给惜地点火。他说："有损伤你一根毫毛，它跟照镜子是一样的。"

惜地抽着烟，看着这个黑家伙，开始对它啧啧称奇。

消息马上就传遍了连尔居。他们口里说起了一个从没说过的新词"照相"，脑壳里想到的是那个黑机器和惜天二爹相片上的傻笑，他们立即就理解并完全接受了这个新词。他们兴奋地传递着这个词，对还不晓得的人就开始鄙夷开始显出一份优越感了。

连尔居人竟然一家家全来了。他们都要照全家相。摄影师在惜天二爹住房的山墙上扯了一块蓝布，机器在它面前一架，说："哪个先来？"

炳篁一家第一个照，他在广州照过一张合影，晓得这是照相机。有人害怕，他就笑别人蠢。

炳篁一家照完了，大家看看他们没有一点事，都争着照。银木匠一家是第二个照的。照完全家相，他还要与晓晓单独照一张。

茂崧不以为然，他们全家都不照。他说："在朝鲜前线，摄影记者跟着我们屁股后面跑，我照得多呢！"有人记起来了，茂崧珍藏的一个本本里有几张他自己还有和别人照的照片。很多人还以为是画的，心里很是钦佩画师的水平。但是他女儿冬梅看到别人照，她也闹着要照。茂崧没有办法，只得给她单独照了一张。

地坪里站满了人，个个穿上了春节穿过的新衣，妇女都在家梳妆打扮好了。她们在一起评头品足，叽叽喳喳。男人则在一旁打趣，彼此损一损。以前也有画师来过连尔居，要给他们画像，但他们一点也不热心。只有老人愿意画一幅，人死了好留作遗像。

李师傅忙得不可开交，一家人一家人到那块布前面，站的站坐的坐，他一边给大家摆位置，纠正姿势，一会儿叫这个人头再抬一抬，一会儿叫那个人脸往左偏一点，又要他们笑。有的细伢子不晓得这么严肃做么里，吓得哭了，又只好等母亲哄住细伢子。照完了，他又要忙着收钱，还要找人零钱。

我们全家也照了一张合影。爷娘站在最后，我们四兄妹站在前面，小弟弟坐在有围栏的椅子上，他脖子上还系着花布的口水毡。照片上的我，眼睛晶晶发亮，好奇地盯着前面。我们都没有笑出来。

青华照相的时候非要站在照相机面前，还要全家人都站过来。李师傅把他拖到后面，按快门时他又冲到前面来了。他说挨得近才照得清。他不晓得他会遮住别人。

连尔居人第一次有了影像记录。

惜天二爹又变得兴奋了。他大谈摄影术，把它深奥的原理做了最简单的说明。还说到摄影的发明，他感叹连尔居不能为这个世界发明一点么里东西，他因此而惋惜。于是，他想到自己应该做点么里。

摄影师在连尔居拍了两天，他走的时候笑得很开心。他说："想不到连尔居人这么喜欢照相！"

李师傅走后三天，有人沉不住气，来问惜天二爹，相片出来没有。惜天二爹说："冇得咯么快。"人家就问："你照片用了多久？"

惜天二爹说："第二天就有了。"

"就是啰！"

惜天二爹的表弟住在归义，离县城近。正月他去小老表家，大老表一家也从北京回来了，他很多年都没有回来了。他们一起去汨罗城关照全家福。惜天二爹看到照相馆变魔术一样把人的相貌"咔嚓"一闪就照去了，震惊得连连说："冇想到，冇想到。真是世界奇迹！"

他跟摄影师说："这要是在我们连尔居，那可不得了。一家会照一张。"

摄影师问："连尔居在哪里？"

惜天二爹说："连尔居都不晓得呀，在农场呀。可以到连尔居去照相吗？我带你去呀。"

摄影师看着他迫不及待的样子，笑了。他是一个性格温和的人，说："明天就可以去。"

第二天，惜天二爹来到照相馆，摄影师把惜天二爹的相片和他亲戚家的全家福都洗出来了。惜天二爹拿到照片，不敢相信自己的眼睛："这就是我？"看着自己觉得有点不好意思。"这个人就是我吗？我就是这个样子的？嘴巴太大了。脸也大了一些。唉，爷娘生的，冇办法。"他一路询问照相机是如何照相的。李师傅也耐心地给他解释。这项发明让他联想翩翩。他最先想到的是给玉娥照一张。

十天后照片还没出来，好多人来找他，玉娥也来问了。惜天二爹只得跑一趟县城。他找到李师傅，要他多晒一张玉娥的照片给他。李师傅说："玉娥是谁呀？我不认得她呀。"惜天二爹睁眼望着他，说："你给她照过相的呀，我还跟你说，'给玉娥照漂亮点'。你点头说'好，好'。"李师傅一脸茫然，努力回忆也仍是一脸茫然。

惜天二爹叹一声气，说："她脸不长不短，不圆不方，眼睛看得让人入迷，笑时嘴角翘起来……"李师傅听得直摇头，说他找不出。惜天二爹又是重重地叹了一口气"唉——"。

惜天二爹回来了，去了二嫂驰家，他跟房子里的人说："还得等十天，照片多，要一张一张晒。"

尚健师说："孵卵谈，照片还像晒谷呀。晒谷也不用晒十天呀。"

又等了十天，摄影师来了。连尔居人一家一家来认领，个个欢天喜地。看到相片的却表情各异，有的看了笑起来，有的没笑容脸上却是欢喜的，有的看着很疑惑，不相信这是自己，不能接受自己这个样子。不满意的人，有的惊叫出声，有的悄悄把照片藏起来，别人要看都不愿意拿出来。他们看着得意的人，把照片拿给这个拿给那个看，脸上笑得像朵花似的，心里的不快就更加浓辱了。

连尔居人都留下了自己的影像。他们都把它放进了一个大的镜框，挂到了墙上。多少年后，相片里的人去世了，相片都发黄了，时间就像波浪一样涌起又跌落，像锈迹一样四处渗透，一茬一茬的人出生，一茬一茬的人死去，那一年正月初十发生的事仍然在墙上固定着。那可不是梦呵。屋里人说起自己的先人，不再只是一个名字，而是一个面容清晰的人，那表情可是凿空而来啊！

惜天二爹慨叹自己不能发明一点么里出来，为世人做一点贡献，不免感到内疚。"奥秘就在这个世界上，眼睛何解就是看不出来呢？"他常常陷入沉思、幻想。这些年发生了太多新奇的事，他感觉变化的年代就要来了，生活正在拐弯，不再是原来那样直直的一条线。世界也在改变，以后的人将过上与现在完全不同的日子，人类最终会是个么里样子，这是一个无法想象的事情。

他的这些想法得到了玉娥的赞同。他们在一起思索，人类的未来会怎样，会不会更好？似乎是的。他又有一种隐隐不安的情绪。犁田的时候他对着犁头发呆，走路的时候他对着云朵发呆，煮饭的时候他对着火焰发呆，有一次火把头发都烧了一绺。

二月的一天晚上，他把棉花秆往灶里塞，火势很猛，烧出的灰翻滚着往上冲。他从柴堆里带出了一块塑料薄膜，火焰的气浪一下把它冲到了屋顶。他盯着这片飞舞的塑料发呆，心里一动：火焰这么大的威力，可以让塑料飞起来。如果火很大，又会怎样呢？

他喊："慧兰，慧兰，你帮爷来炒菜。"

慧兰在门口踢毽子，收起鸡毛毽子到了厨房。他说："爷有点事，饭有这把火就熟了。你炒下菜。"

慧兰很乖，她用竹刷把涮了涮锅子，从烧饭的灶里抽一把燃柴放到另一个灶内，抓一把棉花秆用膝盖从中一顶，拗断了放进灶内。火慢慢烧着了棉花秆，一股白烟冒了出来，灶内火势越烧越大，棉花秆烧得"咔咔"炸响，橙红的火焰舌头一样从灶门伸了出来。

惜天二爹离开灶房去了前面房间，没跟慧兰说做么里。

铁锅一会儿就烧红了，慧兰赶紧放肥肉，用锅铲压着，肥肉嗞嗞作响，冒出一股青烟，油流到了锅底。

她将白菜倒入锅内，"哗——"一声响，冒出一股水汽。慧兰忙用锅铲去翻动，又去灶前加柴。

惜天二爹到前面房间发呆去了。他站了一会儿，又斜斜地靠在床上，睁着眼睛想刚才的一幕。直到饭菜都到了桌子上，慧兰喊他呷饭，他脑壳里还是一片混乱和兴奋。火一直在他眼前跳动着。

想了三天，呆了三天，他的大眼睛都失神了，似乎有了一点眉目。他在想象浩瀚的天空，何事才能上去。平原的天穹窿一样罩着，划过的鸟翅引起人无限的向往。人踩在地上，只有天既近又遥不可及。他先想塑料升天的问题，火把塑料冲上去了，但塑料离开火就要掉下来。要想塑料上天，火也要跟着上去。火要上天，火烧的时间要长。柴火烧一下就没了，燃烧时间长的只有煤油、蜡烛。煤油要瓶装，太重，蜡烛更合适些……

他去黄金买来了几支大小不同的蜡烛，把塑料放在蜡烛上，用四角绑住蜡烛，点燃蜡烛，塑料没往上飞，反倒掉下来被火烧了。他又改用薄的纸。纸还是飞不起来。蜡烛的火焰太小了。

他有些绝望，嘴里对人骂骂咧咧，觉得自己在做蠢事，自己根本就没有那么聪明的脑壳。

不再想升天的事了。日子又回到从前的状态，他呷完饭，东家西家去坐，听人嚼卵谈。也去玉娥那里，爱说么里就说些么里，不着边际地闲聊。

这样过了两个月，一天，天空阴沉沉的，下了几滴雨，突然刮来了一阵大风。惜天二爹打着洋纸伞刚出门，一口风把他的纸伞吹上了天，他"哎呀"一声，想去抓，伞越飞越高，往一片茵地飞去。他在地里追了一阵，纸伞一歪，往下掉到了地上。风吹得它又在地上磕磕碰碰蹿了好远，等到抓住伞柄时，纸伞已经烂了。

惜天二爹恼恨这股风，骂骂咧咧回去了。坐在家门口发呆的时候，纸伞飞上天的情景又出现在他脑海里。"伞飞上天与它锅盖一样凹进去的样子有关系。把风窝在里面，风就像一头乱蹿的兔子，把伞冲到天上去了。"想到这里，他"霍"地起身，又去找他的蜡烛和纸。

他点上最大的蜡烛，把一张薄纸用两个手掌窝起来，罩在火焰上，一会儿纸就往上面移动，从他的掌心飞了出去。"怎样把形状固定下来呢？"他想呀想呀，想起了过年细伢子打的灯笼，"对，用细细的篾条！"

想到灯笼，他意识到以前自己想破脑壳都白想了，现成的东西就在眼面前也冇看到，真是几蠢！他现在脑壳清晰起来了，"就是灯笼的样子。灯笼飞不起来，因为它太重，上面有个洞，冇封起来，跑了风。"

惜天二爹在家里忙了三个晚上，他把篾条削到比牙签还要细，只用一条弯成圈，把纸糊成一个高帽子形状，粘在篾圈上。用细铁丝在篾圈上固定出一个十字，把蜡烛固定在十字交叉的地方。点火。纸慢慢鼓起来，就是不飞。

惜天二爹绕着它边看边想，"还有哪里不对呢？"他想着想着，纸灯笼突然就飞了起来，离开了桌面，往空中飞升，一直到屋顶，再不下来了。

惜天二爹没想到它真的飞起来，看到火挨着木头和簟席铺的楼板，吓得脸都变色了，嚷嚷着："哎呀，伊咯何事办呢！嬲你娘咯！快来人啊——"邻居不晓得出了么里事，赶紧过来，看到一团火躲在纸里一闪一闪飞到了楼板下，在那里动来动去，也吓得面无人色。"哎呀，撞见鬼啦！要发火了！"

邻居一喊，来了更多的人。

惜天二爹反倒冷静了，他搬过桌子，自己爬了上去，好像它真是可怕的鬼火，他小心翼翼地用双手捧住了它，把它抓了下来。他又惊又喜，想哭又想笑的样子，让人看了，以为他中了邪。

惜天二爹晓得飞不起来的原因是蜡烛太重了，只能用一小节。他欣喜若狂，向连尔居人宣布他重大的发明：他可以把信送到天上去了。谁要向仙人报信，谁要祈求神仙，在他的灯笼上写上字，签上名，他就能把它送上天堂。他一骄傲，觉得人造卫星也么里了不起的。他想办法也造得出来。

他整天笑呀乐呀，到玉娥那里把自己说得神乎其神，说是仙人托梦给他，他一觉醒来，就晓得怎么与仙人联系了。

他在二姨驰家嬲卵谈，有人说："是想仙女想出来的吧？"惜天二爹脸一拉："想你娘想的！"他觉得自己发明了这个天灯没有得到应有的尊重，连尔居人太野蛮了。

在一个繁星满天的晚上，惜天二爹当着全村人放他的灯上天。连尔居人围着这盏灯，村里的会计用毛笔写上了"求神保佑""福寿齐天"，落名是"一队党支部"。惜天二爹要求在下面写上"孙惜天发明"。会计也提笔写了。青华悄悄用钢笔在另一面写上了自己的名字。惜天二爹于是点火。

黄色的火让蚊帐一样张开的纸也发出柔和的黄色光亮，它通体透明，在上百双眼睛的注视下缓缓离开托着它的手掌，向着头上的天空升起来。青华、云祺、建元、茂益、茂成和我跳起来欢呼，细伢子全都"噢——噢——"叫起来了，有的喊："升天啦！升天啦！"

它高过了屋顶，高过了大樟树，高过了地面有过的最高的东西，向着夜色里繁星闪烁的天空飞升，飞得越来越快。开始斜斜地往西北飞，向更加浩渺无垠、祖祖辈辈都仰望过的星空飞去。大家都静默无声了。有几个细伢子在小声议论："它往北边去了。""它越来越小了。"

它小得像一颗星一样，浩浩荡荡的夜色里它看不见了。人们在想："它真的上天了？""天上真的有神仙？"牛郎织女还有两个多月就要相会了，这灯笼能照见他们吗？

惜天二爹尝到了发明的喜悦，他想着怎样把人升上天去。"要是火很大，笼子很大，说不定就可以把人升上天去。"但是，"去哪里弄那么大的火？"

回到家里，躺在床上，他还沉浸在幸福的遐想之中，"要是能飞上天，就可以飞过汨罗江，飞过连尔居的屋顶，飞到稻田、甘蔗的上面，看到白云，看到大雁，看到天上的雷电，看到星星月亮……那该多好啊。"要是实现了，他这一辈子么里都可以不要了。

三十六

端午又到了。由于"破四旧""立四新"，龙船早已不准划了。祭屈子祠的礼仪很早就已废了。花鼓戏也不准唱，花鼓戏唱的是封建社会才子佳人的戏。批孔老二，砸烂孔家店，封建社会全是垃圾，须彻底干净扫除出去。只有放电影，八个样板戏看得男女老少都能背台词了。

泪罗江农场刚建场时叫屈原农场，为了避开这个封建士大夫的名字，八年后改作泪罗江农场。凤凰山清同治十二年在河泊潭修了一座屈原庙，传说屈原在这里怀沙自沉，农场改名的同一年，庙也被拆毁了。屈原与这片土地的联系全部被清除干净了，从荻秋、耀华、大放到云祺、建元、青华和我，没有谁晓得屈原这个人，连名字都没有听说过了。

保留下来的是家家户户包粽子，中午鱼呀肉呀呷一顿。过节只剩下吃，不再热闹，这节过得便有些寂寞。

湛木青过节回了张家墩，他要去屈子祠祭拜三闾大夫。在连尔居晓得屈原懂得屈原的只有三个人：湛木青、玉娥和缘山老倌。张家墩人是全都晓得屈原的。村子东南的黑如岭上，十二座屈原疑冢那么巨大，他们经过时有意无意总会看到碑文，不同的字体，好坏总有人品评一番。它们成了张家墩人生活的一部分。三闾大夫就是这块土地上的先人。一个真实的人，死在这里，埋在村边。只有远处的人把他当成泪罗江的神。

玉娥端午前回了一趟娘家。爷娘对她与湛木青房挨房住在一起很不高兴，觉得让外人看了湛家人的笑话。

春节正月回娘家，爷娘就问湛木青在连尔居是不是与她一起过的年。玉娥说："跟他的同年缘山老倌过的。""那就好！那就好！妹子呀，莫做蠢事。要对得起祖宗啊。一个人名声清白比命还重。"

玉娥看着两位老人斑白的头发，老得弯下的腰，脸上、手上枯树皮一样褶皱叠褶皱的皮肤，密密麻麻的老人斑，他们已到了活一年是一年的高龄了。她不忍心伤他们的心，宁肯自己一个人躲起来哭一场。她回到家，把爷娘的被褥床单统统洗了，又把房子里的卫生打扫了一遍。爷娘爱干净，祖屋虽然有些破败，但它高大宽敞，收拾得整洁，住起来十分舒适。

这一次回家，爷娘气得不理她，爷把拐杖顿着地，说："你有辱家门，把爷娘的脸都丢尽了！"

娘晚上跟她说："妹子呀，你崽都大哒，都五十好几的人了，还做这么见不得人的事。不是娘讲你，这么多年都过来了，现在就熬不住了？当初我也劝你改嫁的呀，你不听。同一房的兄妹开亲，违了祖制啊。"

看着玉娥不作声，又说："新楚来哒，外甥也要脸做人呢。他成家立业了，你老了，他是你的靠。他养了你的老，还要养别人的老不成？"

玉娥听到这里，又是气又是伤心："姆妈，你老人家莫讲了。我晓得的！"

老人长叹一口气，也不再说了。

一大早，玉娥跑到屈原墓地的荒草坡哭了一场。这里是当年湛木青搭矮棚和她躲战乱的地方。村里人听不到她的哭，过路的听见了，不由得发出一声叹息，哭声这么绝望，哭得嗓子沙哑了也不曾停一停，有人想上前去劝慰一番，停住脚，又觉得不好意思，叹息一声只好往前走了。有妇女被这哭声打动，眼里也流泪了。他们以为是生者怀念死者，为亡人哭泣——附近村庄死了人也有埋到黑如岭的。

哭得发晕了，全身开始抽搐，玉娥才停止哭泣。她擦了擦脸，茫然往回走。穿过隧道，一列火车刚好从头顶过去，轰隆隆的声音就像几十年前的岁月发出的呼喊。京广线修了复线，隧道变长了。她也没有发现。修复线时，一座疑冢被埋掉了半边，玉娥也没有看见。

沿着一条水渠走到了一片稻田中，她惊醒似的：楚塘不见了！当年青哥哥救她命的池塘改成了稻田，青青的禾苗在风中摇摆，一会儿是深绿，一会儿是浅白色的绿。她的眼里却是荷叶万竿摇空的景象。物不是，人亦非，从前的一切皆成幻影，她伤心得泪水奔涌，又嘶哑地哭了起来。哭她的童年少年，哭她的青春，哭她青涩的爱，哭她苦命的人生，哭生命的短促，哭她如今无法安妥的心……

她中午饭都没有吃就回连尔居了。娘家给她的粽子也忘了拿。

湛木青回到张家墩，玉娥的爷娘就上了他哥哥家的门。爷娘不在，长兄当父嘛。

尽管两家隔得不远，两位老人还是走了半天。玉娥的爷身板还硬朗，走起路来仍然稳健。玉娥的娘一双三寸金莲的小脚，弯着腰，拄着杖，小碎步一步一步移。青年人从她身边走过去像一股风，他们回头看她，像在原地挪。

好不容易到了湛木青哥哥的家，老太太一坐下来，茶也没喝就把湛木青搬去连尔居又住了玉娥一间房的事说了一遍。她说得气息有些跟不上，一双眼皮褶子重重困住的眼睛仍是那么锐利。"老班子的规矩，在家从父，出嫁从夫，夫死从子。三从四德，我们湛家人不能丢。木青和玉娥是同房兄妹，更是违了祖制！祖上神明，如何容得这样的忤逆！"她要哥哥主事，别让旁人戳脊梁骨。

玉娥的爷老在一旁咳嗽。老伴儿说完后，他感叹一声："人心不古啊。"

湛木青的哥哥倒是可怜弟弟和玉娥的，事已至此，大好人生都过去了，到了晚年还如此无止无休，真不知事情如何办才是好。他怜惜弟弟一生因为一个女人，到老了仍孤寡一人。以前他还想把一个儿子过继给他，湛木青说一个人惯了，来去无牵无挂，他才作罢。

听着玉娥爷娘当面说事，他一面点头答应劝说木青，一面想："这两个老东西何解就一点不通人性？他们结了婚会有么里事?！同房兄妹不能开亲是祖宗定的规矩，但他们一把年纪了，不再生儿育女了，这又有么里关系呢？一对死脑筋！说都说不得啊。"

湛木青回到家，与哥哥一家过节。弟弟一家也来凑热闹，全家在老大家一起过端午。父母过世了，长兄自然要撑起这个家。兄长一直没有提这件事，只是问湛木青在连尔居过得好不好，要不要搬回张家墩。张家墩还给他留着两间祖屋。老房子是爷娘住过的。湛木青回来就住在这间房子里。

也许是上了年纪，晚上兄长跟他谈到玉娥这件事，问他如何打算，湛木青心里发酸，喉头滑动，哽着说不出话来。他把自己又放到了当年那个欲罢不能的位置。在连尔居么里都好，就是玉娥的崽新楚对自己不冷不热，有时说话很难听，他一次次伤心，一次次挣扎。端午节玉娥请他一起过节，想到她儿子的态度，他谢绝了。

人生一晃就是老年。年轻的时候自己的事由父母做主，年老了，自己的事情又要由着子女来管。

哥哥理解他，体谅他，他劝湛木青不要再委屈自己了。么里是委屈自己，么里又不是委屈自己呢？湛木青也搞不清。在连尔居，他跟缘山老倌一起种菜、看守仓库，两个人聊古人的生活，聊前清和民国的旧事，湛木青把自己的藏书都搬去了，他们一起看书，交流读书的体会。湛木青的历史、宗教、文学素养是缘山老倌仰慕的。缘山老倌的释梦、看相和风水，是湛木青最有兴趣的。

他们也谈女人，对于么里样的女人才是好女人，么里样的女人才美，两人虽有分歧，却大同小异。对玉娥，两个人都是认同的，是难得的好女人。湛木青说她："恪守妇道，顾家，不搬弄是非，本分做人，过的是耕读人家的生活……优点很多。"缘山老倌说："玉娥这个人嘛，长得虽然没有沉鱼落雁之容，却是有味道的女人，透着一股灵气。"

村里其他女人他们也谈。春晖、春芳自然是美人胚子。晓晓屁股好看，她有一副迷人的金嗓子。惠英的大屁股生崽多，是块沃土。尚健师与她生了一个又一个，可惜儿子只生了一个，生的都是女儿。谈论女人多少释放了一些单身男人的欲念。他们也议一议村子里的是非，谈论一下"九一三"林彪坠机蒙古温都尔罕的时事。日子过得清清闲闲的。

吴玉清算是湛木青遇到的一个奇人。他和缘山老倌经常去她家里坐。他们都不把她当作女人，她是超越性别的。只要进入她的家，他就被她的气场笼罩，他和缘山老倌不再喋喋不休地谈话，两个人说起话来声音都小了。

吴玉清鹤发童颜，偏长的脸骨相硬朗，棱角分明，有女人少见的长眉，眼睛里有一种青瓷的光。她没读过书，不识字，她的知识全部来自口传。她有非同一般的领悟力、记忆力。她几乎不说话，你想说么里想做么里，她一眼就看得出来。她用直觉来生活。人在世上不过是暂且栖身，吴玉清的眼里就告诉了你这一点，她看的是这个世上看不见的东西，譬如你的生老病死、命运、前世、未来、意念、灵魂……湛木青曾在长长的黑夜里与吴玉清屏声静气，自己的心律与感觉慢慢与她的靠近，他感觉到了另一种存在，另一个世界的神秘幻影。

吴玉清是靠感觉和生命的气息来感知和认识世界的。这是一个关于远离与到来的周而复始的世界。她看到的是正在变化着的世界，知识对她而言，不过是事物外在的记忆而已，她懂得或者了悟的是事物本身。这正是她不爱说话的原因，因为话语也是外在的东西。

湛木青沉思默想的习惯是吴玉清培养出来的，但她的通灵与巫术一般的感知力，湛木青始终进入不了。

湛木青在连尔居生活久了，总会不自觉地拿它与张家墩比。想不到新区移民与老区原住民有这么大的区别。尽管相距不远，孙姓与祝姓也是从张家墩这样的族姓祖居地搬来的，他们的祖居地大洲孙、小洲祝甚至挨连尔居更近，但他们一搬出来就与宗族断了血脉，他们没有那么多的规矩，很多事情可以按照自己的天性喜好去做。那些来自祖宗的清规戒律，只有上了年纪的人念叨一下，年轻人早已不记得它了。他们先是自己动手把祖宗的祠堂给拆了，砖运来连尔居砌房屋地基，麻石条做了挑。这在张家墩是犯了大不敬的天罪。不敬祖宗，那是大不孝，死后灵魂进不了祖先的灵地。

祖宗定下按辈分取名的规矩也断了，孙姓人到了茂字派就没有了，祝姓到了炳字派也没了。按辈分高低说话的习惯当然也废了。连尔居是谁能耐大谁说话的权威就高。重男轻女、传宗接代这些千年不变的观念也淡薄了，没有人晓得三从四德。连尔居人生男生女都高兴，一样送他们读书受教育。张家墩女孩吃、穿、住、行都有讲究，笑不露齿、坐莫摇身、话莫高声、呷莫出声，连尔居人爱怎样就怎样，懂得起码的礼貌就行。她们像野孩子一样疯玩。男孩子都是在野地里长大的。他们读书，大人反倒不怎么上心。

婚姻事从来是父母之命、媒妁之言，连尔居人自己喜欢上的，只要取得父母的同意，再去捉个媒人来说事，不用讲究生辰八字，自己定个日子就热热闹闹地办喜事了。有父母不同意的，父母也拗不过年轻人。

对待玉娥与湛木青的事情，他们指责的是玉娥的爷娘和崽。"么里年代了，还这么封建。死脑筋。"

湛木青刚来的时候很不习惯，时间一长，他就喜欢上这个村庄了。他觉得一切都是率性而为，不受任何人的压制。这种废止礼仪、不遵教化，非常合符庄子的哲学，合符道家的修为。

他想到当年庄子南游楚越、探访古风，曾来到南郢沅湘这一带，发现这里的人把凤凰看得比龙重要，他们袍衣裙袖都染上了艳丽的颜色。他们崇拜日神、火神，把他们当作祖先。田夫野老、荒陬蛮民，农事之余，男女轻歌曼舞，打情骂俏。祭祀，女巫浓妆艳抹，用妖冶的色相去引诱神灵。男觋扮的神灵，与女巫扮的人，相互嬉戏，上演神人相恋。这些中原人眼里的蛮夷，庄子认为他们过的才是人理想的生活。他喜欢他们的纵情山水、放浪形骸、诡思横逸、善解音律。他痴迷楚地，不愿离去。

如今吴玉清身上还留有楚人的特征，她以超凡的想象弥补知识的欠缺，以与自然无间的交融达到了对生命和世界的认识。楚人非毁礼法、傲视王侯、率性任真，在连尔居人身上也找得到印迹。

庄子当年周游世界，到处宣扬他理想社会的观念。他以七窍开而混沌死来启示世人，圣人不死，大盗不止，是圣人使这个世界有了是非观，有了不平等，人心因此不古。他明白，仁义礼智之类不合人性的东西，不会有人真喜欢。

现在，造反派打倒孔家店，砸烂一切，这不是真正的反孔，是社会疯癫了。有人要建立新的崇拜、新的主义。

张家墩人为何沉迷得这样深呢？满脑的仁义道德。连尔居与张家墩的不同，就像道家与儒家的区分。

这次回到张家墩，他又去了黑如岭坟场。这里埋有楚国的先人。也埋有大大小小东周至唐宋的数百座墓葬。这些坟墓都被松林遮掩了。曾有人发掘过一百零一座墓，发现都是东周、秦、西汉和南朝的墓葬，无一假墓。

山坡地上春草萋萋，荒芜多少年都不会改变。这原初的大地，有充沛的岁月气息、生命的气息。湛木青从中闻到了自己少年的气味，眼里浮现出捕蝴蝶、捉野鸡、摘瓜果的画面。

他看到了那个面容消瘦的青年，头发蓬乱，衣服上染着草汁，目光惘然，仰躺在荒草地上，口里喊着一个人的名字，心里想着她的一举一动，眼里再看不进任何东西。他同情那个青年，可怜他，像有一股魔力驱使，那个青年向他走来，他感到害怕，修持了这么多年，他竟然没有能力抵抗他，他闻到了青年闻过的野草气息，还有五花土的腥气、冰凉的夜气、身体的馊气……这些气息在他的鼻腔里复活了，如此真实。一瞬之间，他回到了从前，感受到时空错乱。他要与他合为一体了。青年的痛袭击了他，青年的情绪正在变成他的心情，他正欲陷入同样的无望……

　　湛木青转身往墓地走，大步跨腿，像年轻人一样对着空荡的山谷吼叫，走得自己气喘吁吁，直到找回现在的自己，让那个青年重新回到那个逝去的岁月中，回到山坡上光与影的幻影中，只在偶尔的错觉中恍惚一下。他眼里的玉娥已是一个眼梢鱼尾纹密布的妇女了，她皮肤松弛，不再铃铛悦耳的嗓音掺杂了岁月的烟火气。狂恋、相思与绝望像季节一样属于人生的夏天，豆蔻年华的她只在青年的记忆里。他们都走到了人生的秋天，青涩过去，现在是渐黄的一树梧桐树叶，他感到了岁月深深的凉意。他在可怜自己，为自己的伤感而伤感。

　　走到那年搭矮棚躲战乱的地方，荒草淹没了一切，丝茅草、狗尾巴草、蒿草长到了人的臀部，散发一片苦涩的香味。远处杜鹃鸟的啼叫传来，鹧鸪的叫声就在附近的草丛里。他看到踩倒的一片草地，有么里人来过。草被一根一根掐断，掐掉了一片，又全都丢在草丛上，东一根西一根，断处汁液还那么饱满，青香盈溢。五花土上还有杂乱的手指印。膝盖跪过的地方，草梗深深陷进了土里，泥土跪出了水，杂草也跪出了汁液。是男女青年在这里幽会吗？不像呀，他们不会这么长时间跪着，掐这么多的草呀。好像跟草过不去似的。这是么里意思呢？

　　鹧鸪又叫了，叫得与当年一模一样。他霎时看到当年的那个青年在顷刻间老去，化成梦幻一般的泡影，青年的疯狂像咆哮的江河遇到了海洋。这海洋便是无边的岁月。

　　大哥和弟弟家门框上都插上了艾草、菖蒲。端午节这天，湛木青咽过午饭，脚不由自主走到了汩罗江岸边。江水有些浑浊，却是一江来自天上的雨水汇聚，那么清亮，带着泥沙的淡黄色。岸边的青草淹在水里，仍然与岸上的草木一样翠绿。它们对淹入水中还没有反应过来，仿佛淹过它们的不是水而是风，是风把它们吹得弯曲、摇摆。阳光下，水流的波纹与草叶都在江底投下光影。草叶上还有一层空气，那是细小的白色气泡附着在叶面茸毛上，把水与草叶隔离开了。湛木青把脚伸进水中，凉凉的，也像风拂过。

江面上空荡荡的，只有一条渡船在远处来来回回摆渡。鸥鸟、白鹭、绿头凫都在江上飞。对岸的长堤那么远，低低地贴着滔滔西去的江水。这些年，他对屈原越来越能理解了，他怀沙一步步走入江中，水像清风一样把他裹入怀中。他实在太累了，自己与自己纠缠不清，他想休息，想在浩大的江水里获得解脱。

江山万古青绿间。他向着玉笥山走，那个破败、清冷的屈子祠立在山上，如今无人问津了。这一江涌动的江水也不闻龙舟鼓响，当年热闹的一幕，如岁月的梦魇。汨罗江看划龙船的情景在记忆深处浮动、明灭。脚下的荒草与当年一样疯长。雨水在每一片草叶上鼓胀，地气一样往外冒，水之汽，雾一般低低缭绕着孟夏的草木。他与村里的后生崽抬着龙头，一路踩着蓁蓁草木，那得胜的喜悦，让脸庞笑作了夏花。而现在，他两眼泪水蒙蒙，吟唱起丧礼歌：

长夏火光红，绿树阴浓，

汨罗江上鼓咚咚，

魂招屈子归来未，

剩有骚风，

叹人生，莫辞长夏醉荷桐。

走了很远的路，像他的感伤一样长，他一路吟唱礼歌，走到了濯缨桥，走到了玉笥山下。台阶还是旧时的，只是两边荒草葳蕤，缝隙间全是一蓬蓬的野草，台阶上青苔霉菌一样把麻石变成绿色的了，仿佛这个地方数百年间没有过人烟，是个古老荒祠。鸣禽在满山林木间喧腾，湛木青听得出黄莺、布谷、斑鸠、喜鹊和山雀的叫声。草木茂盛得张狂，樟、枫、栗、槐、杨、梧桐、女贞、玉兰、茶、桃、银杏……各种绿，茵茵相杂，亮得炫目。各种藤萝、灌木蜂拥于坡地空隙。

踏上一级一级的台阶，湛木青心里生出了十分陌生的感觉，"这是我住过多年的地方吗？"从前的人事尘封到了逝川深处，遥远得如同张家墩的古墓了。两百级的台阶，湛木青走了很久，他在一种熟悉与陌生间品味生命和岁月，感受人生的诸多况味。

山上坪地依旧，一样也被野草侵埋。高高耸立的山门，熟悉的门洞，这是乡土味浓郁的一栋建筑，牌楼式的一堵山墙，中间高两侧低，中间微微凹了进去，大门洞开在中间，两边各有一扇小门。大门上嵌着白色大理石雕的"屈子祠"门额没有变，"五龙捧圣"的浮雕却被凿烂。山墙上的十七幅灰雕几乎全敲掉了，湛木青每一幅都记得清清楚楚，有屈子行吟泽畔，怀沙自沉；有《离骚》中的骑马驭龙、云中驾车；有《渔父图》；还有《渔民打捞图》，那涌起的波浪与寥廓的江天，每一根线条都是他熟记的。

门前的石狮、石象被推倒在一边。有两尊已经被砸烂，身首异处。他过去摸了摸。一座石狮还完好，他用力推了推，石狮微微动了动。他叹息一声，看了一眼远处的汨罗江。被乡亲们视作汨罗江神的屈原，而今神灵安在？

进门照壁上，司马迁撰的《屈原列传》木雕屏不见踪影了。祠分三进，二进中厅神龛上的"故楚三闾大夫屈原之神位"也不见了，湛木青记得是黑底金字的主牌位。木质饰金，雕有龙、凤、马、狮浮雕的巨大神龛也没了踪影。中厅空空荡荡，那些大鼓、大钟、供桌、香炉、铁磬等祭器都是湛木青天天拂拭的，已经变成他生命的一部分了，这种空空荡荡让他的心也变得无比的空荡。后厅那尊手握佩剑的屈原塑像，不用说也被打碎了，湛木青不敢再往后厅去了。

他转到两侧，东西厢房、汨罗书院、汨罗初级中学全被拆除了。他住过的地方变成了荒草萋萋之地，几对蝴蝶在一片黄花间飞来飞去。

好在丹樨桂花树还在，前厅两个天井的金桂，枝丫遒劲，弯曲得如藤似根，树上小小的叶却是无比的娇嫩，彰显着生命的沧桑与顽强。他抚摸着树干，像抚摸到了苍苍岁月，当自己所经历的一切皆为空时，只有这两棵古木可抚心愁可慰心忧。

湛木青坐在金桂花台上，口中念起了："上官吏，彼何人？三户仅存，忍使忠良殄瘁；太史公，真知己！千秋定论，能教日月争光。"这是李元度写的楹联，挂在前厅照壁。

"《哀郢》矢孤忠，三百篇中，独宗变雅开新格；《怀沙》沉此地，两千年后，惟有滩声似旧时。"这是郭嵩焘写的楹联，挂在中厅门柱上。

"诗赋《离骚》亦时用；文章《尔雅》称吾宗。"这是苏东坡写的诗句，挂在前厅北山墙上。

"江上青峰，九歌遥和湘灵曲；湖南草绿，三叠重招宋玉魂。"这是李元度写的楹联，挂在中西厅门柱上。

它们都飞走了，祠内空空如也，不知去向何方。

一只紫燕飞来，湛木青看到素面藻井下筑了一个燕子窝。那头顶上的藻井被雨水渗得发黑。一阵奇香袭来，湛木青突然想起玉娥端午送给他的一个香囊，那是她亲手做的，用五色丝织绣，里面装了丁香、木香、白芷、雄黄、艾叶。香囊是驱除百毒、护身辟邪之物。她出嫁前突然找他要了回去。他那么宝贝一样地随身带着，他不明白玉娥何事找他要了回去。

许多个端午，湛木青坐在这个厅内，被一群孩子围着，他在一条条黄布、白布上盖上朱砂符咒，卷成拇指粗的圆筒，分发给他们。细伢子佩戴在身上，回去压在枕头下，镇惊压邪。

几只雏燕好奇地从燕子窝探出头来，"啾，啾，啾"，叫声稚嫩。湛木青拍了拍自己的大腿，他不敢再坐了。

隐隐约约，山下传来了鞭炮声。

三十七

谷清死后，福云人变呆了。一连好多天，她不说话不理人。炳丰搬回来住，一日三餐都是他煮了饭，盛好端给福云。腊月不用去外面放牛，牛都关在牛栏房里面。他每天早晨生好煤炉，烧好开水，然后顶着凛冽的北风去牛栏房看看牛。他那一头白发就像顶着一小块雪。他打扫牛栏房，放它们出去喝水，给每头牛背来一捆稻草。

下昼再去，天气若是好，把牛牵出来，让它们晒晒太阳，活动一下筋骨。太阳落山前把牛关进去。冬天天黑得早黑得快，他要赶在天黑前回家。有一天，一头牛犊生病，请畜医看了，给牛灌了药，出门时天眨眼就黑了。回到家，家里一片漆黑，炳丰心里一紧，拉亮电灯，福云坐在房里，像个木雕。她喃喃自语："谷清回来了，谷清回来了。"炳丰一把抱住她，说："是我呀。谷清已经走了。"

从此，他每天都在天黑前赶回家，不敢让她一个人待在黑暗中。炳丰格外小心，生怕再出么里事情。

腊月全都是干冷天。白天还算暖和，太阳一落山，气温降得厉害，冻得人脚趾发麻，耳朵生出了冻疮，手冻得皮肤裂开了口。水塘在半夜结了冰，结冰的声音都进入梦中来了。白天，福云坐在火炉前几乎没动过，头埋在火被里，睡一会儿，醒一会儿，不知想些么里。藕煤烧完了，她也不晓得去换，好多次火灭了，炳丰要重新生火。对于冷暖，福云毫无知觉。炳丰后来出门就把火炉的风门关小了，同时换上两坨藕煤。这样半天时间藕煤也烧不完。

左邻右舍也有人来陪她，人家说话她发呆，坐一下她们坐不下去，劝慰一番就走了。炳丰、福云两个人坐着也没有话说，默默地呷饭，默默地上床睡觉。

福云这样的状况很久也不见好转，炳丰不放心，他决定把家搬到一口子的牛栏房里去。炳滔爸说："搬个地方也好，免得看着伤心。"

他们搬家的时候，快过小年了，村里人都来帮忙，有用牛车来拉的，有用板车来拖的。年轻人把床、柜、椅子、桌子搬上车，又帮着搬进牛栏房。炳丰一个劲地向人家说着感谢的话。

住进牛栏房，福云大哭了一场，她抱住炳丰，泪水把他的棉衣都湿透了。炳丰摸着她的头、脸和肩膀，她瘦得只有一副骨架了，炳丰只觉得自己在摸一个装着骨头的袋子，随时可能就散掉了。他不由得落下泪来。他不轻易落泪，泪水一出来就喷射一般，"吧嗒吧嗒"落到了福云的身上、地下，像下了一场豪雨。

福云不晓得他在哭，两个人的泪水各自流着，都往对方的身上流，心里各自的痛，痛到了一处，一种相依为命的感情搅住了他们。他们就这样抱着，福云抱得紧紧的，生怕炳丰也失去了。天色由鱼肚白变灰，最后完全黑了，入夜的寒风吹得外面的茅草、枯荷簌簌响，有一阵像风笛一样尖啸起来。空荡的旷野，无边的寂寥黑夜一样沉沉压下来。炳丰收住泪，说："不哭，有我在，我们好好过个年。"

这个年，他们俩就在离村子两里地的牛栏房独自过了。

年二十九，炳丰悄悄跑到谷清的坟上去了一趟。他来请谷清回去一起呷团年饭。大年三十、初一的早晨，炳丰各放了一串长长的鞭炮。大年初一，村里很多人来牛栏房给他们拜年。

拜年的人走后，炳丰去一间间牛栏房转悠，他养成了对牛讲话的习惯，每天都要去唠叨一下。他觉得牛懂得他的话。他与牛之间甚至不用手势、语言，只要一个眼神，牛就晓得主人的意思。

他一进牛栏房打扫就唠唠叨叨说上了，他特别喜欢跟一头白牯牛唠叨。只要他一进房，白牯牛就甩着尾巴，抬起头，用铜铃一样大的眼睛看着他，那眼睛稚童一样单纯、善良，它用鼻子去嗅他，用头轻轻去顶他。有一次，炳丰说着说着，看到它又大又黑的眼睛里竟然有泪花。炳丰抱着它的头，久久不愿松开。牛也纹丝不动。

这是一头牛王，脾气很犟，它看得顺眼的人，犁田、拖车、耙地，干么里都肯下力气，主人要它停就停，要它转弯就转弯，要它靠边就靠边，只要哼一声，它就晓得主人的意思。它看不顺眼的人，任你鞭子怎么抽，它就是不动，还会用角来挑衅，一副藐视你的神态。曾有人狠狠用扁担打过它。后来，它一见到打它的人就用角去斗他。炳丰劝它要听话，要温驯，不要记仇。白牯牛最初是不理会他这些话的，说多了，它看着炳丰，慢慢听进去了。到后来，谁用它都不再犟了。

炳丰对牛的感情就像对自己的子女，春天，他要煮上一大锅草药给牛开表。牛不呷草了，他比谁都急，晓得牛要生病了。他一天若见不到牛，心里就不安稳。平日走亲访友，他都不在外面过夜。

牛之间也记仇，一点小事就斗起架来。尤其是公牛，谁都不服谁，只有斗架分出输赢才会让对方服从。公牛斗起架来，牛角顶着就分不开了，最厉害的斗得眼睛血红血红。炳丰总是规劝它们和平相处。有他在，牛是不敢斗架的。

母牛怀孕了，炳丰把最好的草给它吃。他绕着草垛，翻寻那些稻秆粗大、水分还没干透的稻草，从草垛中直接抽取出来。有的抽不动，要把上面的草捆腾开来才抽得出来，他从不嫌烦。那些堆在草垛中间的稻草，有的还带着绿色呢。拆乱的草垛，炳丰又一捆捆码回去。天冷的时候他给母牛在地上铺上厚厚的稻草，有时还生火取暖。

要生产了，晚上他爬起来看几遍，把牛栏房一遍一遍扫得干干净净，不留半点牛粪。

生下了牛崽，他煮一桶甜酒，把鸡蛋一个接着一个打到甜酒里面，左手把它的头抬起来，右手用竹筒打了满满的甜酒灌到它的口里，给牛补身子、发奶。他会把自己的衣服盖到刚出生的小牛犊身上，生怕它冻坏了。

初五的晚上，福云突然身子火一样烫，头昏脑涨，浑身乏力，连说话的力气都没有了。她躺在床上，嘴唇干得起了壳，口里呼出的气腥臭难闻。她烧得胡言乱语，一阵阵冷得打起颤来。一会儿说："谷清回来了。"指着门后，"谷清在那里。他冷啊……快给他衣服。"一会儿又喊媛媛，问她过年呷了肉没有？炳丰给她喝水，两床被子都压到了她身上，福云全身还是在发抖。

炳丰打着手电去村里找赤脚医生金明。金明在分场卫生院学医一年回来了。他先问了一下福云的病情，背了药箱就跟着炳丰出门了。

两个男人进了门，家里没有一点声息，炳丰先紧张了，脚一进门就喊着"福云，福云"，急急赶到床边。福云睁开无神的眼睛看着他，像看到梦中人一样。金明先摸了摸额头，烫得很，拿了温度计放到福云的胳膊窝里。他又看了看舌头，号了号脉，取出温度计看了看，说是重感冒。

他打开四方小箱子下面一层的药盒，找了两样药，交代炳丰怎样吃。说明天晚上还不见好转，再来找他。

第二天黄昏，福云仍是高烧不退。炳丰慌了，又急急忙忙去找金明。金明看了看，他也开不出其他的药了，想了想，说："我晓得一个治重感冒的土办法，很灵，试一下。再不好的话，明天就要送职工医院了。"

他交代炳丰煮一大碗面，放些葱，要福云趁热吃了。然后用被子裹紧，捂出一身汗来。只要出一身大汗，病就好了一大半。

炳丰赶紧下面，劝福云吃下。一个时辰后，福云大汗淋漓。又过了一个时辰，炳丰将她的湿衣给换了。福云长出了一口气，昏昏睡去。炳丰陪着她，一夜不敢合眼。

第二天早晨，福云自己就起来穿衣服了。身子虽然虚弱，气色却正常了。咳了一天，吐出一口口绿痰；又过了一天，精神复原了大半。

病了一场，福云的精神状态比原来反倒好起来了。

元宵过后，一天晚上，福云躺在被窝里，突然抱紧炳丰，说："我要细伢子，我要细伢子。"炳丰没明白她的意思，只是好言好语安慰。她抱着炳丰不肯放，越抱越紧。炳丰有点透不过气来了。他感受到她胸口剧烈的起伏。炳丰涌上来一股怜惜的感情。

福云好久才放开他，右手还在他的颈下，说："我要去医院。我还能生。"炳丰这才明白她是想再生一个细伢子。她都快五十的人了，炳丰年纪比福云大，都五十好几了，他想都没有想过还要生一个崽。他看着她，她的表情好像自己有了身孕，细伢子就要出世了，充满向往、沉湎。炳丰心里想："太迟了！太迟了！"但他不忍心拒绝，只是忍不住叹息了一声。

福云一个劲地说："我还能生，我还能生。"

第二天福云真的要去医院，炳丰推说脱不开身，等两天再说。他希望等几天她能改变想法。

想不到福云态度很坚决，才等了两天她就催问他："今天行不行？"

炳丰硬着头皮说："再过两天。"

等到晚上，炳丰不得不做她的工作了。他说："年纪这么大生细伢子，等到他长大了，我们也老了。养不起呀。"

福云说："我去出工，我不怕见人。"她求他，态度一点也没有软下来。

第二天，炳丰去找潘支书，要他开一个去医院做手术的证明。潘支书问他谁做手术。炳丰说："福云。"

潘支书又问："她么里病？"

炳丰说："做个手术，把结扎的管子接通。"

潘支书没听明白似的，"结扎？福云做过结扎手术了呀。"

"不是去结扎，是把结扎改过来。"

"改过来？你是后悔结扎了？"

炳丰点点头。潘支书看着他，跟不认识似的，"你要做么里？好好的还要去挨一刀？"

炳丰低着头，嘟哝着："福云想再要一个。"

潘支书笑了，他认为是他们两口子有么里事闹一闹，闹到他这里来了。

炳丰有些不好意思，但他一点不像开玩笑，"是福云想生一个细伢子。她受不了家里的冷清。"

潘支书不笑了，他抬起了额头纹，说："你们年纪这么大了，真的还要生？"炳丰说："生。"

潘德和转过身在房里走来走去，"我不是说你，福云一个妇道人家，她想要生个崽可以理解，你一个男人就不会劝解一下她？不说养不养得了，这么大年纪生育也很危险啊！这样的手术能做好吗？"

炳丰听他说完，看着潘支书一双眼睛直瞪着自己，说："去医院试试吧。你给开个证明。"

潘支书摇着头，欲言又止，犹豫着，很不情愿地去找纸和笔。

农场职工医院人来人往，有个血防工作会议在农场召开，参会人员到医院参观。大家看到一个高个子女人穿着打补丁的衣服，她身边的男人一头白发，头还没到她的肩膀。他们忍不住好奇地朝她这边看，几个女人在交头接耳。他们对这个女人的兴趣显然比参观医院的兴趣更大。

高个子女人低着头，眼睛不敢看人。但她头再低，人家也能看到她的脸。她高耸的颧骨让人看了害怕。

福云和炳丰两个人走进了大门，眼睛四处张望，不晓得何事办才好。一个穿白大褂的女人走过去，问："你们是看病吗?"

男人点头，说："去哪里看?"

穿白大褂的女人用眼角很快地扫了一眼男人和女人，说："跟我来吧。"

炳丰就跟着这个一身白衣的女人走。福云犹豫了一下，看到炳丰只是走到几米远的一排窗口前，她就站在那里，眼睛好奇地打量着这个大厅。

穿白衣的和不是穿白衣的人都没有停留，从她面前走过来走过去。她与他们的视线碰到一起，她读懂了他们眼里的东西。于是，她又低头，偶尔看一看炳丰。

炳丰跟窗子里面的人在说话，对方要他的农场职工证，凭职工证看病可以免费。炳丰却递上了潘支书开的证明。里面的人看了，"哦"一声，说："接通手术我们医院做不了哇。"她要炳丰等等，她起身出去了。

炳丰回头看到福云，示意她过来。两个人站在窗口前，炳丰把刚才医生的话说给福云听。福云的脸色就变了。

等了一会儿，来了一位男大夫，他后面跟着刚才出去的那位女医生。男大夫看福云、炳丰好一阵，说："是你们要做输卵管接通手术?"炳丰不明白他说的话，但他听到"接通"两字，担心医生搞错，便说："我们想再生一个细伢子。"

医生像是没听到似的，还是盯着他们看。"高龄产妇很危险，我劝你们还是不要做了。"

福云一听急了，她开口说话了："我不怕，我只想生一个。求求你!"

这时，周围已经围了很多人，他们都劝说福云不要做。医生说："我们这里也做不了，要做只有去长沙。做了手术也不一定怀得上啊。"

"手术长沙也不一定做得好。"一个外地口音的人插话，她是来医院参观的。

　　炳丰有些害羞，脸偏到了一边。福云问："到长沙去做要好多钱？"医生说："便宜不了，要住院呢。公费医疗可以报销一部分。"所有的人都是抬着头看着福云的，各种眼光都有，但福云这一次全不理会了。

　　他们回到家，炳丰劝说福云不要去做了，福云不肯松口。两天后，她跟炳丰说："我去出工。等有了钱我们去长沙。"

　　福云在劳动的人群里出现，连尔居人都吃了一惊，不晓得又发生么里事了。晓得她的想法后，他们都免不了要叹息一声，觉得这个女人真是可怜。

　　二月积肥时，福云就开始挑肥，挑在肩上，扁担太短了，挑绳也不够长，箢箕悬在半空，就像一个小小玩具。有人还是忍不住笑出了声。

　　组长安排她去上肥。她锄头一握，腰不弯，锄头够不到地，挖农家肥她非得把腰低低地弯下来。这样干了一阵，她的腰痛得很。她咬着牙坚持着，额头上都是细细的汗珠，不晓得是累的还是痛的。

　　炳丰晓得自己没有想得周全，赶紧找了一个长木把，把铁锄头敲下再安到长把上。找到炳篁做了一根两米多长的竹扁担，挑绳也换上长的。福云挑着这副担子，一天下来，累得说话的力气也没了。她个头大，但力气并不大，加上没干过农活了，初一干，全身的骨架都散了，都不听她指挥了。

　　进入人群，大家可怜她，组长要大家不要取笑她，但福云还是听到了说笑。她早就想过了，横下了一条心，听到背后取笑自己，她也不觉得难堪了。相反，她心里空荡荡的感受没了，体力劳动让她心里觉得踏实，脑壳里也没时间去东想西想了。孤立的、寂寞的生活离她越来越远。她甚至想到以前自己何解就没有这样的勇气？

春天插秧的时候，福云抓住一把秧，手掌大，秧捆小，每插一次秧苗不是分多了就是分少了。特别是她的大脚在水田里一踩就是两个大窟窿，两只脚后退着，走成了两条水沟，秧插下去，秧尖尖都淹得看不到了。她伸直酸痛得像要断了的腰，喊组长。组长来了，她指给他看大窟窿里被水淹了的秧苗，大家看到了都笑了起来。组长要她去担秧。

她担秧从小小田埂上走过，大脚把田埂也踩垮了。担完秧，她得负责把田埂重新修好。

农活弯腰的多，采棉花、剐甘蔗叶、薅草、割稻、晒谷……都要弯腰，福云人那么高，农作物那么矮，她的腰弯得像只对虾，腰痛得她经常头冒汗珠，但福云都忍着，她并不是一个不能吃苦的女人。

人家开始公开拿她打趣、取笑了，她也渐渐习惯了，她的外号"窑神"在连尔居已经取代了福云的名字。

一年下来，福云觉得去长沙的事不能再拖了。他们省吃俭用，积攒了一点钱，亲戚朋友也给他们凑了一些，炳丰又跟炳篁、炳滔爸借了钱，腊月他们两个就去长沙了。

小年前炳丰、福云回到了连尔居。正月里两个人小心翼翼地过起了夫妻生活。开始炳丰有些紧张，趴在福云身上，下面就是硬不起来。再来，还是这样。福云叹了一口气，偏过身，说："睡觉吧。"

过了几天，炳丰又要福云，两个人大白天钻进被子，这一次炳丰总算行了，只三五下就泄了，像泄了一摊水。福云摸着炳丰的白头发，幽幽地说："我晓得为难你了。你也要有个后啊。"

三十八

黄石安在分场养猪，养死了一头大母猪。猪不晓得吃了么里东西，肚子鼓起很大，哼哼了两天就死了。母猪过年都没舍得杀，分场留它做种猪。从前号召全国人民"大养特养其猪"，大大调动了人民群众养猪的积极性。后来，养不养得好猪变成了讲不讲政治表不表忠心的问题。母猪是为了多生猪而刀下留情的。

黄石安怀疑有人故意在猪食里掺了东西。他喂猪十分注意卫生，猪栏经常清扫，猪粪用箢箕装了，挑走，天气炎热的时候还用水冲洗。他在猪栏内挖了一条沟，装上竹篁，让猪尿自动流走。猪粪还没满氹时，他就叫附近农科所的人来担。猪吃的生食苘藤、苘、玉米、米糠、白菜，都是他亲手拌了倒进石槽。母猪怎么突然肚子就大了呢？难道有人给猪吃了红花籽了？春节过去一个月，很长时间没吃肉了，分场的工作人员见大母猪死了，个个欢天喜地。一头猪他们两天就吃掉了，吃得连下水也不剩。王书记刚好去韶山参观，回来后肉吃光了，汤都没喝到一口。他有些恼火。好好的母猪何解说死就死了？农场革委会通知三天后到场部开会，想到黄石安很长时间没有批斗了，死猪的事不能就这样算了。毛主席曾号召大力发展养猪事业，养猪光荣，养猪革命，养好一头猪就是射向"帝修反"的一颗炮弹。当然，毒死一头母猪，就是少了一颗打击敌人的炮弹。这是故意破坏生产、破坏社会主义建设事业的新罪行！

二月凛冽的朔风刮得像下刀子，这样的天气大家去游行都有些犯愁。王书记场部开会要汇报批斗黄石安的情况，这是一项政治任务，大家是出政治工，下刀子也得去游行。

带头的是一面铜锣，"咣——咣——咣——"，铜锣一敲，分场大院里的人晓得要游行了。

铜锣敲到了村庄，宁静撕裂了，人们又不晓得发生么里事了。他们好奇地打开门，看着马路上的一群人一路走来，三三两两的人缩着头出门来看热闹。有人议论，又是游大身胚的行啊！游行队伍经过卫生院时，有人吃过母猪肉，脸上露出诡秘的笑。走到毋家棚，有细伢子跟着呼口号，他们个个喜笑颜开，像过节一样。分场负责保卫工作的部长杨颖邦嫌细伢子太不严肃，想赶不是，不赶也不是，一张脸僵着没了表情。

他们喊的口号让看热闹的人笑了，他们听出了这个大右派害死了一头母猪。口号都围绕着母猪喊，么里"不爱护母猪"啦，"仇恨社会主义的母猪"啦，"谁害死母猪，谁就是帝修反，我们坚决跟他算账，跟他斗争到底""反革命分子阴险狡诈，母猪惨遭毒手""人民眼睛雪亮，妄想躲藏罪行蒙蔽群众，我们坚决不答应"长的口号他们分成两次、三次喊。

王书记觉得这样喊有些不妥，满口都是"母猪，母猪"，没有政治高度，他自己带头喊起来，不再把母猪挂在口头上，他用"生产资料""公共财产"来替代母猪，这样庄严了很多。

黄石安一反以前游行不卑不亢的态度，这一次他的神情萎靡、困顿。围观的人看到一个无精打采、眼神涣散、一脸茫然的人，走起路来，一双脚好像不是自己的。他穿了一件破了缝的棉袄，脖子上挂了一块牌，牌子上写了"打倒大右派分子黄石安"，黑字下面用红颜料画了一头猪。牌子下面吊了两坨茴。他一路走得踉踉跄跄，有时身子还发抖，不晓得是不是冻的。从前，游他的行、喊打倒他的口号，他心里总是跟自己说："我不坏哩，我是一个共产党员"。而这一次，他脑子里一会儿想着谁害死了猪，一会儿想着一封信。

信是母猪死的那天晚上收到的。他的第四个崽下乡插队到了山西，想不到二儿子，那个延安一出生就送给了别人的崽被他找到了。二儿子回信，毫不留情地拒绝了黄石安认亲的要求。

黄石安到司法部工作的时候，曾委托延安有关部门寻找过儿子。来延安寻找失散子女的老干部很多。黄石安的儿子没有找到，收养他的农民已经回山西稷山县了。巧合的是，稷山正是老四上山下乡的地方。他凭一个名字一个村落一个村落打听，走遍汾河两岸，终于找到了二哥。他初中毕业，在乡村当了一个兽医。

二儿子在信中称呼黄石安为"前辈"，他自称为"晚辈"。信中的话就像黄河冰凌，刺得黄石安心如漂木，魂不附体："我是否是你们的孩子，我不准备搞清楚！""当初，你们为了走路，把挡住你们去路的小树苗拔起来丢在路旁，等小树苗长成大树了，能乘凉了，你们又想要回去。请问，此树的归属权是该给丢树的人呢，还是该还给养树的人呢？""如果我讨饭到北京，看见你们生活困难，我讨到一个馒头，会分给你们半个吃；如果你们当官了，我就不认你们了！"

游行到了连尔居，大家一看又是那个北京的右派，许多人跟了出来。队伍到了篮球场，又到了吃中饭的时辰，他们把黄石安绑在篮球架上。游行的人去潘德和家里吃饭。

缘山老倌去分场看过黄石安两回。游行队伍还在毋家棚时，他就晓得是在斗黄石安了，他先悄悄地准备着饭菜。等到游行队伍一进村，他把饭菜盛在一个大瓷碗里，用竹篮提了，上面盖上一条毛巾，跟在人群后面。在篮球架下，他揭开毛巾，端出大瓷碗，喂饭给黄石安吃。

腊梅见那个大暑天遭罪的人严寒天气又来受冻，叹息不尽："伊咯人何解这样命苦！作孽啊——"她一边叹息一边煎了芝麻豆子茶来了。

围观的人一堆，尽管寒冷，脸被北风吹得通红，他们仍不肯散去。连尔居人都晓得黄石安是延安时期的老革命，是见过毛主席的大干部。缘山老倌告诉他们，他是个好人，是被人冤枉的包青天。花鼓戏里那些被贬被冤枉的清官，他们曾在台下为戏里人物流过泪发过感叹。戏里的故事发生在现实里，让他们不只是感叹，还想做点么里。看着黄石安手绑在外面冻得青红紫绿，嘴唇都乌了，就为了一头母猪，这么寒冷的天还来游他的行，这心也忒狠了吧，把人不当人！叶鞘上去把绑他的麻绳三下两下就解了。

黄石安的手僵硬得不能动，反在背后伸不直，不晓得是绑的还是冻的。缘山老倌赶紧把一个铁壶塞到了他的嘴巴里，黄石安以为是茶，猛喝一口才发现是谷酒，酒刚咽下去，眼泪就出来了。这烈酒驱寒、暖心、活血，他一口一口猛喝。连尔居人以为他是在喝茶。直到半壶酒都喝光了，黄石安要给缘山老倌下跪。缘山老倌惊得先跪下，一把扶住他，黄石安才没倒地。

这壶酒一喝，黄石安百感交集，真想大哭一场。缘山老倌的有情有义，让他感到温暖。眼前的一群人，这样质朴，他们看着他吃饭，怜惜着，感叹着，有妇女红了眼，泪水在眼眶里打转。他看惯了愤怒和仇恨的面孔，本能地恐惧人群。连尔居人不一样，他们保持了慈悲善良的天性，照自己的本性行事，在这样的环境，依然有一颗正义同情的心。

又想到了儿子，二十八年了，音讯全无，他长年牵肠挂肚，做梦常常想起当年生离死别的一幕。他突然出现了，却这样陌生，对他的态度如此生硬，他虽理解，自己毕竟没有尽到父亲的责任，但心里却酸甜苦辣，翻搅得不是个滋味。

渐渐地，黄石安的手能动了。腊梅的芝麻豆子茶，他自己能端着喝。缘山老倌又给他卷了纸烟，这一次，黄石安马上接了，缘山老倌划燃洋火，给他点上。围观的人脸上都露出了宽慰的笑。尚健师、炳羿、惜天二爹、炳滔爸也跟着抽起了烟。

大家还是好奇他见毛主席的事情，有问他毛主席有好高的，毛主席何事讲话的，毛主席住在中南海吗，毛主席出京城有几多警卫，毛主席带枪吗，毛主席呷么里。

听到大家问起毛主席，挤在人群中的新楚，神情突然兴奋起来，一副骄傲的样子。他脸上笑容绽放，强忍着喊口号的冲动。当年在天安门广场喊"毛主席万岁"的口号，他差点喊破了嗓子。那真是震耳欲聋，激动人心！毛主席在天安门城楼上远远地挥着手，百万红卫兵小将从天安门广场通过，个个振臂高呼。 那是立冬时节，北京十分寒冷，凌晨长长的等候，新楚冻得直跺脚，但见到毛主席，大家都忘记了冷，很多人挤得出了一身汗。人群潮水一样从广场汹涌而过，有人说中间的那个是毛主席，有人说靠右边的才是，新楚那时还小，周围的人个子都比他高，新楚虽然看不清，他认准一个，就激动地狂呼起来。

他是连尔居唯一上过北京见过毛主席的人。但连尔居人不相信他到了天安门，见过毛主席。

"文化大革命"开始的那一年，学校停课，他到张家墩外婆家去玩。从京广线来了串连的红卫兵，他们要毁屈原墓。十二座疑冢无法判断哪一座是真的，红卫兵小将们争执起来，差一点动了手。站在山一样的坟前，他们手中的铁锹就像一根火柴棍，要挖墓，恐怕一年也挖不掉。新楚跟着表哥来看热闹，听到红卫兵小将说要去北京见毛主席，他们就跟着一起上了北京。

新楚从张家墩外婆家里回来，红着脸，红脸上皮肤冻得开了裂，他激动得语无伦次，说自己见到了毛主席！说坐火车吃饭不要钱，住店也不要钱。村里人都认定他踩了迷魂草。他们叹息，想不到发作得这么早，年纪轻轻就分不清梦和现实了。

新楚很想告诉大家毛主席是个么里样子，但他脑子里只有一个模糊的影子，他说不出么里，一提起见到毛主席的话题他就只晓得激动。

我们都热爱毛主席。我画毛主席像画了很长时间，第一次我用薄纸蒙在上面临摹，后来就自己画，初画不是很像，有人说我反动，丑化领袖。我吓得只有偷偷地画。

云祺在教室里看到我在临摹，问我画么里，我随口说在画地图。我不敢告诉他我在画毛主席。那时我们正在学习一篇阿尔巴尼亚的课文。阿尔巴尼亚是我们的同志加兄弟。北京和地拉那心连着心。课本上有一幅阿尔巴尼亚地图，云祺真的去画那幅地图了。他一遍一遍地画，后来他把国界线加得很粗，看起来比一只青蛙还美。老师看到云祺画的地图赞美不已，布置全班同学都去画阿尔巴尼亚地图。

缘山老倌问黄石安在延安见到毛主席时，他有没有戴那顶红五星的八角帽。《毛主席在陕北》的照片戴的就是那顶红军帽子，连尔居有不少人家墙上贴了。黄石安说，那顶帽子不是毛主席的，是拍照片的记者斯诺的，这也是一位红军战士送给他的。照片在他来延安三年前就拍了。毛主席平时很少戴帽子。

大家觉得可惜，很多人喜欢那顶帽子。获秋、耀华都戴过仿制的红军帽。那八个角是他们自己用线钉出来的，为此还激动了很长日子。

有人问黄石安打过日本梁子没有，当过特务没有，缘山老倌问他认不认识华国锋……黄石安一一作答。他在人群中看到与二儿子年纪相近的人，想起自己的崽，不由得多看几眼，"他与他们应该是一样的人呵"。

游行的人吃过饭往篮球场来了。有人问要不要把黄石安捆起来。叶鞘眼睛一瞪。尚健师突然高呼："毛主席万岁！"大家跟着一起喊。新楚早就憋不住了，他就像当年一样振臂一呼："伟大的战无不胜的毛泽东思想万岁！"大家跟着他喊。茂根又喊："英明伟大的领袖毛主席万万岁！"新楚又喊："伟大的领袖、伟大的导师、伟大的统帅、伟大的舵手毛主席万岁！"

缘山老倌站起身来，背起了毛主席的《论持久战》。他晓得黄石安在延安的经历后，专门找毛主席延安时期的著作来读。他喜欢这篇文章。

见到眼前这个情景，王书记很愤怒，又不好发作。缘山老倌说："我们来教'右派'分子学习毛主席著作，不能捆着人家来学呀。那是对毛主席他老人家不恭！"

尚健师说："王书记呀，我们用毛泽东思想来教育右派分子，让他思想进步，以后不再犯喂死母猪的错误。你对他不放心哩，就叫他到连尔居养猪场来喂猪，到我们贫下中农队伍里来改造，让他把分场的猪喂得又白又胖，你看好不好？"他看王书记没有作声，又说："上回吴小潞收听敌台，在我屋里改造，不是改造得很好嘛。"

王书记眼睛扫视了一遍人群，叫民兵把黄石安捆了起来。他自己先往前走了。杨颖邦跟着他也往前走了。后面提锣的没有敲，喊口号的没作声，连尔居也没有人跟他们走，只有潘德和把他们送到村口。分场来的十几个人走得冷清，他们游行的热情一落千丈。

下昼天气更加寒冷了，游行的直接回到了分场。王书记要黄石安写一份交代材料。黄石安回到房里，以箱当桌，听着窗外呼呼的北风，想起自己年轻时候就学法律，从当年川大的稻草案到边区高等法院当推事，为猪纠纷的案也审过，想不到害死猪的人他们指谁是谁，连最简单的调查都不愿做，都不想做。难道要从一头母猪身上要求公平正义吗？证据、证人和审判，这些他过去每天做的事，现在想来，真是前世一样遥远。

母猪不讲法律，这报告如何写呢？做案情汇报，还是判决了，做自我辩护或是认罪书？我自己判决自己吗？一个法治社会，最细小的事情也可以体现法治的精神；一个无法无天的社会，最细小的事情也看不到法治精神啊。

他想到当年三人起草《人民法院组织法》的情景，中国首次确立了"法律面前人人平等"的原则。想起自己一辈子追求民主自由，追求法治，最后连自己的自由都失去了。国家走到今天这步田地，不正是不讲法律的后果吗？！人民的权利在哪里？

建国当初，董必武提出"民主建政"，又以政法委员名义向中央做报告，说明治理国家不能继续靠暴力、靠群众运动，要靠法律、靠规章、靠制度，要用法律保障人民利益和国家建设事业。可现在，砸烂公检法，连一头母猪的命都保不了啊！董老当年是多么英明！这交代材料，要写就写，依法办事！要我认罪，请出示证据！他把笔和纸一推，一声浩叹。

天色已沉入黑暗，北风一阵狂吹，吹得树木嘎嘎作响，吹得瓦片吱吱有声。房内冻得人骨头仿佛也在簌簌响。一场罕见的倒春寒，寒流从西伯利亚一直刮到了洞庭湖平原。黄石安突然想起了黄河，想到冰封的河面厚厚的冰，河东的山西，那个离龙门不远的稷山，风当更寒啊。

三十九

炳篁几乎没出过集体工，他大多数时间在分场为公家做事，给公家做篾席、晒垫、竹席、竹盘、竹篮、竹椅、竹床。在连尔居时他也忙不赢，大捆大捆的竹子泡在江里，这些都等着他把它们变成各种竹器。他经常带着两个徒弟在地坪里干活，总有一些人围观，挥刀破篾时篾条飞舞的情景看多久都不腻。织篾席时十指像在台上跳舞，又像在琴键上快速弹跳，一串静默的滑音。他从左到右，又从右到左，撩得纵横交织的篾条飞舞。他挥着一把长尺击打，"啪啪啪"三声，把刚织的几行篾条打紧，向篾席"卟卟卟"口喷凉水……干练利落的节奏简直让人着迷。

晒农作物需要大量竹晒垫，暑天有来去无常的暴雨，晒垫还可以用来盖谷。每家每户用到的筲箕、笥箕、竹篮、竹盘，大都是他织的。他一把篾刀没有停过。做手艺歇口气，喝一碗芝麻豆子茶，闲谈时他爱讲广州。讲广州的菠萝酸，大家跟着他不晓得酸过多少回了，谁也不晓得菠萝是个么里家伙。讲香蕉落口稀溶还好，没有让人口里像讲菠萝那么难受，要吞口水。讲牵着手过马路，就让人笑，实在不能理解这么个大人还要牵手过马路。

谈完广州，他总忘不了说上一句："嬲你娘咯，那个地方，大城市呀，就是与我们连尔居不一样嘞。"说完这句话，他的芝麻豆子茶也呷完了，也到了做手艺的时间了。

建元与我同班，一放学我们从来就是书包往家里一丢，人影子也找不到了。后来，只要炳篁在家，他就不敢出来了。炳篁要他在家学习。他对建元讲："万般皆下品，唯有读书高。要不当农夫子，就要读书。到了外面，没有文化不行。"

我到他家里来玩，他也一样劝我："吃得苦中苦，方为人上人啦。"

对建元的弟弟建国、建良，他也一样叮嘱要好好读书。两个大女儿几乎不读书的，学校放学农假，一放就是几个月，回学校时连书包都找不到了。他劝她们读书就只是说说而已，晓得认不得真了。

炳篁一出外做手艺，建元就重归我们的队伍了，不到他姆妈满世界喊人呷饭就不晓得归屋了。

建元小时候绿鼻涕都往两袖抹，现在他爱干净了，脏衣服穿回去，第二天不会再穿了。他家里也收拾得干干净净，桌椅板凳擦得油光水亮，地上发现一点东西，他姆妈就要扫进簸箕。茶柜、书桌、餐柜……里外什物都摆得井井有条。别人进了他们家，对炳篁说："你家里天天相亲呀，搞得几干净，坐都不敢坐了。"炳篁就咧着大嘴巴笑。他喜欢人家夸他干净。"人活世上不能像猪一样。"他说。

连尔居人洗脸一家人共用一条毛巾，建元家现在每人一条。别人笑他一家人分得那么清楚，炳篁说："人家广州那才叫卫生呢。"

炳篁从广州回来几个月后，订货单来了，要分场生产一批花篮、小藤椅，参考式样也拿来了。是那个跟他们到农场的女人拿来的。炳篁去看了，别人的手工精细得像绣花一样，他"啧啧啧"称赞后，说："这几费工夫！都是些花里胡哨作不得用的东西，只摆得看。城里人就是喜欢中看不中用的东西。"这样的东西他不肯做，说是骗人的鬼把戏，做事要对得起自己的良心。

他的话，那女人听不懂，看表情也猜不中他的态度。问分场场长，场长不好意思把原话说给她听，只是说他在夸花篮好看。女人就露出了笑容。

分场场长转过头来对炳篁说："人家喜欢的就是这个东西，花篮里装花几重？要你那么结实做么里？"

"那凳子呢？总不至于不坐人吧？那么轻巧经几搞？讲起来是某某人做的，以后我还何事做人？"他的脸色不对了，女人不再笑了，疑惑地看着他们两个。

场长眼睛瞪着他，过了好一阵才说："人家城里人用东西你怕像你乡里人那么狼狈？乌龙巴里横竖乱搞。人家求个时兴。"他压低了声音，希望炳篁说话也小声一点，在人家女同志面前不要搞得像在吵架一样。

炳篁摇头，心想，都是屁股坐，城里人就能坐出一朵花来？

"再说啦，这花篮、藤椅是你篁篾匠做不错，到了外面就有谁晓得是你篁篾匠做的，只晓得是农场生产的。关你么里名声？"

炳篁瞪大了眼睛，说话一点也没有顾忌了："谁讲不是我篁篾匠做的？走到土地爹爹那里走到黑爹爹那里也是我篁篾匠做的。难道是你场长做的？莫哄人了。"他的声音太大，打雷一样，那个女人吓了一跳，不晓得发生了么里事情。

场长一口气提上来，又慢慢放了下去，装作很耐心的样子，说："不是哄人。人家只认农场。谁做的他们不在乎。"

炳篁生气了："谁做的他们不在乎，那叫别人去做，我炳篁不做。"

场长一脸无辜，他晓得现在不能跟炳篁顶牛了，口气先软了下来，说："我们接到外贸生产任务，袁同志亲自跑来了，要求我们按时完成，要是完不成任务，怎么向人家交代？农场领导那边也交不了差啊！"

女人问场长："他不肯做吗？"场长说："他嫌这个东西花哨，不耐用。"女人舒了一口气，看着炳篁说："你觉得它不好吗？"她朝炳篁头一偏，送了一个微笑。一个女人直接朝一个男人笑，眼睛也直通通地盯着人，炳篁还很少遇到。

炳篁看着她清秀的脸，细皮嫩肉的，不好意思，也咧嘴笑一笑，说："这东西好看是好看，就怕不中用，做出来要遭人骂呢。"他接过样品，在手里掂了掂，说话的声音小多了："我回去做一个试试。"

拿着样品回到家，他也不出去串门了，认认真真琢磨起来，三天后他重新做了一个花篮和一张藤椅。样子好看手工又精细，特别是耐用，但与原来的样品有些不一样。交到场长手里，场长也觉得好，但毕竟跟别人的样品不同，得让对方定。

姓袁的女同志在农场转了三天，参观了多家农产品加工厂，去凤凰山河泊潭、汨罗江入湖口的磊石山、古湖、荞麦湖和沉沙港观赏了湖区风光。寥廓江天，磊石山的孤峰耸立，烟云飞渡，让她惊叹不已。她天天都是满面笑容。看到炳篁做的东西，她笑得"咯咯"有声。花篮和藤椅的样子让她心动，她直夸炳篁手艺好，脑子好使。

炳篁利用竹子的特性，受力部分同时是弯曲、造型的关键部分，他用一根整竹解决，简直是巧夺天工。由于加进了火烤的工艺，用工成本加大了。她决定带回去，给定货的外商看看。

外商看过后喜欢得不得了，说是很可爱，有中国民间风味，他们愿意多加一点钱。袁同志亲自打来电话，电话从场部转到分场，又从分场转到一队，潘支书的崽红星接了电话，听到一个女人叫祝炳篁，他没反应过来，半天才与篾匠对上号，一路小跑着去喊他。

炳篁听到电话里一个女人的声音，就喊："袁妹子呀。"袁妹子就咯咯笑，用好多他没听过的好话表扬他。炳篁爱听她说好话的语气，女人味十足，像猫尾巴一样搔得人舒服死了。他眼前浮现了袁妹子朝他笑的一幕。他嘴巴笑得牙齿全都露出来了。红星在一旁全都看在眼里。

接下来批量生产，炳篁一个人做不过来，分场把所有的篾匠集中起来，只来了四个。炳篁把两个徒弟带过来，又新收了三个徒弟，十个人就在分场的仓库里忙碌起来了。

炳筐主要负责技术指导，关键的部分由他来做。以前他从来是一样东西一个人从头做到尾，做完一件再去忙下一个，现在这么多东西同时做，破篾的专门破篾，织篾的专门织篾，烤竹的专门烤竹，一个或者几个人做同一道工序，几个工序下来才做完一件东西，谁也不能看着一样东西在自己手里渐渐成形，那种做手艺的快感无形中消失了。做得好不好，最后看做得跟样品像不像。炳筐心里想："这花篮、藤椅出去了，真的不能说是我炳筐做的。"

十个人就是一个小工厂。他们与订货的东家一点关系也没有，他们只认干活，没有东家来给他们洒芝麻豆子茶，也没有东家专门做饭给他们呷，他们吃分场的食堂。更没有人来关注他们做出来的东西，那些充满期待的眼睛从他们身边消失了。分场领导半个月来验一下货。

他们是完全彻底的劳工了。累了的时候，炳筐会想，要是有台机器就好了。因为赶工，他们连嬲卵谈的时间也没有了。他有时想起袁妹子的声音，那次电话后，他就再没有听到过了。就是这个电话，尚健师、炳滔爸硬说这个袁妹子是他广州的相好。红星早把他笑得牙根都露出来的一幕广播到了全村。他的堂客王映莲晓得是开玩笑，却也会无端端生出醋意，讥讽他几句，气得他瞪眼睛。被人家说得多了，他会想起她的声音，"好娇艳，好糯软呵！"

炳筐忙得再没时间讲菠萝、香蕉了，有时间讲，也没有听众了。

第一批货干了四个月完成了。休息了半个月，第二批货又来了。这一次炳筐没那么认真了，对方要么里样子的就做么里样子的。他想的是怎么才能简单一些，尽量提高工效。

一年做下来，似乎没止境了，第二年元宵都没有过完就要开工了，炳筐真正想躲，他不愿意去了。这些活儿一分解，新手也能很快上岗，手工作坊已经发展到二十个人了。

任务越来越多，他觉得是个无底洞，把自己这辈子搭进去也不一定做得完。人不能像个机器一样活呀。

一天下昼，场长来检查，召集大家开会，先表扬了大家吃苦耐劳的精神，每次都能按时按质完成任务。然后说："我宣布一个重要的决定，我们分场正式成立黄金竹器加工厂。"说完，他带头鼓掌。跟他一起来的两个人也跟着鼓掌。坐在他对面的篾匠没有鼓过掌，不习惯拿起两个手掌来拍，他们只是笑。

场长说："你们也鼓掌啊，代表你们欢迎分场的决定呀！"他又鼓，像教小学生一样，几个年轻的跟着他拍起了巴掌，拍得手掌都发麻。炳篁他们还是笑着，不好意思跟样。炳篁说："我们欢迎就是了。"

场长笑了笑也没有强求大家。他看了炳篁一眼，说："我再宣布一个重要的决定，经分场革委会研究，现任命祝炳篁同志为黄金竹器加工厂厂长。"他又带头鼓掌，这次跟着鼓掌的人多了。年轻人用劲过猛，手掌都拍痛了。有人看看手掌都红了，不拍了。

炳篁这才晓得，他们叫作仓库的地方人家称作竹器加工厂。他想起了连尔居又有两个后生崽进了农场糖厂当工人，原来这就叫作工厂，大家在一栋房子里干活就叫作工人，没有日晒雨淋，但也一样辛苦呀。农民面朝黄土背朝天，辛苦是辛苦，但是自由。他不晓得厂长是么里官，反正就是这个仓库里的头头，名字再好听，也是一个工头，做苦力的。

场长还在讲，准备进一些设备，减轻一下大家的工作量，提高工效。他其实还是嫌大家工效太低。"唉，做死做活还不满意，要做这么多东西做么里！？"

场长讲完话，跟着他来的两个人鼓掌，篾匠们不好意思不鼓了，他们鼓起掌来实实在在，一下就是一下，那不叫鼓掌而是拍掌。

炳篁这时站了起来，说："场长，做完这次的事我不做了，厂长还是别人来当吧。"

场长的脸红了，他说："有什么问题我们私下商量。"

炳篁说："冇么里问题，就是不想做了。"

大家眼睛都盯着他们两个，看过来看过去，场长很不自在，炳篁像个没事人一样，就像喝芝麻豆子茶嬲卵谈扯了一句闲话。

场长宣布散会，然后说："炳篁，你留一下。"

等大家走后，场长问他是什么问题。炳篁总不能说自己是想偷懒不想做了，只好推说家里有事走不开。场长做工作，说这里的工作离不开你，家里有什么事情需要分场领导出面解决尽管说，不要辜负了领导的期望。又表扬他是位好同志，干工作兢兢业业，分场领导是满意的。

炳篁一口咬住就是铁了心要回去。场长真的有些生气了。炳篁看得明白。

回到家，他把分场发给他的钱分一部分出来，他早就想修一个厕所了。连尔居人上的都是茅坑，最早是搭一个茅草棚，放一口大瓦缸，瓦缸上面搁一块木板，大便时人就蹲到木板上去。后来改用挖坑，坑上再放木板。粪坑一半在茅屋里面，一半露天，方便淘粪。炳篁要建一个连尔居没有见过的厕所。这样他说回家有事，也好向分场领导交代，他没有骗他们。

他打算自己慢慢来建。

他去了一趟汨罗，用箩筐挑回来一个蹲式瓷便器。墙虽然是泥砖砌，他用石灰粉得雪白。厕所地面他参照分场的公共厕所，用水泥来粉刷，然后安上瓷便器。粪坑他挖在外面，挖得很深，上面用木板盖上。又在墙上开了两个花窗。风一吹，厕所里面闻不到粪臭了。

他一直忙了两个月才建好。建好了有些舍不得用。连尔居人都来参观，口里"啧啧啧"称奇，说："高级！高级！"也有人说他脑壳有问题，把钱花在茅坑上，几蠢！有钱冇得地方用。

惜天二爹看了，一个劲夸炳篁："见过世面的人就是不一样。讲卫生，讲文明。高级!"

炳篁听了，咧开大嘴巴笑，笑得几多开心。在分场仓库，天天闷头做事，像个罪犯一样，被人检查来检查去，说这里要注意，那里要改进，他好久没听到人这么夸奖他了。

炳篁厂长不当跑回了连尔居，村里也有很多议论。尚健师讲起来很激动，似乎比他自己的事情还要着急，他硬着脖子说："世上哪有这么蠢的人，厂长不当回来当农民。哼，冇看到过! 冇看到过!"很长一段时间，他逢人便这么讲。

炳篁总是笑一笑，别人这样讲他，他倒是愿意听的，被人骂也很舒服。他有时也辩白一下："厂长就是图个名声，像条紧箍咒给你戴上，唐僧想要你何事就得何事，哪有在屋里自在!"

他把自己的手表取下来给了建元，"一个大活人我还受它控制，娘卖×咯。有得表几多自在。"在分场做工时，上昼八点上班，十二点下班，下昼一点三十分上班，五点下班，时间规定得死死的，天天看着表上的时针来干活。

单车他也很少骑了，建元经常骑来上学。炳篁说："你越是快就越是辛苦。它是个催命鬼。"他出去做事，晚到了一步，人家便说你不是有单车吗? 路上要走这么久呀? 没单车谁敢催得这么急!

建元从此神气起来了，他再没有迟到过。为了坐他的单车，我们想尽办法讨好他。一放学，青华、云祺和我拿他的单车来学，一个人骑上去，两个人抓住后面的座位，车还是歪歪扭扭稳不住，车一歪连人带车倒在地上，有时龙头都扭歪了。单车摔来摔去，建元也不心痛。

我们每天在学校操场练到快吃晚饭的时辰，建元骑上车，上面坐一个人，还有两个人就跟在后面跑。跑了一个月，我们都学会骑车了。后来我参加学校组织的长跑还得了个第二名。

有了单车，建元的成绩不但没好，反倒比原来退步了。他的心思都到了手表和单车上。他上课老是看表，下课就冲去骑单车，一路摇着铃，大声吆喝着："让开！让开！"

厕所连尔居人参观了三天，总得用了，第一个上厕所的自然是炳篁的堂客王映莲，接着是两个女儿。炳篁要建元负责厕所里的水，每天要挑两担，倒进大木桶里。他教家里人上厕所用葫芦瓢舀水来冲。建元、建国、建良三兄弟偷懒，上了厕所不冲水，他指着他们的鼻子臭骂："不讲文明！你是头猪呀！卫生都不要了。"

邻居也来上，有的不冲水，炳篁冤枉家里人好多次。发现问题后，炳篁想着何事解决才好。又不好意思叫别人不上。他要建元写张纸条贴在门上："前来上厕所的同志要记得冲水。"果然，不冲厕所的现象少了。

连尔居要做的篾匠活也不少，炳篁不急不慢全由他自己来安排。他每天喝几次芝麻豆子茶，说说广州，又说说分场仓库，再说城里人的蠢，都要那些中看不中用的东西，又不是摆看，又不当衣服来穿。

给别人家做藤篮、笤箕，他都按自己原来的做法，但手艺精细了许多，东家看到了，都欢喜得直夸他。他的笑脸越来越多，人又快活起来了，一个人的时候还哼上几句花鼓戏思夫调。

四十

耀华晓得自己要去 2348 工厂后，他就在头发上抹凡士林了，抹得油光水亮，那些干农活穿的衣服再也不见在他身上出现了，他的做派好像他从没穿过。他是连尔居第二个走出去的人。

他每天从村子的东面走到西面，又从村子的西面走到东面，上昼一次，下昼一次，接受人们对他的称赞、羡慕和嫉妒。他去别人家里，就像领导上门访问，人家对他说话的口气都不同了。

春芳没想到他竟然没踏自己家的门槛。还有两天他就要离开连尔居去岳阳了，她想自己是不是该送点东西给他做纪念？也好试探一下他追自己还作不作数。

　　耀华与她一起长大，虽然他的成绩比她好，内心里春芳对他并没有多深的印象。同学一起玩时，只有他讲话不一样，人家讲话都自自然然，该笑则笑该骂则骂，与人群气氛融成一片。他一讲话让人觉得他是在讲话，不自然不自在，也不晓得问题出在哪里。大家总是安静下来听他讲，听他把话讲完，该闹则继续闹，该玩则继续玩。于是，大家和他在一起，他就感觉有些隔膜，有些落寞。春芳自然也不会把他太当一回事。

　　春芳的同龄人多多少少都曾对她表示过意思，春芳晓得自己在男人中的分量，她对自己的容貌是非常自信的。这种自信生出的傲气还算恰如其分。村里女孩没有谁比她更在意自己的打扮，她每一根扎头发的皮筋、手帕都是自己亲手挑了又挑，每天对着镜子照了又照，照镜子成了她一天中最愉快的时光。

　　七分场中学有三朵校花，她是其中一个。另外两个，一个在毋家棚，一个在桥上周。毋家棚的叫吴国丽，桥上周的叫周美华。吴国丽是圆脸，南瓜一样又大又圆，眼睛也是圆的，又黑又大，嘴巴、鼻子却很小巧，笑起来甜得像吃甘蔗，两个酒窝就像两只小酒杯；周美华到七分场来读高中，她是瓜子脸，浓眉杏眼，斜眼看人一眼，勾魂摄魄，她的性情是最爽直的。

　　顾春芳爱笑，眉毛笑起来是弯的。她喜欢叽叽喳喳说话，像个禾雀说个不停。打闹起来，尖叫也是细细声的。她不说话时，眉头喜欢微蹙。

　　几个男老师是高中毕业教高中，年纪比她们大不了几岁，他们都串连去过大城市。他们来七分场教书没上过几天课，学生不是学农就是学黄帅、张铁生，要做白卷英雄；不是批判《园丁之歌》、批《水浒传》里的投降派宋江，就是参加大扫除，搞卫生，集体去队上锄棉花草。还在青春期的老师，闲来无事，就发现了这三朵金花，他们把三朵金花捧了出来，又被她们迷得晕头转向，课不上了，带着三朵金花满世界去玩。

学生都快快活活到处疯玩，许多人连书包都没有了。之前新楚也是这样，他读书成绩好，但无书可读，他也只好回一队务农。炳篁的两个女儿也是这样，回到村里学种田。

三朵金花像是超级大国，有着无可比拟的实力，自成一个联盟。她们惺惺相惜，经常一起玩，今天去你家，明天到她家，一住就是两三天。她们说悄悄话，大声地笑，笑得花枝乱颤，笑得腰弯到了地上，不夸张不足以表示她们的与众不同。这种身份的优越感一眼便能看见。

三个人做衣服当然要讲究，谁也不晓得她们的式样是从哪里来的，找的裁缝师傅是哪里的，做得很是用心。虽然衣服式样就是那么简单的几样，但她们的衣服穿在身上就是与别人的不同，身材显得特别苗条，没有谁那么大胆，像她们那样敢突出臀和腰。衬衣上面的扣子，别的妹子只解开一粒，她们敢解开两粒，露出一线雪白的胸。

陈昆老师是跟她们走得最近的一个，他讲话打乡气，看过很多大家没有看过的电影。我们看了成昆铁路通车的纪录片后，就叫他陈昆铁路了。陈昆铁路讲起话来经常冒出一些新词，么里"洗发香波""檀香皂""动物园""狭隘经验论""雪花膏""三转一响""中国的赫鲁晓夫""司徒雷登""花岗岩脑袋"……他样子帅，一口白牙，头发抹油，衣服穿得整洁。

三个人都喜欢跟他玩，他们打扑克、讲故事和笑话、唱歌、看电影，大多数时间是打打闹闹。她们笑得花枝乱颤的时候，陈老师爱打她们的屁股，摸她们的腰，去胳膊窝搔痒。她们回击，握着拳头捶他的肩和背，周美华还用脚去踢。

这样玩了差不多一年，陈老师开始单独与吴国丽玩。他们去了哪里谁也不晓得。顾春芳、周美华好多次追问，吴国丽说她也没有见到陈老师。她们俩不肯饶过她，拼命拧她的南瓜脸和莲藕腿，搔她的胳膊窝，吴国丽抵挡不住就悄悄告诉了她们俩，陈老师如何约会她，带她去汨罗纺织厂呷冰棒、喝汽水。在单车上摸她的手，还抱她的腰。她们俩既惊讶又羡慕，闹着要陈老师也请她们去呷冰棒、喝汽水。她们都喜欢呷冰棒，吴国丽说冰棒又冰又甜，比么里都好呷。汽水嘛，虽然喝起来时髦，但女孩子打起嗝来不雅观。春芳喝完一瓶汽水要打二十个嗝，因此她从不当着外人喝。

陈昆铁路教我们语文了，那年夏天，建元、青华、云祺和我脱光衣服从水渠往家游，陈昆铁路出现了，后面还跟着三朵金花。他命令我们从水渠里爬上来，羞得我们无地自容。第二天，我们都剃了光头，在教室外面站成一排，别人上课，我们在大太阳底下暴晒。陈昆铁路批评我们，看着他雪白的牙齿、整洁的衣服，闻着他身上的香味，我们都嘿嘿笑，我们太喜欢他了，被他罚晒太阳也是一种骄傲。我们不去游水渠了不是怕罚晒，而是害怕他带着三朵金花来抓现场，因为我们也很喜欢三朵金花。

春芳被男人喜欢是高兴的，但耀华送她高级收音机这么明显的追求，她有些惶惑。她并没想明白么里样的人才是自己喜欢的，她好像清楚又好像不清楚，但她没有想到过耀华。她并不晓得自己的心有多高，找农业队的人觉得心有不甘，脸上无光。她的眼睛其实早已经离开连尔居，朝向外面的世界了。干了太多的农活，她不愿意干一辈子。

犹豫了好久，春芳决定送耀华礼物，她去黄金买了瓷缸、毛巾。买东西容易送东西难，如何送给他，让春芳犯难了。她晓得耀华这几天都在村里走来走去，她就打开后门，坐在门口等。

她等了一个上昼，耀华没有出来。她觉得有些寂寞，找来一对钩针，勾一个线的领花。勾领花的时候，想到不如勾给耀华。她脸红了一阵，惊讶于自己这么快就转变了。她想象着他进工厂的情景：一个大的工厂，像汨罗纺织厂吧，好多的工人，里面食堂、电影院、商店、饭店、理发店么里都有，他们都穿一样的工装上班、下班，那工装也许是蓝色的，多神气啊。从此耀华就是城里人了，领固定工资、吃国家粮，风风光光当工人阶级。

工人阶级是领导阶级，他还看得起农民吗？他还会喜欢自己吗？如果嫁给他，她也就变成了城里人，变成了工人阶级的家属……这么一想，她脸更红了。

她又想起了卫生院的胡长安，那次风风光光划着船送她回来，在船上她耳热心跳，只晓得傻笑。她没想到他会这么隆重地送她，她头都晕乎乎的。他是那么风趣好玩的一个人，潇洒、洋气，派头大。

她住院的时候，看到一个身材魁梧的青年几次从病房前走过，他好奇地朝里面看一看。病房里住了三个人，第一次她以为他找么里人，到了第三次她就不那么认为了。同房的是两个上了年纪的妇女，他的目光只盯着她看。

后来进来了一个男孩，他问她是不是叫顾春芳，她好奇地瞪着眼睛看他。"是啊。你何解晓得？"

男孩笑了笑："有人找你玩。你去吗？"

春芳好奇。她的病也不重，在医院正闲得无聊，就说："好呀。"

男孩就等在那里。春芳穿好鞋，跟着他到了医院外面。他们一直走到江边，春芳看到一条船上有一帮男青年，他们都冲她笑着。那个在门口走来走去的青年也在。他们邀请她上船去钓鱼。

个子魁梧的青年主动迎上来，牵着她的手上船。他说："我叫胡长安。"待她上了船，他指着船上的人说："他们都是我的朋友。"然后一个个叫他们的绰号。

他大声对着他们说："今天我们请到了七分场最漂亮的妹子，你们要钓几条大鱼上来，好好招待招待她。"大家一齐欢呼："嗬，大鱼、大鱼，钓大鱼。"

他们把船划到了黄金拦河坝的闸口，往一处回水的地方一停，这里水静又靠近流水，胡长安把长篙一插，几把鱼钓甩到了水中。

春芳注意到他们与连尔居人穿着不同，连尔居人穿绒衣，穿毛衣的很少，毛衣太贵了。他们都穿的毛衣。连尔居的后生打赤脚，他们都穿了球鞋。有人从口袋里拿出一盒大前门的香烟，胡长安从身上摸出一个小小的铁盒子，闪着蓝色的光，他右手握着，用拇指一转，发出"咔哒咔哒"的响声，突然冒出了火苗。她很惊奇地叫了一声："着火了!"

胡长安笑了，说："打火机。没见过? 喜欢就送给你。"他把打火机放到她的手上，告诉她怎么打火。她打燃后，他们一个个叼着香烟让她来点。她点了三个觉得烫手，手一松，火灭了。大家都笑。她也不好意思地笑了，又打燃火再点。

烟一抽大家就自然放松了。他们互相介绍起来，以相互揭短为乐事。春芳晓得他们都是医院、机务队和水产队的子弟。有些人她面熟，在学校读书时见过，只是不曾打交道。医院与分场领导都是国家干部，机务队是机务工人，他们吃的是国家粮。他们很少跟农业队的人玩。春芳对他们露出羡慕的眼光，他们就一个个人模人样装起来了。

船是水产队的，水产队的子弟都是钓鱼高手，不一会儿就钓了五六条鲤鱼、草鱼。他们钓的是大鱼。其他的人钓的是浮在水面的游鱼。春芳第一次看人钓鱼。连尔居人要么下河抓鱼，要么把水沟两头拦起来，用水桶把水舀干了，直接在水沟里捉。

钓了不到两个时辰，看看差不多了，胡长安一声喊："收工。"他拔起竹篙，把船往闸口撑，有桨的在船的两边划起桨，船逆水冲到了上游，那里是水产队。他们去一个同伴家里煮鱼吃。他家里人走亲戚去了。

搞饭，春芳自然拿手，她把鱼煎了两条，炒了一大碗，又煮了一大锅，要他们去菜园摘了茼蒿菜，炒了一碗。一帮人坐下来，开开心心呷晚饭。春芳一落座，大家就闹腾起来，有人冲她喊起了"嫂子"。胡长安去打喊的那个人，那人躲着，其他几个更高声地喊。春芳脸红得像涂了胭脂。

春芳出院，一帮人把船划过来，闹着说送嫂子回娘家。

胡长安送她回来后，又骑单车带她去场部玩过两次，请她呷过冰棒，看过电影。看电影的时候，他的手摸到了她的手背，然后沿着手背往肩上摸，从肩上又往下摸，偏离了手臂，到了胸口。她身子颤抖起来，胡长安一把抱住她。

春芳挣扎了几下，他的劲实在太大，男人的气息扑面而来，她紧紧闭住眼睛和嘴巴，好像这样就跟她没有关系了。想不到他的手摸到了她的大腿，碰到了她的私处，他太大胆了！她简直没有一点抵抗的勇气，甚至后来连抗拒的意愿也消失了。她觉得自己融化了，像一根冰棒，见到阳光全化掉了。

她想哭，眼泪就下来了。胡长安一看到她流眼泪，吓得赶紧停了手。她哭其实并非是这样的意思。很多年里她都在回想这一幕，每一次回味，身上还会有反应。

她等着他进一步的消息，但胡长安却像从这个世界消失了，再也没有出现在她面前。她不解，失望得晚上睡不着。她曾冲动想去医院找他，走到半路，勇气就泄光了。

金明从医院回到连尔居，她装作碰到他的样子，又像无意中说起胡长安。金明认识他。说他爷娘管着他，找人给他介绍对象。听说他跟一个生产队的妹子谈恋爱，爷娘不肯他娶农业队的。

她全明白了。很长一段时间，每当想起来她都觉得伤心。

耀华下昼出现了。她跟他打招呼，说："当工人阶级了，就不理我们农民了。"耀华脸红了，他脚步停住，犹豫了一下，就往春芳家来了。春芳笑着起身，迎他进来。两个人像从前一样，到她房间里聊天。

她帮他畅想未来的生活，他呵呵笑。临走，春芳说："为了让工人阶级记住我们农民，我得送两样东西给你，以后下班看到它，你就会记得我们农民伯伯了。"她笑得那么夸张，看到耀华有些犹疑，她也不自然地说："不要不给我面子哟。礼轻情意重，我专门去买的。"

"还有，这是我给你勾的领花，做个纪念吧。"

耀华脸又红了，接了她手上的东西，就出去了。

春芳想不到他第二天就叫他弟弟湘华把东西退回来了。她当即就要春景把那台高级收音机也给他退了回去。这一次，她只觉得气，人有些恍惚，晚上想着想着流了一点泪，迷迷糊糊睡着了。

第二天醒来，村里人给耀华送行，她关了门，理都不想理他了。没几天她就忘记了那一幕，以后也很少再想起来。所谓工人阶级是领导阶级的话，她再也没有说过了。大工厂上下班的情景也再没出现在她脑海里了。

四十一

潘支书喜欢往分场跑，分场如果七八天没有开会，他就沉不住气要打电话去问，"何解还不开会?"听到要开会了，他脸上笑得眉毛直扬，听到没有会开，他就跟王书记说要来汇报工作。

去分场的路上，连尔居人碰到他总是习惯说："潘支书去开会呀。"他总是笑眯眯朗声回答："去分场开会。"他走起路来大步流星，加上他个子高，身后扬起一股尘土，尘泥还没有落到地下，他人已经没影子了。

有时分场开会开晚了，吃完晚饭回家，天完全黑了。他路上遇见人，就高声咳一声。听到咳声的人晓得是他，就说："潘支书开会回来了。"他朗声说："分场开完会了。"

　　王书记有时来连尔居，他骑永久牌单车。那时骑单车的人很少，连尔居人除了看到王书记骑单车，就是邮递员骑的单车了。邮递员骑的是绿色的单车，王书记骑的是黑色的单车。绿色的单车和黑色的单车都是骑去潘支书家的。

　　铃声一响，潘支书就晓得是谁来了。王书记的铃声是一下一下丁当作响的，邮递员的铃声是响成一串的，大老远就在响。丁当作响的铃声，潘支书无论在做么里，立马就会出现在门口，笑得眉毛飞起，眉毛抖动着一根根要从额头上跳出去似的。

　　响成一串的铃声从大老远响到了门口，潘支书也不见影子，大都是他堂客金铃出来，有时是他的崽红星，有时是他的女儿红梅。邮递员隔三差五来一趟，除了送信，还要送积压了几天的《人民日报》和《湖南日报》。他不是每天都来送的，一个月来不了四五次。

　　潘支书从分场开会回来，第二天就要在连尔居开会，传达分场会议精神。起先他喜欢开群众大会，群众大会开得多了，没有多少人来了，他只得改成开支部会议，几个村干部就成了他家的常客。他们每个星期都要开会。分场一个星期不开会，连尔居的会照样开，潘支书给大家读报纸上的社论。

　　遇到重要的事情，他就开群众大会。他在群众大会上发言特别精神，一讲话就将调门提高了八度，身子与声音都作俯视状。平日里连尔居人不爱跟他讲话，他跟人讲话也不好居高临下，一点干部的派头也没有。只有开会他才能找到当干部的派头。他滔滔不绝，压抑了很久的情绪尽情发泄。

　　后来批斗会一开，他骂地主、"右派"、反革命分子，骂得十分严厉。连尔居除了一个地主分子孙茂钦，并没有"右派"和反革命分子，后来媛媛写反动标语写成了反革命分子，但开会他们俩都不在场，潘支书对着村里人训斥起来，骂他们不听党的话就会变修，就会走到资本主义的道路上去。在连尔居他就是党，听党的话当然就是听他的话。

这个时候大家都不吭声，人家懒得睬他。他以为大家怕了他。人家怕他，是他最开心的。他的堂客孙金铃跟他说："你那么凶干么里，人家都怕了你。"他说："冇得人怕哪里有权威。我一冇得钱，二冇得枪，这些农夫子谁都不怕，动不动就说，'你开除我的锄头把呀'。我能开除他不当农民？城里人犯了法下放农村劳动改造。农民犯了法难道要他去城里不成？要连尔居人怕不知有多难！"

上面搞运动是潘支书最开心的事。他看到过土改划成分、斗地主，"三反""五反"，看到过下放劳动改造的右派分子，看到"四清"被揪斗的当权派，他都想办法参加进去，好好表现表现，可以有积极要求进步的机会。只有"社教"时，差一点把他自己打倒了。他背诵"老三篇"也没有用，有人揭发他的政治思想问题。好在"文化大革命"接着就来了，社教干部去开会学习贯彻中共中央"五一六"通知就再也没有下来了。下到分场来的是"文化大革命"工作队。他高兴得么里似的。

批判"三家村"，抓"小邓拓"，他也想参加，工作队在教师队伍里搞，没农民么里事，他有劲使不上。等到红卫兵来了，大字报、传单满天飞，他搞不清这些小将们的方向，有些害怕。但他还是选择了主动，破"四旧"他就冲锋在前了。分场李树生书记作为"走资本主义道路的当权派"被批斗，他上去揭发他的罪行。

经过这么多的运动，潘德和看得清楚，运动搞得起来，还搞得轰轰烈烈，是因为很多个人的恩怨可以借机报复，有人想要进步，想要升官。这个世界斗争就是哲学，你不斗人家，人家就会斗你。

他从学习《人民日报》社论"横扫一切牛鬼蛇神"，感觉树立自己权威的机会来了。大字报、大游行一出现，他虽然有些担忧，但晚上还是兴奋得睡不好。这一场运动持续得这么长，让他常常锁起眉毛，额头上锁起了一个川字，时间一长，川字消失不掉。　"团结紧张，严肃活泼"。川字就代表了严肃。

不晓得从么里时候开始，潘支书走路手交叉放到背后了。手放到背后，走路走得没有那么快，潘支书走路也就开始慢了下来。走路慢下来后，他的脑袋也不再左右转了，只是向着右面歪，他歪着头看人，眼睛却左右转动。

他的衣服都做成了四个口袋的，可是衬衣没办法做成四个口袋的，他就很讨厌穿衬衣。从讨厌穿衬衣连带着讨厌夏天。他爱在左边口袋别两支墨水笔，在右边口袋放一个笔记本，有时是放毛主席语录。以前夏天的时候他也打赤脚的，现在他不再打赤脚了。他穿凉鞋。后来很多人开始穿凉鞋了，他就开始穿袜子，他第一个在连尔居穿起了尼龙袜。

连尔居人明白了，潘支书的模样就代表了干部的形象。干部嘛，就应该是穿四个口袋的衣服，反抄着手走路，歪着脑袋看人，从不打赤脚的，否则就不叫干部了。

一天晚上，潘支书歪着脑袋从茂文家门前走过，耳朵里飘来一阵花鼓戏唱腔，他停住了脚步，脑袋再歪了歪，这声音他也最熟悉不过了，好多年没听到，一听到身体就有反应。这是一个小旦的唱段。他额头上的川字立即皱了起来，这还了得，敢唱"封资修"的黑货！他反抄着的手一摔，就恢复了他的大步流星，脑袋也不歪了，几步就到了茂文的门口，他门也不喊，直接就推门而入。

茂文正在房里唱戏，后面还跟着孙煌靓。见潘德和推门进来，茂文满脸不高兴，慢慢站直身来，眼睛直瞪着他。孙煌靓一眼乜过来，交错的步子还不情愿站直。潘德和原是打算训斥一顿的，煌靓一个眼神，他身子竟然一紧："这孩子何事就长大成女人了！"她那胸口尖尖的，像两支竹笋撑着一片云雾，破土欲出的样子，乳头正晃动着呢，低低的就在他的眼皮底下了，在摩挲着薄薄的衬衫。她的腰细细的，弯曲着，翘起的臀圆溜溜的一扭，身子轻轻地一颤，她站好了。

潘德和心里头也一颤，额上立即锁起川字，他听到自己一声呵斥："你们搞么里名堂！"

茂文的堂客出来了，两个细伢子也跑了出来，所有人的眼睛都望着他。他额上的川字动了动，他听到自己的嘴巴在说："革命样板戏你们不唱，唱封建社会的老戏，我要民兵把你们捆起来批斗！"他说话的时候，脑子里想的是何事把孙煌靓这个细妹子搞到手。

他望着孙煌靓，"一个学生不好好读书，来学'四旧'，让学校晓得了，开除你的学籍！"

煌靓没有见过这样的场面，她眼一红，眼泪就出来了。潘德和看到她害怕了，说："这也不怪你，是孙茂文教坏你的。"接着他的口气放得柔软了，说："你到我那里来认个错，写个检讨，我可以不把你告到学校去。"

茂文看着潘德和额头放开的川字，眼里露出鄙夷的神色。潘德和转过脸，额上的川字又皱了起来，眼睛瞪着他，"你胆子好大，想做反革命分子吗?!"

"我么里反革命？我唱花鼓戏不错，我唱的是社会主义新戏《打铜锣补锅》。唱的是劳动人民！"

"你别不老实，你以前唱过多少老戏我不是不晓得，学么里梅兰芳，男人去唱女人，么里鬼东西！你再唱我捆了你！"说完，他转身就走了。

"呸——"，孙茂文在他背后吐了一口唾沫。

潘德和在茂文面前正经不起来。在大洲孙的时候，茂文是远近有名的小旦，他青衣、小生都能唱。那时金铃迷他，跟着他一起学唱戏，一个冬天他们形影不离。本来学唱戏的都是男人，只有金铃不信邪，非要学不可。说新社会男女平等。一群男人中就只她孙金铃一个女子，咿咿呀呀又唱又舞。金铃的嗓子好，人也长得漂亮，一双又大又亮的黑眼睛，一双又粗又黑的辫子，腰身又柔软。后生崽们都愿意她加入进来。

潘德和也想来学。大家劝师傅不要收他。师傅姓何，不忍心拒绝，以前又是一个地方的人，他要潘德和唱老生。潘德和唱起来像鸭子叫，人又高，别人没办法跟他搭戏。何师傅只好劝退。潘德和却天天来，他看大家唱戏，跑跑龙套。

有天晚上，李家坪有人做寿，要请孙金铃和茂文去唱一出折子戏。请他们的中年男人是替崽来请的，他的崽看上了孙金铃，犯着单相思。趁着爹爹七十寿辰，他要爷来请，想让全家看看她。他也有机会接近孙金铃，让她了解他们这个殷实之家。

茂文病了。东家另请了一个戏班，还坚持请孙金铃去客串一个角。潘德和主动要求陪她去。金铃的两套行装要人拿，再说晚上回来也要个男人做伴，潘德和在她鞍前马后跑，她也习惯了，就默许了。

晚上回来，天很黑，那个后生崽要送金铃，被潘德和谢绝了。

往大洲孙走的时候，孙金铃有点害怕，潘德和就牵着她的手，说有他在不用怕。

两个人走着，进入一个荒凉的地方，只听到猫头鹰叫了一声，水沟里的水"哗"的一声响。潘德和说，前面好像有个影子在晃动。孙金铃吓得尖叫一声就抱住了他。潘德和一把抱起她，往一条小路上走。孙金铃全身发抖，要他放她下来。她挣扎了两下，潘德和力气大，她一点也动弹不得。

走了一段路，四处是收割后的稻田，她问："你要把我何事?"

"我要你嫁给我。"

孙金铃摇头。潘德和把她放在一堆干稻草垛上，双手紧紧抱着她，突然，他右手把她的裤带一扯，孙金铃还没来得及喊，裤子已经被他扯下来了。她被他压到了身子下面，压得气都透不过来。他那身上的东西已经到了她的下身。她尖叫，拼命咬。

潘德和由着她叫，他的身子已经进入了她的身体。女人在这一瞬间停止了尖叫，开始呻吟。呻吟过后又尖叫，叫得撕心裂肺。他的手捂住了她的嘴。她于是开始哼哼，越哼越大，越哼越快，跟上了他动作的节奏，直到喘不过气来……

等到一切风平浪静了，田野里听得到蛐蛐的叫声，孙金铃突然像死里复活，一口咬住他的肩膀。潘德和一声惨叫。

生米煮成了熟饭。潘德和说："从今晚开始，你就是我的人了。我会好好待你的。"

孙金铃一声："天啦——"转过身就哭了起来。潘德和给她穿裤子。这时云层里露出了一点月光，照到孙金铃白花花的大腿，潘德和身子一紧，又扑到了她的身上。孙金铃"天啦，天啦"地喊着，她那金嗓子让潘德和愈加疯狂起来。

潘德和要娶孙金铃，孙金铃的娘怎么也不肯答应。

潘德和随母下堂来到大洲孙，后爷待他不错，送他读了很多书，但他在村里却常受人欺负，总是被人喊"野崽子，滚到潘龙桥去"。他找人玩，别人故意不理他。他把家里的饼和糖拿给别人吃，大家吃完就把他丢下了。潘德和喜欢生事，在一帮人面前说另一帮人的坏话，故意挑起事端，大家认为他心术不好。

土改划成分的时候，大洲孙没有一个地主。潘德和揭发孙茂钦，说他隐瞒了田地。孙茂钦有一个疯子弟弟，祖上的田地由两兄弟平分，对照标准，两个人都只能算是富农。潘德和说，地都是孙茂钦的，他弟弟是个疯子，由哥哥养着。他家还雇了一个长工。

工作队找孙茂钦谈话，孙茂钦咬定地是两兄弟的，父亲在世就交代下来，田产两兄弟平分。弟弟是个疯子，弟弟的地只有雇人种，人也需要有人照看。他孙茂钦没拿过弟弟一粒谷，所有的收成都给弟弟存下来了。这是他养病、养老的钱。

潘德和当场指着孙茂钦骂，说他欺骗工作队，是隐藏下来的地主。工作队队长拍桌子要孙茂钦放老实点，地是你种的，长工是你请的，粮是你收的，钱是你存的，怎么说是两兄弟的?!

潘德和用麻绳一捆，把孙茂钦吊了起来，拿了锄头把打。打了半天，孙茂钦顶不住了，认了下来。

工作队对潘德和的表现很满意，表扬他阶级立场坚定，思想进步，可以重用。组织上将积极发展他入党。

潘德和入了党，进了工作队。大洲孙人背后骂他"冇得天良，衁心给狗呷了"。

孙金铃的娘一听媒人给潘德和来说亲，就骂他心术不正，头摇得扯钻一样，怎么也不肯把女儿嫁给他。直到媒人向她说明真相，金铃已经怀有身孕了，她立刻就呆痴了。她哭了一夜，第二天天亮媒人再来找她，她长长地叹出一口气，算是默认了。她不想把丑事闹大了，哪里有脸做人啊。

孙煌靓交错的步态和七他的眼神，让潘德和有了当年看孙金铃一样的冲动，甚至更加强烈。这个妹子可是水一样颤抖的尤物啊！一朵芙蓉出水，看得人身子发软，口里干渴，气都出不匀了。

煌靓喜欢唱歌。她听茂文在地里哼过戏，一听就入迷。茂文跟她家有点亲，刚出五服。她晚上到茂文家，要他唱戏给她听。茂文唱了几次，她都学会了。茂文没见过这么有天赋的妹子。煌靓闹着要跟他学，他也觉得她不唱戏真正可惜了，便偷偷教她。不出一个月，她就能唱一本戏了。

潘支书发现他们唱花鼓戏的第二天，孙煌靓放学去找潘支书。潘支书在家里见了她，说他现在忙，要她晚上去村里学校找他。

孙煌靓吃过晚饭就跑到小学校来了，天快黑了，学校里没有一个人。她站在门口等着潘支书。

一条狗追着一只猫"嗖"地从她面前跑过。有人在村里走动，煌靓不想让别人晓得自己的事，她躲到了走廊柱子后面。

月亮升上来了，头顶上的苦楝树黑影子落到了地上，在轻轻摇呀摇，煌靓想，潘支书何事还不来呢？他不会忘了吧？今天在学校一整天她都提心吊胆的，害怕潘支书真的告到学校来。要是学校晓得了，她何事有脸见人！"开除学籍，开除学籍"这句话一直在她脑子里响着，老师上的么里课，她一点也没有听进去。

潘支书不晓得么里时候来的，煌靓还在看着地上苦楝树影子发呆，潘支书就在她身后出现了。他没说一句话，只是看着她。煌靓发现他时吓了一跳。她相信事情很严重，潘支书一定很生气了。她低下头，两根辫子落到了脖子上。潘支书拿起了她两条辫子，又拍拍她的头，说："进屋吧。"

潘德和开了房门，他自己先进去了，煌靓也跟着进去。潘支书轻轻把门关了，把铁栓插上。煌靓不晓得何解就紧张起来了，她用手去门边找电灯拉线开关。潘支书一把抓住她的手，"你想开灯吗？不怕别人看见？你想事情让大家都晓得吗？"

煌靓身子抖动起来，低低地说："不想。"

"那就好。你过来。"

煌靓摸索着往前走，潘支书抓到了她的手，接着一只手摸到了她的胸，正是那两支竹笋破土欲出的乳头。他手掌重重地抓捏了一下。煌靓牙齿碰着牙齿，声音颤抖地说："别……"她摔开他的一只手，两只手一起去推那只抓在自己胸口的手。

潘支书在黑暗中停了下来，只听到一个声音冷冷地说："你跟了我，唱花鼓戏的事就算了。"黑暗里又是一阵寂静。接着冷冷的声音像死人活过来了，说："你要是表现好，以后我可以让你去当代课老师，进工厂当工人。"

煌靓不知何事就哭起来了。潘支书轻轻但严肃地咳了一声，她不敢哭了，只是轻轻抽泣。

冷冷的声音又起："你可以不答应，你唱花鼓戏的事情，连同今晚你勾引支书的事情，明天就会报告到学校去，不只是开除你的学籍，还会判你的刑!"

"判刑"两个字一出，煌靓眼里立即出现了媛媛那天晚上公开宣判的一幕。那个冬天的晚上，她也跑到分场去看热闹了。沟沟坎坎里的积雪被灯照得发出一团一团的蓝光。媛媛五花大绑，被人押着，一脚被人踹得跪到了台上……她吓哭了。

煌靓不敢再抽泣了，一想到自己被绑到台上去，全身就开始发起抖来。她想不到问题这么严重。她再不敢吭声了。

房间里死一样的寂静。她感到一个高大的黑影向她压过来，她的胸口最先触到，一双手解了她的扣子，直接碰到了她尖尖的乳头，抚弄了几下，就迫不及待地一把紧紧抓住，抓得她生痛，她却不敢叫出声。

那双手从胸口松开，沿着她的背脊往下滑，直接穿过皮带滑到了她的屁股上，热乎乎地捂着盖着，停在那里。然后又摸来摸去，摩擦着。她身上起了一层鸡皮疙瘩，腹部被皮带勒得阵阵发痛。

那个黑影呼吸越来越重，越来越飘，手沿着股沟滑下。他弯腰，想把她抱起来，脸碰到了她的脸，气呼到了她的脸颊，有点痒。她全身一颤，那手碰到了她的私处，像虫子一样往里钻。

他的身子已压着她了，双手在慌乱地解她的皮带。她听到皮带上铁扣的响声。那响声只有她才弄出来的。现在她没动手，它却响了，响得跟自己脱它时一模一样。她的手就像一个投降的士兵，散开来，垂在身子的两边，像两根呆呆的木棍直直地伸着。

裤子被脱下来了，她想到了娭毑小时候给自己脱裤子的情景。没有谁再脱过她的裤子了。没有，都是自己脱的……连内裤也脱了。她脸发烧，羞得她头晕气绝。他要脱裤子干么里？

她紧紧闭着眼睛和嘴巴，那张讨厌的脸在往她的脸上擦，嘴巴差点被他的舌头撬开。身子下突然一阵锐痛，她忍不住"哎哟"还是叫出了声。

四十二

连尔居成立第一生产队的时候，分场有意让炳篁来当支书。潘德和跟着大家一起到连尔居来，想的就是当这个支书。他晓得这个消息一下子就急了，像狗被人踩了尾巴。

毋家棚一场大火把全村烧得只剩下一栋房子。那火借风势一路烧过去，最早被火烧的人家，一点东西也没抢出来，后面烧的抢了一些东西出来。火烧得太快了，火苗一路飞蹿，有的人看到熊熊烈火腿都软了。有两个细伢子没跑出来，活活烧死在茅棚里。

那时分场的书记李树生来救灾。毋家棚的支书没多少文化，但他记忆力好，拉家常一样，一家一家说谁损失了么里，谁最需要帮助，队里需要多少口粮、衣服。坐在一旁的潘德和似笑非笑，他观察李书记，他听到支书一家一家详细汇报情况时，眉头微微蹙起。潘德和突然打断支书的话，说："李书记，我这个组不用一家一户给您说了，我这里有一个统计。"潘德和把小组的损失做了详细登记，他念出一组数据。李书记的眉头轻轻舒展开了。他坐了大半天，已经有点坐不住了。

潘德和念完数据，支书也不再一家一户详细说了，就直接汇报村里需要的口粮和衣服被子。李书记听完后要村里打一个报告，潘德和自告奋勇说他来写。

潘德和接着说："村里房屋盖得太密，当时没有考虑周全。毋家棚人也住得太集中了，三洲离得那么远，不如分出一部分人搬到三洲去，住得没有那么密，出工也近。"

李书记点了点头："这个主意可以考虑。"

支书脸都黑了，他见李书记点头，说："这个主意我们队早就商量过了，李书记同意的话，我们向分场打报告。"

支书说完，眼睛盯着潘德和，毫不掩饰自己的气愤。

不久，分场报告场部，场部批准从毋家棚再移民一部分人去三洲。潘德和动员大洲孙的人搬出去。大洲孙的人以为三洲一个村都是姓孙的，就积极要求搬迁。得到分场的同意后，毋家棚的支书又来做小洲祝人的工作，动员他们也搬迁。小洲祝与大洲孙以前就挨得近，互有通婚，虽是两个姓氏，却很合得来。毋家棚人多，姓氏也杂，小洲祝人便同意去三洲。

他们在三洲安顿下来后，分场考虑谁来当这个队的支书。潘德和一听说李书记看上了祝炳篁，急得一夜没睡，在床上翻来覆去地想。第二天，他去找了叶鞘、茂崧、缘山、积大爹等几个人，提出支书不能祝姓人来当，祝姓人少，孙姓人多，凭么里祝姓来领导孙姓。他提名让茂崧来当。他抗美援朝立过功，负过伤，他最够资格当。

叶鞘得到孙姓人委托，带着几个孙姓人去分场找了李书记，提出了孙姓人的意见。

李书记当然认得孙茂崧，他是抗美援朝的英雄，但当支书却不一定合适。他腿脚不便，不能参加劳动不说，他在部队犯过作风问题，领导能力也让人不放心。他为此犹豫起来。

祝姓人听说孙姓人要拉炳篁下来，也去分场抗议。李书记不得不下到三洲来找群众了解情况。

在与村里几个人谈过话后，轮到了潘德和。潘德和跟书记说："我还是组长，这里暂时还没有谁比我官大呢。当年土改，我跟着工作队做了很多工作。"三反""五反"我也主动向组织揭发。我这辈子跟着共产党干革命工作干定了！"潘德和把李书记请到了自己家里，他说有些话在家里说方便一些。

李书记听他说自己的历史。金铃在厨房杀了鸡，煎了鱼，一会儿菜就到了桌子上。潘德和拿出一瓶好酒，说李书记是请都难得请到的贵客，我这个组长要敬书记一杯。

李书记想推，可人家菜都上桌了，酒都到了面前，又差不多到了吃饭时间，他只得拿起杯来，说："那我就喝一杯吧。"

潘德和把菜挟到了他的碗里，说："李书记有眼光，选祝炳篁当支书没选错。孙茂崧也很好，他见过世面，为国家立过功。可如今祝姓与孙姓谁也不服谁，要想平息矛盾，只有选一个两姓外的人来做。"

李书记在潘德和频频举杯之下，喝得兴起，心里一高兴，就说："你来做这个支书村里人会支持吗？"

"李书记，承蒙您看得起，老弟虽然不才，但我还真有一试的想法。我一不姓祝，二不姓孙，这两个大小洲的人可不会拿姓氏来为难我。我也不偏袒哪一方，做事公平公正。连尔居人不服我的还不多。只要你李书记看得起，这个村我就能给你管好啰！"

李书记听了点着头，又喝了一碗鸡汤。他不明白这鸡汤何解这么鲜？他喝的汤是从一个小瓦罐里倒出来的。小瓦罐用柴火慢慢煨，火候到了，一刻也不马虎，用木扒拖出来，盖一掀，一股香气冲了出来，一路嗞嗞响着，倒到了瓷碗里。瓷碗里早已放了香葱、胡椒、酱油和盐。

他喝一口叹一声："好鲜。"

潘德和笑得眉毛都跳起来了。他又一个劲劝酒，说："书记要是想喝汤，您就来，我要金铃给您煨。"

他把金铃叫出来，李书记看了她一眼，想不到这女人还很有几分姿色。

李书记走的时候，潘德和塞给他一个包袱，说是刚下的鸡蛋，给书记补补身子。李书记坚辞不受。潘德和说："书记别看不起我们农民呀，我们农村谁家来了客人，走时都是要打发一点东西出门的，您是贵客，不能空着手走，书记不能不给我们面子呀。我下次去您家，您的烟也给我一包抽抽，礼尚往来啊。"

李书记不好再推了，提着那个布包出了门。潘德和的细伢子这时出现在门口，一齐喊着："叔叔慢走。"

宣布潘德和当支书，大家有些失望，议论了几天，就没有谁把他当一回事了。

潘德和当上了支书，有天晚上要金铃给他来一段花鼓戏。金铃懒得理他。潘德和见金铃不肯唱，他的公鸭嗓子忍不住哼了几句。金铃忙捂起耳朵，走了出去。"你是官迷心窍！"出门时她回头丢下一句话，潘德和一下子没了雅兴。

潘德和觉得连尔居人是越来越没有组织观念了。十几年支书当下来，他们越来越不把他放在眼里，有的仗着兄弟多，动不动就想打人。他好不容易发展了几个党员，再往下发展就难了。没见过这样不要求进步的群众！祝炳篁是个党员，却从不过组织生活。后来连党费也不交了。潘德和想着把他开除出党。炳篁倒先讲了："有本事你开除我的党籍啰。"潘德和一度犹豫，跟分场领导汇报，人家要他多讲团结，连尔居党员本来就不多，要学会做细致的思想工作。

哪有这样的党员呢？还做思想工作？人家连门都不愿你踏入。连尔居人个个都无法无天了。他们挂在嘴巴上的一句话就是："我的职业是修地球的。"言下之意是谁也拿他没办法，他们横起来，个个脖子一粗："老子怕么里？你能开除我的锄头把？"就是那个地主孙茂钦，一辈子也没有跟潘德和说过一句话。他总是低着头，从不看人，从不说话。这个地主分子，当初要不是吊起来打，他就成了漏网之鱼了。现在疯子弟弟也死了，他还能拿么里做挡箭牌?!

潘德和在连尔居找不到人谈心，就自己跟自己谈，有时跟金铃谈。金铃常常不耐烦，说话总带刺，他就找分场领导去谈。分场领导老说他要跟群众打成一片。他说连尔居人才不跟你打成一片呢，他们都是特殊材料制成的，个个老子天下第一、自由分子、无政府主义。

李书记到连尔居来，没有人跟他打招呼。后来，王书记来了，他们也装作不认识。要跟群众打成一片的话，他们也不再说了。连尔居人谁跟当官的打交道，背后就有人冷嘲热讽，说你打领导的巴结。打巴结的人在连尔居是最被人看不起的，等同于势利小人。因此，连尔居从来都是地位高的来迁就地位低的。潘德和还被连尔居人当作了特务、告密者，因为他经常向分场汇报连尔居的情况。

"文化大革命"可以开批斗会了，潘德和觉得自己像个党支部书记了。党支部也像个战斗堡垒了。对付那些不听话的人就是要开他们的批斗会。阶级斗争不抓不行啊。

分场号召要割资本主义尾巴了。潘德和在村里宣传发动，大家一听就笑了，说牛尾巴、猪尾巴见过，资本主义尾巴么里样，没有见过。他们要潘支书割一条下来看看。潘德和会上解释，社会主义讲的是毫不利己，专门利人，只有公家利益，没有个人利益。资本主义讲人不为己，天诛地灭。你们养鸡养鸭，种自留地，就是搞个人利益，这就是资本主义尾巴。

他这一讲，大家不笑了，少有的严肃。连尔居人家家养了鸡，家家种了菜，潘德和养的鸡最多，他要招待分场来的领导。而各家各户养的鸡，主要用来下蛋，家里的油盐酱醋全靠鸡蛋去换。谁要是杀了家里的老母鸡，那是断了一家的油盐钱。这个资本主义尾巴怎么割下去?

潘德和这一次与连尔居人站在同一个立场上了，上面布置的任务不能不完成，他宣布，他家杀一只鸡，其他家里鸡养得多的，也回去杀一只，杀了自家人呷。菜地嘛，集中到西边的一块地种，统一由缘山老倌照管，分给各家的地仍由各家自己种，想种么里还种么里，谁种的谁呷。但这块地是队上的菜园地，不是谁私人的。后来风声紧了，才叫缘山老倌来种菜。

连尔居人开始叫他潘支书了，以前都叫他德和长子。

割资本主义尾巴平静一段时间后，几个陌生人来到了连尔居。他们很不客气，招呼不打就推开一家家房门，冲到了屋里，话也不讲一句，就在里面翻箱倒柜东寻西找。这在连尔居是从来没过的事情。被推开房门的人家还没反应过来，不晓得发生了么里事，衣柜门就被打开了，茶柜、碗柜搜过了，床底下的东西都被拖了出来，连灶弯、茅房都没有放过。

他们搜了二十几家，在傻子卫军家搜出了一袋苕，在银木匠家搜出了两根木头，在尚健师家的灶房搜到了一袋谷，炳滔爸家的米桶里，腊梅放了几十个鸡蛋，他们也要拿走，腊梅不依。这时，连尔居人都围过来了。他们喊"打死他娘卖×咯强盗！"这些人一看势头不对，要挨打了，不敢再搜了，一个个往外溜。

大家很气愤，一起去找潘德和，质问他是么里回事。

潘德和支支吾吾，先说是不晓得，看到大家不依，只好交代实情。原来分场怕各队割资本主义尾巴走过场，就组织一批人去各队搜赃，看有没有偷窃公家财物的。各队组织的人相互交换到别的村去搜。事先严格保密。他曾想在村里组织一个搜赃队，连尔居没有一个人愿意参加。

有人问潘德和晓不晓得，潘德和又不吱声了。潘德和不吭声，在场的人都露出了一副鄙夷的神情，有说他特务的，有说他不是连尔居人的。人群散了，三三两两还在议论着。被人搜过的人家，堂客们还在咒骂。

连尔居割资本主义尾巴的成效，分场不满意。潘德和捉摸着怎么向分场交代。他看到媛媛一家经常呷鱼，媛媛一出去就要捉一桶回来。田沟里的鱼也是国家的财产呀，她这摸鱼弄虾不就是资本主义尾巴！谁叫她揩国家的油，就抓她的典型！

　　想不到这个妹子要写反动标语害人。关到分场半年，还想着要队里给她记工分，天下有这么便宜的事?!公安看她这样无知，又未成年，有意拘留教育。这哪能行！她还想栽赃陷害，这哪里是年幼无知？写了那样的反动标语，不杀头已经是轻饶了她。他坚决要求重判。连尔居出了这样的事，脸都被她丢尽了。

　　那天，炳羿两口子在地坪对着他家门口骂，孙佩兰一边骂一边拍巴掌，围了很多人等着看戏。潘德和一个人在家，气得在房子里走来走去，他对着一扇窗户说："老子悖时鸟，嬲你娘咯，老子是悖时呀！这些天，老子风里雨里觉都冇睡好过，老子受的这份罪找谁去算？说我害邦伢子，队里有人反映情况，我好不容易抓住点线索，我何解晓得冤不冤枉？骂！骂！老子是不与你堂客们计较，不要以为老子忍气吞声就是怕了。哼！好汉不吃眼前亏。老子现在装作冇听见，是不想出去丢人现眼，以后老子再找你算账！"

　　他自言自语："要是伤了谁，又是出一件事了。"

　　孙佩兰越骂越厉害，他在房子里没法再待下去了，只好气呼呼地冲出门，走了。

　　祝媛媛判刑了，他说："她祝媛媛不判刑，这连尔居就没有王法了！"

　　有天半夜，金铃从晒谷场偷了一麻袋谷回来。门吱呀一声，他看到她把一袋东西往房子里重重一放，晓得是她偷了谷。他装作睡着了，心里于是又辩白开了："你以为当支书容易呀？那一点补助管么里用？分场来了领导，我杀自己家里的鸡。我自己家里粮食都不够吃的，我人高大咁得多，细伢子长身体，咁得也多，一个月到不了头。金铃去晒谷场偷谷，我能不装作不晓得吗?"

他越想越觉得自己委屈，脑子亢奋起来，金铃睡着了，他还睁着眼睛，脑海里思绪纷涌："……我其实不想分场来人，来的人一多，我家的鸡也不能杀光了吧? 我只得找队里的党支部委员，要他们也贡献贡献……这当支书，就是开会混个饭吃，不用下田干农活。有时组织出去参观学习，发个瓷缸、毛巾……我这一头要招待上面，下面却连个鸡蛋都没人送我……祝媛媛提了那么多鱼，就从来没想过送我一桶咁! 老子也不好意思自己去捉鱼呀。连尔居人才不管你么里官不官的。你不理他，他才懒得睬你呢，个个皇帝老子一样。我这支书当得有多难!"

那天大雪，福云、谷清母子俩出门，他从后门看到了。他心里又在嘀咕："这种天气何事出门呢! 他谷清是头猪，就想不到来我这疏通疏通。我打个电话，推迟一两天，何必大雪天去受这份罪! 公审大会不也推迟了嘛! 他眼里哪有我这个支书! 媛媛出事了，照理他应该来我这里道个歉，她给我造成了这么大的麻烦。他要是来认个错，那个傻妹子还不至于判五年。"他那时早就晓得祝媛媛要判五年徒刑了。

七分场中学出了一件流氓案，姓刘的青年老师，教物理，班上一个叫翁华的女学生，长得很漂亮。刘老师老找她到自己房里去谈话，谈着谈着肚子就大起来了。家长告他强奸，事情闹得沸沸扬扬。潘德和笑一笑，自言自语："你搞大了人家的肚子，还能瞒得住人? 没本事就不要乱来。人家告你强奸，肚子里的东西是你的，你不认也得认。"

要判刑了，有人出来圆场，反正生米煮成了熟饭，不如老师娶了学生，学生家长也不告他强奸了。丑事后来办成了一场喜事。潘德和在路上碰到毋家棚的支书，他笑着说："你看，这不熨帖了嘛。这男男女女的事没必要那么认真。"

从毋家棚回家的路上，他一个人又在嘀咕："那年我搞到了金铃，我就想好了去找媒人，还轮得到公安来处理！人活一张脸，树活一张皮，这生米煮成熟饭的事，你不呷何解行呢……我娶金铃，大洲孙人笑话我。他们自己不也偷鸡摸狗的！我是不抓作风问题。这男女作风我看得明白。这春晖与国梁跑到甘蔗地里去，你以为他们去做么里？玉娥和惜天，炳滔爸和惠英，茂仁和雯霞，二娱弛家里，那些男男女女打情骂俏的……唉，不出事就好。"

他脑子里想到春晖与国梁的事，就看到祝国梁和顾春晖两个在养猪场后面走。他咕噜一句："嬲你娘咯真是奇呵。说谁，谁就来了。"他走到了渠道下面，猫着腰悄悄跟着。

祝国梁往甘蔗地里一钻，潘德和赶紧弯腰一躲。顾春晖四周看了看，见没有人，她也钻进了甘蔗地。听着前面甘蔗叶哗哗作响，潘德和跟着声音悄悄往前钻，甘蔗叶划到了他的脸上、手上，他全没有了感觉。

不一会儿，男人呼哧呼哧的声音传来，女人先是一阵浪笑，单车上的摇铃叮叮当当一样清脆，接着哼哼起来，两个人的欲望像两头无法控制的猛兽，又像狂风掀起来的海浪，一片嗷嗷声。

潘德和感到喉干舌燥，两腿发软，下身刺激得一片冰凉。

又是一阵哗哗响声，祝国梁从甘蔗中出去了。潘德和往前移了几米，看到顾春晖躺在地上，叉开双腿，私处正对着他。她还在哼哼着。潘德和只觉得两眼生痛，全身腾地就点着了，大火在烧，血液瞬间变成了火舌，在每条血管里喧嚣、舔灼。

他不再躲藏了，直起腰走到了顾春晖的面前。

顾春晖看到突然钻出来一个高大的男人，吓得一声尖叫，双手抓着裤子猛然坐了起来。潘德和像一匹狼扑了上去，一把压住她的手："我么里都看到了。要想保住你的名声，你就放开手。"讲这句话时，他觉得是另一个人在说。

好大的屁股好大的腿，滑溜溜的，潘德和像跌到了河水里……

走出甘蔗地，潘德和仍沉浸在欲望的释放中。他点起一根烟，又自我辩白开了："这顾春晖哪里还是么里黄花闺女。祝国梁也实在不像话！两个人老往甘蔗地里跑。春晖这妹子硬是有点蠢。长得这么好看，那屁股翘的，哪个男人不想碰一碰。我拍她的屁股，她还翻脸骂人。这个祝国梁本事没有本事，一次次把人家往甘蔗地里引，欺负人家冇得爷管。我实在看不下去，这么好的一个妹子，由着他一个人胡来，坏了人家的名声，何事嫁人？

"我是想抓个现场，好好教育他们一下，让他们不要乱搞了，影响很坏！哪里想到这样的场合把我看晕了。

"这女人嘛，总是要给男人的，谁搞就是个先后问题，性质是一样的，也冇么里了不起的！

"要说呀，这人啊就是贱。连尔居人你只有抓住他的短处，他才会听你的。我算是看透了，你好好地跟他说理，好好地待他，他才不会理你呢……"

有人喊他，问他在跟谁说话，他的眉头一皱皱出一个"川"字，说："冇呀，我冇跟谁说话呀。"喊他的人看看他身边的确没有一个人影，怀疑是自己的幻觉，笑笑便走了。

四十三

地震的消息不知是从哪里来的。连尔居沉得住气的人只有缘山老倌、玉清娭毑、茂钦、二娭毑等少数人，茂钦甚至有些高兴，有人说看见他笑了。茂钦笑了，这是很刺激人的，他竟然还会笑？有人说地主果然心狠手辣，安的么里心！

玉清娭毑天天去大樟树下念经，她的头发更加白了，夜晚她一个人跪在樟树前，远远的就有一道白光，有的人看到这抖动的白光感到害怕了。

二娱驰依然是那么快活，对死没有一点担心。尚健师唉声叹气的时候，她笑话他，今天不晓得明天了，做么里不快快活活过。她给满屋子人洒芝麻豆子茶时，又加多了一道甜酒冲蛋，红糖放得甜甜的。

缘山老倌一脸无所谓的表情，他说："反正是死，又不是我一个人去死，有么里怕的。"

茂崧说话时周围围了一群人，他声音大："唐山大地震那个死伤的人哟，一百几十万呀！尸体一个挨一个排成队，可以从连尔居排到北京了。我们抗美援朝几十万人的部队全部牺牲，也只是它的零头呢。我们农场的人全死了，才五六万，手指头都不算一个。人家唐山那么大，连埋人的人都有得了，是部队去埋的。那尸臭让人作呕。"

巽满爹的娘还差两岁就九十了，她想到了戊寅年中秋，日本梁子从横岭湖登陆营田，一连杀了十三天人，尸臭几十里都能闻到。她对死怕得要命，晚上不肯上床睡觉，天天和衣躺在门口的火架子上，鞋也不脱。地震一来，她说不用穿鞋就可以走了。她裹的小脚，路走得慢。

茂崧在村里腿一拐一拐地走过，很晚了还犹豫不定要不要进屋睡觉。村里人晚上都在地坪上乘凉，他问东家杀鸡没有，问西家钱花掉没有，说唐山大地震深更半夜一震，人没醒过来就被压死了，连个全尸都没有。今天不晓得明天的事，还有么里想不通哦！

茂崧已经从分场回到了连尔居，继续给人剃头。分场很多人受不了他天天重复讲的那些事，他的工作开展得也不尽如人意，于是，领导要他回连尔居继续抓好民兵工作，为分场树立一个典型。他每天叼着一根香烟，久久地才抽上一口，喷出一口白烟。烟灰灰白，长得快要落下的时候，他右手拿起来，食指轻轻一碰，粉笔一样的烟灰落地而去。旁边的人都替他松了一口气。

连尔居人抽的都是自己用纸卷的旱烟，细伢子的作业本、课本、报纸、账本等各种纸都用上了，卷成一个喇叭筒。这种烟呛人，劲头大，要猛抽才不会熄灭，抽不出长长的烟灰。茂崧把长长的烟灰留在粉笔一样的烟上，于是，所有人都晓得他抽的是岳麓山香烟。

这些天剃头的人少了，横竖是一死，还剃个卵头。也有的坚持剃，说人要死了，剃个头体体面面去见阎王。茂崧就当为阎王老子剃一回头，剃得很是认真。

想不到请他剃头的人都抽起了香烟，有的抽八分钱一包的红桔烟、经济烟，有的抽贵一点的常德烟，有的抽岳麓山。茂崧抽烟就再不留烟灰了，弹灰弹得比谁都勤。

一天夜里，鸡叫三遍的时候，突然狂风大作，屋顶嘣嘣山响，它们竭力挣扎着，像是厌烦了长年累月给人遮风挡雨的职守，欲乘风而去。吓得所有人都爬了起来，他们看到一股黑风在江面上走，不知是谁家的竹扫把、斗笠、蓑衣卷到了天上，上面还有一个屋顶在旋转。一只鸡在天上飞，拼命叫着。江水烟雾一样升到了天空，哗哗作响，像一条巨龙腾空……村里的黑狗、黄狗、白狗、花狗，大小狗都朝着这股黑风狂吠。

旋风刮过江面去到了对岸，向着玉池山去了。

连尔居人呆呆地站在地坪上，没有谁说话，死一般的寂静。刚才的一切像一场梦，所有的人从梦里还没有醒来。有人醒来，突然想到是不是自己踩了忘魂草，把梦当成真的了？

一个女人的哭声传来。原来那飞走的屋顶是她家的茅房，那竹扫把、斗笠、蓑衣和鸡也都是她家的。这个女人昨天抓了这只母鸡准备杀了吃，想到它正在下蛋，多留它一天就多生一个蛋，于是，犹豫着又放下了，打算过一两天再杀。

她不是为损失的财产而哭，她哭是因为害怕。这哭声那么瘆人，听了让人心里发抖。嘤嘤的哭泣声，使得巨大的梦境向着现实回归了。他们的心从云端之上的世界向着发出声音的地方靠近，回到了地面。人们相互望了望彼此熟悉又陌生的面孔，都是那么朦胧、恍惚，深深笼罩在黑暗中，仿佛隔了遥远的距离。

哭声熟悉又陌生。他们仿佛刚出了一趟远门，对最熟悉的东西突然有了一种陌生感。他们默默地朝她的哭声走去，有的开始悄声交谈。

青华、建元去看风吹过的地方。灰尘和浮土被卷走了，地上有禾苗、树枝、稻草。青华揿亮手电，看天上掉下来么里稀奇古怪的东西没有。他发现了一只绣花鞋、一条死鱼。

天一亮，风走过的地方，像犁过一样，一条光光的路从稻田里进入村庄，晚稻秧被连根拔起，村庄两栋房屋之间，看得到风扭来扭去的痕迹。江边一栋挡道的茅房被刮倒了，稻草、木头全刮走了。江面浮了好多鱼，雪白的鱼肚在江面上写成一个大大的"人"字。

湛木青看了，喃喃地说："上天要收人了。世上要出大事了!"

有人去捞鱼。有的鱼只是晕了头并没有死，人碰到它的时候，它也像是如梦方醒，尾巴一甩，赶紧往水下钻。青华在江面大呼小叫，说鱼在装死。有的鱼还在晕眩状态，被抓进了木盆，抬到了岸上，等它们醒来再摇头摆尾时已经晚了。

一天之间，连尔居的鸡都被杀光了。鸡在割喉后哑声一叫，一股鲜血射了出来，白色的一股热气薄雾一样飘扬，在短暂的犹豫后消失得没有踪影。殷红的血溅得到处都是，它们冷却后，全都变为暗红色，时间一长变成了黑色。

鸡毛在黄昏时候飞了起来，像蜻蜓一样低低地飞在屋前檐后。它们时聚时散，见人走过，有的悄悄粘上去，贴到人的身上;有的受了惊吓似的，突然一闪，飞得更高了;有的飞到了房里，飞到了屋顶，飞得无影无踪……没有人去注意它们。狗翻出白眼，看着空中飞舞的鸡毛，呜鸣地叫，像哭泣似的，它们的心情充满了感伤和惶惑。有的狗担心人类的刀会砍到自己的头上，见了人就夹着尾巴远远地躲开。

入夜，天越来越黑，从一更到三更，听不到鸡打鸣了。天亮了也没有雄鸡报晓，一片死寂。只听得一阵锣响，值更值了一夜的人觉得无聊，天亮时敲了一阵锣。全村人像鸟儿离巢都跑出屋了。彼此看着对方一脸的惊恐，脚下的地并没有抖，有人骂起娘来了。敲锣的青年被妇女骂得低了头走路，开始他还笑，后来在一片骂声中再也笑不起来了。

鸡是女人们杀的。男人们忙着在地坪里搭棚子。尚健师是最早搭的，怪风来的两天前就搭熨帖了。那股风把它也刮倒了。这一次，他把家里搁楼板的梁也取下来了，下面挖了坑，上面搭成人字形，一条横木贯通，做了屋脊，用马钉钉死在三个人字架上。两个侧面再用木头戗住。人字坡的斜面用小的竹木来钉，盖上塑料，上面再铺稻草。惠英还不放心，用旧衣服、破棉絮把梁包了起来，这样压到人身上也不痛。

惜天二爹取笑他："风都刮倒了，地震还怕震不倒？费么里神，我用几根竹竿一捆塑料就搭好了，震倒了压在身上，我还是照样睡呢！"

尚健师搭棚子搭累了，晚上倒头就睡。惠英收拾拆得乱七八糟的房屋，直到村里人差不多都睡了，她才进到棚子里，累得一屁股重重坐在了床上。床是门板搭的，门板被她的大屁股一坐，重重地弹跳起来。睡梦中的尚健师惊得跳下床，大喊一声："地震啦。"

惠英也被他吓了一跳，又好气又好笑，骂了一句："你发神经嘞！"

旁边棚子里的人听到喊地震，也都冲了出来，吓得哇哇乱叫。惠英更是笑得眼泪都出来了，对着尚健师说："老子一屁股坐出了地震啦！"

这天夜里下起了雨，风刮起来已有凉意了。很多人跑到房子里去找被子。还是暑天，天气一反常态，突然变凉，雨一连下了几天，绵绵不绝，偶尔断了，天也是阴着的。地坪本来被太阳暴晒变得坚硬，上面起了厚厚一层白灰土，雨连着一下，灰土都变成了稀泥。这样的天气在八月还从来没有过。

惜天二爹的塑料没扎牢，第二天晚上就被风吹开了。雨把他淋醒了。他叹一口气："要死卵朝天。"就跑到房子里去睡了。

慧兰醒了，不肯去房里睡，她害怕地震，就自己打了伞来扎塑料。惜天二爹这时起了大大的鼾声。慧兰在他的鼾声里与风雨纠缠了一个晚上。天快亮时，她全身早已被雨水湿透了。她气得不再管塑料棚漏不漏雨了，脱了湿衣服把床单一裹就倒在了床上。

慧兰醒来的时候，朦朦胧胧听到簌簌的响声，不像是雨声。她爬起来，发现塑料棚外面爬满了螃蟹。连尔居人很少见螃蟹，慧兰吓得一声尖叫。

白天，惜天二爹把塑料棚加固了。这晚他睡到半夜，听到一阵阵奇怪的声音，这声音从江面传来，像一大群小动物在唱歌。朦胧中，他觉得自己正走入水下的龙宫，龙女那么娇小，一个个有鱼一样圆溜溜的眼睛。她们口中冒着气泡，嘴那么薄那么圆，他仿佛听到了她们的声音，一声声叫唤着。他再仔细看，瘦瘦的女人竟然是他的妻子。她不说话，在水草间走来走去，他去追她，水草绕着他，他甩啊甩，他问她怎么不回家。

一阵哗啦啦的响声，一个像细伢子一样啼叫的声音把他叫醒了。他发现一块塑料被风吹得在他的手臂上摆来摆去。他把它扎紧了。叫声又响起来了，来自江中。他走出帐篷，看到一个黑影跃出水面，不停地翻腾着，江水哗哗作响。他有些害怕，那叫声像在呼唤什么，企求着，有些凄凉。

他想到了刚才那个梦境，妻子在水草间走来走去，好像她更熟悉更喜欢那里，情境是这么清晰，他真的是去了这么一个地方，水草的气息他都闻到了，难道这也是做梦？想到年轻的时候，她晚上要他划船去江中，听他唱歌，在月色里掬起江水，听它叮叮当当从指缝间滑落水中。

难道她真的是鲤鱼精变的？惜天二爹大眼睛迷惑地睁着，他看不到眼前的帐篷，看到的是自己脑子里藏得十分久远的东西。

慧兰躬身而睡，均匀地发出微小的鼻息声。她长发披散，双手抱胸，脸在微光中发出玉兰花一样的光，长脸的轮廓既刚又柔，像她的姆妈。惜天二爹的目光从遥远不可知的地方回到了眼前，仿佛越过了一条梦境的边界，他脑子"哐"地一下就清醒了。他突然发现女儿长大了，像个女人，全身都发育好了。一瞬之间她陌生了，陌生就像一道闪电，从脑子里一晃而过。他意识到还把她当成细伢子是自欺欺人。慧兰也把自己当成细伢子。何解会这样呢？她应该早就有了女人每月要来的东西，他竟然一点也没有想到。她也一直隐瞒得很好。

他再也没有睡意了，漫无目标地走起来。天上阴云正在移动，云隙间偶尔可见一两颗星星。风吹得轻，树叶与江涛的哗哗声混在一起，像小小的流水声一样。他看到玉娥的棚子，也是简单地用树木搭的。连尔居所有的棚子都是敞开的，看得到床，看得到床上躺着的人。玉娥就侧身躺在床上。薄薄的被单盖着弯曲的身子，窄窄的肩裸露在外，凸的是胸和臀，凹的是腰，夜色隐去了松弛的肌肉和褶皱的皮肤，只把她变化不大仍然娇好的身材呈现。惜天二爹第一次看到她的睡姿，听到她轻轻的呼吸，他停住了脚步。

说不清是女人哪里激起了他的欲望，这是朦胧体态中弥漫出来的东西，气质、脾性、气息弥漫着一种磁力，不似花香胜似花香，渗入人的思维、情绪和肉体，直抵神经中枢。它那么有力，突然锋芒直击。惜天二爹就在这一刺中陡生强烈的冲动——撩开被单挤到她的身边去，他的理智在抵挡，溃坝一样欲分崩离析，连思维也转向了——这人都快死了，还顾及么里！

新楚去了牛皮湖。他结婚不久，堂客想娘家，说要地震了，她捡了衣服就要回去。岳父岳母怕死，要崽女都住在一起。新楚送她回去，堂客说："你也留下吧，我一个人睡觉怕。"新楚犹豫了半天，也在牛皮湖住了下来。

惜天二爹脚踏进了棚内，"嘎嘎嘎"有人在翻身。他望过去，那是湛木青的棚子。这两个棚子几乎搭得一模一样。他想起玉娥的棚子是湛木青搭的。他对湛木青并不反感，相反还敬佩他。他真的把玉娥当成妹妹一样待。

这些天，连尔居男男女女的事传得特别多，不知是真是假。大家总是笑说人都要死了，还不赶紧风流快活几天。有人说，茂崧摸了晓晓的大奶子，挨了一巴掌；说玉滔爸摸了惠英的屁股，惠英解开胸冲他说：你要不要呷奶？说祝国梁和春晖天天往甘蔗地里钻，甘蔗还遮不住人的头呢；青华大白天在路上抱春芳，引得春芳破口大骂；雯霞真的熬不住了，主动与茂仁搭腔，茂仁还当是踩了忘魂草……惜天二爹看到潘德和与煌靓从小学校的一间房里走出来。他想那些传言怕是真的。这个该死的潘德和，连细妹子都不放过！

只有湛木青和玉娥挨在一起，没有人说他们的是非。

惜天二爹犹豫了，伸出的手轻轻落在被单上又缩了回来。他又听到江中的叫声了，像是在呼唤着他。一股浓烈的腥味飘了过来。他感觉有些害怕。妻子的影子从他面前一飘而过，他看得真切。顷刻间，他的理智又回来了。走出棚子，他看到了前面墨团一样的大樟树下，飘着一绺白光。那里传来呢喃之声。

樟树下，玉清娱驰正在祈祷，吟唱了一夜经文。有么里灾和难，玉清娱驰就去樟树下祷告。她相信树神能够解除人的一切厄难。世间的正能量蓄积多了，就能祛除邪气。她几乎不睡觉了，睡眠正一点点从她生命中消失。

这个晚上，玉清娱驰在樟树的气息里飞升，她的身边阴气袭人，黑雾涌动，突然她跃出阴霾。一轮皓月当空，它一直就在这里照着，盘古开天辟地就这样发着光，就像窗前的一盏明灯。她凝视着它，那冰清如玉的光不像太阳那么刺眼，它明亮而宁静，近在身旁，仿佛能够喊它，与它交谈。它无穷的光亮照彻着天穹。乾坤朗朗，星月齐辉，世界从来就是这样。

看到被月光照亮的大地，朦胧光芒下田野的轮廓，一片片泛着银光。如纱似雾的云在脚下飘浮、曼舞，溪流一样涌过。又一个时辰，云层积雪一般在月光下千年安睡。她看到了劳作的人影，他们动作迟缓，充满静穆，这是远古劳动的场景，所有的作业早已安排，世界早已被默契充满，并不需要语言。

她看到了一条大船，人们在雪白的岸上站成一排，到处是荻花，仔细一看他们都是在那条黑暗的大船上，很久才有人动一下。他们谈话，那声音是暗哑的，听不到。那人影似乎是熟悉的、悠远的。他们都到这里来了吗？她突然想起了自己的爹爹、娭毑、爷和娘，想起了更加遥远模糊的祖先。这景象有那么重记忆的气味、童年的气味，像是回到了一个记忆的世界，进入了远古灵魂的世界。这里她既是熟悉的，又是陌生的，她像在恢复着史前的记忆。

飘移的一朵云在一处地方由明转暗，明暗交接的地方形成了一段弧线，仿佛明亮的云经过弧线就变暗了。尽管这明暗变化微乎其微，她还是察觉到了。她看到了那个弧线外有彩虹似的七彩光偶尔一闪，也那么微不足道，她却看到了。她发现了那条弧，只在一朵白云之上、靠明暗显现的弧，像一节短短的边境线。

她的眼睛把它向上伸展，一直伸展到无穷深邃的黑暗之中，她在想象中画着那道弧，直到在月亮的另一边也看到它在一朵白云上出现了，那云朵在由暗变明。于是，一个巨大的圆出现了，她看到了黑暗，那巨大的圆更加幽暗。它是隐匿的月晕啊！她无限地逼近着这个圆圈定的黑暗，口里诵起了经文……

听到了脚步声，黑暗立刻转到了大地之上。她听到了大地上最隐秘的声音。

惜天二爹走到她身边时，她早已经听出是他在走路，她听出了他的犹豫、他的欲望、他的害怕、他的疑惑。她略微停顿了一下，轻轻说："鱼在唱歌。江豚病了。"

"是江猪吗？"玉清娭毑点了点头。一绺白光抖了抖。她继续着鱼虫一般的吟唱。

惜天二爹站着听了一阵，江猪好像与玉清娭毑有某种感应，一会儿游到樟树下，昂起头来，静静地聆听。一会儿游到江中，翻腾着，叫唤着。他不明白鱼在唱歌玉清娭毑是何解晓得的。

玉清娭毑吟唱完一部经文，惜天二爹心里从没感觉这么空明、清澈。东方开始放亮，以前雄鸡此起彼伏的啼叫，现在静悄悄的，没有一点声息了。玉清娭毑要他去水里面听。

惜天二爹跪在木挑上，把头浸入水中，身体突然失去平衡，一头栽到了水里。水从鼻孔、嘴巴灌进了肚子里，有锋利的东西刺进了他的脑袋，封住了他的七窍，他呛得在水里乱抓，挣扎着站了起来，大口喘气，对着江水骂："嬲你娘咯！"

一切仍然是那么寂静。惜天二爹呆站在水中央，感觉到水又轻又怯的抚慰、空无又实在的包容。他从没有在夜晚从自己的鼻子底下看江水，波涛向着他涌来，轻轻拍打着他的肌肤，他的目光从波涛上望向远方。水面是黑而亮的，它比天空黑，比土地黑，甚至比乌云还要黑；暧昧的光亮是那些细小的波涛一条条反射的，黑暗中的光亮神秘又朦胧，带有生命的气息、水的芳香，宛若活物。

惜天二爹向着光亮伸出手，他感觉到一种微微的浮力托举着自己的手臂，身子好像也在跟随着江河的摆动、起伏，有节律地轻轻摇动起来。除了这节律与力量，水好像空了，像无数的岁月空了，只余下记忆。

他吸了一口气，身子往下一沉，感觉自己要沉入别样的存在，浮力把他托举起来，温软而又坚定地拒绝了他。他走到木挑边，抓住支架，再憋一口气缓缓潜下去。耳朵边一阵嗡嗡声，仿佛电流把一条江接通了，所有的声音像一堵陡立的墙向他压过来，这是来自另一个陌生世界的声音，那么空阔、辽远，他的耳朵瞬息之间就跟随着这些声音伸到了远处的不可知的地方。

他先听到一阵呢喃耳语，像摩擦耳孔毛细血管的声音，接着是咚咚的声响，一条江像鼓一样被擂响。接着传来了叫声，各种各样的叫声、喊声，长短不一，高低不同，有的尖锐，有的低沉，浪花的声音也传到了他的耳朵里，它们有着悠长的回音，彼此共鸣着。他闭着眼睛，不再感觉到黑暗了。

有一个场景在他的额际间呈现，鱼群都游到了里面，他感觉自己在那里打开了双眼……想到那个梦境，想到漂浮的水草，她的声音会不会出现呢？

天亮了，组长喊出早工，去地里的人没有几个。大家觉得活一天是一天，还去出么里工！也有几个想着挣工分，从棚子里出来，其中一个听到江里的水响，看到一个人头浮在水里，吓得大喊一声："有鬼呀——"他这一喊，比组长喊出工的效果完全不同，所有的人都从棚子里翻身起床了，很快就围拢到了江边。

惜天二爹从水中钻出来，看到这么多人看着自己，不晓得发生了么里事情，迷惑地看着一群睡眼惺忪的人瞪大着眼睛。他们看着惜天二爹站在江中，黑色的衣服紧贴着他的上身。有人立即冲下了岸，衣服都没脱就跳到了江中，他们以为惜天二爹被地震吓着了，要投江自尽。

惜天二爹还在迷糊的时候，他已经被三个男人拉扯上了岸。任他何事解释，连尔居人认定他是投江，害怕地震，但投江又怕死，死了一晚也没死成，还说么里听鱼唱歌。

"听鱼唱歌"一时成了大家的笑话。本来淡忘了的歇后语"惜天二爹听广播"又让人们记起来了，现在大家乐滋滋地说："惜天二爹听鱼唱歌"，专门讽刺那些寻死又不敢死的人。

四十四

夫妻相处紧张的家庭，地震要来了，他们的关系大大地改变了。

茂文与堂客性情不合，茂文总是嫌她菜炒得咸，堂客从来做不到少放盐，她总是担心盐放少了，起锅时忍不住再加少许。饭也老是煮烱，茂文叫她饭开锅后只烧三把柴，她忍不住三把火后又添一把。晚上，茂文回来晚了，堂客在他上床时转过身子，把背对着他，总是冷言冷语讥讽他几句。她永无止境地怀疑老倌与别的女人有染。年轻时候，茂文与孙金铃唱戏的事被她当作陈年旧账翻出来，一千遍一万遍地念叨。

连尔居人晓得她爱呷醋，有意编些桥段说给她听，这架就吵得没完没了了。茂文最初解释，她相信他们之间有发生么里事，但她说，潘德和要是不娶孙金铃，你孙茂文能保证不娶她吗？茂文双眼瞪着她，声高八度、大喊一声："我不是有娶她嘛！"

他们家三天一小吵五天一大吵，没有停歇过。

现在，茂文与堂客不嫌牾了，茂文变得顾家了，堂客炒菜煮饭做成么里就是么里，他不喊咸了。崽女不肯睡草棚的硬板床，茂文就在细伢子熟睡后抱到外面床上去。堂客也不说其他女人了，茂文一上床她就抱着他睡。

叶鞘夫妻间冲突激烈，堂客总是被叶鞘打得哭哭啼啼的，哭完了，她就破口大骂，骂得长江黄河一样收不住时，叶鞘又把她打一顿，一直闹到双方对骂、对打，左邻右舍都来劝架，堂客被人扯到别人家里去继续哭哭啼啼，痛说叶鞘的不是，叶鞘在家骂骂咧咧，好半天也消不了火气。

地震要来了，叶鞘不打骂堂客了，他变得儿女情长，天天生离死别一样。女儿睡在外面怕鬼，他就守在她身边。棚子里床太挤，叶鞘在地上铺一层稻草，草席往上面一放，自己睡在地上。晚上睡醒了，还起来给堂客盖被单。

顺澍一直爱在外面说自己堂客不贤惠，饭不愿意煮，茶也不愿意煎，衣服只洗自己的，他打饿肚就跳起脚来骂。堂客由着他闹，一副我行我素的样子。连尔居有人学顺澍的娘娘腔说话，引得大家捧腹大笑。有人开玩笑，要他再去找一个，顺澍就开始愁眉苦脸，嫌这个不好嫌那个不行，又把自己的堂客夸上了天。

地震要来了，顺澍的堂客天天做饭了，她亲手杀了家里的鸡，炖了呷。她每天去黄金买猪肉、油豆腐，放上大蒜，一餐炖一餐炒，呷得顺澍嘴上都闪着油光。她把家里的大衣柜、茶桌、碗柜一件件变卖，全都花在吃上了。

连尔居天天鸡肉飘香，刺激得那些没吃或者吃光了鸡的人家日子难挨了。青华好吃，先是用地震吓得他姆妈杀光了鸡，后来，他白天睡觉，晚上不睡了，去鸭棚偷公家养的鸭。十二岁后，他突然就看不到鬼魂了，偶尔看到一两次他也不害怕，鬼魂从他眼里消失后，他更加不晓得么里才是可怕的。连尔居人就数他胆子大。

腊梅天一亮发现空荡荡的鸡笼里出现了鸭，好生奇怪，她问家里人这是何解。青华说，管它呢，人要死了，有得呷就呷。腊梅就真心实意向黑多多敬谢。每次炳滔爸去捉鸭杀，她喃喃自语，对着宝书台叩头。看鸭的人没有原来那么尽责，好长时间少了鸭也不晓得。

我和建元早晨去鸭棚偷鸭蛋。看鸭的人一早把鸭赶出去了，鸭棚里白花花一地的蛋。我们弯着腰钻进鸭棚，把鸭蛋塞满口袋。鸭棚里一点也看不出蛋少了。

青华和茂益喜欢装神弄鬼去吓唬女同学。青华模仿种种鬼的行径，如双腿屈跳，半夜学鬼嚎，他用纸糊了一个骷髅头，下面吊一件蓝布褂，拿着去女同学的床前晃荡。女同学被窸窣声惊醒，吓得尖叫。她们大白天跟人说起闹鬼的事，青华、茂益就在旁边偷笑。

我一点也不害怕地震。没有死亡预感，没有感觉的事情就无法让我上心。我有一种节日的感受，只觉得好玩。雨停的那些天，我到万兴村外公家找表弟去玩耍。外公家屋后有一条小河，河中有菱角、芡实、莲蓬，莲蓬采的人少，莲子都变黑了。我和表弟天天去采，他黄色的瞳孔都被水泡红了。

我又去了牛皮湖，娭驰的表侄在那里，我迷恋他们那里高高的堤坝和坡地，连尔居没有这样的高地。月亮和白云从堤上升起来，一种新奇的向往也在我心里升起来。坡上种满了鲜绿的花生，绿色向着人倾斜而下，绿风漫过堤坝扑下来，把另一面土地的气息带过来。堤坝的一边生长了高高的枫树、槐树和栗树。我去树旁偷挖花生。花生不熟，有一股青气，嚼了几口我赶紧吐了。

有天晚上，似梦非梦，我躺在棚子里面，听到一阵歌声从江面飘浮起来："绿豆泡茶粒粒沉，交情要交对方门。朝点火，晚点灯，时时刻刻眼面前。"唱完后沉寂了很久，似有窃窃私语传来。

歌声又响起来了："日头落水又落黄，犀牛带崽下官塘。犀牛望月朝南海，姐姐望郎傍门框，望郎不到守空房。"先是大声唱了一遍，接着又是低吟浅唱。我眼里出现了一个朦胧的人影。我竭力睁开眼睛，发现棚子外面什么也没有。月亮么里时候从云中钻出来了，满地都是如霜似银的月光。

炳丰扛了铁锹、锄头来到谷清的坟前，东方才现鱼肚白。他在坟边挖起土来。他想自己活不了几天，干其他任何事情都没有意义了，不如为自己和福云挖好墓穴。地震真的来了，死的人太多了，谁还有时间来为你挖墓。都是挖个大坑一起埋的。对离群寡居惯了的人，他可不喜欢人挤人、人叠人。想到五风饿死人的情景，他觉得地震这样子死人的事也天经地义。

他出门前先把牛绹绳解了，由着它们自己去吃草。把牛从牛栏房牵出来，炳丰想的是免得地震把它们都压死了。他在河岸边钉了一排木桩，牛绹都系在木桩上。

牛群中间最醒目的是白牯牛，它皮肤血红，毛发雪白，体量庞大，长着一对弯角，角弯成了圆形，有晒盘那么大。胆大的后生崽双手抓住它的角，白牯牛头一昂就把人举了起来。它一路奔跑，显得轻轻松松。它觉得自己就是牛王，不把其他牯牛放在眼里。

偏偏有一条青牯牛不服气。它长得粗壮，尤其脖子粗得要两个人合抱才抱得拢。它有一对朝前伸开的犄角，喜欢用角去挑东西，晒谷场的稻草堆不管多高，它角一挑就垮了。有一次它去挑牛车，角尖插进木板里了，不但挑翻了牛车，还把那块木块从牛车身上掰了下来。叶鞘拿了扁担去揍它，它眼一横，犄角对着他。人和牛对阵，叶鞘从不晓得怕么里，这一次他不敢动了。那尖角挑到人，肚子都会被挑穿。

在场的人都屏住了气息。炳丰跑得气喘吁吁赶过来，他老远就骂："你咯畜生！"青牯牛耳朵甩了甩，眼睛朝他跑来的方向看了看，弓着的身子放松下来。它又看了看叶鞘，盯着他手中的扁担，低低地吼了一声。

炳丰跑过来，"你瞎了眼啊！你敢不讲理？人是你斗的吗？不怕杀了你！"他双手抓住它的角用劲往下压，青牯牛由着他压，也不使劲，头被压得一扭一扭的。叶鞘还不肯收扁担，他破口大骂："娘卖×咯畜生！你反了?!老子一扁担砍死你！"

青牯牛见叶鞘扁担还对着自己，它眼睛一瞪，又使上了劲。炳丰再压，它的头纹丝不动。炳丰喊："你是人，又不是畜生，跟一头蠢牛较么里劲呀！还不走！"叶鞘一惊，骂了几句走了。炳丰牵住青牯牛，把它带了回去。

围观的人一阵喟叹，有的感叹这头牛脾性刚烈。有一次它发怒的时候，把一根碗口粗的苦楝树撞断了。懂得牛的人说，它是在向白牯牛耍威风，显示自己的力量。白牯牛在它面前也有所忌惮。炳丰从来都把两头牛分开关、分开用的。有人说叶鞘真是个牛脾气，倔强。人们又说到炳丰，说他的话牛听得懂。炳丰跟牛说的话比跟人说的还多呢。炳丰的前世是不是牛？大家觉得像。又有人说到他的长相，似乎跟牛也有些像，鼻子长，下巴短，脸也瘦长，慈眉善目的，越想越是像了，说得大家笑了。

地震把一切都搞乱了。炳丰一早去挖墓穴。牛群自己去吃草，没人看管了。它们四散而去，分成了几拨。白牯牛独自走在前面，一群牝牛跟在后面，三头一两岁的小牛跟它们在一起。青牯牛特立独行，在牝牛的后面吃草。几头牯牛往田中的一条水渠去了。

刚经过"双抢"，从天一亮干活一直干到天黑收工，牛也累得直喘粗气。现在是难得的悠闲时光。它们扇动着双耳，惬意地甩着尾巴，舌头一卷，一蓬蓬青草源源不断地进入嘴里，嚼得白沫在嘴边泛成一圈。寂静的江岸上只有牛咀嚼的声音呱嗒呱嗒地响着。江面不时地有鱼溅起的浪花，哗啦响一下。云雀的叫声冲向高空，牛有时抬起头来发一阵呆，不晓得是不是在听云雀叫，还是在回想么里心事。

一头牯牛跑到了稻田里，吃起了晚稻秧。它呷得津津有味。另一头牯牛抬头四处望了一望，它也想下田去吃。它低一下头呷一口草又抬起头来，想着去稻田又怕被人发现，正在犹豫不定。

牝牛经过半个多月的休养生息，身体开始圆润，毛色发光。它们在岸上走动，偶尔"哞——"的一声呼叫。这也许是它们在歌唱吧。一头牝牛全身颤了颤，那硕大的屁股上生殖器向日葵似的，水汪汪地泛着光。它那么柔软，全身抖动的时候，那里抖的频率最慢、幅度却最大。它抬着头东张西望，无心吃草，"哞——哞——"地叫着。黑色的生殖器里流出了一股黏液，一种特别的味道在空中飘移。

青牦牛最先闻到这股味道，它停止了吃草，抬起头来，发现了那头发情的牝牛。它肚皮下的家伙像根木棒一样钻了出来，发出猩红色的光。它大步朝着牝牛走去。

牝牛的眼睛黑得似炭，镜子一样照得出周围的景物。在它头一偏的时候，一白一青两团影子清晰地映在了它的眼里。牝牛感觉到地上的震动，同时从两个方向传来。

白牦牛听到牝牛的叫声，它也明白了牝牛的求欢，它回头一看，与牝牛目光相遇，它的身子抖了一下，转身就向牝牛走去。空中的气息飘进了它的鼻腔，它的眼睛开始发直了。

两头牦牛同时看到了对方，都晓得了对方的意图，但谁也没有打算退让。新仇旧恨与欲望绞成了一团，眼里喷出的是火。白牦牛明白，这一架不决个高下，它牛王就别想当了。

青牦牛不管不顾地朝着牝牛走，它欲火焚身，内心暴躁，呼吸粗笨，脚蹄"嗒嗒嗒"有力地击打着江岸上的泥土。白牦牛像一道光，闪到了它的面前了。它头一低，两头牛的角"嘣——"地沉闷地发出了一声巨响，它们的头撞到了一起。巨大的反弹力让两头牦牛都后退了几步。它们都转过身，往相反的方向小跑起来，又同时掉转头来向对方冲去。白牦牛依仗自己体量庞大，欲以巨大的撞击力让对方丧失格斗的意志。

青牦牛清楚白牦牛这一招，它一身蛮力，曾多次撞击树木，它自信撞断过树干的力量一定会给白牦牛沉重的一击。"嘣——"沉闷而巨大的声音再一次响起。这一次它们的角顶在一起，像粘住了一样。头压得低低的，嘴巴鼻子都擦到了泥土上。青牿牛犄角刺向对方，眼睛血红，像流血了，着火了。它四条腿紧绷，像要把地面撕裂开来。

一会儿青牿牛把白牿牛顶得后退，一会儿白牿牛把青牿牛顶得退后，像在拔河。它们转动着头，牛角碰撞得咔咔作响。白牿牛与青牿牛的角交错在一起，白牿牛头一扭，它长角的优势得到发挥，青牿牛一只前脚差点离开了地面。白牿牛想利用自己的体量把青牿牛扭翻在地。青牿牛熟悉它这一招，由它扭着，让它消耗体力，它等待着反击的时机。它要用自己尖锐的犄角去挑白牿牛的眼睛、脖子。犄角的挑力，它已经无数次操练过。

等到村里有人发现它们在打架时，两头牿牛身上已是伤痕累累，到处是血。眼睛里流出的也是血。青牿牛朝前散开的角占了便宜，尖角刺进了白牿牛的眼睛，但它们谁都不肯认输。

人群把两头牛围了起来，茂成拿着卵石砸它们，叶鞘拿了扁担去捅，想把它们拆散，但两头牛由着他来捅。

白牿牛与青牿牛从江岸打到稻田，从稻田里斗到了村边，又从村边打到了一片草地上。人群跟随着它们移动。他们呼喊着、跳着，谁都不敢靠近。

有人跑去找炳丰，好不容易从坟山找到他。炳丰来了，他怎么骂也不管用。他也不敢靠近了。

炳篁来了，他说快点一把火。于是，有人点燃了一把稻草，他冲了过去，把燃着的稻草丢在两个牛头上。牛松开了一下又顶在一起。一股皮肉烧焦的煳味在空中弥漫。

人们一起喊着："打死你咯畜生！"叶鞘说拿挑绳来。有几个人跑到家里拿来了麻绳。叶鞘打成活扣往牛的后脚边丢过去，牛踩到了活扣，绳子往上一提，套住了牛脚。另一边也同样套住了牛脚。男人们分作两边，一阵喊，拔河一样同时使劲，两头牛被拉得趴在地上，他们把牛拼命往后拖。

人群涌上来，拿了扁担、树棍往牛身上打。炳丰牵住了牛鼻子。牛挣扎着站起来后，被扁担棍子打开了。

牝牛遇不到牯牛，它的发情期转眼就过去了。牝牛的发情期一年只有短短的几个时辰。

白牯牛与青牯牛没有分出胜负，他们心里的仇恨积得更深了，但谁都不敢再轻易挑战对方了。缘山老倌建议找人把两头牛劁了。牛劁了，阳刚之气就没了，斗志一衰退，它们就不会这么争强好胜了。

几个后生崽第二天去了炳丰的牛栏房，把两头牛先后赶到地坪，一头一头放倒。劁牛的师傅刀光一闪，干脆利落，两粒拳头大的卵子滑了出来。白牯牛和青牯牛都骟了。

那巨大的卵子丢在地上，劁牛师傅问有人要呷吗？他们都摇头。连尔居人呷猪、鸡、鸭，不呷牛肉的。江河里只呷鱼、虾、螺，连乌龟、甲鱼都不呷。两头牛的卵子劁牛的都拿走了，说是回去下酒。

四十五

牯牛斗架让人一时忘了地震的恐怖，不再没完没了地思考与议论生与死的问题，不再晚晚谈鬼，谈得许多人觉得自己已经是鬼了，人跟鬼是一家了。这时，人们渴望有鬼，渴望变成鬼。

生与死、人与鬼从来没这么混淆过。有人上坟去与自己过世的亲人谈心，说自己就要来了，问阳世间还有么里要办的事情，问阴间好不好过。然后说到自己可能被压死，可能被地上的裂缝吞掉，可能得瘟疫病死，阳间的人自己都顾不了自己，希望阴间的人来救，不要把灵魂也埋掉了。

很多人把家里能吃的都吃了，把钱都花了，只有极少数吝啬的人死扣着钱不舍得花，天天被人嘲笑着。

大家都折腾够了，在棚子里住得不耐烦了，地震还没有来。

到了开学的时候，分场正式广播辟谣，说地震没有科学根据，要求农场广大职工不要信谣传谣，要大家都恢复正常的生产生活秩序。所有人都半信半疑，他们脸上的表情非常复杂、微妙，那些花光了积蓄甚至变卖了家产的人，如果地震不来，他们该怎么往下活？他们压根儿就没想到过还要往下继续生活！命在这里，家却空空荡荡了，地震时没有哭，没有地震了，很多人竟然号啕大哭。只有那些死抠着钱财不撒手的人，脸上露出了得意的笑。他们不再被人嘲笑了，而是被人羡慕。

我们开学第一堂课，老师讲地震，说地震是不可能的，要相信科学。他告诉我们，地震发生了应该怎么逃生。来不及跑时，要往床、桌子、书柜下面躲，在教室里就往课桌下面躲。他刚讲完，突然停住，表情严肃，大喊一声："地震啦！"他自己就钻到讲台下面去了。

同学们吓傻了，有的呆坐着，更多的人往门外冲，往桌子下面钻的只有几个。尖叫声一片，有人摔倒了，还有人回头来拿书包

几分钟后，老师从讲台下爬出来，喊："课桌下面的同学站出来。"七个同学有三个吓得发抖，不肯出来，四个站了起来。老师评点："你们这样做是对的。地震发生了就这样做。"

他又走到外面喊学生回来上课。

广播开始天天讲地震，说近期国内没有地震，又讲地震知识，接着开始查造谣的人。造谣的人也查出来了，人们这才安了心，纷纷拆了棚子，搬到房子里去住。

刚开始时，大家对地震还是将信将疑的，看到越来越多的人深信不疑，天也变了，经常是风雨交加，酷热天变成了阴凉气候，最自信的人也沉不住气。天一黑大家都很紧张，每天晚上都是生死考验。天亮

了，觉得又多活了一天。

地震给我的嗅觉留下了深刻的记忆，村里天天飘着食物的香味，事情过去很长时间后，我仍然闻得到食物的芳香。

我家的棚子最早拆了，尚健师家的棚子最后才拆。他人已住进房里了，这么费心搭的棚子他舍不得拆。他叹息着，说："七级地震也震不垮我的棚子，真正可惜了！"

有人就笑着骂他："猪孬的，你是想地震呀？"尚健师想笑却笑不出来，他摇着头说："这么结实的棚子拆了，你不觉得可惜吗？"

他家里的梁拆了，楼板也没了，像是几十年没住过人的破旧屋子。他得一根根把梁架上去。

闹哄哄的地震事件平息下来了，村里突然变得宁静。这天我们放学回来出奇的安静。我遇到的人都不说话。说话的人也是悄悄耳语，他们神情慌张、严肃，显得神秘。狗也夹着尾巴，劫后余生的几只鸡，不打鸣不斗殴，待在墙角或觅食或眯眼发呆。

妇女主任从家里冲了出来，她眼睛红肿，是哭肿的。我惊讶地看着她。她也看着我，又要哭的样子。看我懵懂无知的样子，她低声说："毛主席逝世了。"

我感觉眼前一暗。这何事可能呢?! 毛主席会死？我完全没有料到！我一点预感也没有！

村里已经传达了毛主席逝世的噩耗。我还在学校的时候，村里开了大会，妇女主任哭，煌靓的母亲跟着也哭了。我第一次见到这个"噩"字，它在我的眼里晃动着，晃了十几天，它从一个陌生的字变成了我一生记得最牢的字。

广播开始天天播哀乐，大地上的每一个地方都能听到这悲痛的声音。这声音与"噩"字紧紧联系着。我想到它到处安放了"口"，悲伤的口挤在一起哀嚎。人们压低了嗓门说话，不敢说笑、打闹。

村里设了一个灵堂，是银木匠扎的，镜框中的毛主席像围起了黑纱，那是每家每户都贴过的像。我不理解做么里就披上了黑纱。花圈上的白花一朵一朵，世间的任何花都没有它大，看了让人害怕。看到《毛主席在陕北》的照片，想象中它的周围挽上了一圈黑纱，我感觉更加害怕了。

女人受不了哀乐，老是想起自己去世的亲人。男人有些惶惑不安，好像天要塌下来了。湛木青说："我晓得有大事发生，有想到是他老人家。"有人问："以后何事办?"没有人回答。

积大爹说："我们平安了，是他老人家把大灾大难带走了。"

缘山老倌流着泪说："今年是个不平常的年份啊，周总理、朱德元帅、毛主席都走了。国家何事办啦?"

玉清娭毑到灵堂来念经，被潘支书劝走。出灵堂的时候，她叹了一口气，说："天要变啰。"

潘支书冲她大喝一声："你妖言惑众!"

学校放假了。老师带我们去二分场沉沙港捡棉花。沉沙港是汨罗江入洞庭湖的一个江口，江水流到大堤下，被堤上的大闸切断。沉沙港的堤外是湘江与洞庭湖交汇的地方，是横岭湖一望无垠的水面；堤内是无边的棉田。有说这里是当年屈原怀沙自沉的地方。屈原在河泊潭投江时，人浮于水溺而未亡，他爬上岸后，又信步往西走，在沉沙港徘徊时，看到一簇枯草浮在水上，便用泥沙将它击沉。受草的启发，他将裤脚和上衣扎紧，灌满沙石，再次投江，于是沉江而死。

我们住在清港村小学校。哀乐也在这里响起。它时放时停，像天一会儿晴一会儿阴。我们捡完一天棉花，想去江里游泳。老师说，现在是悼念期间，不能游泳。我们还是偷偷下水了。大堤下的水闸开了，流水很急，我不小心呛了几口水，不敢再往江中游了。

隆重的追悼会就要开了，我们回到了七分场，回到了自己的生产队。这天下昼的阳光特别黄，照在人身上，照在草垛上，照在地坪里，又热又凉，软绵绵的。巨人离去，他已经看不到今天的阳光了。地坪架了一个大喇叭，巨大的哀乐声从喇叭里洪流一样淹过来，阳光仍然是静静的。每个人手臂上的黑色袖套看得我产生了幻觉。茂崧穿了一件旧军装，戴上了他立功的勋章，向毛主席遗像行了个军礼。

　　人群像是洪流中的礁石，没人吭声，没有人交头接耳，一张一张严肃的脸，流露着莫名又不安的情绪。哀伤相互感染着，有人泪光在眼眶里闪动。光与声的洪流在泛滥，一排排茅屋飘浮起来了，道路飘浮起来了，田野飘浮起来了……抽抽嗒嗒的哭声像水滴，煌靓的姆妈又哭起来了，突然"哇——"的一声，水流似的倾泻而下……

　　哀乐回荡的日子，银木匠用木板刻了几幅毛主席像，他把《毛主席在陕北》戴八角帽的头像嵌在红太阳中，周围的光芒万丈是一道道放射线，他把这幅木刻印了一百多张，一户户人家送。人人都看到他眼睛红红的，不晓得是刻像熬红的，还是哭的。接毛主席像时大家都沉默着，只有几个小声说了几句话，有说这帽子是那个外国记者的，但他的名字想了半天也想不起来了，有说刻得像的，有说感谢的。追悼会上，好多人把银木匠印的像带来了。

　　好多年后，改革开放家家砌起了新房，这张光芒万丈的毛主席刻像和《毛主席在陕北》就像消失的旧屋，悄悄从连尔居人的墙壁上消失了。

　　毛主席逝世后，华国锋接班。毛主席遗嘱"你办事，我放心"传达到了连尔居。人们抬着毛主席像和华国锋的像走上了田间马路，他们敲锣打鼓，喊着"继承毛主席遗志""按既定方针办"的口号。缘山老倌喊得最响亮。他见过华国锋。湘阴解放时，他带着南下工作团和一个营从湘江坐船进入湘阴，当了湘阴县第一任县委书记。那时还没有农场，汨罗也没有从湘阴分出去。他后来到过营田，察看堤垸汛情。

第二次游行是打倒“四人帮”。缘山老倌不肯去游行。炳丰、炳篁也不肯去。

播哀乐的广播又在天天播放喜气洋洋的《祝酒歌》。连尔居人听多了，跟着哼唱几句，也觉得喜气洋洋了。青华、云祺、建元和我都会唱，我们在上学的路上唱。我还没有喝过酒，不晓得干杯会有这么高兴。

电影不放样板戏了，开始放《南征北战》《打击侵略者》《三进山城》《洪湖赤卫队》《平原游击队》。我们一个村一个村追着看，跑上十里地也不觉得累。《平原游击队》看得多了，台词我们都背得下来，大家学着电影里日本大队长松井的声调喊：“抓住李向阳!”

还有一次大白天跑了十几里路，到牛皮湖看六分场的杂技。一对从新疆杂技团退休的夫妻，他们回到老家桥上周，带出了一个杂技团。

一群少年舞碟、垒人墙、钻火圈、空中飞人……他们突破了身体的极限，像虫子一样弯曲身体，像孙悟空在一根木杆上腾挪，飞越火圈，站在人头上单手倒立。我们在地坪双手倒立就很骄傲了，会倒立的人总是忍不住要露一手，杂技演员变得随心所欲，突破了我们的想象。一阵阵喝彩声如腾空而起的火焰。草坪上站满了人，堤坡上也站满了人。

转眼就是一年。

这一年里，茂崧的崽参军走了。春晖嫁到汨罗县城去了，男的是汨罗城关供销社职工。她终于不用下田干农活了。大湾杨淹死了一个人，也播起了哀乐。我们上学的路上就能听到。从此，农场死了人都流行播哀乐了。巽满爹的娘死了，连尔居第二次播哀乐。闹地震时，她躺在火架子上不肯上床，害怕压死。现在平白无故却突然死了，早晨巽满爹喊她起床呷饭，发现她死了。死时差一年就是九十岁了。

荻秋出差路过汨罗回来探亲，他穿着军装，后面跟着一群细伢子，他跟所有的人打招呼，大家也纷纷跟他打招呼。连尔居人都说他懂礼貌有礼数，有人对他乡音未改大加赞扬。我们不再跟着他跑了，他见到我喊一声"邦伢子"，我也很兴奋地喊他，说："回来了！"傻笑着，用羡慕的目光看着他。

潘德和公开场合讲话越来越少了。他在巽满爹娘的追悼会上致过一次悼词。他跑分场也跑得少了。分场换了书记，新来的书记姓郑，他不爱开会。连尔居人听组长指挥，组长吹哨出工就出工，组长喊收工就收工。晚上没事就围在一起嬲卵谈。他们从没有这样自由自在过。

福云已经成为一把劳动好手，能干所有的农活了。她力气越来越大，脸色红了又黑。女人特别注意她的肚子，一年过去不见大，两年过去也还是平的，到第三年就晓得她生崽不可能了。村里新媳妇有挺着大肚子下地干活的，女人们也很少当着福云谈怀孕的事。她们叽叽喳喳嘻嘻哈哈说着床上的事，有时放肆起来也不避讳男人，甚至故意说给他们听，一起哄笑。

男人呵呵傻笑，有的不好意思走开了，有的逼急了骂几句痞话。堂客们笑得更加放肆，大胆的还会去扯男人的皮带。有男人不解风情，也动手去碰女人，结果被女人们压在地上，扒光了衣服，像一只褪了毛的鸭。

我每天都要早早起床去上学。鸟最早醒来，天刚一放亮，它们就叽叽喳喳喧闹着。娭驰仍习惯地说："鸟在叫你起来呢。"我晓得鸟不是在叫我，但我还不起床就要迟到了。学校上课纪律严了，迟到的同学被老师当场批评。

眯眯眼的化学老师住在毋家棚，我们叫他绿豆屎。有时他也迟到，学校就给他找了一间房，让他全家搬到学校里面来住。他把自己喂的两头猪忍痛卖掉了。

学校有个学农基地，一周有半天的劳动课。我当了班上的劳动委员。上劳动课由我来安排谁带锄头，谁带箢箕、扁担。后来，劳动课改上其他的课，只安排几个学生去搞劳动，我让同学轮流去。

放农忙假搞春插的时候，我又与春芳一起插田。我腰痛得像要断了。直起身子，看到社教公路上跑过的货车，就幻想着要是长大了当一个货车司机该多幸福！多神气！不用插田打禾了，还可以在马路上飞车，跑到很远的地方去风光风光。

午休时间，我在地坪用蚌壳装上灰土，想象它是一辆大货车，我推着它往前走，凹凸不平的地，我想象成了山头和河流，车在它们中间穿行……

开学后，我又想当老师了，觉得老师知识渊博，受人尊敬，课堂上一站，很是神气。我在村里找了几个低年级的学生，把他们叫到村小学，给他们上课。开始他们很认真，坐得规规矩矩，我给他们教数学，讲了一会儿，他们要跟我玩。我们一边玩一边上课。

有大人站在窗边看我上课，我有些窘，天也晚了，带的蜡烛快燃完了，我就大声宣布下课了。

有人议论考大学的事。有一天，我与一个同学在操场散步，他说以后上大学可以考了。大学？我想都没有想过，我意识到了我们原来是可以读大学的。以前工农兵大学生都是推荐的，我还从没听说过大学，更不晓得有谁上了大学。同学说，只要成绩好，凭自己的本事就可以上。

他的话有一种清甜的味道，他的声音飘浮起来，我感觉声音飘到了我头顶上的半空。我也随着他的话轻轻飘离，我似乎看到了遥远模糊的东西，出现了一种温暖的感觉。

从时间的另一端我回望到了自己，我看到现在的我在说话，同学踩倒的杂草，发出细小的簌簌声。他的话像受了某种旨意，专门来说给我听。那个远处的大学与现在的我瞬间连接成了一体。我已到了那个模糊不明朗的远方，我看不清，像一团光，但我感觉到了它。

我们朝前走着，到了苦楝树下拐了一个弯，我心里蓄满了甜美和充实，像夏天的暖风吹过，它在我身体的每一个角落里刮，是那么和煦、温存。

我突然看见我的未来，我明白了这块地方不属于我，它养育了我，但我属于远方。

上课铃一响，幻境消失，我清醒地回到现实，心里生出了清晰的念头——我要好好读书。我要考大学。

议论的人越来越多，终于听到高中毕业的学生开始报名了。

报名的人好多。春芳报了名。胡长安也报了名。偷听美国之音的吴小潞报名时政审没有通过，听说他关门睡了几天，谁也不理。我们担心他又想不通去自杀。他在连尔居劳动半年就回毋家棚了。

放学路上，我没忍住，说出了自己考大学的愿望。建元、青华嘻嘻笑，说："你也考得上大学?"我的成绩不是很好。我"哼"了一声，我晓得我将来一定是个大学生，懒得跟他们争。

云祺说了一句："我也想考大学。"建元、青华又嘲笑："你们做梦吧。"

我对青华说："你才做梦呢!"青华不吭声了。他晓得我这句话的意思。他追九队的杨菊华。杨菊华在另一个班，放学与我们同走一段路。他总是主动去搭讪人家。他求我代他写封情书。茂益也在追她，我已经给他代写了情书。

写过几次情书后，我才特别注意杨菊华，发现她皮肤特别白，笑起来，长长的眉毛弯下来，胖脸上两个酒窝很迷人，有几分妩媚。但很土气。

春芳投入复习迎考了。

我考上高中后，晚上与春景一起学习。二娭毑家里变得很安静。春芳没上过几天课，课本上的习题只能挑着做一些简单的。她皱着眉，书翻了又翻，一道又一道数学题把她难住了。

她犹豫了很久才决定出房门来问我。"邦伢子，你看这道题何事做呀？"我抬起头，两个人的眼睛碰了一下，她浅浅一笑，嘴角歪了一歪。我接过课本，看到了一道二元一次方程的题。我们课堂上刚刚讲到，我还不懂。看着她满怀期望，我硬着头皮读起来。她坐在我旁边，耐心地等着。

我看明白后，试着去解。她也参与进来，我们摸索着往前走，一会儿走进了死胡同，一会儿又柳暗花明，终于解题了。她笑了，雪白的牙齿，灯光下特别闪亮。

接着我们做下一道题，很容易就做对了。她似乎也明白了，眉头不再皱了。

春景不知么里时候已经去睡了，二姨妈早已进入梦乡。夜是微凉的，我们挨得那么近，手臂碰在一起，腿也靠在一起，感觉到了彼此的体温和气息。

屋外，大雁南飞，一声声鸣叫，声音在天空里回荡。

做完题，我们聊起了各自未来的梦想。村庄已经入睡，只有我们两个人的话轻得像霜一样飘飞。我身子一阵阵发冷，说话有些颤抖。她的呼吸也很重，眼睛看着我，那么明亮。

每天晚上，我放下自己的作业，首先帮她复习。很多题不是我能解答得了的，但有一股神奇的力量，难题都被我攻破了。有一次，我凭空想出了一个公式。上了大学，我才发现这个公式我用过。

我买了老师推荐的一套高中自学丛书，放学后跑回家抱起来就读。我坐在地坪上，对着汨罗江，像春节画画一样沉迷其中，沉思、体味，举一反三，对所有的概念都有了透彻的理解。

天气越来越冷了，二姨妈烧了煤。到了深夜，火早已熄灭了，火被里还有余温。我和春芳把冰冷的手伸了进去。有一次，我鼓起勇气用手去碰她的手，我捏住了她的手指，她的手一动未动，我全身都变得冰凉，忍不住发抖了。我听到牙齿摩擦发出轻微的沙沙声。

我们相互看着。她低下头，又猛一抬头，我们的视线又碰在了一起。二娭毑的梦话在房子里飘，白天说过的话她还在梦里说着。我们静静地看着对方，时空凝固了。闹钟的声音车轮一样轰轰作响，它在往夜色深处走……

高考终于到了，春芳考完回来，说太难了。问她考得怎么样，她不愿回答。我问她的作文，她说："不会写，不晓得写么里。'心中有话向党说'，我想不起要讲么里话。"

四十六

暑假到了，又要参加"双抢"。春芳毕业回队务农了。我们在一起时，我的话多了，我也不紧张了。午休时间，我们议论大学，我说大学都是高楼，楼顶可以停直升机。我们都没见过飞机，只有说飞机才能突出大学的非同一般。大学生当然可以坐直升机上学了。

我说大学生都能写书，写厚厚的小说。那神情就像我很快可以写出大部头的长篇小说了。她听了很激动，一点都不怀疑，说："你写的小说会不会送我一本呀？"我说："当然。"

我们又说到作家身上去了。作家太崇高了，说起创作，我们的口气都充满了崇敬。春芳说："你当作家，要写写我哦。"我笑："好，我把你写进小说。"她也笑了，笑得很开心，很亲昵地看着我。

我看她的脸，发现晒得很黑。

节令总是在我们疏忽它的时候到来。它的时辰精准得严丝合缝，让人心生敬畏。立秋了，我不是从日历上翻出来的，而是从身体里感知到的：炎热的天气，太阳当顶，空气中突然有了一丝凉意，那凉意如丝丝冷气，比蛇信和蛛丝更细，它临空而来，像神准时吹来的，让肌肤一个激灵，汗涔涔的毛孔一颤，感到冷气渗入了肌肤深处。哦，秋到了。这一天正是插晚稻的最后半天，午时后就是立秋时辰。午时前插的秧产量高，午时后插的产量低得多。禾苗也感受到了这个神秘时辰。

天地轮回，四季交互，万物更替，从来不曾爽约。

立秋后就快开学了，漫长的暑假到了最后的日子。班主任杨老师打电话找我，要我第二天到学校参加重点班考试。他嘱咐我考试很重要，不要迟到。电话给了我好遥远的感觉，我差不多忘记了学校。

第二天，我早早起了床，江上起了罕见的大雾。走在路上么里也看不见。天还没完全亮，我瞌睡也没有全醒，觉得是自己迷神了。我大喊大叫，想把眼前的景象叫醒。

朝阳被大雾遮住了。又蓝又白的雾翻腾着，慢慢散去。我看见的太阳是凉凉的，像个金橘一样挂在天边。大地上全是剪影，模糊的轮廓像被水浸过了，它们很难分出远近。

路还在梦里延伸，四周是清凉的蓝、灰灰的紫，连村庄与树木都成了一抹青黛。迷境里只有我一个人行走着。

我惊呆了。我熟悉的平原景色不是这样的！

一步一步走着，清凉的空气里响着我的脚步声，偶尔还有一两声雄鸡的啼鸣。早晨的风丝丝吹来，拂过我的脸颊，我脑子清醒起来了。朦胧的景色渐渐清晰，变回以前的模样。一路上我兴奋地"啊——啊——"喊叫着。

到了学校操坪，操场杂草丛生，不到两个月，就有一种荒芜陌生的感觉。杨老师站在教学楼前，老远就跟我打招呼。不远处一台拖拉机正在发动。他跑到拖拉机司机面前说了几句话，等我走近，说："你何解跑到学校来了?! 不是在这里考试啊！是在场部十中。"

他看看表，说："还来得及，你赶紧坐拖拉机去。"

我心慌了一下，赶紧爬上车。拖拉机正好去场部，司机一踩油门，就冲出了学校操场。

路上，我心情出奇的平静，觉得没么里问题。就是从这个时候开始，我有了演戏的感觉，剧情早已定了，我知晓得朦朦胧胧，我做了自己的演员。一切命运早有安排。

晨风因奔驰的拖拉机而强劲。拖拉机在钢铁的"咔哒、咔哒"声里，一会儿蹦起老高，一会儿左右摇摆，它在巨大力量中颠簸、痉挛，我看着车头与拖厢间的铁插销，它被磨得闪闪发光，剧烈晃动、旋转，却被上下卡住无法脱身。社教公路两边的水杉从我两眼的余光中急速后退着……

铃声响了，我赶到了考场。

十中是农场最早办的高中，是获秋读书的地方。七岁那年的春天，薄雾和阳光，开阔的地坪，堆满的红砖红瓦，获秋说："看，新砌的中学，建好了我就来这里读书。"我脑子闪过九年前的那一幕。我报上自己的姓名。走进考场。九年前的画面一幕一幕闪动，直到监考老师出现它才消失。一切安静了，现在只有我，只有试卷落在课桌上轻轻的摩擦声。一瞬间，我感觉自己长大了。

一个星期，录取通知就发下来了。黄昏时分我背着铺盖提着铁桶找到学校的宿舍，一间大房子里，床上坐了一群人，全是陌生的面孔。他们说话的音调不同。有人问我是哪里来的，我说七分场。我不由自主地说起一个孔武有力的同学，夸他打架厉害，劲好大。他晚点就会来。我在拿他壮胆。

晚上起来小解，我看到两个男同学在路灯下看书，灯光昏暗，书都挨到鼻子了。有同学躲在被子里打着手电筒学习。我很惊讶，还有这么用功的！

汨罗纺织厂离学校很近。星期天放假，同学在教室自习的时候，我去了纺织厂。我买了一根绿豆冰棒。买冰棒的地方挨着电影院，看到《追捕》的海报，我又买了票进去。

纺织厂晚上也放露天电影。有天晚上我偷偷去看了《红楼梦》。回来宿舍已经熄灯了。老师查铺时，发现我不在。第二天找我谈话，晓得我是去看电影了，他很生气，要我在全班做检讨。

我不喜欢晚上去课室自习，我也讨厌题海战术，我喜欢跟农科所一个同学玩，他家离学校近，晚上我不去课室，就去他家学习，有时晚上就睡在他家里。

早晨从农科所回学校的路上，行人很少。有一天，马路上突然站了很多人，有一个是我们的政治老师，他与一个大个子说着话。大个子在人群里很打眼，宽广的前额，头发倒着梳，一双八字眉，大蒜头鼻子，长长的人中。我想起了那年夏天押到连尔居游行的大身胚，他就是黄石安。

大个子跟人握手、寒暄。他穿戴整齐，皮鞋擦得锃亮，说话声粗犷，他大手一挥，上了一辆吉普车。他又从车里伸出头，大手掌向人群挥舞着。人群向他挥手。吉普车"嘀嘀"几声在沙子路上开走了。

一个男人说："我们在畜牧队车水时，他呷坛子泡菜拉肚子，要喝酒。我跑了几十里路到楚塘给他打了一斤谷酒，一喝就好了。"

"他最喜欢啦，昨天晚上恐怕喝了两斤！"另一个男人接话。

"他就好了，不晓得我平反要拖到几时。"政治老师用邵阳普通话自言自语。他背有些驼，脸皮又黑又松弛，眼袋也吊下来了。他穿一套黑衣，显得很老。

他的经历与黄石安相似。二十二年前，他在大学课堂讲错了一句话，被人告发，打成了右派。恨他的人把他往死里整。他先在新晃县跟侗族同胞刀耕火种。后来去修朝阳水库，山上塌方，他差点被活埋了。

到了农场，遇上"文化大革命"又被退职，流落到了农业队。一次走夜路掉到河里，差点淹死。红卫兵来揪斗他，贯彻林彪1号文件又有人要整他，都是村里人保护他把他们赶走了。

他上课给我们讲十一届三中全会，在黑板上抖着手写"全国都要拨乱反正"！粉笔字大得像标语。中央不再搞"以阶级斗争为纲"了，国家要搞社会主义现代化建设，要搞民主法制建设，实行改革开放新决策。他课堂上讲起这个新形势，声音失控，尖细的高音好像是自己要从喉咙里冒出来。

有个男人在一旁小声嘀咕，他颇有些责备黄石安的意思："他冤枉人。当副场长的时候说畜牧队亏本是会计有问题，我差一点就变成贪污犯了。"

黄石安回北京去了？

我向身边的人打听。果然他平了反，要去最高人民法院上班了。

他的面相果如缘山老倌所言，是个有后福的人。

我脑海里浮现了那个夏天的中午，蝉声是那么凶猛，阳光击打着连尔居的土地……它们像风一样吹远。

黄石安去过连尔居，他买了饼干、猪肉、酒和烟，去看缘山老倌和腊梅。缘山老倌跟村里人说，大个子打算邀请他去北京耍几天，看看天安门城楼。

秋凉了。我回到连尔居，听到有人在唱戏。循声找去，发现茂文家里坐的坐站的站，来了很多人。他们在房里比画，穿的还是沾了泥巴的衣服。收工后他们没回家换衣就直接来茂文家里了。茂文在一边翘起兰花指，右手一举，脸往臂弯一躲，抛出一个媚眼，嗲声嗲气一声喊，就唱了起来。尚健师端坐在椅子上，两边站着童霖、大放。他们的脸都随着茂文而动。我进门时，尚健师只用眼睛瞟了我一下。

另一间房里，顺澍拿着红缨枪，新楚拿着青龙偃月刀，在比画着过招。茂根一旁用木板敲着书桌，嘴里"哒、哒、哒"，一会儿密集一会儿舒缓地打着节拍。炳滔爸、叶鞘、卫军在书桌旁边观看。

回到家，我听到阁楼上哗哗响，尘埃纷纷往下掉。一把木楼梯搭在梁上，一会儿，爷手里抓着一把二胡走下楼梯。看到我，他笑了一笑，有些羞涩，说了声"回来啦"，就去找抹布。拭去二胡上的灰尘，他一屁股坐在椅子上，拉了起来。

声音吱吱嘎嘎，暗哑难听。他又去抽屉里翻，找出一坨松香，点燃煤油灯，烤化了，滴在琴筒上。又把松香抹在弦上，抓着两个把手拧来拧去，调整着两根弦的松紧。我想起了我几岁时他拉琴的情景，记忆有些模糊了。他何事突然拉起二胡来了？

春芳是我走的时候碰到的。她穿了一件的确良衣服。我没见过的确良，只听人议论过，的确良透气、凉爽，又容易干，摸上去滑，不易褶皱。村里人都很稀罕，但价钱贵，不易买到，我还没见谁穿过。

春芳喊我，我夸她的新衣服，她脸一红。我那时不晓得，这件衣服是她男朋友送给她的。那年她住院，几个后生崽找她去钓鱼，在水产队煮鱼呷，机务队的一个后生崽喜欢她，他们走到一起了。

四十七

平瞎子到小洲祝正是冬天。他是跟哥哥来的。他哥哥是小洲祝的郎。哥哥来小洲祝总喜欢带着弟弟。平瞎子眼瞀、鼻高、嘴大，拉得二胡，弹得月琴，唱得戏，小洲祝人都喜欢他。他哥哥来小洲祝，村里人见了他都要问："带老弟来了吗？"有一次他没带弟弟来，村里人便捉弄他。

平瞎子每次来小洲祝，村里人就闹着要他唱道情、唱戏。时间一长，与他上下年纪的人都跟他混得很熟了。

天气异样的寒冷，冻得人脑袋切西瓜一样喳喳作响。平瞎子的哥哥有事先回去了，平瞎子被小洲祝人多留了一晚，他唱了一夜道情。第二天，平瞎子动身回家，他走到炳羿家地坪，寒风呼呼猛刮，冻得他实在受不住了，就推开炳羿家的门去烤火。

炳羿一个人在家。姆妈改嫁去了茶木垅，弟弟炳篁在外跟人学篾匠。他枯坐在房里，看到平瞎子推门进来，高兴地起身去牵他，让到火塘边，说："天气冷，今天就息在这里。"他一个人冷清得受不住。

平瞎子是个好玩之人，有人留他是不会推辞的。他手脚一烤热就拉起了二胡，唱《访潼关》。炳羿留他想再听一晚戏。二胡一拉，就有人推门进来，炳丰、炳滔、马癫子、尚健师都来了。大洲孙的孙金铃来串门，带着两个女伴也来了。平瞎子见人一多，特别是堂客们多了就来劲，又唱《劈华山》，唱得女人一个个泪花花的。他模仿花旦、小生、老生、三花，一个人又是拉又是唱，变换着各种角色各种唱腔。

腊梅帮忙洒芝麻豆子茶，平瞎子停下来喝茶，他一高兴就喜欢说笑话，茶一到口，笑话就说开了：有个当兵的后生崽，打仗时炸掉了右手，医生给他接了一只女人的手。当兵的好了，医生问他满不满意，他说：好是好，就是拉尿时抓住不肯放手。满屋的人哈哈大笑，笑声掀翻了天。

房里笑声一片，屋外却是大雪纷飞。戏唱完了，屋里人出门时，才发现雪下了半尺深了。

北风呼呼，鹅毛大雪一夜没停。第二天天亮，雪堆到屋檐下有两尺多高。平瞎子出门手一摸，笑了起来，说："人不留客天留客。有得一七怕是走不了啰。炳羿屋里米够不够呷呀？"

炳羿也笑，说："想走也走不了啦。"两个人站了一会儿，转身进屋。

炳羿又到火塘把一盆炭火生了起来。简单煮了早饭呷了，两个人坐在炭火边孵卵谈。平瞎子说："反正有得卵事，我来教你二胡吧。"炳羿就跟着他学拉二胡。

中午来了一帮人，平瞎子说："莫散了，有得事我来叫你们唱戏，愿不愿意呀？"在场的都说愿意。炳羿家里从没这么热闹过，几个人跟着他学唱《郭暧打金枝》。

平瞎子先是慢板，唱："孤坐江山非容易。"这是老生唱腔。接着改花旦："回想起安禄山起反意，要夺万岁锦社稷，多亏了李太白，搬来了郭子仪，才斩来安禄山贼的首级，扫平了安史乱保定唐基。"

第一句皇帝的唱词大家跟着一起唱，花旦就没那么容易了，男人唱女声要有天赋。几个人都扯着嗓子试了试，只有马癫子还凑合。老生尚健师唱得最好。平瞎子根据每个人的嗓子分出生、旦、净、丑，然后，一句一句教。

马癫子做皇后，跟着他一句一句唱："万岁莫要动真气，妾妃有本对君提。汾阳王今辰寿诞期，八婿七子在宴席，一个个成双又配对，只有咱驸马独自己。哥嫂们一定会闲言碎语，难道说驸马就无有面皮。驸马难堪回宫去，皇儿也不肯把头低。招惹的驸马火性起，才引起这场闲是非……"

后生崽跟着他唱了几遍，觉得有趣。唱熟了调，唱起来就容易多了，只是词一时还难记住。

又唱了一天，到了晚上，平瞎子拉琴，有人唱得有模有样了。

大洲孙的后生崽听到小洲祝有人在教唱戏，雪天在屋里闲得无聊，便找到炳羿家来了。孙茂文、孙茂根、孙叶鞘来了，孙金铃随后也来了。本来唱戏教男不教女，平瞎子一听孙金铃金嗓子嗲声嗲气一叫，本就是闹着玩的，就答应下来了。

想不到茂文一试嗓子是难得的小旦音。平瞎子夸他，这么好的嗓子不唱戏就糟蹋了。《郭暧打金枝》角色都分配完了，大洲孙来的人只好跟着小洲祝的人唱。大家唱了三天，已经能够完整唱下来了。雪仍然是一会儿停一会儿下，平瞎子回不了家。大洲孙的后生要求平瞎子再教一出新戏。平瞎子就教他们唱《劈华山》。《劈华山》的角色以大洲孙人为主。

雪一连下了七天。等到雪化，路上走得人了，平瞎子在小洲祝住了十二天。他教会了大家两本戏。炳羿跟他学二胡，学会拉几个调了。临走的一天，他给小洲祝人唱了一本《讨学钱》。这是他最拿手的，戏里的张先生让人觉得平瞎子就是在唱他自己：

"二月里是花朝，先生就把学生邀，大学生有了七八个，小学生也有上十名，如今的世界就大不同，老书不要教要教国文，算术体操都容易得搞咧，就是这个英文的A、B、C、D，A、B、C、D我搞不清，张先生我从没进过那洋学堂门，如今教书打背功，如今教书打背功。

"三月里是清明，家家户户挂祖坟，大爆竹双眼铳，鞭子放法是这样冲，莫道儿孙不孝顺，只怪坟山不做功，我堂堂的秀才落了第，如今是个悖时人，如今是个悖时人。

"四月里四月八，东家送我一只鸭，只想喂不想杀，偏偏督学来视察，我有得办法，只好抓哒咯只鸭来杀，刀也钝鸭又是咯挪，哎哟啦，一刀就割哒咯手指甲，烂布子缠来线来扎，有意栽花哎花不发，无心插柳柳发芽，如今我写字手发痂，如今我写字手发痂。

"五月里是端阳，张先生回家看师娘，学生急忙啊来送礼，肉几块酒一缸，还有那糯米粽子和麻糖，舍不得呷又舍不得尝，柜子里头放米缸里藏，有晓得天气热，大雨过后又出太阳，我急忙打开柜子看，哦嗬一声我慌了张，麻糖溶成块，粽子上霉霜，肉肚里蛆婆子拱，酒味都跑光，呷又不能呷，尝又不能尝，只好端起往外哐哪，只好端起往外哐哪……"

平瞎子要走了，大家有些难舍难分了。他看到大家热情这么高，问他们是不是想演戏，都说想演。他给他们介绍了潘龙桥戏班的师傅何道文，要后生们去潘龙桥请他来排戏。他们唱得像模像样，缺的就是舞台上做和打的动作。

何师傅来了，冬天就在小洲祝和大洲孙教戏。春节时有三台戏《劈华山》《皮秀英四告》《打芦花》上台演出了。小洲祝和大洲孙空前地热闹了一番。

花鼓戏一禁十几年。寂寞的晚上，偶尔有人哼上一段。收工路上，不由自主地有人走一段戏步。炳羿买了一把二胡，从小洲祝带到了连尔居，前几年二胡挂在凌波床上，他一个月拉几次，后来就把它丢到阁楼上去了。

茂文仍然在唱。他当年学戏深得师傅喜爱，师傅出外唱演也叫上他。他的旦角赢得周围乡亲的称赞。他唱到精彩的地方有人往台上扔鞭炮。连尔居也有跟他偷偷学戏的人。

想不到茂根的堂客香香会唱戏，她爷是个戏疯子，在她饿肚子的时候就给她唱戏。香香听到茂文唱戏一天到晚就往他家跑。两个人一唱一和，引来邻居的围观。孙金铃也忍不住来亮一嗓子。尚健师也来了，他的老生唱起来仍是有板有眼。

来的人越来越多，胆大的把队里的锣鼓也拿来了。

有人找炳羿，要他来拉二胡。他犹豫了好久，终于忍不住从阁楼上找出来了。练习了一段时间，他来给他们伴奏。获秋的哥哥二胡也拉得好，他主动加入进来了。茂根跟岳父学会了吹唢呐，铜的唢呐一吹，尚健师长调悲声一放，唱得荡气回肠。炳篁说："何事不排出戏，在连尔居演它一场！"他话一出口，就像一把火把在场所有人的激情点燃了，都说："要得！管他娘咯，唱戏还犯了王法？！"

霜降之后，我回家背米。我一个月回家一次，把一个月吃的米从家里背到学校。姆妈每次都给我准备一点荤菜。学校食堂天天紫菜蛋汤，呷得人肚子空得慌。社教公路上，我远远看到天空中出现了一面红旗，路上行人都朝红旗眺望。有的人情绪激动，说话声调陡然高了。有的笑得眼睛眯成了缝，指着红旗大声说："看！看！连尔居要唱老戏了。"

一路上，都有奔走相告的人，他们粗着嗓子喊："有老戏看了！有老戏看了！"莫非红旗是唱戏的讯号？连尔居人要唱戏吗?！到了三洲桥，我看清楚红旗真的是连尔居人竖的。

天空中一行大雁，它们沉默地往南飞着。薄薄的云层也在缓缓地南移。阳光淡白如纸。看到南迁的候鸟，想到十中的日日夜夜，我早已忘记了头顶上的天空。冷风吹来，空旷的田野，白鹭、紫燕不知么里时候已经飞走了。横岭湖那年打野鸭子也是这个季节，今年还会有野鸭子落脚那个荒洲吗？

红旗竖得太高了！它在半空中飘扬，显得很小，却像火焰一样在薄薄的云层下跳动。平原上，相隔十里都能看见。想到战争年代的消息树和烽火台，它传递的是一个令人夜不能寐的讯号啊。

红旗让毋家棚、三洲、万兴、青洲、大湾杨、九队轰动了。消息向着更远的地方波浪一样传递着。消息所到之处，人们心里都充满了喜悦和期待。没有哪一个节日比这面红旗更加令人欣喜若狂，欢欣鼓舞。

连尔居人正在扎舞台。尚健师、炳滔爸、炳箕、炳羿、银木匠、叶鞘、缘山老倌、巽满爹、炳丰、茂根、湛木青、积大爹、金明、国梁、新楚、国斌、茂仁、惜地、惜天二爹、茂崧、盛赞、大放、童霖、炳烨、孙叶欢、炳初……男人们都出动了。孙金铃、惠英、玉娥、福云、王映莲、雯霞、晓晓、春芳、红梅、香香、孙佩兰……妇女们也都来了。做事不需要这么多人，争到抬门板的就兴奋地吆喝："让开，让开！"傻子卫军也争着抬了一根木头。他哈哈哈笑，嚷着要细伢子靠边站。青华、建元想插手，总是被大人推到一边，说："莫在这里碍手碍脚啦。"

茂文、炳筐、尚健师、银木匠分工。各指挥一摊事情,只听到他们大嗓门喊来喊去的声音。春芳、冬梅、晓晓、雯霞、红梅想到了搞卫生,她们五个人拿了竹扫把在打扫地坪。地坪里站了一些半生不熟的面孔,他们是连尔居人的亲戚,早早地被接来看戏。

门板是各家各户自己拆卸下来的,抬到了地坪。银木匠挑了又挑,小的、薄的、不平的一律不要,放到一边。

长的树木是仓库里抬出来的,一根三十米高的大木立在台前,木梢上又绑了一根十几米长的竹子,红旗穿扎在竹竿顶上,一个星期前它就高高飘扬在天空了。

扎舞台的树木也是各家各户扛来的,银木匠用红漆写上名字。有的人家里没有木头,他们把梁也拆来了。长的木头铺戏台,短的木头做台柱。舞台还没搭好,细伢子就在台下木头柱子间钻来钻去。尚健师把他们赶来赶去,嘴里骂着:"孵你娘咯,短命鬼哩,快滚!"

晒垫用来盖顶、围台。茂文、香香、雯霞把家里粉红色的新被单也拿来做了布景。

半天工夫,一个威武的舞台就扎好了。大人细伢子到上面走上几圈,嘿嘿笑着,他们听着门板走得"咚咚"响,看着自己的脚,像不认识似的。卫军在台上来了一个倒立。

茂崧去分场借来了汽灯和幕布。茂文带三个人去潘龙桥找何师傅借来了戏装。香香回娘家找来了道具。何师傅彩排就来了,带了化妆箱准备亲自给他们化妆。他还叫来了两个响器手。平瞎子晓得消息后,走了一天的路,戏开唱了才走到连尔居。他人一到就骂娘,说没有人去接他来看戏。

这一晚连尔居人都没有门,远道来的人走进谁家只要床上挤得下,就像进自家门一样睡下了。挨家挨户找地方睡的人很晚了还在一栋栋房子间穿行。狗叫得累了叫到半夜嗓子全都哑了,它们在一起商量,不晓得村里发生了么里事，决定都不睡了，守夜到天亮。它们像鬼魂一样三五成群在村里游荡。

第二天散去，连尔居没有丢失一件东西。

唱戏这天，天还没有黑，三条通往连尔居的路就走满了人。还有一条平常无人走的路，长满了草，也有人在走。人群故意发出喧哗，打着哦嗬，不喊不叫不足以宣泄他们快乐的心情。

晚稻刚刚收割，后生崽有的跨过水渠，跑到空荡的稻田里去追打。禾菀散发的稻草清香扑进了人的鼻息。人群仰头看着越来越近的红旗，一齐发出"嗬嗬……嗬嗬……"的笑声。有人哼起了歌谣："栀子树，傍墙栽；雨不淋，墙不倒；花不逢春不乱开，姐不约郎郎不来。"

有人笑他："有哪个约你呀，想得美呀！"

又有人唱："月亮出来月亮黄，乘着月亮去望郎，月亮遇到乌云遮，双脚踩在烂泥塘。"周围的人笑着喊"好！好！""唱得好！""让男的去踩烂泥塘。"

晓得晚上唱的剧目的人，很骄傲地向别人发问："晓得今晚唱么里吗？"对方反问他晓不晓得，他就大声说："《劈华山》《皮秀英四告》。"远处有人补充："还有《打芦花》，要唱一夜呢！"他比发问的人更加骄傲了。

有人问："《铡美案》唱不唱呀？"无人应他。

又有一个后生崽骄傲地说："演皮秀英的是我表舅呢！"

离村庄越近人群越密，一片嗡嗡声浮在人头上。有人高声回应："要得！""蹩鳖！""几蹩煞！"后生崽们兴奋得嗷嗷叫起来。

只有一个人往离开连尔居的方向走，他高高的个儿，有认识他的人喊："潘支书，你去做么里？"他赶紧低下头。费了半天工夫劝住孙金铃莫要上台后，潘德和往分场走，他要把连尔居的情况当面向郑书记汇报。"这还了得，无法无天了，简直是造反！"

这一年多来，连尔居人越来越不把他放在眼里。他差不多被人遗忘了。只怪分场管得太少了，会也不开，群众思想都散了。他不还是支书吗？村里有事都不来找他，这不是目无领导？他今天要拿这件事到郑书记那里狠狠告一状，说一说自己心里受的委屈。

地坪里的人越聚越多。先是连尔居人拿了椅子板凳占地方，各家能坐的东西都搬到地坪来了。大家早早吃了晚饭就在台下坐着。各家的亲戚朋友很多是下昼来的，只有老人是提前一两天到的。他们跟连尔居人坐在一起。

外围站着的是赶远路来的人。站的人远比坐的人多，他们把连尔居人围在中间，中间就像一口低下去的池塘。人群潮水一样还在汇聚着。荒地上也挤满了人，树上爬满了人，夜幕渐浓的黄昏，黑压压的人头一直涌到了江边。

金明、尚健师、茂崧、顺澍争着要上去点灯。金明手脚快，在众目睽睽之下爬上了木梯，他先往汽灯里打了一会儿气，只听得"嗞嗞"响，他擦燃一根火柴，"叭"一声，燃起了一团毛茸茸的蓝色火焰，橄榄球形的网丝烧得红彤彤，接着转蓝、变白，放射出强光，照得舞台雪亮。台上的白炽灯立即显得昏暗了。

点亮了左边的一盏又点右边的，点燃一盏人群发出一声欢呼。金明笑得嘴巴都变形了。他像完成了一件历史使命，觉得自己还没有使么里力气就完事了，心有不甘，但人又不得不下来。他转过身，朝人群挥挥手，又是一阵欢呼。

刺目的光芒像颗小太阳向着黑暗射去，驱不动的夜色不断扑过来，台下仍然显得昏暗。所有人看见汽灯都是耀眼的，看到戏台上光明一片。但汽灯却照亮不了远处的人群，黑暗涂灭了他们的脸，他们与夜色交融成了一体。台上的人只看得到他们眼睛如蚁的反光。

锣鼓响了，敲得那么激越，那节奏铿锵有力，让人激动得喘不过气来，有人泪花涌出来了。有电流一样的东西把全场的人接通了。人群骚动不宁，像一池颤动的湖水。跟着节奏，人们的呼吸也在调整。

一个小生出来了。他粉红的脸，漆黑的眉，都是浓妆涂抹。花的布帽，左右两条长翅摇晃着；浅红的戏服长衫拖地，长袖抛掷。他一边迈着方步，一边道白。锣鼓响过，木板敲着节奏，二胡拉出思夫调。小生唱了起来。

人群安静得只听得到呼吸声。

我看不清他的脸，也听不出是谁的声音，只有莫名的幸福感。

今晚，所有人的幸福都变得一样了。我像一滴水融进了一条大河，我看不到别人，也看不到自己，我在一个整体中，我的顽固的孤立感消失了，家族遗传的那些敏感、自卑、独立、倔强、自我、孤独、自尊的特性都消失了。我感受到与人群合为一体的巨大温暖。

看到听到已不重要了，重要的是我在这里。强烈的集体感受震撼了我。

小生道白的时候，我听出是盛赞的声音。

孙茂文扮的皮秀英上场了。"莫道女子肩嫩，大山也能担承，心中认一个理，只求世道公平。"有人听了发出长长的一声感叹："这公平世道难求啊！"

> 李贤明大比之年去赶考，
> 一去十载不回程。
> 常言道瓦屋檐前三滴水，
> 点点不离旧窝痕。
> 他却是灶头烟随风吹散，
> 无影无踪上了九霄云。
> 撇下了少妻和小弟，
> 家遭横祸冤难申。

皮秀英万般无奈把京城上，

　　顾不得山高水深路难行，

　　顾不得二弟还在牢中坐，

　　无人送他饭一盘，

　　顾不得良家女子遭耻笑，

　　抛头露面任人评，

　　顾不得早晨踩着露水走，

　　顾不得夜晚赶到头顶星，

　　白马山前险丧命，

　　九死一生到京城……

　　他的声音犹如黄鹂鸣啭。高音时音质比女声还要锐利。台下有人大声叫好，有人点燃一串鞭炮往台上丢，引起了一阵骚动。

　　茂文边唱边做，台步如杨柳风摆。男唱花旦，音色最让人揪心，也最考功力，一场戏下来不露破绽，戏迷就像喝甜酒，个个喜不自禁。

　　孙茂文唱得投入，句句泣血。我娭毑开始抹眼泪了。

　　孙金铃没有听潘德和的话，她上台来了。她演黄阁老之女黄桂英。黄阁老嫌弃李贤贵家道衰落，丫鬟被害，嫁祸于他，逼女儿悔婚。黄桂英誓死不改。孙金铃唱得情真意切。

　　何师傅画的脸，生、旦、净、丑烂熟于心，敷粉、涂胭脂、搽口红、描眉、画脸，一道一道画得井然有序，又快又好。演员一个又一个换，脸谱是不变的。脸上画出一道红一道白一道黑，这是老生，大多是一身正气的清官；贼眉鼠眼一脸白的是丑角，是戏中的佞臣贼子、无良小人。这些脸谱从师傅传下来已经三百年了。师傅带徒弟一辈又一辈相传，不晓得传有多少辈了。开创花鼓戏的祖师爷是谁，何师傅也不晓得了。

　　三百年之前，人们唱的是神案戏、傩愿戏，演的是半神半鬼的事。

画的脸谱是巫师傩仪迎神还愿中画过的。闹花灯、庆花朝、祭清明、盂兰盛会、九九重阳舞狮耍龙，画的也是这个脸谱。婚丧嫁娶、割稻砌屋、龙舟竞渡也照样画。

脸谱在这一晚复活了，通过连尔居人的脸，它们的灵魂又回到了现实生活中。他们演绎的仍是人间的爱恨情仇，最古老的忘恩负义、行侠仗义。

四十八

一道灯光从天空扫过。一辆拖拉机突然冲向人群，轰隆隆的声音到了身边，人们才发现。站着的人避让不及，有摔倒的，有挤得大声叫喊的，人群炸开了锅，蚂蚁一样四散而去。

车竟然没有减速就冲到了地坪中间，板凳椅子被压得嘎嘎作响。

只见一个人飞身跳上了车，一拳打中司机的头，大吼一声："老子打死你！猪嬲咯，停车！"听得出是叶鞘的声音。

童霖、大放、国梁、卫军、盛赞都冲了上去。车停下来了，司机被拖下车。人群高喊："打死他！打死他！"一顿拳脚落到了他的身上。

"住手！谁打死人，判谁的死刑！"又有人威严地一喊，声音凌驾于众声之上。分场保卫部的杨颖邦冲了出来。地坪上突然安静下来。打人的也停了，看着来人。只有司机在"哎哟、哎哟"叫唤。

杨颖邦站到一张凳上，说："花鼓戏是封建大毒草，不准唱！"

"唱戏犯么里法了?！"炳篁朝他大声说。

"是呀！唱戏犯么里法！"众人附和。

"宣传封建思想、才子佳人，反动！"

炳篁朝他喊："我们就是喜欢唱，我看你敢拦！"

众人的情绪一下又被点燃了，个个高喊着："唱！唱！唱！"

司机被人从地上拎了起来，反手抓了。后面有人追上去用脚踢。

舞台上锣鼓真的就敲起来了，让人血脉偾张。刚才是孙金铃演的黄桂英，重新聚拢过来的人群就高声喊："黄桂英！黄桂英！"

孙金铃在舞台上被人挤得掉得掉了下来，右腿摔脱了骨，在地上动弹不得，她正在骂"悖时鸟哩"。台上的人发现她受伤了，喊人去抬。

何师傅妆没化，从孙金铃身上脱下戏服穿上，就上来救场了。

冲进地坪的拖拉机顷刻间就爬满了人，驾驶室挤满了人，踏板上站了人，发动机盖板、车顶上都坐了人。

煌靓在场部职工医院培训了三个月，刚回来当赤脚医生。她背了药箱来看孙金铃。孙金铃被几个后生崽背回了家。煌靓一进门，她就没好言："你来做么里?!"

煌靓脸一红，站在房里，半天才答上一句："我来看看你的伤。"

金铃背过身没理她。煌靓小心翼翼来摸她的腿，金铃"哎哟"一声，痛得倒抽一口冷气。

她外伤只擦破了一点皮，煌靓涂了红药水，在肿起来的地方贴了跌打膏。说明天一早要去场部医院检查，别耽搁了。

台上戏又唱开了。杨颖邦爬上台，去拉何师傅，后台的演员冲上来拖他，他一把抱住何师傅的腿。何师傅猛踢："你是条狗呀，有么里了不起咯！老子要是当初不唱戏，官做得比你还大！莫现蠢相。"

还有一个分场干部不知从哪里找了一把锄头，上来朝着台柱子就挖。十几个观众一拥而上，把他按倒在地。尚健师在台上喊："拿麻绳来！"

立刻就有人拿来了麻绳。尚健师、炳篁、金明、叶鞘、国梁、惜天二爹还有几个外村人，把三个分场干部、一个司机捆了起来，绑到了戏台柱子上。杨颖邦喊："你们反了！你们是在犯法。"尚健师找了一块布塞到了他的嘴里。杨颖邦气得眼睛鼓了起来，脚拼命朝柱子上、地上踢。卫军拿了棍子上去就是狠狠一棍，"你再踢老子打死你!"他第二棍打去，被积大爹抓住了，"傻子! 看戏去。"积大爹把卫军拉走了。杨颖邦不敢再闹了。

《皮秀英四告》唱完了。人群欢呼，叫好。负责给演员送芝麻豆子茶的堂客上去洒茶。中间只休息了几分钟，接着又唱《打芦花》。

这出戏最赚女人的眼泪，唱的是后母虐待继子。民间对后母充满不信任，后母在人心目中的形象是嫌弃继子，心肠狠毒。

数九寒冬，后母李氏用芦花做絮，给闵直公前妻之子闵损做假棉袄。她自己的儿子闵华穿着棉衣出外玩耍，闵损却冻得躲在家里不敢出门。一天，闵直公回来喊闵损卸车，闵损冻得没有出来，父亲气得用鞭子抽他。闵损不敢出声。父亲感觉异常，发现儿子的棉衣是芦花做的。闵直公于是请来岳父岳母，要休掉李氏。

茂文演李氏，进入戏的高潮，金明演的闵直公要休掉她，童霖扮的闵损冲到闵直公面前，从父亲手里抢到休书，双膝跪地。李氏怒气冲冲举手要打。只听闵损说："堂前留母一子寒，堂前休妻三子单。"李氏怔住了，想不到闵损会帮她说话。举起的手待在空中，又慢慢放下。闵损继续说："若是不休李氏女，孩儿情愿受饥寒。"

茂文演的李氏空中长抛水袖，一串急急的雀步倒退，跌坐在椅子上，眼睛直直望着台下。闵直公说："只怕你母不肯回心转意。"

李氏微微抬头，欲站起来说话，却羞愧得低下了头。

闵损、闵华两个人跪到了李氏面前。大放演的闵华，轮到他说话了，紧张得想不起来了。童霖小声提醒他，他才想起："妈妈你快回心转意吧，不然爷再娶后娘，也用芦花为絮苦害孩儿，妈妈你心里就不难过吗?"他说话的鼻音重。

茂文猛抓心口，身子一个踉跄。他抱着一个婴儿道具，两眼含泪，亲了又亲，眼睛闭上。台下的人看到了李氏深深的悔恨、愧疚和心碎，都唏嘘起来。

唢呐长吹，茂文一声哀调拖腔，长歌当哭，鼓点如雨，唱得人心直颤。花鼓戏在悲欢离合最动人心魂时总不忘高腔一声长叹，悲音入云，天地为之动容。

李氏抬起头来，看看闵损，又看看闵华，把怀中的孩儿交给父母。锣鼓、唢呐停了，换了二胡，茂文悲声一唱，声如丝线，欲扬还抑，声声揪心："双手搀起一双子……手掌手背都是肉，做么里要一个疏来一个亲。"他拉着童霖和大放，脸贴到了童霖的身上，颤抖着手摸着他身上的衣服，站起身来脱下自己的上衣披到童霖的身上。台下妇女泪眼蒙蒙，有的抽泣起来。

分场郑书记拖拉机压人后才到，看到这个场面，就悄悄躲在房子走廊的柱子后。台下的观众时而仰头大笑，时而叹息、唾骂，他受了感染，情不自禁地说："这个戏真的好看啦！"

唱《铡美案》已过半夜，一轮弯月升起。

茂根的唢呐吹得腮帮都肿了，嘴巴麻木失去了触觉。他狠狠地一鼓气，锐利的唢呐声吹得仍然那么激昂，那么荡气回肠，获得一阵阵喝彩。

有个人喊得特别起劲，他站在人群中，嘻嘻地朝一个女人笑，说茂根把功夫都用到嘴巴上了，床上功夫让他的堂客好恼火。旁边的人笑起来，他更加得意了。身边的女子圆脸，笑起来长长的眉毛弯下去，腮边两个酒窝。圆嘟嘟的屁股坐在坐桶靠背上，脚踩着桶面。青华把他姆妈腊梅的座桶也搬出来了。他吃晚饭的时候借了建元的单车，飞车到了九队，用单车把杨菊华驮来了。他的手一会儿托着她的屁股，一会儿扶着她的腰，一会儿摸摸她的手，没有闲过。杨菊华一个晚上都是笑眯眯的。

香香上场了，她演的秦香莲，大家都被她滴溜溜转的声音迷住了，她唱得婉转又凄切。她把自己的爷动员来唱包拯。包拯一出场，苍老有力的声音响遏行云，凛然有铜板铁琶之韵，让人听得如痴如醉。

大忠大奸的戏，激越的锣鼓，让人心潮起伏。陈世美做了驸马不认前妻和儿女，还派人暗杀。行凶者却悔悟自刎。秦香莲状告衙门，包拯设计引出驸马，断明案情，欲铡陈世美。公主出来刁难、阻挡，皇后公堂威胁，包拯无奈之下拿出三百两银子，劝说秦香莲回家。秦香莲拒收银子，只求一个公道。

包拯的龙头铡一出现，全场欢呼。它代表正义的伸张，良知的回归，代表王子犯法与庶民同罪。

吴灿佳演的陈世美，在万众瞩目中被推到了铡刀前。一个老年妇女突然从人群中站了起来，一边往台前挤，一边破口大骂起来："我咯崽从冇做过亏心事，何事要跟他作对！满台的人就斩他一个！"她是吴灿佳的娘。

有人劝她："冇事，这是演戏呢！"

"演戏也不行！"

等到老人挤到台前，包拯不留情面铡完了。老人又哭又骂。

吴灿佳赶紧跳下舞台，"姆妈，我冇事啊！"他羞得脖子都红了。

众人哈哈大笑起来。

湛木青和玉娥坐在一起，吴灿佳的娘从他们身边挤过去，湛木青还扶了她一把。他们笑吴灿佳的娘分不清戏与现实。湛木青感慨地说："戏由得人编，真事可就由不得人了。"

玉娥看了他一眼。湛木青已是满头白发。台上的人他看不清楚了，有人上台，玉娥就告诉他谁上来了。听到声音，湛木青才分得出谁是谁。他跟着哼唱，评说谁唱得怎样，谁没有唱出味道来。好的他忍不住喊一声："嬲煞！"哀调起时，他也跟着一起抹眼泪。近来他变得特别容易感伤。

玉娥抱着孙子，开始要哄细伢子，细伢子在怀里睡着了，她才入戏。《打芦花》闵损穿薄的芦花衣，冻得瑟瑟发抖，她捏了捏湛木青的手臂，问他是不是穿少了。夜越深，天气越冷，有人在一边打了几个喷嚏。

他们两个虽然没有生活在一起，但平日里却是形影难离。地坪上捆柴，湛木青手转一个竹把筒，玉娥就把着稻草或蔗叶，与他绞出一个一个麻花。这是准备的柴火。玉娥洗被子蚊帐了，湛木青提了水来，把洗的东西放进大木盆，泡了水，湛木青用脚去踩。湛木青换下的衣服玉娥收了去洗。她有时煎个鸡蛋，煮个肉汤，端到湛木青房里给他吃。湛木青每天从菜园摘菜回来，把菜送到她的厨房。他在外面寻到么里书，有好的先给玉娥看，玉娥读到喜欢的地方让他也看，一起来分享，常常是一本书一起读完的。

玉娥有了孙子，玉娥忙，湛木青也忙里忙外。晚上看电影、坐人家他们也在一起了。玉娥大病过一场，湛木青照顾了她一个多月。玉娥好了，湛木青却瘦了一圈……

拖拉机冲着他们压过来的时候，湛木青一把抱住玉娥就往外推，挤作一堆的人群被他推开了。他的力气还是那么大，用力过猛，他右脚碰到一条板凳，自己差一点摔倒了。

小孙子吓哭了，玉娥抱了孩子回去，湛木青也跟着一起回家了。

在人群之外，有个人悄悄躲在一边，他偶尔望一下戏台，站在椅子上他只看得到演员的头。站累了，他就坐着听。看到皮秀英上京唱的一段戏，他自言自语一句："这世道人心，不能有得天良啊！"

这一夜，他在黑暗中哭了，双泪横流。皮秀英的冤屈可告上京城，闵损受后娘虐待还有个爷给他做主，秦香莲可怜，还遇到了清官，为她讨得了公道。只有自己沉没在黑暗中无声无息，像是个无底洞，天下之大，冤屈无处可诉。

戏散后，所有人都走了，他仍呆坐着，月光照着他，那么清凉。

霜在地上一点点凝结，也在他身上结了一层，像月光一样闪出寒光。

茂文收拾好戏装才走，他看到了远处的孙茂钦。他在孙茂钦身边停住了，想说些么里，却不知从何说起，便问了他一句："你何解还在这里？"

孙茂钦与他是一房的，他们共一个曾爹爹。茂钦划地主后，茂文见了他都要躲，他害怕。现在不觉得那么害怕了，他想为自己解释一下，想安慰安慰他，帮帮他，但二十几年没有说过一句话，突然面对，他不会说了。站了很久，他只是叹息一声，这叹息比他舞台上的哀调要轻得多，却深入肺腑。

孙茂钦二十多年没与外人说过话，他不会说话了。见茂文这样对自己，有些惶惑不安。他们站了很久，茂钦头一直低着，他不敢看人。

狗停止吠了，它们都叫哑了。那些在连尔居找住处的人不见了。茂文拉起茂钦的手，说："回去吧，天都快亮了。"两个人踏着如霜上满地的月光往前走。

这一晚，平瞎子睡在我家里。雄鸡报晓了，爷还在与他闲扯。这些年，戏不能唱，道情不能弹，命不能算，他真正成了一个废人。闷在家里扎竹扫把，剥棉籽、葵花子，还要学哲学。连尔居花鼓戏一唱，他来了精神，说国家政策是不是要变了？

四十九

第二天天大亮，连尔居人还在睡梦中，尚健师、炳箎、卫军、金明、叶鞘、国梁、惜天二爹七个人被人喊出门，杨颖邦带了人把他们抓到分场关了起来。

吃中饭的时候，村里人都起床了，抓人的事全村都晓得了，个个气得骂娘，骂姓杨的不得好死。大家聚在一起，商量何事办。银木匠吼一声："冇得何事办的，去分场要人！不放人我们就抓他姓杨的！"

惜地、炳滔爸、茂文跟着起高腔，喊："去分场，不放人就砸了它。"

腊梅说："莫去闯祸啊！"

炳滔爸说："老子怕个卵！开除我的锄头把呗！"

全村成年男女都拿了锄头、扁担上了路。昨天晚上人群兴高采烈走过的路，现在走的却是一腔怒火熊熊燃烧的人。

分场大院被包围了。妇女拍着手掌骂"悖时鸟哩"。男人喊："还不放人就砸门了。"有人喊："今天要打死咯姓杨的杂种！""一个傻子你们也抓。"

茂成锄头砸到铁门上，发出"哐隆"的巨响。人群都在喊"砸！砸！砸！"建元又一锄砸到铁门上，钢筋砸弯了。他张嘴骂了一声："嬲你娘咯！"偏过头来看众人的反应。看到大家欣赏鼓励的眼光，他又去砸，用的力气更大了。

云祺站在他身后，他骂人的声音小得只有他自己听得到。他不想来，惠英骂他："爷都抓走了，你还在家里做作业，真是有良心咯崽呀！养个书呆子，冇个卵用！"

郑书记在办公室，一看会出大事，赶紧找到杨颖邦，要他放人。他隔墙喊话："不要冲动，人都好好的，就放出来了。"

铁门开了，七个人走了出来。尚健师脸上红肿了一块，是被杨颖邦打的。几个后生崽一看就要冲进去打人，炳篁吼一声："回去！都回去！"

茂崧在唱戏三天后去分场还幕布和汽灯。杨颖邦看见他就很暴躁，训斥他做么里要嬲卵谈。杨颖邦是转业军人，与茂崧是同一个部队，他们关系不错。茂崧自告奋勇来借幕布和灯，他找到杨颖邦，说是连尔居想唱一晚样板戏，要他帮帮忙。村里的确排练过《沙家浜》和《白毛女》，还有木制的十八条长枪。茂崧被他骂得脸都黑了，想到他那晚挨了一棍，又不好发作。

他把幕布放进礼堂，看到有三四十个人正在里面看电影。他在银幕反面看了一会儿，晓得放的是黄梅戏《天仙配》，赶紧出来，骑了单车直奔一队的甘蔗地。

连尔居人都在剐甘蔗。他气喘吁吁地说："快去，分场干部在看《天仙配》。"

甘蔗地里的人停住手中的活，都站直了身子，有的握着锄头，有的抓着甘蔗，有的拿着刀。他们看着他，一时半刻没反应过来，不晓得发生了么里事。有人提醒："《天仙配》是老戏，也是宣传封建思想。"

尚健师最早反应过来，他气愤地喊："只许州官放火，不许百姓点灯啊！"

炳滔爸说："娘卖×咯，世上哪有这个道理！太不公平了！"

"走，看他何事解释！"

"不出工了！"

"走！老子今天要讨个公道！"

"走！我们也去看戏。看当官的何事解释！"

众人愤愤不平，越骂越凶，尚健师几乎吼起来。他脸上的肿还没有消。

女人急急地收起了袖套、手套。男人把锄头往地下狠狠一掷，把丢在甘蔗上的衣服往身上一披，就从地里往渠道上走。

茂崧提醒大家："快点，一阵就放完了。"

分场礼堂不大，白天门窗遮得严严实实的。大门外几只麻雀在地上蹦蹦跳跳，涌过来一群人，吓得它们张翅就飞到了苦楝树上去了，朝着人群叽叽喳喳叫。胆小的飞得更远，钻到了秋冬还绿叶浓密的樟树上。

大门被一把推开，看电影的人看得正投入，强烈的光一刺，不晓得发生么里事了，同时扭过头，看着穿着满身泥巴、衣服打着补丁、灰不溜秋的一群人堵在了大门口。

几个男人冲了进来，从座位间往里走，到了放映机旁，一把抓过正在转的圆胶盘。有人去抱放映机，放映员本能地一把抱住它。

刚才七仙女还在那里唱："父王命我回天庭，晴天霹雳起灾星！我愿做凡人不做神，要我回去万不能，我再把难香来烧起，拜求大姐快来临……"声音戛然而止。银幕也黑了。看电影的人都站起来了，冲他们喊："做么里?!""你们是么里人?"

"把他们抓起来!"有人情绪激动，朝搬放映机的人挥起了拳头。

堵在门口的人"轰"地冲了进来，有人大喊一声："谁敢抓!"

"快抓放电影的!"有人往看电影的人群里冲。

七个男人为放映机正在争抢。杨颖邦喊："国家财产谁破坏抓谁去坐牢!"

连尔居人往里面挤，里面的人站成一排往外面推，相互推撞，脾气暴躁的开始动手动脚打人了。

有人喊："把放映机给他们!"

挡的人不再动了。放映员松开了手。连尔居人抬起机器往外面走，没有人阻拦。

喊话的人又说："我是郑爽，你们抬走机器总得说个理由吧?"

"大白天看封建思想的《天仙配》，何事就有得人管?!"连尔居有人答。

嘈杂的声音突然安静下来。有几个堂客去扯银幕，突然的安静让她们也停住了手。

郑爽说："我们看《天仙配》，是为了更好地认清封建思想，对它进行批判。"

炳篁说："只允许你们干部批判，就不允许我们农民批判？看不起我们农民是吧?!"

郑爽说："有话好好说嘛，何解动起手来了？都坐下来，请坐下来。"

没有人动。

"我们要讨个公道!"尚健师大声说。

郑爽说："我承认那天晚上我们做得过分了，不该派拖拉机来压人。抓人更不对。但你们绑人打人也是不对的！有问题可以商量。"他认出金明、茂崧、茂文，说："金明、茂崧，你们来了。茂文你的戏唱得好。我们都是一个分场的，天大的事都可以商量。我请大家到会议室去坐坐。"

有两个人出来打圆场："去吧，书记请你们。有事好商量嘛。去喝杯茶。"

"我们不去了！你们不要欺负人!"

后面的妇女骂起来了："臭悖时鸟哩，自己看得，我们就看不得！开拖拉机来压，冇得良心!"有的骂着骂着眼睛也红了。

郑书记又说话了："这样吧，放映机你们就不要搬了，今天晚上我们搬到连尔居去，给你们放《天仙配》。不收队里的钱。"

又是一阵沉默。炳篁说："咯就好。书记说话算数?"

"我说话算数。先让放映员看看机器、片子，看搞坏没有。搞坏了，修好就去。不相信现在就可以检查。修不好，谁搞坏的还得谁负责!"

放映员过来搬机器，连尔居人松开手。杨颖邦也过来帮忙。他们的人又把机器往回抬。

放映员当场检查机器。放映机没问题，但胶盘歪了，胶片断了。放映员另拿了一个胶盘，倒盘、剪接，说晚上可以放。

连尔居人不再作声。有人说:"回去吧。"大家开始往外走。

路上,大家哈哈笑起来了。抢放映机的叶鞘、卫军、新楚、童霖、盛赞、大放、国梁七个人被大大夸奖了一番。有人学郑书记讲话:"有事好商量嘛。"众人笑得更欢了。茂文忍不住唱起了《访友》中的祝英台。女人们一片喝彩声。

分场干部从此怕了连尔居人,他们没紧要事尽量不去村里,去场部也绕路走。连尔居人在地里看到他们绕路,老远就骂。

孙金铃去医院是连尔居人用椅子扎轿抬去的。孙金铃一直没理潘德和。潘德和急得问这问那,孙金铃只当没听见。她在医院住了二十天院都是娘来照顾的。潘德和到医院送吃的东西都被金铃扔了出去。潘德和回到家,一个人呆坐着,天黑了,崽女喊呷饭,他才惊醒似的,"哦"一声,额上的川字再没有消失过。

连尔居戏班那晚的演出传遍了农场,有的村找到连尔居,请他们去演戏。连尔居戏班无人敢管,他们先是在七分场唱,然后唱到了五分场,二分场也有人来请了,名声越来越大。

五分场演出时我回家,跟着戏班一起去,看了《劈华山》《访潼关》。

在我进入高考紧张复习阶段时,他们到了八分场。晚上听到远远传来的锣鼓声,我心怦怦跳,实在受不住诱惑,偷偷寻着锣鼓唢呐声找了去。仍然是《劈华山》。还演了新排的戏《十五贯》。《劈华山》老生的一个唱段打动了我,回来的路上我一路哼着,也学会唱了。

高考的那一天,我迈着老生的戏步,口里唱着锣鼓的节奏,一路走进了考场。同学们看着我咪咪地笑。

等待高考成绩和录取通知书的时间正逢"双抢",我跟爷说:"我就快是大学生了,不搞双抢了吧?"爷半信半疑,看到我信心十足,他只要我干了几天农活。

上大学了，家里为我办客。村里人每户来了一个代表，亲戚来了，班主任、物理老师、政治老师来了。政治老师的右派帽子刚摘掉，他很高兴，喝了很多酒。连尔居人为我考了农场第一名感到骄傲。他们好久没呷八道了。

上大学的钱让姆妈犯愁了。她去找分场领导，郑书记特批了六十元作为奖励。等待上学的时间里，姆妈为我弹了一床新棉被，又找堂姐织了一件毛衣，做了一条军绿色的确良裤子，一件褐色卡其布上衣。娭毑坚持还要给我织一条毛裤。她怕赶不及，天天催着堂姐，每天陪着她熬到深夜。满妈给我买了一口帆布皮箱。我喜欢童霖的粗呢子大衣，他姆妈从衣柜里找出来送给了我。

湛木青隔天来我家一趟，逢人便夸我。大学在他心里是个神圣的地方。他认为我将来必定大有出息。

上海，人们熟悉又陌生。连尔居人晓得上海产的永久牌单车、凤凰牌单车、上海牌缝纫机、上海表、上海火柴、大白兔糖……好东西都来自那个遥远的世界。谁都没想到连尔居居然有人去上海！

七中的一位老师找到我，交给我一张条子，上面抄了一个地址和名字。他要我去找一个人。这个人是他红卫兵大串连时在北京认识的，他期望我能找到他，把他的消息带到上海。

汨罗的女知青找到我家里来了。她在连尔居插队时我托她买过红色运动衫。她在我家里没有见到我，我们在村口碰面了。折回家里，她坐在床上，对着我笑，浓黑的头发高高绾起，牙齿雪亮，身上的香气扑面而来。她的皮肤比杨菊华还要白，酒窝更好看，眼睛又大又黑，看得我耳热心跳，说话结结巴巴。

傍晚，送她到村口，我们招手道别，我感到一阵轻松，又若有所失。

一个薄雾的早晨，爷背着我的行李，我们去社教路搭汽车。我在村口回望村庄，低矮的茅草屋下，一个中年妇女钻了出来，左右两边张望么里，也许只是习惯性地两边看看。这是我经常看到的情景。她蓬头垢面，表情僵滞。我一时恍惚起来，感觉她是从土地里面钻出来的，泥土就是她的生命。从泥土到生命的过程原来这么直接！我像发现了一个秘密——生命就是泥土的梦魇。我也是这片土地的化身，我的血肉都来自于这里。一瞬间，生命荒芜，村庄简陋，天地元气充盈……

不晓得么里时候我有了一双外人的眼睛。我是从一个完全陌生的地方来打量自己的村庄的。我突然成了它的局外人。我心猛然一抽，一种忧伤之物进入了我的内心深处，像血液一样到了我的身体里面。那时，我还不懂得乡愁。我们在一大片飘浮的薄雾中赶路，田野那么安静，鸟雀的声音像湿漉漉的水珠，一滴滴那么似有若无、那么清凉地落在了我的身后，像一个遥远的世界正在我的脚下伸展。爷的叮嘱声是现实世界的一条渡船，不知要把我渡向何方。

2012 年 3 月 30 日—8 月 30 日初稿

2012 年 9 月 1 日—1 0 月 19 日二稿

2013 年 4 月 6 日—6 月 6 日终稿

初版后记

　　蜂拥的山，绿得千般万种，在我这个从没见过山的人面前旋转。1979年秋天，山的世界是这么广大！在汨罗上了火车，跟爷挥了挥手，火车一声锐叫，吭哧吭哧，爷与站台往后退去，熟悉的平原换上了连绵的山岭。

　　周围突然全是陌生的人。没有人说连尔居人说的话，也没有一个人知道连尔居，知道农场。

　　火车跑进了夜晚，跑过了早晨，又跑到了中午，陌生的地名一个个出现又消失。三十年后我仍然记得，江西萍乡出现的黑色山体，有一老一少两个人看着水牛吃草，山间稻田绿色一片中透出水的白光。那时我想起了炳丰和他的牛栏房。浙江诸暨的一座高山上，一块块岩石裸露，清晨的薄雾缭绕在山麓，池塘里几只鸭在戏水。早晨我和建元在鸭棚偷鸭蛋的一幕又浮现在我脑子里。

　　几个少年朝着玉池山走。那座远远陪伴我成长的山，晴天总是蓝幽幽呈现在南方，比起窗外的山不知道它是高还是矮？南方山岭中的河流那么多，一条条出现又消失，它们与平原上的汨罗江都不同。看到玩水的儿童，我想起了那次建元救我的情景，呛水的滋味又在我身上重现了⋯⋯

　　列车上播放李谷一唱的歌《边疆的泉水清又纯》，歌声风一样吹来更加遥远的想象。多年前，她唱的花鼓戏《打铜锣补锅》在连尔居的广播里播过。

半夜里伏在茶桌上，迷迷糊糊看到向塘站牌。睡了一觉，再睁开眼睛时，发现车又停在了向塘。我一惊吓醒了，慌忙问旁边的人火车是不是往回开了。中年男人告诉我没有错。车进了南昌车站要掉头回来。

嘉兴站有人卖粽子。长条的粽子与连尔居菱角一样四角溜溜尖的大不相同，嘉兴粽子糯米里面放肉馅，连尔居粽子什么也不放，糯米只泡一下碱水。还不到端午怎么就吃粽子了？

连尔居到了哪里呢？七岁那年第一次离开它，我和小伙伴去场部，村外无边无际的田野，蒸腾的雾气，朦胧的村庄，紫云英花开的稻田，也是这样的陌生，让人充满对新世界的好奇。现在，我在火车的奔驰里走了一天一夜，一重重的山水蜂拥而来又旋转着抛向远方，连尔居就像一滴水从这个广大无边的世界漏掉了。

上海，闻得到钢铁与水泥的味道，陈旧的砖瓦、木板、汽油、油漆和江南水汽的味道，飘忽的布匹、糖果、饼干、水果的味道，这么多的气味混合着，在阴郁的天空下，一股强大的大都市气息袭来。高楼、车流、人流、梧桐树下成行的橱窗都浮动在嘈杂的市声里。巨大的陌生感一下就把我裹入、吞噬。

我提前来了，车站没有学校的人来接车。傍晚时分找到学校，看守大门的人给我指路。路上有个热心人把我带到宿舍楼。我渴了饿了，喝了一口漂白粉氯气味浓烈的开水，我"哇"的一口吐了出来，我以为自己打来了药水。食堂的菜竟然是甜的！连尔居人想都没谁想过要在菜里面放糖。我强迫自己往肚子里咽。天空暗下来了，黑暗中听到收音机的声音，播音员说的话跟外语一样，我一句也听不懂。

一个人坐在宿舍门口台阶上，对着路灯下的大礼堂，水泥马路，水杉树朦胧又清晰，夜色熟悉又陌生，我突然鼻子一酸，哭出了声。

晚上，连尔居在我的梦里出现。娭毑在梦里跟我说，堂姐织的毛裤织好了，她要跟堂姐一起去寄。

收到堂姐寄的毛裤，看到邮寄地址上写的名字是屈原农场。就在我到上海的这一天，汨罗江农场改名为屈原农场，恢复了以前的名字。我在遥远的异乡第一次看到了屈原的名字。

农场的变化在我离开后开始了。

最大的事情是包产到户，各家各户分田地，牛、农具也都分了，河塘由村里承包给个人养鱼。连尔居人不再一起集体出工了，每家每户到自己分到的田里耕作。很多人家养起了猪、鸭和鸡。

村里再没有会开了。支书几乎无事可管。自由是突然降临的，连尔居人享受到的自由是真正的自由，一个人不犯法，就没有谁来管你，他们也不用理睬任何人。凿井而饮，耕田而食，帝力于我何有哉！他们自己做起了自己的皇帝。开始还不适应，有一种惶惶然失重的感觉。

最后解放的是地主孙茂钦，他摘掉了地主帽子，享受连尔居人同样的自由。他的头在一夜间抬了起来，胸膛挺起，眼睛直视。连尔居人这时才看清他眼睛黑亮，牙齿雪白，皮肤很黑，走起路来刚劲有力。他其实是一个英俊的男人。但因长年低头，腰背弯了，再挺也有些囊驼。他远远地跟人打招呼，声音那么洪亮，吓得对面的人一跳。人们觉得别扭，不免在心里嘀咕："他是这个样子的吗？"很多人见了他不知如何是好，不晓得怎样与他打交道，也不习惯面对面，感觉不自在。

放暑假回来，他老远跟我打招呼，对我笑。我呆在路边的样子一定很好笑。我想都没想过要跟他打招呼。我疑惑："他可以这个样子的吗？"

突然间我意识到——几十年他过的是多么黑暗的日子啊！我竟然认为他生来如此。身边人的悲剧总是浑然不觉。

他从村口走远了。他年近古稀，头上的短发花白，拖着一辆板车，去场部捡垃圾卖。他全身好像突然有了使不完的力气。

潘德和不当支书了。盛赞被大家推举做了支书。

开始有人拆集体的长廊房，建单门独户的砖瓦房了。

随着我离开的时间越来越长，连尔居从泥砖房到红砖房、楼房，直到别墅出现，再也不是从前的模样了。

连尔居人发家致富的经历，在一个新开始的时代既传奇又普通。那个异乡人曾经的预言，如今他们相信了。他们谁也想不到自己可以成为千万富翁、亿万富翁。最初他们在贩猪的时候，只是想生活得富裕一些。茂成、茂生、春景、新楚、建元、青华、茂阳在农事之余一家家上农户收猪，然后卖给广东来的猪贩子。

后来，从浙江来了养殖珍珠、制作纽扣的老板，他要收购大量的河蚌。这些连尔居人睬都不睬一眼的东西，竟然可以卖钱！两三年的时间，连尔居全村的男人不论大细都下河去摸蚌了。他们把家门前的河段摸尽了，又骑着单车去别的河段摸，摸遍了农场的每一条河流。寒冬腊月冻得上牙打下牙还有人下水。为了御寒，有人买了防水胶衣。

手中的钱慢慢多了，亲戚朋友一凑，可以做点自己想做的事了。春景买了一台手扶拖拉机，跑短途运输。他三年后换成货车，跑起了长途运输。他实现了我当年想当货车司机的梦想。

春景专门给岳阳一家饲料厂运货，两年后他调到了那家工厂。进了城，做了城里人，好几年他都不敢相信这是真的。他在工厂先做业务，两年后当了业务主管。十年后，他回到连尔居，在田里自己盖起了一家饲料厂。

吴灿佳一直养猪，他是最早找到猪饲料配方的人。七八年时间他都在畜牧场做对比实验。他找了茂益等几个合伙人办起了一家作坊式饲料厂。饲料厂三年就红火了，十年后就在深圳上市了，成为饲料行业的龙头企业。

他经常跟人谈起他的第一次深圳之行。他进了一家首饰店，想给堂客买条金项链。看好样品后，他喊售货小姐取出来看看。售货小姐站着动也没动。吴灿佳再叫，她冷冷地说："我们这里的金器只卖不看。"吴灿佳感觉她歧视农民，自尊心大受打击。这成了他一生的耻辱，也成了他一生的动力。

茂益跟着吴灿佳办工厂，干了几年他就出来了，专做饲料厂的豆饼、鱼粉生意。

茂成受广东贩猪老板的委托代他收猪。个体小贩的猪开始往他家里送。牲猪生意越做越大后，他跑到广东直接找到了屠宰场，自己当了贩猪老板。半个农场养猪户的猪都卖到了他这里。一些人家买了大货车，专门给茂成来运猪，也有去饲料厂运饲料的。茂成钱赚得多了，在国企转制时，他买下了糖厂。

在这个大兴土木的年代，沙石需求一直强劲。为了争夺湘江挖沙承包权，茂成指使金明去大堤边上的村庄游说村民，告诉他们挖沙会挖垮大堤。农民为保护自己的家园不遭毁灭，划船去围攻江上的采沙船。双方发生冲突，村民自制的鸟枪，散弹喷出去，一条火舌，打倒了几个人。其中一个全身中了铁砂，流血而死。

茂成夺得承包权后，十几条超大型挖沙船开到了湘江，他改用几十米的大管道来吸沙，一吸便吸出几十米深的大坑。买沙的船就停在挖沙船旁边，沙挖上来用运输带直接运到船上。挖沙船可以淘金，沙挖到船上，淘过金后才进舱。为了在承包期内挖更多的沙，茂成自己建了一个船厂，造出了四千吨的大型挖沙船。

瘸子国斌这时候进了茂成的船厂。国斌做事忠厚可靠，船厂需要他这样的人。国斌在船厂照样喊茂成的小名，在他眼里人人都是平等的。他后来得了绝症，没有钱治，茂成拿了钱给他。一次，茂成在背后嘲笑他。国斌听到了，一夜没有合眼。他明白了现在的人没谁还讲平等了。他在别人眼里只是一个可怜又可笑的人。他把钱退还给了茂成，第二天就跳了湘江。连尔居人凑钱给他办了一场隆重的葬礼，茂成要求多出钱，村里人只收了他一份份子钱。

西大堤外到处可见挖沙船，它们昼夜不停地挖着沙，晚上趁人睡觉，船开到挨近大堤的地方。有村民被轰鸣的机器吵得睡不了觉，于是四处去告状、上访。

建元在连尔居建起了铜厂，又在深圳租厂房办起了电器配件厂。建元办的铜厂是一家残疾人福利工厂，从回收的垃圾中取铜。国家政策优惠福利厂，给予返回税利。他虚报产值，开假发票，工厂甚至不生产也能赚钱。

茂阳办了一家砖厂，做起了水泥砖生意。

连尔居人出外打工的很少，出去的都是生意人。海军、飞跃、建良、湘华一批人到了广东，他们在惠州住下来，就在当地收猪、卖猪。

连尔居的田一部分由贵州人种了，他们在连尔居落了户。

连尔居人发了财，想起了异乡人樟树下的预言，有人去樟树下拜一拜，他们开始把它当成神灵了。出外的人渐渐形成了一个习惯：拜了樟树才离开村庄。在别的地方大修寺庙时，连尔居人从没动过修庙的念头。樟树就是最好的寺庙。四面八方的人也开始来连尔居祭拜大樟树了。

惜天二爹仍然痴迷于发明。他用煤气罐和锦纶布做成了热气球。耀华帮了他的大忙，2348是一家大型的锦纶厂，他在工厂订制了超大的布匹，又从岳阳石化厂搞到了小型煤气罐，特制了一个大型喷嘴燃烧炉。经过了大小八十多次失败：一次他从半空中摔下来，在床上躺了三个月；一次挂在树上，别人搭长梯才把他解救下来；一次失火，布烧了，差点烧了房屋。

当他坐在炳篁织的吊篮里，飞过了汨罗江，飞过了大片的稻田、水渠，他简直疯了，朝着脚下不断缩小的连尔居大喊大叫，他的大眼睛被松弛的眼皮遮小了，此刻，又睁得大大的。围观的人变成了蚂蚁，早已听不到他的喊声了。他喊得喉咙都出血了。

一片楼房之中，他看到了茂成大庄园里的屋宇、假山、喷泉、成片移栽的古木。一百个地主孙茂钦的财富也比不上这座庄园。看到了茂阳、建元、春景、吴灿佳的别墅，四面坡的彩屋顶有红有蓝。看到自己那栋泥瓦的坡屋顶，那么低矮那么小，与瘸子国斌的房子一样破败。他没钱砌新房，钱都用来造热气球了。

飞上天空，他尾随着一群鸟，看到它们的翅膀拼命扇动。一只鹤好奇地看着他，翅膀平展开来，随气流起伏，惜天二爹也把双臂张开了。一团雾气扑了过来，他晓得这是云团，光线在瞬间黯淡了，云里雾里么里也看不到了……啊——腾云驾雾！他觉得自己活得值了！

耀华在惜天二爹飞上天的第二年下岗了。夫妻俩在工厂附近开了一个小餐馆，架起一口大铁锅，下米粉、面条，专做早餐生意。后来，他们想到了用惜天二爹的热气球搞旅游。来坐热气球的人开始很多，后来少了，摔死一个人后，被停飞了。赚的钱刚够赔偿的。他们夫妻俩又回去开餐馆了。

缘山老倌还在读毛主席的著作，在坍塌的水渠上写下"毫不利己，专门利人"，"要斗私批修"。他胸口别着毛主席像，去那些儿女犯了事的人家里坐。

黄石安请他去了一次北京，他登上了天安门城楼，参观了毛主席纪念堂，瞻仰了毛主席遗容，他终于完成了自己人生的心愿。他还到了长城。

缘山老倌去北京是黄石安离休后去的。那时他但任了最高人民法院副院长。他回北京工作了五年，离休时差一年就到古稀之年了。回到北京工作的第一年，他担任一审庭庭长，这一年第五届全国人大第二次会议通过了修改后的《人民法院组织法》，《人民法院组织法》又开始进入实施阶段了。

离休后黄石安担任了最高人民法院顾问、咨询委员会主任，兼任中国法学会董必武法学思想研究会副会长。他在努力争取人民法院独立审判。

当他发现法院审判搞形式主义，案子先内定再开庭走过场，他心里再也不能平静了。这是暗箱操作，必定滋生腐败。他到处写文章，呼吁审判公开和公正。七十三岁那一年，院长让他主持法院系统"审判方式改革"。最高人民法院四次召开党组会议，听取他的汇报。八十一岁时，全国法院审判方式改革会议召开了，改革正式实施。黄石安会后去全国各地演讲，连偏远的海南岛他都跑去了。

第二年，国家确定了依法治国的基本方略，两年后这一方略写入了宪法。这天他端起了酒杯，他已经很久没端酒杯了，那是他家乡最好的酒。

九十二岁这一年，黄石安获得了首个"功勋天平奖章"。领取奖章时他精神仍然那么矍铄。想起缘山老倌说他长寿的话，黄石安信了。耄耋之年，他还要继续活下去。

缘山老倌来北京玩，黄石安抽不出时间来陪他，就由他的第二个儿子来陪同。老二知道当时送养的情况后，父子相认了。老二当多了一房亲人。黄石安离休后他来北京照顾他，陪着他两次回到了屈原农场。

第一次回农场，畜牧队解散了，千家万户都在养猪，缘山老倌也喂了三头猪。第二次到农场，吴灿佳的饲料厂正在筹备上市，他去了饲料厂，又到茂成牲猪收购场参观。手扶拖拉机"突突"开进来，车斗里装了农户养的猪。这些吃吴灿佳饲料长大的猪，生长速度奇快，出栏时间缩短了一大半。地坪上，停了一排大货车，就等着把猪运往广州。

缘山老倌去别人家里总不忘讲自己瞻仰毛主席遗容的事。毛泽东思想将千秋万代相传。他讲毛主席的惩前毖后，治病救人；讲大公无私，为人民服务的思想。他背诵老三篇。老人们很久没有听人宣传毛泽东思想，都愿意听他讲，有的听得流眼泪。他们的感触最深。

茂阳嫖娼，把妓女带回连尔居的家里，要堂客好菜好饭招待她。

吴灿佳的崽吸毒成瘾，带着人打群架时砍死了对方的人。吴灿佳为了崽不吃枪子，提着一捆捆的钱到处找人。

青华在广州开了一家小旅馆，专门供农场运猪的人住宿。有天晚上，他偷了巽满爹崽的钱，天不亮就跑了。这二十万元贩猪的钱是茂成的。茂成坚持要巽满爹的崽赔。巽满爹的崽天天到青华家门口咒骂，要拆他家的房。杨菊华以泪洗面，带着两个崽不知如何度日。

青华跑到了四川，与一个女人以夫妻名义生活在一起。直到女方起了疑心，报了案。他被判了三年刑。

连尔居到广东贩猪的人，有的去养猪户收猪时，用偷换秤砣和偷放磁铁的办法扣秤。卖给屠宰场前，把猪拖到专门的保养场，用管子给猪灌沙、灌水，增加重量。有一次，飞跃没付钱就拖了养猪户的一车猪跑了。养猪户报了案，公安在他长包的宾馆房间抓到了他，判了他三年刑。

茂崧的崽根坤转业回来，他在对越自卫反击战中炸掉的左腿在广州装上了假肢。根坤在场部开了一家三洲理发店。后来他到广州学美容美发，店面装修升级，变成了燕飞美容美发店。根坤做的冷烫、离子烫、陶瓷烫、挑染和发型设计，根据顾客的发质、脸型、气质来做，做出了个性的发式，十分时尚，年轻女孩都愿意找他做。他在家里又开了一个赌场。连尔居人闲得无事就喜欢聚在一起小赌一把。

毋家棚的一个后生崽拜根坤为师。出师后，他也在场部开了一家华华美容美发店。华华美容美发店生意不好。看到燕飞美容美发店白天晚上都生意兴隆，徒弟认为师傅抢了他的生意。一天，他约出师傅，用斧头砸破了他的脑袋。

徒弟在汨罗江边草草把人埋了，根坤的那只假脚没有埋掉，露在外面。堤上行人看到一只脚，报了案。公安在徒弟家床底下搜出了溅满了血的衣服。他还打算洗一洗再穿。

茂崧一病不起，瘫在床上，想说话，舌头能动，嘴巴却关不住风。两年后，茂崧的堂客死了。那年夏天，冬梅把他接到自己家里去了。

云祺考了八年没有考上大学。人家笑他"猪八戒"。两个姐姐出嫁后，家里越过越穷。有一天，尚健师肚子痛。惠英打麻将去了，她打牌上了瘾，一天都停不下来，家里不多的钱都送到麻将桌上去了。尚健师自己去了农场职工医院。医生诊断是急性阑尾炎，要马上动手术。尚健师身上没有这么多钱，他忍着剧痛走回了家。

几百元的手术费惠英拿不出，她找煌靓给尚健师打了几针消炎药，安慰他，说痛几天就会好的。

尚健师痛得在床上打滚，几天后，他痛得没有力气打滚了，惠英打牌回到家，见没有动静，一摸鼻子，人已经没有气了。

做道场请的是湛木青、吴玉清。吴玉清自顾自地吟唱，她老得只有一把骨头了，但她的眼神仍是炯炯照人，像来自另一个世界的光，没有人敢正视。

湛木青身边跟了一帮人，他们穿着黑色的长袍，唱夜歌、丧曲，诵经超度亡灵，道场、法事做了一场又一场，后生崽诵经时手机不时响起来，要做道场的人太多了，他们忙不过来。去世的人越来越多，有的六十岁上下就患癌症死了，很多死于环境污染。顺澍、孙佩兰、孙金铃一个患了食道癌、两个高血压中风，不到六十岁就去了。炳丰、惜天二爹、炳滔爸、巽满爹、积大爹、孙茂钦、玉娥、腊梅……都相继去世了。死亡是这样浩大。人出生注定要长大，注定经历爱别离，生长不可抑制，衰老和死亡同样不可抑制。

湛木青在玉娥死后正式做起了道场。那天，玉娥去洗被子，突然心口绞痛，嘴唇发乌，被人抬到床上，还没来得及交代后事就去了。

湛木青为她做道场。他在玉娥的灵位前诵经，站得两条腿木头一样不能动。好心人搬了椅子让他坐着诵。七天七夜，他的声音越诵越小，最后轻得像蚊蚋一样。上山那一天，有人告诉他时辰快到了，别人轻轻碰了他一下，他就倒在地上了。三天后醒来他才晓得哭，脸上纵横密布的皱纹爬满了泪水，声音却哑得无人听得见。

三七的晚上，湛木青神思恍惚，玉娥半夜托梦给他，要他不要伤心。她跟他说，要是回到从前，你不是白发苍苍，我容颜也没有衰老，你还是青春朝气，我也是乳臭未干，你愿意选择私奔吗？湛木青流着泪点着头。玉娥凄然一笑。她走的时候说，你要是不相信今晚我来过，可到屈原墓我们搭棚子的地方去，出嫁那晚我在那里埋了一个盒子。

第二天湛木青早饭没有吃就回去了。在一片枯草中挖出了一个木盒。盒内装了一个书包，是玉娥读初级中学背的。一绺黑发，是她出嫁前那晚剪下来的。一个玉蝉，她送湛木青香囊时，湛木青送她这个玉蝉的坠子。蝉为知了，寓意知音。湛木青想起那天她找他要回香囊的一幕，原来香囊埋到了这里。它们都放在一张银制的小床上，上面盖了丝绸，丝绸上绣了一对鸳鸯。香囊已经朽坏，露出了里面的檀香。

湛木青在寒风中木头似的痴望着，待到脑子里恢复了意识，便想到这檀香代表他木青的木，玉蝉代表玉娥的玉，香囊、玉蝉在一起象征他们俩同床共眠做夫妻，"香"通"相"，蝉是"知了"，寓意"相知"，鸳鸯表示"相爱"，合在一起便是"相知相爱"。青丝不朽，屈原墓两千年不易，这是在表示千古不变的心。

他轻轻打开书包，里面有张屈原的画像，画像下有一行字："三闾大夫：玉娥今生与湛木青做不了夫妻，求您保佑，来生我们做夫妻。"落款：湛玉娥。纸下都是干了的贡果。

天黑了，北风把人的手脚吹得麻木了，湛木青跪在地上，对着大坟叩了三个头，说："玉娥，来世我一定找到你。我们做夫妻。求三闾大夫保佑。"他小心翼翼照原样埋了进去，只捧了一捧泥土回去了。

回到家，他剪了自己的白发。又买了玉，请人雕成一对蝴蝶。娥通"蛾"，蛾也是蝶，他想到了梁祝化蝶的传说。又用紫檀做了一个小木屋。到了玉娥出生的那天，他挖开土，把玉娥埋的东西放到木屋里面，再把自己的白发和玉蝴蝶放了进去，把一张写有玉娥和他生辰八字的纸放在上面，木屋下面压了一叠纸钱，一起放进一个瓦缸。瓦缸里倒满石膏，石膏上再撒雄黄，他一声喊："玉娥，我来了。你等我啊!"就在原地葬了下去。

午后，四面荒山到处是闪电。一只银兔从草丛中跑出来，血红的眼睛看了一眼湛木青，跑进了松林。

我的娭毑是在玉娥死后的第二年初春去世的。玉娥去世的那年冬天，她见了人就问："你听到江对岸有人哭吗?"别人都摇头，她叹息一声，说："好可怜，那个细伢子天天晚上哭。"有的老人听她这么说，就大声对她说："是你老人家在做梦呢!"娭毑摇摇头，很生气，"我明明看得清清楚楚的，何事是做梦呢!""那个细伢子哭得那么伤心。"她说话时，那小孩就像站在她面前，她看他看得这么清楚，"何事就冇人管他呢，他的爷娘做么里去了!"

后来她逢人又问："江对岸是不是起火了?"被问的人先是疑惑，说没有哪里发火呀。他们开始怀疑娭毑是在大樟树下迷神了，要不就是年轻的时候踩过忘魂草，老了发作了。这并不奇怪，很多人到老了才发作。他们问她姓甚名谁，她自顾自长长一叹："好大的火，烧得房子都没了。"

娭毑晓得大家当她是在说梦了，她便懒得跟他们说了，常常自己跟自己说："好大的火哟，真是可怜。都烧掉了。"

有一次，她去找玉清娭毑，说她半夜看到对岸起火了，他们都说没看见。她要玉清娭毑半夜起来看看。玉清娭毑看着她，她的眼睛大得像面镜子，她从娭毑的眼睛里看到了另一个世界的召唤。娭毑从她眼睛里也看到了自己被照见的影子。玉清娭毑跟她说，那里有满娭毑、巽满爹，有积大爹、腊梅、炳丰，又说了很多娭毑前一辈的人，他们跟你说话了吗？娭毑说："说呀，闹死人了。"

农历二月的一天，娭毑跟满妈说："我要走了。"她这两天胃口不好，满妈煮了一点鸡肉给她呷。她呷了两口，要满妈把她的寿衣拿出来，又要她倒了洗澡水，娭毑自己洗了一个澡，下昼就穿上了寿衣。

姆妈中风在长沙住院，爷照顾姆妈跟她在一起。爷突然感觉心里不安，不顾姆妈的劝阻，非要回家一趟。见到娭毑自己在洗澡，身体好好的，他当天就走了。那天我骑着单车，穿过街头，看到一双眼睛飘过，恍惚了一下，一股寒气袭来，突然伤心欲绝。

娭毑躺在床上，说："见不到邦伢子了。"她手摸了摸口袋，交代满妈说："这是给他的钱。"眼角滚下一滴泪水便去了。她总是操心我一个人在外没钱用，在家千日好，出门事事难，她把自己的零花钱都给我积攒下来了。

潘德和老后搬离了村子，他的崽潘红星在社教公路边砌了一栋平房，离村子有两里地，他跟崽住在一起。在连尔居新一辈年轻人面前，他成了一个最寻常的老头。

他不当支书后，曾经跑分场跑过很长一段时间，要求给他落实政策，享受一些待遇。他整天在外面转悠，一直到头发开始白了才回到村里。他每天都在地坪里望一望田野，朝着南方发一阵呆。他是一个沉默寡言的老人。有时自言自语一阵，他身上像有另一个人，他在跟那个人说话。碰到熟人，他老远就热情地打招呼，别人只是问候一声就走了，并不想跟他交谈。连尔居老人仍然不愿与他往来。

老人们人生最后的时光都投入到了与忘魂草、遗忘和死亡的争斗中。踩了忘魂草的人是那么多，他们不停地谈论从前，往事已经恍惚，人生却需要证实哪些是真实的经历，哪些是人生的梦境，至死他们都希望分清人生的真和假，不被梦所遮盖。反复的交流，先弄清一些事情是真实发生的，一些是梦境里的，然后确证谁踩了忘魂草，谁没有踩。这成了他们与遗忘斗争的一个有效方式。眼前发生的事他们也许不记得，但从前的事情他们记得牢。

花鼓戏在沉寂了十几年后又慢慢流行起来。谁家死了人、做了新房、娶了亲、给老人祝寿，都要唱戏。舞台前聚集的都是头发花白或半白的老人。这一台戏与那一台戏之间，总有人离去。死亡那么广大，谁也不晓得哪一天死神就向他们发出了召唤。每次见面，他们谈到那些死去的人，就不仅仅是怀念故人和往事了，还有一份庆幸，这证明了他们自己生命力的顽强，尤其是那些旧年的死亡，譬如1959年，死亡超越了年龄，走到了青壮年中间，每每谈起来，除了唏嘘，他们还有一份无法掩饰的侥幸与骄傲。这是他们对于死神的胜利。

那年六月里的一场暴雨，半个月没有停息。三星渡螺蛳屋场河堤溃口，大水冲开堤坝，向着垦区奔来。锣声一个村接着一个村响起来了。毋家棚的锣声也敲响了。妇女和细伢子赶紧上船，他们拼命往上游划。男人们慌忙捡些紧要的东西，挑担就跑。他们往东边老家的方向跑。

人们跑到了他们从前的住地，旧堤坝上站满了人。从围垸工地跑回来的寻找着从垦区回来的，夫找妻，妻找夫，父找子，子找父，呼喊声此起彼伏。

找不到的人，从第三天开始，一个个浮上了水面。捞尸的船开出去，七天捞了十几船，都是泡得发胀的尸体。

那一年，三洲上空出现了一道蓝光。蓝光沙子一样细碎，晶晶发亮，那是湖区的海市蜃楼。

老人回忆毋家棚，栖身的简陋茅棚，一间挨着一间，荻秋的姆妈总是抱着荻秋，怕他被蛇咬了，她的茅棚里老是发现蛇。二娭驰抱着春芳坐在地坪上喂奶，总是喂不够，她的乳头都被吮痛了。饥荒让女人奶水不足。细伢子都叼着奶头不肯松口。

玉娥的崽新楚跟着她，棚内棚外总是喊："饿，饿。"他没学会说几句话，就学会说饿了。别人以为他是在叫"娥"，纠正他要叫姆妈。那时，她守寡已经两年多了。

福云怀上了媛媛，身体反应很重，她坐在茅草棚里不到晚上不出来。她哇哇呕吐，吐出的都是绿水。搬到毋家棚，她遭受了太多外姓人的嘲笑、讥讽，不想见人了。

那时，死亡离谷清、玉华、马癫子还很遥远。但死亡悄悄靠近人群，尚健师的娘、银木匠的娘、惜天的娘、炳滔的爷和他的兄弟、缘山的爷娘和妹妹、茂崧的爷娘、潘德和的爷娘……他们身体硬朗，但越来越严重的饥荒正在蔓延，不久他们都饿死了。

1960 年，农场大垸围成一年，他们去三洲的荒滩建村。那是青春岁月，是连尔居诞生的日子。一天，男人们拿了锄头、锹、箢箕、长柄弯刀，牵了牛，背了犁耙，有人一声吆喝，大家就从毋家棚出发了。

三洲是杨仙湖的一块洲地，解放前属于大湾杨，春夏季节，一片汪洋，只余一块洲渚；秋冬季节，湖水退去，长出的湖草青青一色，又细又长，深的没过人腰。

他们谈起那一年的炳篁，他刚满二十岁，蔑匠已经出师，娶了王映莲，生了个女儿。缘山老倌呢，刚到壮年，一身蛮力，他扛着一把犁头，就冲在前面了。后面挑箩筐的是炳滔爸，箩筐里装着被褥、草席、碗筷，他有时哼几句思夫调。腊梅生下耀华才三个月，他也顾不上她们母子俩了。惜天二爹谈恋爱谈昏了头，经常夜里和村里的瘦女人划船到江中，对着月亮唱歌。他的歌声和女人咪咪的笑声飘进了许多人的梦里。因为晚上没有睡好，他无精打采跟在队伍的最后面。

男人们朝着三洲一棵大樟树走。他们钻进草丛里，一脚深一脚浅。河汊里的芦苇高高举起，苇秆高过人头，挡住了人的视线。绕着河沟走，有时迷失了方向。他们人骑人，骑在别人肩上的人引颈寻找那棵樟树，手一指，大家就从偏离的方面转回来，继续往前走。

一年前他们还住在汨罗江上游小洲祝和大洲孙的祖屋里。青青的砖青青的瓦，粉白的墙，院子都是鹅卵石的，路用麻石铺，越走越亮，几百年住人也不坏。房里的家具雕龙刻凤，涂金描银，满堂生辉。高堂大屋上的牌匾彰显着祖上的功德，每天让低头走过它的子孙怀有一颗虔敬之心。

现在栖身荒洲上的茅棚，变成真正的无产阶级了。茅棚大火烧了一次又一次，他们还是不肯分开，要去更荒僻的三洲开荒。

……

老人们感叹过去，他们说的事情对许多人都是历史了，但对他们却只是一些经历，是现实的人生。

连尔居认识我的人越来越少了。我一次次回到连尔居，站在新楼四起的洞庭湖平原，看着小车在铺了柏油的社教公路上穿梭，迅疾如风。深秋季节天空中已经看不到候鸟的踪影了。汨罗江因为大量生活垃圾倒入江中，早就不能游泳、洗衣，石挑、木挑也消失了。炳篁当年站在广州海珠桥想象连尔居修一座桥，现在江上筑了拦河坝，江河变成了鱼塘。

世纪末眨眼间就到了。

1998 年夏天，一场大雨下了九九八十一天，天都下黑了，几千公里的长江上都在下雨，全流域的洪水暴发了。洞庭湖的特大洪水百年不遇，大水已经涨得漫过了堤坝。如蚁的人群在堤面上穿梭往来，又在大堤上用饲料厂堆积的纤维袋装满一袋袋沙土，筑起一道小堤坝。

崩塌是从沉沙港大堤开始的，一道被挖沙船挖出的小裂缝突然扩大，堤岸倾斜，水从坝底的土里冒了出来，向着那片金黄色的稻田喷射。一声巨响，水低低地吼了起来，地在颤动，浊黄的水撕开了一道缺口，堤土往下一坐，就像一个击垮的瓦罐，囚缚的水像狂怒的野兽往低凹的稻田扑来。

粗大的杨树、苦楝树、樟树像火柴棍一样冲得乱滚，搅得风呜呜低咽。那飘起一线水雾的地方往前飞腾，眨眼间与远处村庄的炊烟混合在一起了。房屋像细伢子搭的积木一样一栋栋倒塌，不闻鸡飞狗跳，也听不到人的哀嚎。只有风声、水声、坍塌声，还有苍苍水汽弥漫天地……

很多人跪在大堤上，向天空伸出的双手像稻草人一样僵硬，他们的嘶哑之声也被抽空了……

这一年是戊寅虎年，正逢我的本命年，垮堤在我过完端午节生日的一个月又二十二天后的早晨。我得到消息，想起了那个异乡人在樟树下的预言，人们只记住了他对财富的允诺，对洪水的预言却做了选择性的遗忘。那是一个多么晴朗的好天气啊！不知我怎么就看见了它，恍惚就是昨天。这一定也是忘魂草在作祟吧。那一天我刚刚在人世睁开眼睛啊。

时光荏苒，万物兴替，跟随时间而来的事物也在随着时间而去。空虚的历史影子一样飘拂。连尔居发生的这些事不凭借文字，它一定会从记忆里消失，就像声音消融于空气，像一颗子弹，炸了就没有影了。

春天的时候，在远离汨罗江千里之外的大都市，听着珠江小区池塘电声制造出来的蛙鸣，我想起了一首童谣：

月亮巴巴，

里面坐个爹爹，

爹爹出来买菜，

里面坐个奶奶；

奶奶绣花，

绣个糍粑，

落到井里，

变只蛤蟆；

蛤蟆伸脚，

变只喜鹊；

喜鹊上树，

变只斑鸠；

斑鸠咕咕咕，

和尚打屁股。

我心里一热，往事飘浮，故人音容笑貌犹在眼前，不用他们的亡魂来迷神，我也记得每个人的一言一行。我急忙打开电脑，敲下了"连尔居"三个字。满屏的文字就像交加的风雨，连尔居开始在这些液晶显示的文字里交织、沉浮，氤氲成一团。

这是真正的迷神，锦烂霞驳，星错波沏。《连尔居》就是那棵大樟树，走过它的树阴，带来了又一个时空。

有度文化　　　北岳好书房

连尔居

出 品 人 │ 续小强	选题策划 │ 刘文飞　赵　雪	责任编辑 │ 赵　雪	
复　　审 │ 陈学清	终　　审 │ 贾晋仁	印装监制 │ 巩　璠	

项目运营 │ 有度文化·刘文飞工作室

投稿邮箱 │ liuwenfei0223@163.com　　　微信公众号 │ bywycbs1984

微　　博 │ http://weibo.com/liuwenfei0223